KNAUR

Über den Autor:
Andrew Clover, 1976 geboren, ist Kabarettist, Schauspieler und Schriftsteller. Er ist verheiratet und hat drei Töchter – Monate seines Lebens hat er damit zugebracht, mit Barbies zu spielen. Seine *Sunday Times*-Kolumne *Dad Rules* war ein Riesenerfolg. *Die Liebe ist eine heimtückische Herausforderung* ist sein Romandebüt.
Mehr Informationen zum Autor unter: www.andrewclover.co.uk

So

Andrew Clover

Die Liebe ist eine heimtückische Herausforderung

Roman

Aus dem Englischen
von Katja Weidenfeld

KNAUR

Die englische Originalausgabe erschien 2013 unter dem Titel
»Learn Love in a Week« bei Arrow Books, London.

Besuchen Sie uns im Internet:
www.knaur.de

FSC
www.fsc.org
MIX
Papier aus verantwortungsvollen Quellen
FSC® C083411

Deutsche Erstausgabe September 2014

Ein Unternehmen der Droemerschen Verlagsanstalt
Th. Knaur Nachf. GmbH & Co. KG, München

Redaktion: Kathrin Wolf
Alle Illustrationen: Andrew Clover
Umschlaggestaltung: ZERO Werbeagentur, München
Umschlagabbildung: FinePic®, München
Satz: Adobe InDesign im Verlag
Druck und Bindung: CPI books GbmH, Leck
ISBN 978-3-426-51471-9

2 4 5 3 1

Sonntag

Polly

Zum ersten Mal sah ich Arthur auf dem College.

Er radelte an der Bibliothek vorbei und sah so zufrieden und gut aus, dass mein Herz einen Schlag aussetzte.

»Wer ist das denn?«, fragte ich.

»Arthur Midgley«, gab Em zurück.

Das nächste Mal begegnete ich ihm bei einer Gartenparty. Der Morgen dämmerte. Ich saß am Feuer und wartete auf meine Mitfahrgelegenheit, als Arthur auftauchte und wir uns ein Weilchen unterhielten. Er war groß, trug einen Hut und hatte einen leidenschaftlichen Ausdruck in den Augen.

»Du«, sagte er plötzlich, »bist zweifellos die schönste Frau, die mir je begegnet ist.«

Ich war vollkommen verdattert. Mir war, als würden Türen geöffnet und Kleider von Leibern gerissen. Aber dann kam meine Mitfahrgelegenheit, also sagte ich: »Wir … sehen uns.«

Vier Jahre lang sahen wir uns nicht.

Es war in London. Ich war vierundzwanzig. Ich saß in der Bar Italia draußen, und er setzte sich einfach zu mir. Wir unterhielten uns lange. Ich hatte gerade meine Stelle bei JTS angetreten, er jobbte. Wir waren jung, unternehmungslustig, und alles fühlte sich richtig und romantisch an. Als er ging, sah ich seiner großen, freundlichen Gestalt hinterher und dachte: Arthur Midgley, ich will *alles* von dir wissen.

Heute, zehn Jahre später, haben wir drei Kinder, und ich weiß tatsächlich *alles* über ihn.

Er lässt Ohrstöpsel neben dem Bett und seine zeltartigen Boxershorts über der Heizung liegen. Er ist launisch und mit einem Malcolm befreundet. Er verdient nicht viel Geld. Er hat eine Müllphobie, wenn selbiger rausgebracht werden muss. Und er ist Arsenal-Fan.

Na gut. Nur weil jemand Arsenal-Fan ist, gibt man ihm natürlich nicht gleich den Laufpass. Aber neulich eröffnete mein Mann mir, was wohl jede Ehefrau fürchtet: Er fühlt sich berufen, einen Roman zu schreiben. *Auf der Suche nach der verlorenen Magie* heißt er und handelt von einem Sechzehnjährigen, der in einem früheren Leben König Arthur war.

»So was lesen Jungs im Teenie-Alter bestimmt gerne«, meinte Em.

»Jungs im Teenie-Alter lesen nicht gerne«, erwiderte ich. »Sie holen sich gern einen runter.«

»Irgendwie nicht fair«, sagte sie.

Diese ganze Beziehung ist nicht fair. Das ist ja der Punkt!

Gerechterweise muss ich zugeben, dass Arthur jeden Tag bis auf freitags nach der Schule die Betreuung der Kinder übernimmt. Aber ich zahle das Haus ab. Ich zahle den Strom. Ich zahle die Hausratversicherung, die Autoversicherung, ich buche und plane den Urlaub. Und was macht er? Er geht mit dem Hund raus, duscht ihm, falls nötig, den Hintern ab und erledigt auch sonst alles, was mit dem Tier zu tun hat (nur die Tierarztrechnungen und die Hundehaftpflicht bezahlt er nicht). Davon abgesehen tut er nichts. Okay, er ist groß und gutaussehend, wenn auch nicht wirklich so stark, wie er aussieht. Er ist der Ikea-Schrank unter den Ehemännern. Auf Fotos macht er eine gute Figur, aber wenn er etwas Schweres tragen soll, bricht er zusammen.

Er ist allerdings auch der Vater meiner drei Kinder, und ich liebe ihn sehr. Aber dann passiert Folgendes …

Em

Es ist Sonntagabend, Ende Mai. Wir sind bei Pollys Mutter im Garten und feiern eine Party.

Ich trinke wohl schneller, als ich sollte. Auf dieser Party beachtet mich keiner, was zum Teil daran liegt, dass ich neben Polly stehe

(Polly meint, sie wird langsam birnenförmig, aber sie ist immer noch eins achtundsiebzig groß und fast übernatürlich schön). Außerdem habe ich ein Alptraumwochenende mit Dan hinter mir, an das ich möglichst *nicht* denken will.

Aber Polly muss natürlich danach fragen. »Und? Wie war das Wochenende mit Dan?«

Sofort bricht mir der Schweiß aus. »Ich möchte unter gar keinen Umständen über irgendwas reden, das mit Dan zu tun hat«, sage ich. »Sonst besteht ernsthafte Gefahr, dass ich völlig durchknalle und an der nächsten Bushaltestelle Geiseln nehme.«

Polly grinst. »Komm schon«, sagt sie. »Liebst du ihn?«

»Ehrlich«, sage ich. »Ich kann jetzt nicht darüber reden.«

Es geht mir nicht um Dramatik, wirklich nicht. Ich bin eine Redakteurin bei *Lifestyle*, dem Feuilleton der *London Times.* Ich soll morgen früh mit jeder Menge Ideen für fünf Ausgaben voller Storys und praktischer Tipps in der Redaktion erscheinen. Es ist Sonntagabend. Ich habe nichts. Ich brauche Ideen. Jetzt sofort.

»Wie geht's Arthur?«, frage ich Polly.

Sie verdreht die Augen. »Sein Freund Malcolm will ihn überreden, diese Online-Geschichte mitzumachen«, sagt sie. *»Learn Love in a Week.«*

»Nie davon gehört.«

»Scheint schwer im Trend zu liegen«, sagt sie. »Angeblich hat die Seite schon Unmengen an Abonnenten.«

Natürlich stellen sich meine Ohren wie Hasenlöffel auf, als sie »schwer im Trend« sagt.

»Und was muss man da machen?«

»Man bekommt jeden Tag eine Lektion zu einem bestimmten Thema, dann gibt es eine Hausaufgabe und zum Schluss eine Art Challenge. Soll angeblich dein Leben verändern.«

»Und wer leitet den Kurs?«, frage ich.

»Weiß keiner. Irgendjemand aus Kalifornien, glaube ich. Die

Leute, die sich das ausgedacht haben, wollen anscheinend anonym bleiben.«
Das gefällt mir sogar noch besser.
»Warum grinst du so?«, fragt Polly.
»Wenn diese Leute anonym bleiben wollen, verklagen sie mich nicht, wenn ich ihnen die Idee für *Lifestyle* mopse.«
Ich mache mich sofort an die Arbeit.

Polly

Hätte ich bloß nichts gesagt. Ganze fünf Minuten war es mir gelungen, Em vom Thema Arbeit abzulenken. Jetzt tippt sie wie wild auf ihrem Handy herum. Wie immer ist ihr Ausschnitt zu tief, und man sieht, wie der Ansatz ihrer Brüste zittert.
»Meldest du dich für den Kurs an?«, will ich wissen.
»Nein!« Sie blickt mich entsetzt an. »Ich organisiere jemanden, der drüber schreibt. Was hältst du von Alain de Botton?«
»Du könntest es mit Arthur versuchen.«
Sie beendet ihre SMS und blickt auf. »Der reizende Arthur«, erwidert sie mit verklärtem Blick.
Komischerweise steht Em auf meinen Mann. Aber Em steht eigentlich auf alles, was mir gehört.
»Würdest du sagen, dass du ihn liebst?«, fragt sie.
»Wir sind seit zehn Jahren zusammen«, sage ich. »Meine Gefühle sind so was wie verschüttet.«
»Dann versuch doch mal, sie freizulegen.«
»Ach, weißt du, das wäre, als würdest du auf Erdöl stoßen«, gebe ich zurück. »Zuerst schießt eine gewaltige Fontäne Verbitterung in die Höhe, dann sprudelt es ein paar Millionen Liter puren Zorns, und am Schluss folgt ein schwacher Strahl Verlangen nach bösen Männern.«
»Da habe ich wohl ins Schwarze getroffen«, sagt Em und dreht ihren unwiderstehlichen Journalistinnen-Charme bis zum

Anschlag auf. Mit blitzenden Luderaugen streckt sie mir ihre Brüste entgegen. »Was nervt dich am meisten am Alltag mit Arthur?«

»Er ist mies drauf«, sage ich. »Und unordentlich. Außerdem macht er nichts. Aber sonst ist er großartig.«

Em lächelt. »Ich dachte, er schreibt ein Buch.«

»Tut er auch«, bestätige ich. »Das letzte hat ihm achttausend eingebracht. Manchmal tritt er auch als Stand-up-Comedian auf. Und gelegentlich zeichnet er Cartoons. Wenn's irgendeinen abwegigen, jämmerlich bezahlten Job gibt, er macht ihn. Neulich hat er achtzig Pfund damit verdient, als Saftflasche verkleidet im *Battersea Park* rumzulaufen. Ein paar Kinder haben ihn in einen Teich geschubst, wo er von einem Schwan attackiert wurde. Ich habe ihn gefragt, warum er nicht schnell wieder aus dem Teich herausgeklettert ist, und er hat geantwortet: ›Es ist nicht leicht, abzuhauen, wenn man in einem aufblasbaren Flaschenkostüm steckt und der Schwan den Deckel abgepickt hat.‹«

Em

Darüber muss ich lachen. Genau deswegen mag ich Arthur so. Er ist einfach lustig. Okay, ich verstehe ja, dass nicht jeder das so sieht. Arthur ist ein wirklich kluger Mensch, aber wie so vielen intelligenten Leuten geht ihm jegliche Gerissenheit ab. Er poltert mit einer Aufrichtigkeit durchs Leben, die normale Menschen total fertigmacht. Aber sein Rat ist viel wert. Wenn ich einen männlichen Standpunkt brauche, rufe ich ihn an. Außerdem ist er eins neunzig groß und sieht verdammt gut aus. Als Studentin habe ich versucht, ihn abzuschleppen. Hat jede versucht. Auf dem College war er unser Brad Pitt, unser Hugh Grant, er war der, den jede wollte.

»*Ich* würde auch gerne ein Buch schreiben«, sagt Polly. »Und noch lieber würde ich Gärten gestalten. Aber wir haben Kinder und stecken tief in den Miesen, also muss ich arbeiten. Ich mache einen langweiligen Job in einem Büro und ertrage jeden Tag Männer in schlechtsitzenden Anzügen, die noch schlechtere Sprüche klopfen, und bezuschusse damit Arthur.«

»Arthur hat Talent«, versichere ich ihr. »Bestimmt wird sich das Blatt bald wenden.«

»Oh, Gott, nicht du auch noch!«, protestiert sie.

Ich bedenke sie mit einem mitfühlenden Blick, während ich mir noch einen Drink genehmige. Sind gut, diese Dinger. Das dürfte mein sechster sein. »Komm schon, Süße«, sage ich. »Du weißt doch genau, dass dein Arthur ein rattenscharfer Traumtyp ist, nach dem sich jede andere Frau die Finger leckt.«

Pollys Lippen beginnen zu zucken. »Im Augenblick können die anderen ihn gerne haben. Aber ich sollte sie wohl vorwarnen, dass sie einen Hammer brauchen, um sein übergroßes Ego kleinzukriegen.«

Wir müssen beide lachen.

Just in diesem Augenblick gesellt sich Pollys Mutter mit James Hammond im Schlepptau zu uns, den sie wie eine Trophäe herumzeigt. Na ja, verständlich. Er sieht aus wie Dominic West. Dunkler Typ, sehr männlich, nur ein Hauch Neandertaler. Ich bin ihm sogar schon mal begegnet. Als er zum »Geschäftsmann des Jahres« gekürt wurde, haben wir ein Feature über ihn gemacht und ihn fürs Cover fotografiert. Auf dem Bild trug er ein ganz normales Business-Outfit: schwarze Lederschnürer und einen dunkelblauen Nadelstreifenanzug. Aber er war unrasiert und lehnte mit diesem lässigen Böse-Buben-Ausdruck an einem Wasserflugzeug. Die Überschrift lautete: *James Hammond – Warum Big Business rockt!*

Polly

Als ich James sehe, fühle ich mich schrecklich unwohl in meiner Haut. Er war der Mann vor Arthur, mein »nicht eingeschlagener Pfad«.

Ich bin ihm vor zehn Jahren in einer Galerie in der Bond Street begegnet ... zur Mittagszeit. (Ich war jung. Da geht man mittags noch in Galerien.) Ich fand es immer schon großartig, durch eine Ladentür zu treten und vor einem Bild im Wert von Hunderttausenden von Pfund zu stehen. Außerdem liebe ich das Gefühl, die Welt für einen kurzen Augenblick durch die Augen eines großartigen Künstlers zu sehen. Ich genoss also genau dieses Gefühl, als ein Mann neben mir einen Schritt nach vorne machte, um die Pinselführung des Malers genauer zu begutachten. Ich hingegen begutachtete seinen muskulösen Rücken unter dem dunkelblauen Jackett und seinen außerordentlich knackigen Hintern. Der Hintern bewegte sich nach links. Ich bewegte mich mit.

Nun standen wir also beide vor David Inshaws *The Cricket Game*. Das Motiv per se hat nicht viel zu bieten. Man sieht – natürlich – Cricketspieler, ein paar Bäume, sanfte, grüne Hänge und Hügel. Das Auffällige aber ist das himmlisch gelbgoldene Licht. Kein anderes Gemälde hat je einen so starken Wunsch in mir erzeugt, in die Szenerie hineinzuschlüpfen. Ich seufzte. Und der Mann fragte mich: »Was gefällt Ihnen daran so sehr?« Ich antwortete: »Die Szene wirkt einfach so behaglich und magisch, man kann sich nicht vorstellen, dass irgendetwas Böses dort geschieht.«

»Yep«, gab der Mann zurück. »Besser hätte ich es nicht ausdrücken können.«

»Obwohl«, fuhr ich fort, »ich persönlich würde ja auf die Cricketspieler verzichten. Wenn ich eine schöne Landschaft vor mir sehe, denke ich nicht automatisch: Ja, hier fehlen noch ein paar Männer, die einfach nur rumstehen und nichts tun. Da könnte ich ja gleich ins Oberhaus gehen.«

Ich fand das ziemlich lustig, aber der Mann lachte nicht. Stattdessen wandte er sich um und musterte mich unverhohlen. Der Moment war ein wenig unangenehm, aber auch elektrisierend. Mir fiel sein kantiges Kinn auf und sein teures Aftershave.

»Haben Sie Lust auf einen Kaffee?«, fragte James Hammond.

Wir hatten nur ein einziges Date.

Er holte mich zu Hause ab und führte mich ins Nobu, einen Edel-Japaner, aus. Worüber wir sprachen, weiß ich nicht mehr. Aber ich weiß noch sehr gut, dass er mich am nächsten Tag zu einer Party einlud, die am folgenden Wochenende stattfinden sollte. In Bologna.

Ich lehnte ab. Warum habe ich nur abgelehnt? (Warum? *Warum???*)

Ich lehnte ab, weil ich eine Verabredung mit Arthur hatte, und zwar nicht in Bologna, sondern im Battersea Arts Centre. (Ich erinnere mich vage an eine Quetschkommode und irgendeinen Pantomimen.) Am Ende des Abends begleitete ich Arthur nach Hause. Ich war jung und seine Wohnung irgendwie künstlermäßig. Überall lagen Bücher herum (Kerouac, Coleridge, Neruda), er besaß eine Lampe, die mal eine Flasche gewesen war, und ein großes Bett. Auf diesem Bett küsste ich Arthur. Zog ihm sein Hemd über den Kopf. Bewunderte seine Bauchmuskeln. Und zog ihm die Jeans aus. Er bremste mich.

»Was ist?«, fragte ich.

»Ich … ich …«, stotterte er.

Noch nie zuvor war ich so ungeduldig gewesen wie jetzt. »Was ist?!«

»Ich habe … keine Kondome«, brachte er hervor.

»Komm … komm einfach her«, sagte ich und zog ihn an mich.

Am nächsten Morgen war ich schwanger.

Weswegen ich seitdem dazu verdammt bin, mit einem chaotischen Möchtegernschauspieler zusammenzuleben, während sich mein »nicht eingeschlagener Pfad« über die Jahre hinweg in James Hammond verwandelt hat – in einen Unternehmer, einen Hotelbesitzer und, laut *Lifestyle*, den »Geschäftsmann des Jahres«.

Em

James glotzt Polly an. Von Kopf bis Fuß, von oben bis unten. Als wolle er jedes Detail von ihr in sich aufsaugen. Plötzlich empfinde ich das starke Bedürfnis, mich zwischen die beiden zu schieben und zu rufen: *Hallo! Ich bin auch noch da!*

Polly

Ich geb's zu. Ich habe in den letzten Jahren ziemlich oft an ihn gedacht und muss nun einsehen, dass sich der James Hammond aus meiner Erinnerung nicht mehr ganz mit dem echten deckt. Zwar könnte er mit seinem durchtrainierten Oberkörper und der prickelnden Aura animalischer Kraft immer noch als Boxer durchgehen, aber jetzt trägt er ein rosa Hemd und eine orangefarbene Krawatte. Er wirkt irgendwie geschniegelter, außerdem netter, weicher. In der Zeitung habe ich gelesen, dass er einige Wohltätigkeitsorganisationen unterstützt.

»Witzig, dass ich dir ausgerechnet jetzt begegne«, sagt James. »Ich hab es endlich gekauft.«

»Was gekauft?«, frage ich.

»Erinnerst du dich noch an den Inshaw?«

»Du hast das Gemälde gekauft?« Ich versuche, nicht zu beeindruckt zu klingen, aber meine Stimme wird ganz quietschig.

»Nein«, antwortet er. »Ich habe zwar schon einige Inshaws, aber dieses nicht, nein. Ich habe das Land gekauft, das er gemalt hat – die grünen Hügel, die Wiesen. Es liegt in Wiltshire.«

»Ernsthaft?« Ich starre ihn mit einer an Schwachsinn grenzenden Verwunderung an. »Und … wie ist es so?«

»Spektakulär«, antwortet er. »Ehrlich gesagt finde ich, dass Inshaw es versemmelt hat.«

»Er hat es versemmelt?«

»Ja. Wenn er seine Staffelei nur ein paar Meter weiter hinten aufgestellt hätte, hätte er etwas wahrhaft Spezielles ins Bild bekommen.«

»Und was?«

»*Bodsham Abbey*. Einen riesigen Klosterkomplex aus dem frühen dreizehnten Jahrhundert. Den schönsten Ort der Welt.«

»Ernsthaft?«, frage ich. »Findest du?«

»Ich finde es nicht nur, ich *weiß* es«, sagt James. »Deswegen habe ich das Ding ja gekauft.«

»Ernsthaft???«, frage ich. »Du hast ein mittelalterliches Kloster gekauft?«

»Ja«, sagt James und grinst einen Moment lang so selbstzufrieden wie ein kleiner Junge, der ein neues Fahrrad geschenkt bekommen hat.

»Aber wo sollen denn die ganzen Mönche hin?«, frage ich.

»Die sind schon vor fünfhundert Jahren ausgezogen. Der Komplex war eine Ruine, ich habe ihn renovieren lassen.«

»Oh.« Ich staune über die Unbekümmertheit dieses Mannes. Er hat ein mittelalterliches Anwesen erneuert. Wir haben vier Jahre lang überlegt, ob wir den Dachboden ausbauen sollen. »Und was willst du jetzt damit machen?«

»Zu einem Hotel umfunktionieren«, sagt er. »Die Gäste schlafen im Haus des Abts, es sei denn, sie wollen ihr eigenes Cottage. Innerhalb der Steinmauer schließt der Komplex auf ungefähr dreißig Morgen ehemalige Armenhäuser und Stallungen mit ein. Und beim Blick über die Mauer sieht man die grünen Hügel, die Inshaw gemalt hat.«

Em
Während James quasselt, sieht Polly ihn verträumt an.
»Tu das nicht«, sagt sie.
»Was?«, fragt James.
Ich erklär's ihm: »Grundbesitz ist die neue Pornographie.«

Polly
Was natürlich Quatsch ist. Grundbesitz ist viel, viel aufregender als alles, was auch nur im Entferntesten mit Männern zu tun hat. Auf ein mittelalterliches Gebäude, sanfte, grüne Hügel und einen alten Eichenbestand kann man sich immer und ewig verlassen. Ein solches Ausmaß an Wohlbehagen kann dir kein Mann verschaffen. Selbst wenn man sich George Clooney unter den Nagel gerissen hat – der Tag wird kommen, an dem auch er dich darum bittet, an seinem Finger zu ziehen, damit er pupsen kann. Aber natürlich kann ich nachvollziehen, was Em sagt. Schließlich wohne ich in einer Vierzimmervorstadtdoppelhaushälfte, die mit klebrigen Handabdrücken und Prinzessinnen-Stickern dekoriert ist. Und während ich James so zuhöre, ist es nicht er, den ich will, sondern sein Hotel. Ich will da hin. Ich will einen Blick auf sein Leben erhaschen. Ich habe seine Karriere in den Medien verfolgt wie ein Teenie die seines Stars. Sein Alltag ist wie ein Ball, zu dem ich mir nicht mal im Traum eine Einladung erhoffen kann.
»Am Freitag findet eine Launch-Party statt«, sagt er. »Zur offiziellen Eröffnung. Hast du Lust, zu kommen?«
Ich kann es nicht fassen. Er will, dass ich komme! Für einen Moment bin ich keine fünfunddreißigjährige Frau mit speckigen Knien und ausgefransten Träumen mehr. Ich bin wieder vierundzwanzig, und alles ist möglich.
»Ich weiß noch nicht genau«, sage ich.
Das ist wieder mal typisch für mich. Warum kann ich nicht *einmal* spontan sein?

Wieder betrachtet er mich eingehend. Ich glaube, das ist eine Sache, die ihn so sexy macht – sein Interesse.

»Polly Pankhurst«, sagt er. »Was machst du so im Leben?«

Die meiste Zeit suche ich hinterm Sofa nach Schuhen, aber soll ich ihm das wirklich sagen?

»Ich arbeite an einem neuen Image für *Head & Shoulders*«, erkläre ich. »Es geht nicht mehr um Schuppen, sondern um Glatzen. Eine wahnsinnig spannende Kampagne, die mich seit zwei Jahren völlig vereinnahmt.«

Das war wohl nichts. Ich klinge nach saurer Milch.

»Und was würdest du gern tun?«, fragt er.

Das ist mir schon öfter an den Superreichen aufgefallen: Sie wissen immer genau, was sie wollen.

»Na ja«, antworte ich. »Ich würde gerne Gärten designen.«

»Wirklich?«, fragt er eifrig.

»Ja. Ich habe erst vor kurzem einen Kurs für Gartenarchitektur belegt. Das *liebe* ich.« (Ich habe mal gelesen, dass man über etwas reden soll, das man liebt, wenn man auf andere attraktiv wirken will. Und das stimmt auch, sofern man nicht gerade Arsenal liebt wie Arthur.)

»Ich brauchte für Bodsham einen Designer«, sagt James. »Wir haben eine Wiese von zehn Morgen, mit der wir noch etwas anstellen müssen. Komm zum Launch, vielleicht kannst du uns Tipps geben.«

»Oh. Das wäre toll.«

»Und ich zahle natürlich deinen üblichen Tarif«, sagt James.

»Meinen üblichen Tarif?«

»Für die Beratung zwecks der Wiese.«

»Oh, klar.« Ich versuche, professionell zu klingen. Was ist mein üblicher Tarif? Fünfhundert? Dreihundert? Das entspricht der Anzahlung für den Campingplatz, wo wir unseren Urlaub verbringen wollen. Die Platzverwaltung hat den Betrag schon drei-

mal angemahnt. »Wie viel verlangen deine Kunden denn normalerweise?«
»Achthundert?«, fragt James. »Kämst du damit hin?«
Für achthundert kannst du mich gleich dazu haben. Aber das sage ich natürlich nicht. Sondern nur: »Ja.«
»Wunderbar«, sagt er. »Du kommst also?«
»Ähm …« Freitags übernehme normalerweise ich die Kinder. Ich will gerade sagen, dass ich erst abklären muss, ob Arthur so nett sein und auf die Kinder aufpassen könnte (obwohl ich genau weiß, dass Arthur niemals so nett sein wird und ich deswegen erst abklären muss, ob er es zähneknirschend tun wird), als Hammond schon weiterspricht: »Es wäre wirklich großartig, wenn du kämst. Tatyana hat mich gerade verlassen. Ich wäre froh über nette Gesellschaft.«
Oh. Mein. Gott.
Während ich leicht erschüttert in James' männlich-herbes Gesicht blicke, wird mir bewusst, wie unspektakulär mein Leben geworden ist. Normalerweise führe ich Gespräche über Kinderverabredungen oder Änderungsvorschläge für Textentwürfe. Aber jetzt gerade, da bin ich mir ziemlich sicher, wurde mir Sex vorgeschlagen.
Und das in Gegenwart meiner Mutter.
Sie hat sich diskret abgewandt und begutachtet die Kanapees. Meine Mutter tut immer völlig unschuldig, obwohl sie selbst am liebsten im Mittelpunkt männlicher Aufmerksamkeit steht – im positivsten Fall könnte man sie als notgeil bezeichnen.
»Das ist ein wirklich liebenswürdiges Angebot«, sage ich. »Ich werde darüber nachdenken.«
Em meldet sich zu Wort. »Och, komm schon, du musst hingehen. Sollen wir zusammen fahren?«
»Du willst da auch hin?«, frage ich.
»Na klar«, antwortet sie und zieht für James das volle Tiefer-Aus-

schnitt-Wimpern-Klimpern-Programm ab. »Ich könnte mir vorstellen, dass Bodsham Abbey das Lieblingshotel von *Lifestyle* wird.« Und ausgerechnet meine Mutter fügt hinzu: »Oh, du musst einfach hinfahren, Polly!« Meine Mutter war früher Abgeordnete. Sie ist eine fanatische Netzwerkerin, aber sogar ich bin überrascht von der Vehemenz, mit der sie mich wie ein Stück Fleisch diesem Gorillamännchen in die Arme schubst. »Wo ist das Problem?«

»Na ja …«, fange ich an. Was soll ich sagen? Dass ich verheiratet bin? Kinder habe? Eigentlich will ich gar nichts sagen. Ich will bloß, dass dieser reiche, sexy Kerl mich noch einen klitzekleinen Moment umgarnt.

»Ich kann für dich einspringen«, sagt Mum mit aufgesetzt liebreizender Stimme.

Jetzt staune ich noch mehr. In meiner Kindheit war meine Mutter eine Vollblutfeministin. Es war quasi ihre Pflicht, ihren Kindern nicht zu viel Aufmerksamkeit zu schenken. Oder eigentlich gar keine. Hat meine Mutter mir wirklich gerade freiwillig angeboten, auf die Kinder aufzupassen?

Ich habe allerdings keine große Lust, vor James über Kinderbetreuung zu reden.

Ich löse das Dilemma, indem ich eine Visitenkarte aus meiner Tasche ziehe. »James, könntest du einen deiner Assistenten bitten, mich morgen anzurufen? Dann habe ich meinen Terminkalender zur Hand.«

James und ich sehen uns einen Moment zu lang an. Ein Gefühl von stillschweigendem Einverständnis.

Die ganze Zeit über sind mindestens vier Frauen hinter ihm herumgeschwirrt wie Wespen über einem Marmeladenglas, doch er hat sich eisern auf mich konzentriert. Jetzt summt die Jüngste nach vorne. Sie ist unverschämt hübsch und sieht wie sechzehn aus.

»Dad!«, sagt sie. »Wir müssen jetzt wirklich gehen!«
James lächelt entschuldigend. »Ich ruf dich an«, sagt er und geht. Mit ihm scheint auch der Spaß von der Party zu verschwinden. Der Champagner schmeckt schal, die Pasteten matschig. Und ich bin wieder die Vorstadtmami, die zur Zähneputzzeit zu Hause sein sollte.

Em

Sobald Polly fort ist, nehme ich mir ein neues Glas und gehe nach hinten in den Garten. Dort fange ich an zu lesen …

Learn Love in a Week – der Online-Kurs, der Ihr Leben verändert.

Erster Tag: Meine Standardfrage an Paare lautet: »Wie schafft man es, die Liebe lebendig zu halten?« Meistens höre ich dann: »Nun ja, das kostet viel Arbeit.« Nicht gerade ermutigend für den Romantiker mittleren Alters.
Klar, denken wir, genau das hat uns noch gefehlt: mehr Arbeit! Keiner kann uns genau sagen, worin diese Arbeit besteht, aber es wird immer wieder etwas von Paartherapie gemunkelt – eine Aussicht, die jeden modernen Mann in Angst und Schrecken versetzt. Denn der Mann ahnt, dass er in einer Paartherapie – einer Art »Rumble in the Jungle« des 21. Jahrhunderts – so lange Schläge kassiert, bis er nach ein paar Runden entnervt aufgibt und zu reden beginnt. Etwas, das ihm die Dame seines Herzens nie verzeihen würde.
Meiner Ansicht nach brauchen die meisten Paare nicht noch mehr Arbeit. Sondern mehr Zeit zum Spielen.

Challenge des Tages: Schreiben Sie zehn Minuten lang so schnell Sie können alles auf, was Ihnen zu »Ich liebe …« einfällt. Suchen Sie nach konkreten Dingen und lassen Sie Spaß und Albernheiten zu. Auf diese Weise entdecken Sie Ihre verborgenen Wünsche und können anfangen, sie sich zu erfüllen.

Hausaufgabe des Tages: Tun Sie etwas einfach nur so zum Spaß.

Das gefällt mir, das gefällt mir wirklich. Und ich werde definitiv darüber berichten. Alain de Botton hat sich nicht zurückgemeldet. Also rufe ich Arthur an. Er braucht eine verdammte Ewigkeit, um ans Telefon zu gehen.

»Arthur, Herzchen«, sage ich.

»Hallo, Em.«

»Hör mal, ich habe hier eine Sache für die Arbeit, zu der ich dich gerne etwas fragen würde: Hast du schon mal von *Learn Love in a Week* gehört?«

»Yep«, sagt er. »Mein Freund Malcolm will, dass ich da mitmache. Anscheinend muss man irgendwelche Übungen absolvieren.«

»Hast du die von heute gemacht?«

»Ja«, verkündet er stolz. »Klar. Wir haben achtmal zu *Chiquitita* getanzt.«

»Chiquitita?«

»Unser Lieblingssong von ABBA. Ungefähr in der Mitte kommt ein Rumtata-Teil, bei dem wir immer total ausflippen. Malory …« Hier schneide ich ihm das Wort ab. Leute mit Kindern geben sich gerne der Illusion hin, ihr Leben sei interessant. Ich hingegen glaube, man sollte jede Gelegenheit nutzen, um ihnen diese Flausen auszutreiben. »Die Übung«, setze ich an. »Hättest du nicht Lust, sie jetzt gleich mit mir am Telefon zu machen? Im Grunde genommen dreht sich alles um die Liebe.«

»Okay.«
»Liebst du Polly?«
»Ja«, antwortet er, ohne zu zögern.
»Und … könntest du das genauer ausführen? Was genau liebst du an ihr?«
»Ihre Arme«, antwortet er. »Und den spöttischen Zug um ihren Mund. Ich liebe die kleine Zigarrenkiste, in der sie Briefmarken aufbewahrt. Ich liebe den Ledersessel, den sie in einem Secondhandladen entdeckt hat. Ich liebe ihren Enthusiasmus und dass sie Bohneneintopf und Suppen mag. Ich liebe ihre Stimme. Und wie ihr Hals riecht. Ich liebe sie.«
»Und sagst du ihr das auch?«
»Nö.«
»Warum nicht?«
»Weil sie das nur ausnutzen würde. Wenn ich sage: ›Ich liebe dich‹, antwortet sie: ›Oh, schön. Könntest du dann den Rasen mähen? Und mal eben raufgehen und mir was aus dem Schrank holen? Könntest du bitte den Karton mit den Arsenal-Stadionzeitungen, deine stinkigen Anzüge und überhaupt alles wegwerfen, was deine Mutter dir gekauft hat? Ach, und könntest du dich im kommenden Monat bitte auch um sämtliche andere Angelegenheiten kümmern? Ich geh dann mal einen trinken.‹«
»Und sagt Polly dir, dass sie dich liebt?«
»Wenn sie auf Geschäftsreise geht, kann es sein, dass sie mir vom Flughafen aus eine SMS schickt. Ansonsten nicht.«
Plötzlich tut mir Arthur ein bisschen leid. Als ich Polly gefragt habe, ob sie ihn liebt, meinte sie, ihre Gefühle seien verschüttet. Und wenn ich Arthur die gleiche Frage stelle, hat er gleich eine ganze Liste parat.
»Klingt irgendwie traurig, nicht wahr?«, sagt Arthur. »Aber was soll ich machen?«
»Du sollst irgendwas spielen.«

Er seufzt. »Ich hab den ganzen Tag gespielt.«
»Und was?«
»Mit Barbies, wie immer. Sarah, die blonde, mit der abgekauten Hand, hat Aladin geheiratet, die Disney-Puppe, die nur noch ein Bein hat. Die Zeremonie hat ziemlich lange gedauert und wurde von Grüffelo geleitet. Auf dem Ball anschließend haben wir in verschiedenen Kostümen getanzt. Die *Chiquitita*-Sache, du erinnerst dich.«
»Hört sich an, als solltest du mal was spielen, auf das du wirklich Lust hast.«
»Hört sich an, als sollte ich größere Mengen Bier in mich reinschütten«, erwidert er. »Das geht aber erst, wenn ich die Kinder in der Wanne habe.«

Arthur

Es dauert eine elende Ewigkeit, bis ich die Kinder in der Wanne habe. Dann noch eine elende Ewigkeit, sie wieder rauszukriegen. Wie kleine Gewerkschaftler im Sitzstreik hocken sie da drin. Erst als ich ihnen Milch, Cheerios und lustig zurechtgeschnittene Toaststreifen bringe, kann ich sie endlich zum Rauskommen bewegen. Und das auch nur nach zähen Verhandlungen. Zwischendrin meinte Ivy allen Ernstes, sie würde sich nicht von der Stelle rühren, es sei denn, ich schenkte ihr einen Welpen.
Jetzt bin ich im unteren Stockwerk. Ich kann mich noch nicht zum Aufräumen überwinden.
Im Allgemeinen bereite ich Pollys Ankunft vor und erledige die wichtigsten Hausarbeiten, ganz wie ein Sklave Kleopatras, der um sein Leben putzt. Ich glaube, sie will das so. Aber heute ist sie auf einer Party, und Em hat gesagt, ich soll irgendwas spielen.
Ich setze mich an den Küchentisch, auf dem noch Malblätter und Buntstifte herumliegen (wir hatten eine längere Kunstsession, in

deren Verlauf wir die Hochzeitsgeschenke der Barbies gemalt haben). Ich könnte ja einfach mal etwas zu meinem eigenen Vergnügen malen. Aber was? Was wäre denn ein Vergnügen?
Oh. Ich weiß.
Ich lese gerade zum zweiten Mal die Biographie von Alma Mahler, der Frau von Gustav, dem Komponisten. Die Mahlers lebten um 1900 in Wien. Muss eine aufregende Zeit gewesen sein. Freud erfindet die Psychoanalyse und Schönberg eine neue, radikale Art atonaler Musik, die scheiße klingt. Und eines Abends trifft Alma bei einer Party in einem proppenvollen Treppenhaus den anderen berühmten Gustav – Gustav Klimt, den Maler. Klimt drückt Alma gegen die Wand. Blickt ihr tief in die Augen und sagt: »Es ist nicht anders möglich, als ganz ineinander zu gehen.«
Großartig, oder?
Ich werde also Gustav Klimt zeichnen, wie er diese unsterblichen Worte sagt. Früher habe ich das schon mal versucht, ihn aber nie so richtig hinbekommen. Wenn ich es noch mal versuche, lassen die das bestimmt als Spiel durchgehen. Also los.
Ich mache mir ein *Hoegaarden*-Bier auf und zeichne Klimt Nummer eins.

Eigentlich bin ich ganz zufrieden, aber am Gesichtsausdruck muss ich noch feilen. Die Wirkung ist irgendwie zu schwach. Dieser Klimt hier sieht aus wie eine Sexbestie aus der Kinderbuchserie *Unsere kleinen Damen und Herren.* Mr. Beharrlich, oder so. Ich versuche es noch mal, und diesmal lasse ich ihn viel eindrucksvoller aussehen, künstlerischer …

Wieder finde ich mich ziemlich gut. Vielleicht sollte ich ein Klimt-T-Shirt entwerfen. Allerdings ist der Gesichtsausdruck jetzt eher düster als leidenschaftlich. Ich gebe ihm also einen gefühlvolleren, kreativeren Touch, aber das Ergebnis wirkt schwuchtelig …

Ach nee. Jetzt sieht er wie ein arbeitsloser Schauspieler aus, der für den Part des Gustav Klimt vorspricht. Dieser Klimt hier würde nach getönten Haaren und frustrierten Ambitionen riechen. Wenn er schon Schauspieler sein soll, dann ein großartiger. Ich versuche mir Johnny Depp als Klimt vorzustellen. Aber irgendwie ist er jetzt zu klein …

Vielleicht bin ich auch zu zögerlich. Klimt hat in einer ganz anderen Ära gelebt, eine verdammt leidenschaftliche Arbeit abgeliefert und bestimmt kein schlechtes Gewissen gehabt, wenn er einen Lappen im Waschbecken vergessen hat. Also zeichne ich noch einen. Einen großartigen, mächtigen.

Oha. Jetzt sieht er aus wie Hitler.
Plötzlich wird mir etwas klar: Kein Wunder, dass Polly nie sagt, dass sie mich liebt. Ich kann mir ja nicht mal einen Kerl *vorstellen*, den Frauen attraktiv finden.

Inzwischen ist es fast zehn. Ich habe eine heldenhafte Menge Hoegaarden getrunken, und der Tisch ist voll mit kleinen Klimts, die mir alle die gleiche Botschaft entgegenschreien – die reinste Kakophonie deutscher Stimmen. Einige klingen eindringlich, atemlos, andere laut und hysterisch. Aber sie sagen das gleiche: *Es ist nicht anders möglich, als ganz ineinander zu gehen.*

In diesem Augenblick kommt Polly nach Hause.

Sie steht im Durchgang zur Küche und sieht umwerfend und leicht angesäuselt aus. Sie befindet sich in jenem Stadium des Besoffenseins, in dem man mit sich selbst zufrieden ist – so als hätte man einen Streit nach dem anderen gewonnen und wäre *hocherfreut*, noch einen auszufechten. Ich lächle. Nähere mich ihr. Schlinge die Arme um ihre Taille. Und probiere den Spruch: »Es ist nicht anders möglich, als ganz ineinander zu gehen.«

»Vergiss es«, sagt sie. »Du stinkst nach Bier, und wir müssen noch über Freitag sprechen.«

Ich zucke zusammen.

Ich würde gerne über Klimt sprechen oder über die Frage, was Männer attraktiv macht. Aber in Pollys Augen kann das Thema Männer immer warten. Ganz im Gegensatz zu ihren Terminabsprachen. Terminpläne sind nicht geduldig und verharren auch nicht geduldig, bis man Zeit für sie hat. Das ist es, was mich an der Ehe wirklich höllisch nervt – dieser ganze Verwaltungskram.

Ich hole tief Luft und fange an, meine Buntstifte einzusammeln.

Polly

Ich bin gerade erst nach Hause gekommen, und schon regt er sich auf, schon mault er wieder. Aber was ich am meisten hasse, wenn ich nach Hause komme … Neben dem Kühlschrank steht diese Obstschale, in die Arthur all die Dinge übereinanderschichtet, mit denen ich mich auseinandersetzen soll: Rechnungen, Knöpfe, Fahrradlampen, Zahnseide, Aufladekabel, Elternbriefe, Barbies, denen die Hälfte ihrer Gliedmaßen fehlen, und die eine oder andere schimmelnde Birne. Die Obstschale ist ein Symbol für mein Leben. Es liegt unter Verwaltungsmüll begraben. Und enthält Dinge, die es nicht enthalten sollte. Außerdem habe ich Arthur mindestens zwölf Mal gebeten, sich selbst um den Kram zu kümmern. Tut er aber nicht.

Ganz oben liegt etwas Neues. Ein Brief aus Frankreich. Wahrscheinlich der Campingplatz, der schon wieder nach der Kaution fragt.

»Was machst du am Freitag?«, möchte ich wissen.

»Schreiben«, erwidert er.

»Die Sache ist die«, fahre ich fort. »Ich habe eben James Hammond getroffen.«

»James Hammond? Den Yuppie-Banker, der dich mal vögeln wollte?«

»Er ist kein Yuppie-Banker«, erwidere ich. »Er ist ein erfolgreicher Geschäftsmann mit ungefähr sechzig Luxushotels.«

»Ach ja«, sagt Arthur und führt eine leere Bierflasche an seine Lippen.

»Eins soll diesen Freitag eröffnet werden«, erkläre ich. »Und er möchte, dass ich auch komme.«

»Damit er dich vögeln kann?«

»Damit ich ihm ein paar Tipps zur Gartengestaltung gebe.«

Arthur blickt erstaunt drein. »Ist das … ein Auftrag?«

»Also, ich habe sein Angebot nicht als Versprechen aufgefasst, mein Design umzusetzen. Aber er zahlt dafür, dass ich hinfahre und mir den Garten ansehe.«

»Und wie viel will er zahlen?«

»Achthundert.«

»*Acht*hundert?« Arthur grinst verzückt. Wir lächeln beide.

»Ich wollte ihm schon sagen, dass er mich für das Geld gleich dazu haben kann.«

»Mich auch! Und er dürfte sogar oben liegen.«

»Ich glaube nicht, dass er *dafür* Geld zahlen würde«, entgegne ich fröhlich. »Aber ich schon.«

Arthur lächelt. Wir sehen einander in die Augen. Plötzlich fühle ich mich, wie ich mich schon lange nicht mehr gefühlt habe: leicht, glücklich … und ich bin ein bisschen scharf.
»Könntest du die Kinder übernehmen?«
»Na klar.«
Ich bin schrecklich froh, dass er es mir wenigstens dieses eine Mal so leicht macht. Ich drücke meine Lippen auf seine und knutsche ihn.

Arthur
Darauf stehe ich ja gar nicht. Wir sind seit zehn Jahren zusammen. Meine Libido ist die eines Pandas. Ich weiß, zu was Sex führt. Zu kleinen Menschen, die Toast in den DVD-Player schieben. Außerdem drückt sie mein eines funktionierendes Nasenloch platt, so dass ich nicht mehr atmen kann. Ich habe nichts gegen Zungenküsse, aber ersticken will ich auch nicht. Ich mache mich los.
»Alles in Ordnung?«, fragt sie.
»Ich habe Klimt-Cartoons gezeichnet«, setze ich an.
Der ganze Tisch ist voll – warum wirft sie nicht wenigstens mal einen Blick darauf? Das ärgert mich. Warum reden wir immerzu über Projekte und Pläne, aber nie über etwas Lustiges?
Sie schaut zum Tisch. »Schön«, sagt sie knapp.
Na toll. Jetzt habe ich wie ein kleines Hündchen um Aufmerksamkeit gebettelt und trotzdem keine bekommen.
Polly küsst mich wieder. Dieses Mal nimmt sie sich mehr Zeit dafür. Sie legt ihre Hände auf die empfindlichen Stellen hinter meinen Ohren und presst ihre Lippen auf meine. Diesmal hat der Kuss eine andere Wirkung. Diesmal macht es *bzzzz* in meiner Lendengegend, wo sich sofort etwas regt. Excalibur ist bereit für den Kampf!
Oh, mein Gott!

Wir tun etwas, was wir seit Monaten nicht mehr getan haben. Wir knutschen rum wie Teenies auf einer Party. Ich schmecke Wein auf ihrer Zunge, schließe die Augen, und im Geist küsse ich das schöne Mädchen von einst, das ich zum ersten Mal an einem Lagerfeuer gesehen habe. Ich liebe sie. Ich will sie. Ich will sie nackt. Jetzt.

»Liebling«, sage ich. »Lass uns ins Bett gehen.«

»Okay«, antwortet sie. »Räumen wir nur schnell auf.«

»Okay.«

»Und ich muss noch schnell meine Mails checken.«

»Okay.«

Sie verschwindet. Ich trotte zur Spüle.

Wie zum Geier ist das denn jetzt passiert? Gerade eben sah es noch so aus, als würde ich gleich aufregenden Sex haben. Und jetzt räume ich auf!

Ich verschaffe mir einen Überblick. Es sieht schlimm aus. Sehr schlimm. In der Spüle stapeln sich benutzte Teller. Am Fuß der Treppe liegt ein Haufen Wäsche, der seit mindestens vier Wochen immer größer wird. Will er hinauf? Hinunter? Man weiß es nicht. Er ist wie eine Art Flüchtlingslager für Socken.

Ich denke: Das kann verdammt noch mal Stunden dauern.

Aber dann denke ich: Heute Nacht kehrt Excalibur zu Nimue zurück. Lüstern schleudere ich das herumliegende Spielzeug in die Spielzeugkiste. Kratze Ei aus Pfannen. Fische sogar den feuchten Zwiebelring aus dem Ausguss, der sich hartnäckig daran festklammert.

Um zehn Uhr achtundvierzig bin ich fertig. Ich gehe die Treppe hinauf und fühle mich gut. Ich denke an Pollys Hintern. Sie hält ihn für dick. Das ist er auch, aber das macht mir nichts aus. Ich habe ein paar der schönsten Stunden meines Lebens damit verbracht, mich an genau diesen Hintern zu schmiegen. Und das habe ich jetzt auch wieder vor. Wahrscheinlich ist sie im Bad. Und wäscht den Hintern.

Ich betrete das Schlafzimmer. Sie sitzt mit dem Laptop auf dem Bett. Als ich auf sie zugehe, klappt sie ihn schuldbewusst zu. Klar, dass ich neugierig werde. Also klappe ich ihn wieder auf. Nein, sie hat sich keinen Porno reingezogen. Sondern die Seite von Primelocation. Hätte ich mir eigentlich denken können. Seit ungefähr einem Jahr ist Polly geradezu besessen von der Idee, aufs Land zu ziehen. Den richtigen Ort zu finden – das ist ihre Mission. Am Anfang hat sie nur online gesucht und sich so sehr auf einzelne Countys versteift, als ginge es um ihre Liebhaber. Zuerst war es Lincolnshire. Das schlichte, aber preiswerte Lincolnshire. »Lincolnshire«, wird sie gedacht haben, »*dich* kann ich haben.« Dann wollte sie unbedingt nach Kent. Kent war kurvig. Kent war fruchtbar. Dann hat sie sich vorübergehend auf Whitstable versteift, um sich anschließend auf Ashford einzulassen. Dann wieder Kent. Canterbury. Und noch mal Kent, mit all seinen feuchten Winkeln. Ein Wochenende nach dem anderen hat sie dieser Mission geopfert. In Maidstone hatte sie plötzlich einen schlimmen Moment. Hasste Kent. Kent war arrogant. Jetzt steht sie auf Suffolk. Sie sehnt sich nach weiten Feldern und endlosem Himmel. Ipswich hingegen gibt ihr gar nichts.

»In der Nähe von Colchester habe ich was Tolles gesehen«, sagt sie.

Ich starre sie an. Ich liebe sie wirklich sehr. Aber wenn sie jetzt noch ein einziges Wort über Colchester sagt, könnte ich etwas Unangemessenes tun.

Ich setze mich neben sie.

Ich nehme den Computer von ihrem Schoß.

Ich küsse sie.

Aber dann fängt der Hund an zu bellen.

Polly

Da ist jemand an der Haustür.

»Wer kann denn das sein?«, fragt Arthur und richtet sich auf.

»Malcolm wahrscheinlich«, antworte ich.

Mal ehrlich: Wer soll es denn sonst sein?

Malcolm ist zweiundvierzig, Ire und vom Bau. Und der einzige Mensch in London, der unangemeldet Leute besucht. Einmal ist er – natürlich ohne vorher anzurufen – mit seiner achtzigjährigen Mutter hier aufgetaucht, die Alzheimer hat. Das war eine lange Stunde.

»Du könntest runtergehen und ihn bitten, morgen wiederzukommen«, sage ich. »Dann kann er auch gleich die Spülmaschine reparieren.«

Arthur

Ich renne runter und mache die Haustür auf.

Malcolm hat rotblonde Haare, Stan Laurels weiches, freundliches Grinsen, und er trägt Klamotten mit Farbspritzern.

»Hey, Big Guy«, sagt er gut gelaunt. »Passt es gerade?«

»Ähm, na ja«, antworte ich. »Es ist Sonntagabend und fast elf.«

Malcolm lächelt weiter. »Stimmt. Und passt es gerade?«

Eigentlich möchte ich sagen: Malcolm, außer Wahnsinnigen, sehr alten Menschen und Gelegenheitsmördern freut sich im heutigen England niemand mehr über unangekündigten Besuch.

Doch das sage ich nicht. Stattdessen: »Was gibt's?«

»Am Samstag steigt das Community Festival im Springfield Park«, verkündet Malcolm. »Und ich, mein Freund, bin der Organisator der Bootsparade.«

Keine Ahnung, was ich mit dieser Information anfangen soll.

»Herzlichen Glückwunsch«, sage ich.

»Danke«, erwidert er stolz.

Er wendet sich zu seinem alten roten Transporter um, der hinter ihm auf der Straße parkt. Auf dem Dach sind zwei Kanus und zwei ziemlich große Pappmaché-Tierköpfe befestigt.

»Die Tierköpfe da fahren bei der Parade mit«, erklärt er. »Meinst du, deine Kinder hätten Lust, sie zu bemalen?«

»Bestimmt.«

»Kann ich sie hier abladen?«

»NEIN!«, sage ich etwas zu laut.

Malcolm lächelt trotzdem weiter.

»Hör mal, wie wär's, wenn du morgen um fünf vor halb vier noch mal kommst? Wir holen die Kinder von der Schule ab und erledigen anschließend das mit dem Malen. Und könntest du dir dann vielleicht auch den Geschirrspüler ansehen?«

»Klingt perfekt«, antwortet Malcolm und drückt mich an sich. Eine Mischung aus Terpentin und Cannabis weht mich an. »Wir sehen uns morgen, Big Guy. Schlaf schön.«

»Gute Nacht«, sage ich und strahle fröhlich, bis die Tür ins Schloss fällt.

Ich schließe zweimal ab. Und sprinte die Treppe hinauf.

Hoffentlich schläft Polly noch nicht. Sie kommt aus einer außergewöhnlich ambitionierten Familie. Was Schlaf angeht, kennen die Pankhursts keinen Spaß. Man geht früh zu Bett und steht früh auf. Und alles nur, um zu schaffen, schaffen, schaffen, und zwar in einem Job, den man nicht ausstehen kann.

Als ich ins Schlafzimmer zurückkomme, sind die Lichter aus.

Oh, shit.

Das sieht nicht gut aus.

Aber vielleicht wartet sie auch einfach im Dunkeln auf mich? Ich ziehe mich aus. Klettere ins Bett. Rutsche über den kleinen Wulst in der Matratze, der mein Hoheitsgebiet von ihrem trennt.

Ich ziehe sie an mich. Sie nimmt meine Hand. Oh, nein, *nein!* Ich weiß genau, was das heißt. Mit dem Sex bin ich durch, signalisiert sie mir. Versuch's gar nicht erst. Und für den Fall, dass ich die Botschaft nicht kapiere, hält sie meine Hand ganz fest.

Mist!

Ich nehme sie wieder in den Arm. Das hier ist Liebe, will ich damit sagen, nicht einfach nur Lust. Ich denke, zwei Minuten sollten reichen.

Ein Hippopotamus. Zwei Hippopotami. Drei Hipp … Okay, das waren zwei Minuten. Auf in die Schlacht. Aber dafür werde ich meine rechte Hand brauchen. Kann ich sie befreien?

Haha, und ob. Meine Hand windet sich aus ihrem Griff und schleicht sich wie auf der Flucht vor einer bösen Hexe davon. Sie kriecht über ihren Rücken und in stummer Entschlossenheit auf ihre rechte Brust zu. Die rechte Brust ist das Basislager. Wenn ich erst mal dort angelangt bin, kriege ich sie rum, das weiß ich.

Sie zuckt mit den Schultern. Dreht sich weg. Bewegt ihren Arm. Der Weg zur Brust ist versperrt!

Ich bin mit meinem Latein am Ende. Und ein bisschen sauer (schließlich hat sie damit angefangen). Aber ich bin auch traurig. Meine Verführungstaktik hat sich seit der Pubertät nicht geändert. Im Prinzip lauere ich nach wie vor nur auf eine Chance und hoffe, einen Treffer zu landen.

Hat sie gerade geschnarcht?

Oh, Herr im Himmel!

Ich rücke von ihr ab und verspüre einen enttäuschten Stich. Dummerweise ist Excalibur noch bereit. In Habachtstellung wie ein kleiner Soldat. Einen Moment lang überlege ich, ob ich ihn nicht … ein bisschen rubbeln soll. Mach ich dann natürlich nicht. Ich bin ja ein Gentleman. Aber als ich die Augen schließe, wird mein Bewusstsein von sinnlichen Bildern überflutet. Ich denke an die schöne Polly am Lagerfeuer. An die Nacht im Hotelzimmer mit Greta Kay. Plötzlich bin ich von mir selbst angewidert. Ich kann jetzt nicht an Greta Kay denken! Das weckt zu viele Gefühle in mir, zu viele »was wäre wenn« und »hätte ich doch nur«.

Und während ich wieder auf meine Bettseite hinüberrutsche, fühle ich mich ganz und gar nicht wie Klimt. Sondern wie ein Hund, der in sein Körbchen trottet.

Montag

Learn Love in a Week – der Online-Kurs, der Ihr Leben verändert.

Zweiter Tag: Ein berühmter Beziehungsratgeber behauptet: *Männer sind vom Mars, Frauen von der Venus.* Das ist mir zu vage. Ich sage stattdessen: Frauen sind wie Bienen, Männer wie Schnecken. Lassen Sie sich darauf ein: Frauen sind Bienen. Soziale Wesen. Sie schwirren in der Gegend rum und machen Vorschläge. »Komm, fliegen wir aufs Land und sssaugen sssüßen Blütensssaft.« Doch wenn sie zustechen, sind sie tödlich: »Du bist genau wie dein Vater!«
Jede Frau ist eine Königin. Wenn sie nach Hause kommt, erwartet sie, dass alles perfekt ist. Sie bleibt neben dem vollen Mülleimer stehen. Bemerkt den verschütteten Saft. Sie betritt das Wohnzimmer, wo sie wegen der Schleimspur, die ihr Schneckenmann auf dem Teppich hinterlassen hat, wütend wird. »Wir müssen reden!«, heißt es dann. Und der verschreckte Mann zieht sich panisch in sein Haus zurück …

Challenge des Tages für den Schneckenmann: Verstecken Sie sich nicht. Sagen Sie, was Sie denken. Beginnen Sie mit den Worten »ich will …« und schreiben Sie zehn Minuten lang alles auf, was Ihnen in den Sinn kommt (der Rekord liegt bei 784 Wörtern). »Ich will mehr Bier trinken. Ich will Arsène Wenger kennenlernen und umarmen. Ich will …«

Hausaufgabe des Tages für den Schneckenmann: Bilden Sie sich bloß nicht ein, irgendwas von Ihren Einfällen auf die klassisch männliche Weise kommunizieren zu können. Also, indem Sie eine kleine Andeutung machen und sich dann in eine Schmollecke verziehen. Suchen Sie sich einen Punkt von Ihrer Liste aus und teilen Sie ihn Ihrer Frau mit. Ohne Umschweife, klar und deutlich.

Challenge des Tages für die Bienenfrau: Erklären Sie sich nicht. Nur einen einzigen Tag lang.

Hausaufgabe des Tages für die Bienenfrau: Überzeugen Sie Ihren Partner davon, dass Sie Ihren Stachel verloren haben. Er wird aus seinem Haus herauskommen und liebevoll seine Fühler nach Ihnen ausstrecken. Genießen Sie es. Der Liebesakt der Schnecke mag feucht und umständlich sein, aber er ist auch lang und leidenschaftlich.

Arthur

Die ersten Momente eines Tages sind so wunderbar kreativ … Halb träume ich, halb bin ich wach, und ich kann mir alles, was ich heute schreiben will, bildhaft vorstellen. Als ich meine Geschichte am Freitag verlassen hatte, standen ich und meine Hauptfigur kurz davor, Guinevere zum ersten Mal zu begegnen. Und jetzt kann ich sie wirklich vor mir sehen. Sie steht in einem Leinenkleid im Fluss. Das Kleid ist nass und schmiegt sich an ihren königlichen Busen, als …

Polly

Es ist acht Uhr morgens. Ich bin seit einer Stunde wach. Ich habe die Wäsche gewaschen, dem Campingplatz eine E-Mail geschickt und die Kinder für zwei AGs angemeldet.

Ich gehe ins Schlafzimmer. Arthur schläft noch. Und ich stelle fest, dass ich den großen Klumpen unter der Bettdecke ähnlich abwägend mustere wie ein Kleinkind diese Mini-Fahrgeschäfte, die oft vor Supermärkten stehen: Wie kriege ich das Ding da zum Laufen? Ich bin versucht, ihn zu piksen, aber ich weiß genau, was dann geschieht: Er wird sich wie ein Bulle schnaubend und pupsend herumwälzen und irgendwas von wegen Menschenrechten brummen. Also ziehe ich mit einem Ruck die Vorhänge auf. Das weckt ihn.

Er setzt sich auf und nimmt seine Schlafbrille ab.

»Morgen, Liebling«, zwitschere ich. »Tut mir echt leid, aber ich muss in zehn Minuten los.«

Er zieht sich die Stöpsel aus den Ohren. Er ist noch nicht ganz da.

»Was hast du heute Morgen vor?«, frage ich.

»Feinschliff«, verkündet er.

Ich muss gestehen, dass das Wort »Feinschliff« den dringenden Wunsch in mir weckt, ihm eine zu scheuern. Er hingegen wirkt bemerkenswert gut gelaunt.

»Ich bin gerade an der Stelle, wo Lancelot Guinevere trifft«, erklärt er mir, »und sich verliebt.«

»Und warum verliebt er sich?«, will ich wissen.

»Na ja«, sagt er. »Weil Guinevere clever und pfiffig ist und Wahnsinnsbrüste hat.«

Arthur pflegt einen pubertären Enthusiasmus für Brüste, den ich problematisch finde. »Müssen Männer eigentlich immer mit ihrem Schwanz denken?«

»Wir räumen ihm definitiv ein Stimmrecht ein«, gibt er fröhlich zurück.

Sein Laptop steht neben dem Bett. Er setzt sich auf und greift danach.

Wie drücke ich es nett aus?

»Liebling«, beginne ich. »Mit Jugendromanen kann man kein Geld verdienen.«

»Stimmt«, sagt er. »J.K. Rowling ist mittlerweile so knapp bei Kasse, dass sie ihren Körper online anbietet. Für hundert Mäuse darfst du in die Winkelgasse. Und für zweihundert in den Tropfenden Kessel.«

»Warum schreibst du nicht für eine Zeitung?«, frage ich freundlich. »Ich könnte Em fragen, ob sie Aufträge für dich hat.«

»Aber … wieso denn?«

Er kapiert es wirklich nicht.

»Wenn du dein Buch verkaufen willst, musst du bekannter werden.«

»Vielleicht wird mein Buch aber auch einfach richtig gut.«

Was für ein Idealist. Er glaubt tatsächlich, dass man allein durch Talent erfolgreich sein kann. Während wir pleitegehen.

»Bitte schreib für Em«, sage ich plötzlich.

»Aber wieso?«

Oh, Gott. Was soll ich nur tun? Unsere Sorgen und Schulden erdrücken mich, und er rafft es nicht einmal. Die ganze Verantwortung lastet auf meinen Schultern. Irgendwie muss ich ihm das begreiflich machen, aber dafür haben wir jetzt keine Zeit. Ich muss los.

Eine Spur zu laut sage ich: »Weil du kein Geld verdienst.«

Arthur

Verfluchte Scheiße.

Der Tag ist gerade mal drei Minuten alt, und sie hat mich bereits a) geweckt, b) mir schreiend vorgeworfen, dass ich nichts verdiene und c) versucht, mir einen neuen Job aufs Auge zu drücken.

Ich muss hier weg. Eigentlich sollte ich heute unbedingt schreiben, aber sie hat mich komplett aus der Fassung gebracht. Wie ein aufgeschrecktes Kaninchen springe ich aus dem Bett und flitze die Treppe hinunter.

Dummerweise kommt sie mir nach.

»Es könnte dir vielleicht ganz gut tun«, fährt sie fort, »über das wahre Leben zu schreiben. Von Zeitreisen will heutzutage doch kein Mensch mehr etwas lesen.«

»Genau. Deswegen hat *Dr. Who* ja auch eine so jämmerliche Quote.«

Das kann ich echt gar nicht leiden – wenn sie mir in meinen Beruf reinredet.

»Ich sage ja nur, was ich denke«, meint Polly.

Ja, aber es wäre großartig, wenn du es zur Abwechslung einfach mal nicht tätest.

»Ich persönlich würde *Dr. Who* höchstens dann interessant finden, wenn er eine Freundin hätte oder eine umgebaute Scheune kaufen würde oder so.«

»*Dr. Who* ist ein Timelord«, erkläre ich ihr. »Der hat keine Freundin.«

Sie lässt das Thema fallen – klug von ihr. Sie weiß, dass es dumm wäre, mich in Sachen Timelords herauszufordern.

»Warum versuchst du nicht wenigstens mal, für Em zu schreiben?«, beharrt sie.

»Ich sagte dir doch schon, dass ich heute an meinem Buch feilen will.«

Aber Polly akzeptiert kein Nein. »Du hast doch noch nicht mal einen Abgabetermin«, sagt sie.

»Polly«, versuche ich es noch einmal. »Ich weiß, dass du meine Schreiberei nicht als richtige Arbeit betrachtest.«

»Es ist eine großartige Arbeit«, sagt sie. »Wunderschön. Aber sie bringt kein Geld ein.«

Oh, Gott. Sie hat es unverblümt ausgesprochen.

»Das wird sie!«, widerspreche ich. So langsam werde ich sauer.

»Aber wohl kaum in den nächsten drei Tagen. Wir stehen inzwischen mit dreitausendvierhundert Pfund in den Miesen, und wenn ich Geld abheben will, wird mir die Herausgabe verweigert, was mich langsam nervös macht. Der Campingplatz hat auch schon dreimal angefragt, aber wir können die Anzahlung einfach nicht leisten.«

»Ich denke, ich kann uns etwas Geld besorgen«, sage ich.

»Und wie genau?«, fragt sie.

Ich hasse es, dass sie immer über jedes Detail mit mir sprechen will.

»Ich, ähm … habe morgen einen Termin in einer Schule.«

»Aha?«, fragt sie. »Wie kommt's?«

»Meine letzten Verleger haben das arrangiert«, erkläre ich. »Ich veranstalte eine Show, die sich *Die sieben Geheimnisse des Geschichtenerzählens* nennt. Im Anschluss leite ich einen Workshop zum Thema Improvisation. Dafür kriege ich dreihundert Pfund.«

»Und meinst du, die Schule gibt dir das Geld gleich cash?«, will sie wissen. »Das ist nämlich genau die Summe, die wir dem Campingplatz schulden.«

»Dreihundert Pfund?«, frage ich. »Nur für eine Anzahlung?«

»Ja«, sagt sie. »Dreißig Prozent, oder der Stellplatz ist weg.«

»Das kommt mir verdammt viel vor. Brauchen wir denn überhaupt einen Campingplatz?«, frage ich. »Als ich ein Teenager war, habe ich am Strand geschlafen oder auf Verkehrsinseln und manchmal …«

»Liebling!«, sagt sie laut.

Es ist immer ein schlechtes Zeichen, wenn sie »Liebling« sagt. Kosenamen benutzt sie nur, wenn sie sich vor einem Angriff einen Vorteil verschaffen will. Sie sagt es noch mal.

»Liebling«, sagt sie.

Oh, Scheiße.

Polly

Jetzt gebe ich's ihm, und zwar so richtig.

»Eigentlich hatte ich mir gewünscht, den Sommer in einer weißgetünchten Villa auf Ithaka zu verbringen, aber wir haben uns für eine Woche auf dem französischen Campingplatz entschieden. Ist okay, kann ich akzeptieren. Aber eine verdammte Verkehrsinsel akzeptiere ich nicht!«

Das trifft ihn. Er weicht zurück wie ein getretener Kater.

»Okay, schon gut«, sagt er. »Ich meinte damit ja nicht … ich wollte doch nur … Ich will damit nur sagen, dass es … dass es schon sein könnte, dass ich Geld verdiene. Weißt du, ich habe das Gefühl, meine Erzählstimme gerade erst zu finden. Alles, was ich brauche, ist ein bisschen Ruhe und ein klein wenig Vertrauen.«

Ich habe mich bereits angeschickt, meinen Mantel zu holen, daher bekomme ich seine Worte nur mit halbem Ohr mit. Trotzdem bin ich ziemlich sicher, dass er gesagt hat, er fände gerade seine Erzählstimme. Herrgott, er sucht das Ding schon seit zehn Jahren! Wenn man die eigene Erzählstimme zehn Jahre lang nicht finden kann, würde ich sagen, es ist höchste Zeit, die Suche aufzugeben. Und in der Zwischenzeit muss irgendjemand dafür sorgen, dass Kohle reinkommt.

»Ich kann jetzt leider nicht mehr weiterplaudern«, sage ich, als ich mit Mantel und Tasche zurückkehre. »Hör zu … die Kinder haben Hunger. Könntest du ihnen Frühstück machen?«
Dazu sagt er nichts. Er steht nur da und atmet tief ein und aus. Das macht mich wirklich sauer. Ich würde liebend gerne mal einen Morgen zu Hause bleiben. Ich würde den Kindern pochierte Eier machen, sie zur Schule bringen und dort ein bisschen mit den anderen Müttern plaudern. Er darf das machen und ist noch nicht mal dankbar.
»Es sind deine Kinder«, sage ich. »Es könnte dir also vielleicht auch mal ein bisschen Spaß machen, Zeit mit ihnen zu verbringen.«
»Oh, ich liebe es, Zeit mit den Kindern zu verbringen«, antwortet er. »Aber leider reden sie auch. Und sie weigern sich schlichtweg, logische Sätze zu bilden und nacheinander zu sprechen, so dass sich mein Schädel innerhalb kürzester Zeit anfühlt wie ein Radio, das zwischen zwei Sendern hängengeblieben ist.«
»Liebling«, sage ich und gebe ihm ein flüchtiges Abschiedsküsschen. »Du schaffst das schon.«
Er sieht mich einfach nur an.

Arthur

Ich gehöre zu den Leuten, die bei der Lektüre von *Supergute Tage oder Die sonderbare Welt des Christopher Boone* festgestellt haben, dass sie leicht autistisch veranlagt sind. Na ja … nicht dass ich unempfindlich für die Emotionen anderer bin. Ganz im Gegenteil. Wenn meine Frau traurig ist, fühlt sich das wie Sand im Auge an. Aber ich werde permanent von Informationen überwältigt. Am frühen Morgen ist es besonders schlimm. Morgendlicher Autismus – gibt es so was?
Ich öffne die Küchentür. Sofort komme ich mir wie ein Soldat unter Beschuss vor.

»Dad!«, ruft Malory (sieben). Sie steht in ihrem Flamencokleid auf einem Stuhl. »Ich brauche Cheerios.«

»Meine Barbie hat ihren Kopf verloren«, jammert Ivy (vier). »Er ist unter den Tisch gerollt.«

»Ich hab schon die Hälfte von meinem Aufsatz über die Ägypter fertig«, verkündet Robin (neun). »Soll ich ihn dir mal vorlesen?«

Yep. Genau, was ich jetzt brauche. Den Vortrag eines Neunjährigen über antike ägyptische Klamotten. Ich glaube, Robin ist schwul. Na gut, vielleicht nicht schwul, aber schon sehr an Mode interessiert. Außerdem ist er überaus reinlich, tanzt gerne und geht jeden Dienstag in Mrs. Bettersons Choreographie-Kurs. Er mag Fußball, interessiert sich aber vor allem für die Trikots, die er »Kostüme« nennt. »Wieso trägt West Ham denn Lila mit Blau«, hat er gestern gefragt. »Das geht ja gar nicht.«

»Überdies«, sagt Robin nun (Hallo? Das ist doch wohl ein schwules Wort, oder nicht? Ich habe noch nie einen Neunjährigen getroffen, der »überdies« sagt), »haben wir noch nicht über meine Aufführung gesprochen. Ich denke, ich sollte zu *Chiquitita* tanzen und in der Mittagspause alle zum Proben zusammentrommeln.«

Aufführung? Was für 'ne Aufführung?

So ist das mit Kindern: Man hat ständig das Gefühl, die Hälfte der Unterhaltung verpasst zu haben.

»Dad!«, brüllt Malory. Sie ist das typische Sandwich-Kind – eine zornige Diva. »Ich brauche Cheerios!«

»DAD!«, schreit Ivory. Sie ist die Jüngste und will unbedingt gehört werden. Da steckt sie ihre gesamte Energie rein. »Barbies Kopf liegt auf dem Boden, und Mrs. Thompson will ihn FRESSEN!«

Ich sehe nach. Mrs. Thompson (der Hund, ein zehnjähriger Schnauzer) interessiert sich nicht für Barbies Kopf und täte es auch nur, wenn er mit Wurst gefüllt wäre. Stattdessen scharrt sie mit der Pfote in ihrem Napf herum und verlangt nach Leckerlis.

»Dad«, sagt Malory wieder. »DAD!«

»Bitte!«, sage ich sehr laut. »Haltet mal für einen Moment die Klappe, ja? Ihr redet alle auf einmal, ich bin schon ganz wirr im Kopf!«

Doch die Sache wird nur immer komplizierter. Noch jemand betritt das Schlachtfeld – meine Frau. Feldmarschall Polly Pankhurst.

»Halt *du* die Klappe!«, fährt sie mich an. »Ich hasse es, wenn du uns alle anbrüllst!«

Und ich hasse es, wenn sie vor den Kindern meine Autorität untergräbt.

»*Bitte* bleib heute mal ruhig«, fährt sie fort. »Und könntest du außerdem heute *bitte* die Obstschale leeren?« Sie rafft ihre Sachen zusammen. »Bis später, Leute!«, sagt sie und verschwindet zur Arbeit.

Em

Die Woche fängt immer gleich an: Um neun Uhr versammeln sich die Ressortleiter im Konferenzraum. Sarah Shelton, unsere geschätzte Chefredakteurin, taucht auf, woraufhin sämtliche Leiter ihre Ideen präsentieren. Anschließend begründen die anderen so höflich wie möglich, weshalb die Ideen ihrer Ansicht nach scheiße sind. Es ist wie früher auf dem College im Streber-Seminar, nur dass es keine Semesterferien mehr gibt und deine Seminararbeiten in der Zeitung abgedruckt werden.

Und so geht man damit um:

1. Man versucht, ein paar absolute Killerideen aus dem Ärmel zu schütteln und am besten gleich ein paar berühmte Leute zur Hand zu haben, die darüber schreiben.
2. Man umgibt sich mit Verbündeten, die einem dabei helfen,

Ruhe zu bewahren. Wenn man, sagen wir, das Thema *Kinderbetreuung, das Ende der Gleichheit?* vorstellt und Mike Linson, Sportredaktion, einwirft: »Hatten wir das nicht schon letztes Jahr?«, ist es nicht zielführend, mit »Hatten wir nicht jeden Tag der letzten Woche irgendwas über Fußball?« zu kontern.
3. Es ist sehr wichtig, ein gutes Getränk dabeizuhaben.

An diesem Morgen fühle ich mich perfekt vorbereitet. Es ist erst acht Uhr sechsundfünfzig. Alain de Botton hockt in den Startlöchern, und ich sitze neben Dan. Er ist der Leiter von *Vroom*, dem Magazin für Autos und anderen technischen Schnickschnack, sprich: für Jungsspielzeug. Und da passt Dan perfekt rein. Er ist *mein* Jungsspielzeug. Zweiunddreißig, extrem gutaussehend und sehr hip. Er trägt Skinnyjeans und eine Stachelfrisur. Als er vor drei Jahren zu *Vroom* kam, fand ich ihn sofort spannend. Jeder weiß über Dan Bescheid. Er ist so was wie berühmt. Sein Vater war ein echter Popstar und er selbst mal kurz mit Kate Moss zusammen. Vor zwei Jahren haben er und ich auf einer Betriebsfeier was miteinander angefangen – ein aufregend erotischer Moment auf einem Ausflugsschiff auf der Themse. In der Arbeit halten wir unsere Beziehung geheim. Mit unserer inoffiziellen Vereinbarung, uns als Ressortleiter gegenseitig Schützenhilfe zu geben (zum Beispiel gegen feindliche Attacken von Mike Linson), gehen wir dagegen offener um. Okay, Dan ist nicht der Zuverlässigste, aber wenn Mike Linson angreift, kämpft er wie ein tollwütiges Frettchen. Nun sitzt er also neben mir und zupft sich geistesabwesend das Haar zurecht. Mich überkommt das seltsame Bedürfnis, seine Wange zu streicheln. Trotz des Debakels am Wochenende empfinde ich ihm gegenüber fast so etwas wie Zuneigung.
Da kommt jemand.
Mein göttlicher neuer Assistent Jeremy.

»Ich habe dir Dong Ding mitgebracht«, sagt er anzüglich.

Er ist schwul, was ein Assistent meiner Ansicht nach auch sein muss.

»Was ist das?«, frage ich.

»Das weißt du nicht? Ich fass es nicht«, erwidert er mit gespieltem Entsetzen. »Ein taiwanesischer Oolong-Tee, der dreißig Mäuse pro Beutelchen kostet.«

»Und wieso sollte irgendjemand dreißig Mäuse für einen einzigen Teebeutel zahlen?«

»Weil«, sagt Jeremy und schenkt mir eine heiße, grünliche Flüssigkeit ein, »er mild ist und subtil. Und voller Antioxidantien.«

Ich nippe an der Tasse. »Schmeckt nach Kochwasser«, sage ich, »in dem Jeans gewaschen wurden.«

Jeremy sieht mich indigniert an. »Stella McCartney schwört drauf.«

Ich nippe noch mal. »In diesem Fall: Ich vergöttere den Tee. Schreib dazu noch hundert Wörter für unsere Rubrik ›Dinge, die wir lieben‹.«

»Wird gemacht«, sagt Jeremy und geht zur Tür. »Guten Morgen, Dan«, ruft er im Hinausgehen. »Du siehst toll aus. Ich hoffe, du hattest ein schönes Wochenende.«

»Ja, danke«, erwiderte Dan steif. Sobald Jeremy draußen ist, wirft er mir einen sorgenvollen Blick zu.

Ich lehne mich zu ihm hinüber. »Keine Angst, Liebling«, flüstere ich. »Er wollte nur höf…«

Dan rückt näher an mich heran und vergewissert sich, dass niemand hersieht. Dann flüstert er eindringlich: »Ich hab dir doch gesagt, du sollst mich auf der Arbeit nicht so nennen.«

Ich erwidere nichts. Ich sitze nur da und koche innerlich vor ohnmächtigem Zorn. (Gibt es überhaupt eine andere Form von Zorn?) Was soll ich mit diesem Kerl nur anstellen?

Im Moment habe ich keine Zeit, darüber nachzudenken, denn

Sarah Shelton tritt ein, und all meine Beziehungsprobleme sind auf einen Schlag wie weggeblasen. Sie bedenkt den Konferenzraum mit einem steifen Lächeln und mustert ihr Team kühl. Ihre Führungsposition geht sie ganz klar nach dem »Teile und herrsche«-Prinzip an. Als ihr Blick auf mir ruht, fühle ich mich wie eine Fliege, die in die Augen einer Eidechse starrt. Sheltons Begleitung ist eine feminine, gutaussehende Frau, die ich von irgendwoher kenne. Sie ist Ende vierzig, hat rötliches Haar, sehr feste, eindeutig falsche Brüste und teure, wenn auch ziemlich geschmacklose Kleidung (Glanzbluse mit Fransen. D&G für Cowboys). Miss Möpse wiederum hat Poppy Simon im Schlepptau, meine Stellvertreterin, die mir einen verlegenen Blick zuwirft. Was geht hier vor? Mein Herz pocht vernehmlich.
»Guten Morgen«, sagt Shelton mit ihrem prolligen Arbeiterakzent.
Sarah Shelton stammt aus Penge, aber ihr ganzes Leben ist ein einziger Versuch, den Penge-Anteil in sich zu tilgen. Das Gesicht ist gestrafft, die Lippen gebotoxt, und mit dem Geld, das sie für ihre Outfits ausgibt, könnte man sich in Penge wahrscheinlich ein ganzes Haus kaufen. Und trotz allem ist ihr Akzent noch Proletentum pur.
Der Konferenzraum schweigt, während alle darauf warten, dass Shelton beginnt. Sie kostet die Stille aus.
»Bevor ich mir Ihre großartigen Ideen anhöre«, beginnt sie schließlich, »möchte ich Ihnen jemand ganz Besonderen vorstellen. Sie kennen sie wahrscheinlich als Sängerin, Moderatorin und zeitgenössische weibliche Ikone. Hinter der Kamera arbeitet sie als Executive Producer von *Daybreak*, was sie zur wohl bestvernetzten Frau Londons macht. Es handelt sich, wie könnte es anders sein, um die wundervolle, talentierte, umwerfende … Greta Kay!«
Greta Kay. Die kenn ich doch. Was hat die gleich noch mal mo-

deriert? Hey, Momentchen … hatte Arthur nicht mal was mit der? Ich MUSS mit Polly reden!

»Wie Sie alle wissen, arbeiten wir an verschiedenen Strategien, um mehr Leser für *Lifestyle* zu gewinnen.«

Wie bitte ?! WIE BITTE ?? Der Satz trifft mich voll in die Magengrube.

»Und ich freue mich, Ihnen verkünden zu dürfen, dass Greta angeboten hat, nächste Woche als Gastredakteurin bei *Lifestyle* auszuhelfen.«

Was? *WAS????* Was zum Teufel soll das????! Oh, nein. Meine Arbeit ist doch *der einzige* Bereich in meinem Leben, in dem es gut läuft. Das darf sich einfach nicht ändern!

»Poppy Simon, *Lifestyles* wunderbar talentierte stellvertretende Ressortleiterin, habe ich hergebeten, da ihr beide euch ja schon aus der heilen Fernsehwelt kennt.«

Wieder wirft mir Poppy einen Blick zu, und mir wird bewusst, dass mir die Kinnlade runtergeklappt ist. Verdammt. Schlimm genug, so derbe eins reingewürgt zu bekommen, aber noch schlimmer, wenn die anderen merken, dass einen das Manöver komplett überrascht hat. Die Leute schauen mich an. Ich muss so tun, als sei das eine ganz, ganz tolle Idee, mit der Sarah und ich schon seit Monaten schwanger gehen. Also lächele ich fröhlich, während ich innerlich denke: Shelton, du Miststück.

Arthur

Zehn Uhr fünfunddreißig. Ich sitze am Schreibtisch und habe noch kein einziges Wort über König Arthur geschrieben. Dafür habe ich meine E-Mails erledigt und den Rat des Tages von *Learn Love in a Week* zweimal gelesen. Außerdem habe ich meine To-do-Liste abgehakt. Zum größten Teil jedenfalls. Nächste Woche habe ich einen Comedy-Gig, also gehe ich auf die Trainline-Seite, um mein Bahnticket zu kaufen. Ich hasse Trainline. Ich bin überzeugt, dass die Seite von einem Troll gepflegt wird, denn bevor man seine Fahrscheine bekommt, gibt er einem Rätsel auf.

Los geht's mit einer harten Nuss: Wie lautet Ihr Passwort? Ich wage einen Schuss ins Blaue – und habe recht! Wie sich herausstellt, ist mein Trainline-Passwort dasselbe wie das der meisten anderen Seiten: *Excalibur*.

Jetzt will mich der Troll mit einer raschen Folge kniffliger Rätsel verwirren: An welchem Tag wollen Sie Ihre Reise antreten? Wollen Sie in Fahrtrichtung sitzen? Welche Klasse bevorzugen Sie?

Ich meistere auch diese Prüfungen. Nach zehn Minuten glaube ich tatsächlich, mein Ziel – die Buchung eines Hin- und Rückfahrttickets nach Birmingham – erreicht zu haben. Aber dann werde ich zum Security-Troll meiner Bank weitergeleitet, der mir ein paar grundlegende Sicherheitsfragen stellt. Und auch er beginnt mit einem besonders gemeinen Rätsel: Können Sie mir den ersten, fünften und sechsten Buchstaben Ihres Passworts nennen?

Wie lautet mein Passwort? Ich versuche es mit *Excalibur*. Geht nicht. Ich versuche es mit *Malory*. Geht nicht. Ich versuche es mit *Kerouac*. *Bergkamp*. Mit: *Leck mich doch, du A.* Mehr Platz habe ich nicht.

Ich haue und brülle ein Weilchen auf meinen Computer ein. Das ist doch ein Witz. Ich bin der Hauptdarsteller einer häuslichen Tragödie. Ich brauche Abenteuer. Ich brauche Erfolg. Ich muss Edeldamen mit feuchten Brüsten aus reißenden Flüssen retten. Was mich daran erinnert …

Ich rufe mein Dokument *Auf der Suche nach der verlorenen Magie* auf und beginne, in einem wahrhaft heroischen Tempo zu schreiben.

Das Telefon klingelt.

Herrgott noch mal!

»Hallo«, sagt eine säuerliche Stimme. »Hier spricht Angela Legg.«

»Hallo.« Keine Ahnung, wer Angela Legg ist.

»Wenn ich richtig informiert bin, kommen Sie morgen in unsere Schule, um über Ihr Buch zu sprechen?«

Ah, stimmt. Der Schulbesuch. »Ja«, antworte ich in meinem Profi-Tonfall. »Das ist richtig.«

»Schön, dass Sie vorbeikommen«, sagt Angela Legg. »Wir haben Schwierigkeiten, die Kinder zum Lesen zu bewegen. Vor allem die Jungs tun sich schwer. Ihre erste Stunde ist um Viertel vor zehn. Aber könnten Sie vielleicht schon um neun hier sein, um bei der morgendlichen Versammlung eine kleine Geschichte zu improvisieren?«

»Klar, das geht bestimmt«, sage ich gelassen. »Wie lang soll sie denn sein, die kleine Geschichte?«

»Na ja«, sagt Angela Legg. »So ungefähr fünfundvierzig Minuten?«

Fünfundvierzig verfickte Minuten????

»Wie viele Kinder gibt es denn bei Ihnen?«

»Fünfhundert«, sagt Angela Legg, »wenn wir die Vorschule mitzählen.«

Fünfhundert verfickte Kinder, darunter Vierjährige?! Herr im Himmel, ich will aus der Sache raus. Kann ich da raus? Nein, kann ich nicht. Ich brauche das Geld wirklich.

»Klingt machbar«, erwidere ich höflich, bin aber plötzlich so nervös, dass mir flau im Magen wird. »Sonst noch was?«

»Erzählen Sie Ihnen einfach etwas über Ihr Buch«, antwortet Angela Legg, »aber bitte keinen Schweinkram. Einige Eltern haben sich über unseren letzten Gastautor beschwert.«

»Okay.«

»Also, es geht um die Cranmer School in Mitcham«, sagt sie nun. »Das schreibt man C-R-A …«

»Ich weiß, wie man Cranmer schreibt«, unterbreche ich sie. »War das nicht der, der verbrannt wurde?«

»Was?«, fragt Angela Legg alarmiert.

»Doch«, sage ich. »Er wurde auf dem Scheiterhaufen verbrannt.«

»Oh … Nun, sagen Sie das *nicht* den Kindern.«

Herrgott noch mal, denke ich, der Kerl war ein protestantischer Märtyrer. Ich glaube kaum, dass sein Schicksal ein Geheimnis ist. Und abgesehen davon … bist du Lehrerin. Wie kann es sein, dass du nicht mal neugierig genug warst, um dich über den Mann zu informieren, nach dem deine Schule benannt wurde? Natürlich sage ich das nicht.

Stattdessen sage ich: »Dann sehen wir uns morgen früh um neun.«

Als ich auflege, fühle ich mich schwach vor Besorgnis. Wie zur Hölle soll ich das morgen machen? Das Improvisieren macht mir keine Bauchschmerzen. Meine Kinder erfinden ständig Geschichten. Die machen das einfach, ohne Probleme. Aber das mit dem Schweinkram, das ist ein Problem. Kinder haben eine sehr angelsächsische Sicht auf Geschichten. Eine Story ist erst dann richtig gut, wenn die fette Frau gepupst hat.

Em

Travel ist vor *Lifestyle* an der Reihe. Die neue Ressortleiterin, Gillian, sagt, sie wolle den Fokus auf Balkonien legen. »Im Gegensatz zu den Behauptungen der Reiseveranstalter«, erklärt sie uns, »*muss* man nicht wegfahren, um sich zu erholen.«

Sie ergeht sich in begeisterten Beschreibungen von Freibädern, Gärten und einem faszinierenden Museum in Chiswick mit ausgestopften Tieren, bis Shelton sie unterbricht.

»Ich muss Sie sicher nicht darauf hinweisen, dass die Zeitungseinkünfte zurückgehen«, sagt sie. »Ausgestopfte Tiere sind bestimmt toll, aber ich kann mir nicht vorstellen, dass das Museum genauso viele Anzeigenfläche kauft wie, sagen wir, Thomas Cook. Würde es Ihnen was ausmachen, wenn *Travel* in der kommenden

Woche *Die Rückkehr der Pauschalreise* ausruft? Machen Sie Benidorm zum Thema. Miniclubs. Nachhaltiges Reisen. Aber schreiben Sie bloß nichts zum Fall Maddie.« Gillian nickt wie ein verängstigtes Kaninchen und streicht ihre Notizen durch.

»Schön«, sagt Shelton und wendet sich mir zu. »Und womit unterhält uns *Lifestyle* diese Woche?«

Ich knipse mein professionelles Scheinwerfer-Lächeln an. Greta Kays Titten muss ich unverfälschte Strahlkraft entgegensetzen.

»Diese Woche«, beginne ich zuversichtlich, »beschäftigt sich *Lifstyle* mit dem Thema *Learn Love in a Week* – benannt nach der gleichnamigen Kult-Website.«

»Noch nie davon gehört«, sagt Shelton.

»Ist in Kalifornien der Renner«, teile ich ihr mit. »Den heutigen Leitartikel schreibt Alain de Botton zum Thema ›Gegensätze ziehen sich an‹. Er betrachtet die klassischen Formen der Liebe: ›Eros‹, die romantische Liebe, ›Philia‹, die freundschaftliche Liebe, und ›Storge‹, die Liebe … äh … von Storge.«

Shelton schenkt mir ein freudloses Lächeln. »Und Alain de Botton hat den Artikel für wann versprochen?«

»Für elf Uhr dreißig.«

»Großartig. Ich bin sehr gespannt.«

Sie will den Artikel lesen? Diese Frau ist ein echter Kontrollfreak. Dan sagt, manchmal schreibt sie bereits redigierte Texte für *Vroom* komplett neu.

Ich fahre mit meiner Präsentation fort. »Parallel dazu haben wir die Idee auf unsere Website gestellt und gefragt: ›Was stört Sie an Ihrem Partner?‹ Schon jetzt haben Unmengen von Leuten etwas dazu getwittert.«

An dieser Stelle meldet sich Greta Kay zu Wort. »Und was für Antworten haben Sie bislang bekommen?«

»Es scheint, als hätten die Frauen in diesem Land das Gefühl, fünfundneunzig Prozent der Wäsche zu machen, und das finden sie gar nicht lustig. Das zieht sich wie ein roter Faden durch alle Tweets. Und es hat sich eine Frau gemeldet, deren Mann täglich kontrolliert, wie viel Benzin sie verfährt, und die Zahlen dann in einem kleinen Buch notiert.«

»Darf ich fragen, ob sich auch Männer geäußert haben?«, will Shelton wissen.

Blöde Frage – natürlich nicht. Männer gehen online, weil sie Fußballergebnisse wissen oder Megan Fox im Bikini sehen wollen. Aber bestimmt nicht, um über Wäsche zu reden.

»Lassen Sie bitte mehr Männer zu Wort kommen«, sagt Shelton. »Solange sie nicht über Fußball schwafeln.«

»Selbstverständlich«, sage ich und tue so, als machte ich mir Notizen. (Ein echter Profi ist sich nie zu schade, Hilfe anzunehmen.)

Shelton sagt danach nicht mehr viel, und bis zum Ende läuft alles glatt. Um fünf nach halb elf sind wir fertig. Wunderbar. Zeit, um kurz abzuhauen. Ich muss dringend mit Polly reden.

Als ich gehen will, hält Shelton mich auf.

»Wohin wollen Sie?«, fragt sie.

»Ich treffe mich mit jemandem, der eine Story für mich schreibt«, sage ich. »Wir sind zu einem frühen Lunch verabredet.«

»Und was, wenn ich noch ein paar Ideen mit Ihnen besprechen muss?«

Ich sehe ihr in die Augen. Mein Herz rast, aber ich weiß, dass ich etwas sagen muss: »Dann würde ich vorschlagen, Sie sprechen mit meiner ›ungeheuer talentierten Stellvertreterin‹. Und um ehrlich zu sein, Sarah, es wäre nett gewesen, wenn Sie zuerst zu mir gekommen wären, bevor Sie meinen Job dem Bunny des Jahres 1999 anbieten.«

Shelton starrt mich einen Moment lang an, bevor sie wie ein Flugsaurier über mich herfällt. »Ihrem Ressort mangelt es an drei Dingen«, sagt sie kalt. »Individualität, Witz und Lesern. Sie haben eine Woche, um das zu ändern.«

Verdammt. Ich habe schon immer gewusst, dass sie mich loswerden will. Allerdings spricht sie es jetzt zum ersten Mal offen aus.

Polly

Elf Uhr zwölf. Ich bin zuerst im Leon eingetrudelt.

Als Em auftaucht, sitze ich mit einem Cappuccino und einem halben Muffin an unserem Lieblingstisch draußen auf der Terrasse. Sobald sich Em niedergelassen hat, macht sie sich über den Muffin her. Typisch. Wenn sie etwas will, verhält sie sich wie ein Hund vor einer Schüssel Hackfleisch: Sie kann sich einfach nicht beherrschen.

»Na los, nun sag schon«, beginne ich. »Was ist am Wochenende mit Dan passiert?«

Sie hält die Hände hoch. »Ich würde das nur allzu gerne mit dir besprechen, aber es gibt Dringenderes.«

»Und was?«

»Sarah Shelton, das miese Biest, hat für die kommende Woche eine Gastredakteurin angeheuert.«

»Nein! Wen?«

»Greta Kay!«

»Nein!«

»Doch. Hat Arthur sie nicht mal gevögelt?«

Urgh. Das ist wirklich das Letzte, über das ich sprechen möchte.

»Er hat angedeutet«, beginne ich, »dass sie eine Romanze hatten, die ihresgleichen sucht, seit Antonius und Kleopatra in ihrer Barke den Nil runtergedümpelt sind. Aber in Wahrheit hat er bloß einmal mit ihr geknutscht und fertig. Er glorifiziert sie nur deshalb so, weil sie die einzige Berühmtheit ist, die ihn je geküsst hat.«

»Das prägt. Hat er ein paar schmutzige Details?«

»Warum rufst du ihn nicht an?«, frage ich. »Ich hatte ohnehin eine Idee, die …«

Aber Em lässt mich nicht aussprechen. Sie gibt bereits die Nummer in ihr Handy ein, führt es ans Ohr und hebt einen Finger, um mir zu bedeuten, sie in den nächsten Minuten nicht zu unterbrechen. Wieso wird der Person am anderen Ende der Leitung eigentlich immer mehr Wichtigkeit eingeräumt als der, die einem gegenübersitzt? Sogar, wenn es sich bei der Person um Arthur handelt?

Arthur

Es ist dreiundzwanzig nach elf. Noch vier Stunden, bis ich die Kinder abholen muss. Ich sollte also schnell schreiben. Wenn ich dieses Buch nicht bald fertig und verkauft bekomme, muss ich Selbstmord begehen oder Lehrer werden.

Wieder klingelt das Telefon. Jedes Klingeln ist wie ein Messer in meinen Rippen.

»Hallo?«

»Arthur«, schnurrt eine samtige Stimme. »Em hier.«

»Hi, Em.«

Wie es scheint, hat Polly sich schon erkundigt, ob ich für *Lifestyle* schreiben könnte.

»Ich habe ein paar Fragen an dich«, sagt sie.

»Oh, okay …« Ich will ehrlich zu dir sein, Em. Für dein Käseblatt mag ich nicht schreiben, aber ich fühle mich geschmeichelt, dass du mich dafür in Erwägung ziehst. »Du kannst mich alles fragen.«

»Nenn mir drei Dinge, die Männer an Frauen nicht leiden können.«

»Ähm …« Ich muss nicht lange nachdenken. »A) Nörgelei, b) die Vorliebe für Filme mit Matthew McConaughey und c) Silikonbrüste.«

Kurze Pause. Offensichtlich macht sie sich Notizen.

»Du bist genial«, sagt sie dann.

»Danke. Also … nächste Frage?«

»Wie man hört, hast du mit unserer Gastredakteurin gevögelt.«

»Wie bitte???!!! Mit wem?«

»Mit Greta Kay«, erwidert sie.

Mir wird schon heiß und kalt, wenn ich den Namen nur höre. Schon seltsam: Gestern Nacht habe ich noch an sie gedacht, und heute taucht sie plötzlich in meinem Leben auf.

»Ähm, ich habe *nicht* mit Greta Kay gevögelt«, antworte ich.

»Nicht? Was ist dann passiert? Erzähl mir alles.«

»Alles? Ich weiß nicht, ob ich das noch zusammenkriege.«

Das ist gelogen. Natürlich erinnere ich mich an jede Einzelheit.

»Dann sag mir, was du noch weißt.«

»Na ja, es ist zwölf Jahre her«, beginne ich. »Ich hatte einen Gig im Comedy Café, und Greta drehte dort für ihr Format *Greta Kay's Pop Challenge.* Das war diese Sendung, für die sie um die ganze Welt gereist ist und Duette mit Spitzenmusikern gesungen hat.«

Auch an den Gig kann ich mich noch gut erinnern. Greta Kay ist zweifellos die charismatischste Sängerin, die ich je gesehen habe, und ungemein sexy dazu. Damals hat sie Carol Kidds *When I dream* gesungen, und man wusste genau, dass sie in ihren Gesangspartner verliebt war, dass es da aber noch jemand anderen gab, jemand spezielleren, dem sie nur in ihren Träumen begegnete. Als sie diese Zeilen sang, sah sie mir tief in die Augen. Ich war wie elektrisiert.

»Jedenfalls hatten wir nach dem Gig ein bisschen Zeit zum Plaudern. Sie war für vier Tage in London, und im Grunde waren wir die meiste Zeit davon zusammen.«

»Und was habt ihr da alles so gemacht?«

»Hauptsächlich geredet. Am letzten Tag haben wir die ganze Nacht durchgequatscht, und es war schon sechs Uhr morgens, als sie sagte, ich könne bleiben, wenn ich müde sei. Dann hat sie mir von ihrem Freund erzählt, damit ich nicht auf falsche Gedanken komme.«

»Ich hasse es, wenn Frauen das tun«, sagt Em.

»Mir war das egal.«

Mit einer sexy Frau im Bett zu liegen, die ich noch nie berührt habe – besser geht's nicht. Nichts sonst bietet einem die Möglichkeit, die Lage derart auszunutzen.

»Und was ist dann passiert?«

»Wir haben nur ein bisschen rumgeknutscht.«

So kann man es ausdrücken. Man könnte aber auch sagen, dass wir den Sonnenaufgang über Kensington Gardens betrachtet und unsere Köpfe dann langsam, ganz langsam, einander zugewandt haben. Zuerst habe ich nur ihren Atem an meiner Wange gespürt, dann hat sie ihre Nase an meiner gerieben, unsere Lippen sind sich begegnet, um *dann* zum berauschendsten, längsten Kuss zu verschmelzen, den die Welt je gesehen hat.

»Am nächsten Tag ist sie nach Tokio gereist«, sage ich. »Und das war's.«

Das war mein großer »Es wäre fast passiert«-Moment. Die Nacht, in der ich fast von Barcelona unter Vertrag genommen worden wäre.

»Wir sind uns danach noch mal begegnet, aber nur, ähm, als Freunde. Du weißt schon.«

»Okay«, sagt Em. »Und wie ist sie so?«

»Na ja, da gibt es wohl zweierlei Ansichten.«

»Und die erste wäre?«

»Sie ist das typische kalifornische Mädchen. Sie macht täglich Meditationsübungen, bei denen sie sich als erfolgreiche Geschäftsfrau visualisiert. Sie spricht ununterbrochen von ›Selbstbestimmung‹ und ›Eigenverantwortung‹, lässt sich aber von ihrem Personal umsorgen. Sie erzählt irgendwas von ›Integrität‹, hat aber falsche Möpse.«

»Okay. Und die andere Sicht?«

»Sie ist genau die Person, die sie zu sein versucht.«

»Heißt?«

»Eine Art Engel. Unglaublich liebevoll, leidenschaftlich und klug. Und eigentlich kommt sie gar nicht aus Kalifornien, sondern aus Montana, aus den Bergen. Sie ist mit zwölf nach Texas gezogen, wo sie sich den sexy Akzent angewöhnt hat.«

»Und wie denkst du persönlich über sie?«

»Dass sie die aufregendste Frau ist, die mir je begegnet ist.«

»Außer mir, willst du sagen.«

»Yep«, gebe ich zurück. »Und Polly.«

»Klar, toll«, sagt Em.

Typisch Reporter. Sie wirkt enttäuscht, dass ich nicht mit schmutzigen Details aufwarten kann.

»Jedenfalls danke. Also … letzte Frage.«

»Okay.« Na los, biete mir ’nen Job an. Ich will wissen, wie es sich anfühlt, begehrt zu sein.

»Die Frage bezieht sich auf die heutige *Learn Love in a Week*-Übung.«

»Oh. Okay. Also?«

»Was willst du?«

»Was ich will?«

»Ja.«

Ich will in Frieden gelassen werden, damit ich mein Buch endlich zu Ende schreiben kann. Ich will meine Ohren zwischen Greta Kays Schenkel klemmen, und ich will kein Gefühlschaos mehr. Ich will, dass es wieder so ist wie damals, als ich Polly draußen am Lagerfeuer gesehen habe und es sich anfühlte, als würde die Sonne vom Himmel strahlen und als würden Englein singen.

»Ich will Erfolg.«

»Und warum?«

»Um mir Polly vom Hals zu halten.«

»Du willst Erfolg, um dir Polly vom Hals zu halten?«

»Ja«, sage ich. »Ich fühle mich vollkommen machtlos und so, als würde ich gar nicht gehört werden.«

»Ups«, sagt Em. »Sorry … ich muss Schluss machen.«

Du musst Schluss machen? Ich habe doch gerade gesagt, dass ich mich vollkommen machtlos fühle und so, als würde ich nicht gehört werden. Und wolltest du mir nicht eigentlich einen Job anbieten?

»Bis dann«, sagt sie, und schon ist sie weg.

Ich starre einen Moment lang ins Leere. Dann nehme ich ein Stück Papier und schreibe.

Manchmal denke ich, dass mein ganzes Leben in falschen Bahnen verlaufen ist, weil wir in jener Nacht nicht miteinander im Bett waren. Ihr Körper wird für immer ein Geheimnis bleiben, das ist Teil des Problems. Ich habe ihr niemals ein T-Shirt über den Kopf gezogen und sie im Zwielicht betrachten können. Das verfolgt mich. Wenn wir uns geliebt hätten, hätten wir vielleicht herausgefunden, dass wir zusammenpassen wie zwei verloren geglaubte, endlich wieder vereinte Seelen. Wir hätten einander in die Münder keuchen und eine gleißende, gottgleiche Ekstase empfinden können. Noch mehr setzt mir der Gedanke zu, dass sich mir in unseren Unterhaltungen ganz neue Universen erschlossen haben. Wenn ich mit Polly rede, geht es nur um Terminabsprachen.

Bei der Gelegenheit fällt mir ein … es ist jetzt elf Uhr dreiundvierzig. Ich habe noch dreieinhalb Stunden, bevor ich die Kinder abholen muss. Ich schiebe das Blatt unter einen Stapel unerledigter Post und Papierkram. Dann öffne ich mein Dokument und schreibe grimmig ganze zwei Minuten lang durch – bis es an der Tür scharrt und Mrs. Thompson erscheint. Offenbar muss sie mal.

Ich ignoriere sie.

Sie kommt näher und leckt über mein Bein.

»Mrs. Thompson!«, brülle ich. »Lass mich einfach noch ein paar verdammte Minuten zufrieden, okay?«

Polly

Es ist elf Uhr achtundvierzig. Em entfernt sich wieder von der Theke. Sie hat sich ihren eigenen Kaffee besorgt. Mir fällt auf, dass sie keinen Muffin gekauft hat, um mir den anderen, den sie gegessen hat, zu ersetzen. Als sie näher kommt, klingelt mein Handy.

»Entschuldige«, sage ich.

Sie wirft mir einen verärgerten Blick zu. Das ist auch typisch Em. Obwohl sie gerade noch selbst telefoniert hat, mag sie es nicht, wenn ich es ihr gleichtue.

Ich nehme das Gespräch an.

»Polly«, sagt eine tiefe Stimme. »James hier.«

Beim Klang seiner Stimme fühle ich mich schlagartig in meine Schulzeit zurückversetzt, wo Jessica Harlow gerade sagt: »Mike Stevens steht auf dich.« In meinem Bauch flattern aufgeregte Schmetterlinge.

»Hallo, James«, antworte ich. »Wie geht's dir?«

»So lala«, antwortet er. »Ich bin in Luxemburg.«

»Warum?«

»Ich versuche, eine Psychiatrie zu kaufen.«

»Warum?«

»Es handelt sich um ein neugotisches Gebäude mit Blick auf einen See.«

»Und was wird aus den Verrückten?«

»Die werden entlassen, nehme ich an. Hey, das hier ist Luxemburg! Das merkt kein Mensch.«

»James«, erwidere ich und höre, dass ich wie eine glückliche Katze schnurre. »Du bist ein böser, böser Mann.«

»Sag das noch mal«, antwortet er. »Aber so, als würdest du's wirklich meinen.«

Ich erröte und senke die Stimme. »James …«

»Polly«, unterbricht er mich. »Spielst du noch Hockey?«

»Ähm … nein.«

Schließlich bin ich keine vierundzwanzig mehr. Und ich gehe auch nicht mit fremden Männern essen und überlege die Woche drauf, ob ich sie anrufen soll. Die Zeiten sind vorbei.

»Wieso?«

»Weißt du noch, wie ich dich damals zu unserem Date abgeholt habe?«

»Ja, so ungefähr.«

»Du hattest Hockey gespielt. Und in deinem Badezimmer lag ein weißes, verschwitztes Airtex-Top. Bis heute muss nur jemand ›Airtex‹ sagen, und mir wird ganz heiß.«

Oooookay. Das war sexy. Aber es war auch viel zu viel für unsere gerade erst wieder aufgenommene Beziehung.

»Komm schon«, sagt er. »Begeister mich. Lass es mich hören.«

»Was denn?«

»Polly Pankhurst, die sagt: ›Mein weißes Airtex-Top war schweißnass.‹«

Nee. Echt nicht.

»James«, entgegne ich. »Hast du aus einem bestimmten Grund angerufen?«

»Ja, da war was …«, sagt er. »Oh, jetzt weiß ich es wieder: Ich habe mit Fritzi und Yoren gesprochen, die das Haus in Wiltshire designen. Es wäre toll, wenn du am Freitag kämest und uns sagst, was dir so zu der Wiese einfällt. Falls du interessiert bist, ist in ihrem Budget sogar ein Tausender für dich übrig.«

Ein Tausender?! Nur für eine Beratung?!

»Wärst du interessiert?«

»Ja. Wäre ich.«

Ehrlich gesagt wäre ich auch umsonst gekommen. Ich muss mal wieder einen mit Eichen gesprenkelten grünen Hügel sehen, den

Duft von Jasmin riechen und einer Amsel beim Zwitschern zuhören. Ich brauche das, und zwar dringend.

»Wunderbar«, antwortet er. »Hast du schon viele Gärten gestaltet?«

»Ja«, sage ich. »Ein paar.«

Okay, die meisten haben mir gehört. Und einer war streng genommen eine Dachterrasse. Aber es waren alles prächtige Kunstwerke.

»Und hast du gerade ein Projekt?«

»Ja. Hier in London. Ein typischer Vorortgarten, lang und schmal.« Plötzlich kommt mir alles, was ich sage, wie eine Anspielung vor. »Aber ganz hinten gibt es einen kleinen abgeschiedenen Bereich, den man so nicht erwartet. Man geht durch einen Bogen und …«

»Wem gehört der Garten denn?«

Mir, James. Ich beschreibe meinen eigenen Garten. Ich will, dass du meine geheimsten Bereiche erforschst.

»Oh … einem Kunden«, erwidere ich.

»Den würde ich mir gerne ansehen«, sagt er.

»Aber unbedingt!«

»Gut. Noch vor Freitag?«

Oh. Gott. Ich verstumme. Im Hintergrund höre ich das Geplapper einer Frau.

»Wendy hat mich gerade daran erinnert, dass wir den Rest der Woche in Italien sind.«

»Oh.«

»Ich würde dich gerne heute Abend sehen.«

Nein, nein, nein, nein, das kannst du nicht.

»Heute Nachmittag bin ich für ein Meeting in London, aber wir fliegen um zehn Uhr in Heathrow los. Ich hätte von sechs bis sieben Zeit – sag mir bitte, dass das geht!«

»Ähm …« Mein Herz hämmert wie wild, aber eher aus Entset-

zen als in freudiger Erwartung. »Ja, das geht«, antworte ich schließlich.
»Wegen der Adresse gebe ich dich an Wendy weiter«, sagt er.
»Okay.«
Er gibt den Hörer aus der Hand. Etwas zittrig spreche ich mit Wendy und diktiere ihr meine Adresse.
Dann schaue ich Em an, die beeindruckt wirkt.

Em

Ich bedenke Polly mit einem Blick, der unmissverständlich sagt: Ehrlich, Polly, sieh zu, dass du endlich auflegst, oder ich tunke das Handy in deinen Kaffee.

Polly

Ich drücke den Anruf weg und kann nicht anders, als Em triumphierend anzugrinsen.
Sie zieht eine Augenbraue hoch. »Gehe ich recht in der Annahme, dass James Hammond noch einmal nachdrückliches Interesse an deiner ›Beratertätigkeit‹ geäußert hat?«
»Sieht so aus«, erwidere ich strahlend. Ich kann noch immer nicht fassen, dass er sich von allen Frauen dieser Welt ausgerechnet mich zum Flirten ausgesucht hat.
»Toll«, meint Em. »Aber du hättest ihm wirklich sagen sollen, dass der Garten, an dem du arbeitest, dein eigener ist.«
Sie hat recht. Plötzlich fühle ich mich unwohl.
»Ich fass es nicht!«, rufe ich. »Ich habe James Hammond allen Ernstes zu mir nach Hause eingeladen!«
»Zum Glück ist dein Garten traumhaft.«
»Aber ich habe behauptet, er gehöre einem Kunden.«
»Könnte ja meiner seiner«, sagt Em. »Ich komme einfach gegen sechs mit einem Fläschchen Wein und einem leichten Abendessen bei dir vorbei.«

»Du bist wirklich unglaublich«, sage ich. »Was willst du damit erreichen?«

Em feixt. »James Hammond.«

»Aber du bist mit Dan zusammen!«

»Und du bist verheiratet!«

»Ja, aber hör mal«, sage ich. »Ich will James Hammond nicht vögeln.«

»Ich auch nicht«, antwortet Em grinsend. »Ich will nur die Hälfte seines Vermögens.«

Ich lächele. »Und ich nur seinen Stab. Ähm, sein Personal.«

»Na, dann sagen wir ihm das heute Abend!«, schlägt Em vor. »James Hammond, wir ergeben uns willig deinem Stab.«

»Gute Idee«, entgegne ich. »Aber erst muss ich ihm den Garten zeigen.«

»Genau, und dort treiben wir ihn in eine Ecke und sagen ›Hammond‹!« Dröhnend stößt Em den Namen hervor und lacht. Sie lacht am liebsten über ihre eigenen Witze. »Hammond«, sagt sie wieder, »Hammond, zeig uns deine Hammondorgel, und wir zeigen dir, wie man … unser Gebüsch bewässert und, ähm … fachgerecht kompostiert.«

»Also, ›kompostieren‹ habe ich dafür noch nie gehört«, antworte ich.

Wir gackern wie zwei alte, notgeile Hexen. Das liebe ich so an Em: Wir hatten beide keinen guten Tag, aber lachen können wir trotzdem.

Ich schreibe Arthur rasch eine SMS, um James' Besuch bei uns anzukündigen und ihn zu bitten, Ordnung zu machen. Dann wende ich mich wieder Em zu. Ihr Telefon brummt.

Em

Eine SMS. Ich werfe rasch einen Blick darauf.

»Oh, shit!«, fluche ich.

»Was ist denn?«, fragt Polly.

»De Botton drückt sich. Dieser Volltrottel!«

Mir ist die gute Laune vergangen. Wir gehen in achtzig Minuten in Druck, und ich habe soeben meinen Star-Autor verloren. Wo zur Hölle soll ich in achtzig Minuten männlichen Ersatz auftreiben?

»Warum versuchst du es nicht mit Arthur?«, fragt Polly.

Sorry, Polly, denke ich, aber Arthur ist wohl nicht der Richtige für einen Alain de Botton. Obwohl ... wenn ich so darüber nachdenke ... Das mit den Silikonbrüsten hat mir gefallen. Vielleicht hat Arthur ja doch das Zeug zum Kolumnisten. Immerhin ist er zwanghaft ehrlich. So oder so, ich brauche jetzt einfach irgendjemanden, und solange derjenige in einer Stunde etwas geschrieben kriegt und buchstabieren kann, nehme ich ihn.

»Versuchen wir's.«

Ich wähle die Nummer. Polly wirkt erfreut.

Während ich warte, dass er abnimmt, klopfe ich mit dem Löffel gegen die Tasse. Komm schon, komm schon. Jetzt sind es nur noch neunundsiebzig Minuten, bis wir drucken, und ich brauche einen Autor. Aber wird Arthur das hinbekommen? Nun, wenn ich ihn zwinge, sich auf das Thema einzulassen, sollte es eigentlich klappen.

Komm schon, nimm endlich ab.

»Und noch mal hallo«, sagt er.

Er scheint außer Atem.

»Hi«, sage ich. »Was machst du gerade?«

»Pipi aufwischen.«

»Der Hund?«

»Wir haben mehrere Verdächtige«, sagt er.

Plötzlich bin ich verunsichert, ob es klug war, ihn anzurufen. Seine Professionalität scheint ein kleines Update zu brauchen. Die absolute Grundregel des Selbstmarketings: Sprich nie über Urin, wenn du ans Telefon gehst.

»Hör zu«, sage ich. »Wir schreiben ein Feature zum Thema ›Gegensätze ziehen sich an‹. Hast du eine Meinung dazu?«

»Yep«, sagt er. »Kompletter Schwachsinn. Gegensätze ziehen sich nicht an. Berühmte Leute stehen auf berühmte Leute. Waliser stehen auf Waliser und leben in Wales. Und genauso soll es auch sein. Man verliebt sich nicht in sein Gegenteil, sondern in jemanden, der sexy ist. Und später findet man alles doof, was derjenige anders macht.«

Okay. Immerhin hat er eine Meinung. Und vertritt sie energisch.

»Warum glaubst du also, verlieben sich Menschen ineinander?«, frage ich.

»Bei Frauen scheint das auf einer komplizierten mathematischen Formel zu basieren: X + Y x Z, wobei X gleich Alter ist, Y gleich Bankkonto und Z gleich Ähnlichkeit mit Brad Pitt ODER die Tatsache, dass die Schwester gerade schwanger ist, ODER irgendein x-beliebiger, durch eine größere Menge Wein hervorgerufener Impuls.«

»Und Männer?«

»Frauen haben Brüste. Die wollen wir. Aber nach einer gewissen Zeit nehmen die Frauen sie uns wieder weg.«

»Und warum ist das so, Arthur?«

»Weil wir uns – auch wenn wir zum wiederholten Mal dazu aufgefordert wurden – weigern, ein grundlegendes Reinlichkeitsprinzip zu akzeptieren. Nämlich einen Raum so zu verlassen, wie wir ihn vorgefunden haben. Und zur Strafe nimmt man uns die Möpse weg.«

»Aber es gibt doch sicher eine Methode, wieder mit ihnen in Kontakt zu treten, oder?«, frage ich.

»Aber die hat noch kein Mann entdeckt, sonst hätte er den anderen Bescheid gesagt. Und genau das ist es doch, Em … Sich zu verlieben ist leicht. Man begegnet sich im Mondschein, und plötzlich pressen sich ihre Lippen auf deine. Aber was geschieht, wenn man sich in der Küche begegnet und sie dir sagt, wie man Tee kocht? Wie bleibt man dann verliebt? Darüber solltet ihr schreiben. Das ist nämlich viel schwerer.«

»Und wie, glaubst du, bleibt die Verliebtheit?«, frage ich.

»Ich weiß es nicht.«

»Na, komm«, wende ich ein und stelle plötzlich fest, dass ich auf meine Brüste gucke. Wenigstens sind meine echt. »Na, komm, Arthur«, wiederhole ich. »Wenn du dich in Frauen verliebst, weil du sie sexy findest, dich entliebst, weil du das Gefühl hast, sie hätten sich verändert, wie verliebst du dich dann neu?«

»Ich weiß es nicht«, antwortet er. »Aber es muss etwas mit der Annahme zu tun haben, dass ihr Anderssein in Wirklichkeit eine Bereicherung ist.«

Perfekt. Das wäre unsere Schlussfolgerung. Braver Junge.

»Okay«, sage ich. »Dann … gib mir doch mal ein Beispiel.«

»Na ja … also … Polly interessiert sich nicht für meine Storys oder meine Witze. Dafür muss ich ein anderes Publikum finden. Außerdem hat sie bessere Manieren als ich, ich musste mir ein paar davon aneignen. Ist das ein so großes Opfer?«

»Und inwiefern, glaubst du, profitiert Polly von dir?«

»Durch nichts«, sagt er. »Und darauf ist sie ziemlich stolz.«

»Aber was hättest du ihr denn zu bieten?«

»Eine Sachverständigenanalyse von Arsenals Mittelfeld. Ich kann den Fernseher anschließen. Und ich bin eigentlich ziemlich liebevoll.«

Ich lache. »Okay, Arthur, das ist brillant. Ich brauche fünfhundert Wörter zu diesem Thema. In den nächsten vierzig Minuten. Schaffst du das?«

Er antwortet nicht.

»Könntest du vielleicht sogar eine Woche lang einen Artikel pro Tag schreiben? Du müsstest den Lesern erklären, wie man in einer Woche lieben lernt.«

»Aber ich glaube doch gar nicht, dass man in einer Woche lieben lernen *kann*«, erwidert Arthur. »Jeder, der das behauptet, ist Teil des Problems und sollte gegeißelt werden.«

Aha. So ist das also. Er hat gerade mein Grundkonzept in Frage gestellt, und das auf eine recht unhöfliche Art und Weise. Langsam begreife ich, warum er so wenige Aufträge bekommt.

»Na, dann … danke für deine Aufrichtigkeit«, sage ich. Ich werde dir nie wieder einen Job anbieten. »Also … bis dann.«

Ich drücke den Anruf weg.

Polly sieht mich an.

»Und?«, fragt sie. »Hatte er ein paar brauchbare Ideen?«

»Er war originell, plakativ und leidenschaftlich«, sage ich. »Ich sagte, er solle die Reihe schreiben.«

»Das habe ich gehört«, sagt Polly. »Vielen, vielen Dank.«

»Aber er wollte nicht.«

»Nein!«, erwidert Polly. »Ich bring ihn um.«

Sie wählt.

Als es zu tuten beginnt, wirft sie mir einen geschäftsmäßigen Blick zu. »Was zahlst du?«, fragt sie.

»Zweihundert.«

Ob sie weiß, dass das für fünfhundert Wörter das absolute Minimum ist?

»Vierhundert«, sagt sie.

»Dreihundert«, antworte ich. »Aber er *muss* den Artikel in den nächsten vierzig Minuten fertigstellen.«

So kann ich ihn wenigstens noch gründlich redigieren, falls er nichts taugt.

Polly

Arthur braucht eine Ewigkeit, um ranzugehen. Als ich ihn endlich an der Strippe habe, gibt er sich keine Mühe, den patzigen Unterton in seiner Stimme zu verbergen.

»Was?«, fährt er mich an. Am liebsten würde ich ihm schon wieder eine scheuern.

Ich komme gleich zum Punkt. »Arthur. Wie es scheint, hat Em dir gerade dreihundert Mäuse für vierzig Minuten Arbeit angeboten, und du hast abgelehnt.«

»Von Geld hat sie nichts gesagt«, gibt er zurück.

»Dann hast du sie wohl nicht gefragt.«

Ist das ein Zeichen von Integrität oder Bockigkeit?

»Arthur«, sage ich, »schreib das Ding. Das ist keine Bitte, sondern ein Befehl! Wenn du es nicht tust, lass ich mich nicht scheiden, sondern bleibe aus reiner Gemeinheit bei dir.«

»Okay«, sagt er. »Dann mache ich diesen blöden Bockmist eben.«

Oh Mann, ich hasse es, wenn er Kraftausdrücke benutzt.

Ich schalte das Telefon so schnell wie möglich aus.

Arthur

Malcolm kommt zur vereinbarten Zeit. Draußen scheint die Sonne. Zufrieden schlendern wir den schmalen Weg entlang zur Schule.

»Hattest du einen schönen Tag?«, fragt Malcolm.

»Nicht wirklich.«

»Was ist los?«

»Ich habe ein Buch geschrieben«, sage ich.

»Du hast ein Buch geschrieben?« Er klingt schwer beeindruckt.

»So ungefähr. Ich versuche, es zu überarbeiten, aber die Welt ist nicht mehr für Leute gemacht, die ruhige, einsame Betätigungen mögen. Ständig piept mein Handy. Das Telefon klingelt. Die

Türklingel geht. Selbst wenn ich ganz allein bin, lässt mein Computer kleine Nachrichten aufpoppen, um mir zu sagen, dass ein Update für die Update-Funktion verfügbar ist.«

»Nun«, beginnt Malcolm gewichtig, »in meiner Arbeit als Lebensberater …«

Ich denke: Du bist kein Lebensberater. Du bist ein Bauarbeiter, der anderen gerne Ratschläge erteilt.

»… lautet die erste Frage immer: Übst du die Arbeit aus, die du ausüben willst?«

»Darauf kann ich nur mit Ja antworten.«

»Dann lass es mich anders ausdrücken«, sagt Malcolm. »Gab es, als du klein warst, etwas, das du besonders gut konntest?«

»Ja, klar. Achselfürze und mit offenen Augen tauchen. Aber ich glaube nicht, dass sich damit viel Geld verdienen lässt. Ich mache ja schon, was ich am meisten liebe: Ich schreibe ein Buch. Das Problem ist, dass ich eine Frau habe, die will, dass ich für Zeitungen arbeite.«

»Tatsächlich?«

»Na ja, ich könnte auch ein Auftragsmörder sein, Hauptsache, ich bringe ein bisschen Geld nach Hause und bin rechtzeitig zurück, um die Kinder in die Wanne zu stecken.«

»Tja, vielleicht hat ja Polly den falschen Job«, antwortet er. »Nur kann sie sich wegen deiner Arbeit nichts Neues suchen.«

Ich blicke ihn misstrauisch an. »Bezahlt sie dich dafür, dass du das sagst?«

Inzwischen ist der Schulhof in Sicht, um dessen Tor sich hoffnungsfrohe Mütter scharen. Als wir uns nähern, erscheinen die ersten Kinder – Schauspieler, auf einer Bühne. Als Erstes hat Philip Edmonds seinen Auftritt, ein schluffiger, unscheinbarer Junge mit struppigem Haar. Janet Edmonds winkt aufgeregt.

Malcolm strahlt. »Das ist ja wie in *Die Reise der Pinguine*«, sagt er entzückt.

»Bitte?«

»Als die Pinguin-Mutter von ihrer Hundert-Meilen-Watscheltour zurückkehrt, eilen die Kleinen herbei und lassen sich leckere Fischhäppchen in den Schnabel stecken.«

»Guter Vergleich«, gebe ich zu. »Nur dass das hier Mittelschicht-Pinguine sind, die mit Reiswaffeln gefüttert werden.«

Wir beobachten, wie Janet Edmonds versucht, Philip Edmonds zu umarmen. Nur ist er unglücklicherweise schon in der zweiten Klasse und lässt das nicht mehr zu. Jungs lernen früh, ihre Zuneigung nicht zu zeigen.

»Glaubst du, dass Mütter je denken: Och, heute nehm ich mal 'nen anderen?«, fragt Malcolm. »Ich meine, jede Mutter muss doch so einen ...«, er zeigt auf Alfie Jones, ein bemerkenswert hübsches Kind, »so einem da ...«, jetzt zeigt er auf Duncan Smith, einen verwirrt dreinblickenden Bengel mit Rotznase, »vorziehen, denkst du nicht?«

Darauf gebe ich keine Antwort.

In diesem Augenblick sehe ich meine Kinder. Alle drei zusammen. Robin hat Ivy an die Hand genommen. Malory hält aufgeregt wie ein Meerkätzchen nach mir Ausschau, und als sie mich entdeckt, leuchtet ihr Gesicht auf. In meiner Brust explodiert reine Liebe.

»Das wird nie passieren«, sage ich, als sie auf uns zugerannt kommen. »Denn Eltern halten ihre Kinder immer für die besten.«

Ich gehe in die Hocke und umarme sie alle gleichzeitig. Mir geht es wieder blendend.

Sie beginnen, auf uns einzureden. Malory sagt, sie müsse ein Tudor-Haus malen. Robin, dass er seinen Tanz üben muss. Ivy, dass sie Kacka muss. Malory erklärt, das Haus solle mindestens drei Stockwerke haben. Ivy meint, ihr Kacka komme schon. Ich bin gerade mal dreißig Sekunden mit ihnen zusammen, und schon werde ich mit Informationen bombardiert. »KINDER!«, schreie

ich. »Wir machen Häuser, wir tanzen, und wir machen Kacka. Aber nicht alles gleichzeitig. Auf nach Hause.«
Einige Mütter werfen mir verunsicherte Blicke zu. Aber die Kids johlen. Und wir gehen alle heim.

Em

Sechzehn Uhr drei. Das ganze *Lifestyle*-Team versammelt sich im Sitzungszimmer. Ich lehne an einem Sideboard an der Wand.
Jeremy gesellt sich zu mir. »Hi, Boss«, sagt er leise.
»Hallo, Hasenfuß«, erwidere ich.
»Sag, warum meinst du, will Greta Kay Gastredakteurin bei unserer Zeitung werden?«, flüstert er.
»Das frage ich mich auch. Vielleicht glaubt sie, bei *Daybreak* über kurz oder lang rauszufliegen, und ihr gefällt der Gedanke, *Lifestyle* zu übernehmen. Unser Job ist jetzt, dafür zu sorgen, dass sie ihr Ziel nicht erreicht.«
»Sollen wir ihr einen Dämpfer verpassen?«
»Sei nicht albern«, erwidere ich ruhig. »Wir sind so freundlich und kooperativ wie möglich und hoffen innerlich, dass sie es vermasselt.«
Jeremy reißt die Augen auf. »Wie … oberinnenhaft von dir«, sagt er. »Und was soll ich jetzt machen?«
»Gut aussehen und die Klappe halten.«
»Also das, was du tust?«
»Genau.«
»Na denn«, sagt er. »Das ist immerhin mal was Neues.«
Wir verstummen, als Greta, flankiert von Poppy Simon und Sarah Shelton, den Raum betritt. Greta kommt zu mir und berührt mich am Arm.
»Ich fand deinen ›Gegensätze ziehen sich an‹-Text genial«, sagt sie. »Wirklich genial.«
Ich schenke ihr ein unsicheres Lächeln. Ich kenne dich, denke

ich. Du bist ein Liebes-Bomber. Du lässt Liebe auf das Land regnen wie Bomben auf Dresden, und es ist dir vollkommen egal, wer sie abkriegt.

Sarah Shelton klatscht in die Hände. Alle Blicke richten sich auf sie. Sie hält inne, um ein angemessenes Maß eisiger Macht zu verbreiten, und stellt Greta dann mit exakt denselben Worten vor wie heute Morgen. Verkrampfte Kuh.

Allgemeines Klatschen. Greta lächelt und lobhudelt.

»Ich freue mich sooo sehr, Sie alle kennenzulernen«, sagt sie. »Und ich bin sooo gespannt auf die Ausgabe der nächsten Woche, für die ich … das Thema Männer ausgewählt habe. Mit welchen Männern geben wir uns ab? Darf ich fragen, wer von Ihnen Single ist?«

Fast alle Hände schießen in die Höhe. Mir ist das etwas peinlich. Das wirkt ja so, als sei das Team, das ich zusammengestellt habe, irgendwie … einseitig.

»Sieh an«, sagt Greta. »Also fast alle.«

»Gar nicht fast alle!«, protestiere ich. »Jeremy, du bist kein Single. Du hast mir erzählt, dass du gestern noch mit jemandem im Bett warst.«

»Stimmt«, sagt er. »Aber das heißt gar nichts, schließlich bin ich schwul.«

»Okay«, fährt Greta fröhlich fort. »Wir kennen uns also alle in der Dating-Szene aus. Reden wir über die Männer, die man da trifft. Selina?«

Selina Gordon ist eine unsichere Magersüchtige, die für das Thema Ernährung zuständig ist.

»Ähm …«, stottert sie. »Die sind … toll.«

Ich werfe Greta einen verstohlenen Blick zu. Am liebsten würde ich dieser Ami-Schlampe sagen, dass sie es hier mit Engländerinnen zu tun hat. Die schütten einem nicht so leicht ihr Herz aus. Shelton beobachtet das Gespräch mit der nasskalten Begeisterung eines Molchs. *Gretas* Begeisterung hingegen ist ungebrochen. Sie wendet sich an Holly Goldsmith. Sie ist die Tochter zweier Erdkundelehrer und kompensiert das, indem sie sich wie eine Nutte anzieht. Ich will gar nicht dran denken, wen sie so alles durch ihre Katzenklappe lässt.

»Wie ist es mit Ihnen, Holly?«, fragt Greta. »Auf was für Männer stoßen Sie?«

»Auf … gute.«

»Okay«, sagt Greta. »Das ist schön.«

Sie stirbt gerade tausend Tode. Fast Zeit, einzuschreiten.

»Reden wir doch mal über die Männer, denen wir gerne begegnen würden«, fährt Greta fort. »Über coole Kerle, sexy Kerle, mächtige Kerle, wilde Kerle, Prachtkerle, Kerle, die wir reiten wollen wie Rennpferde …«

»Können wir gerne machen«, sage ich. »Wenn wir uns aber fragen, welchen Kerlen wir da draußen tatsächlich begegnen, stellen wir unweigerlich fest, dass es sich hauptsächlich um stinklangweilige Typen handelt, um stinkige Kerle und solche, die sich Gel ins Haar schmieren, und das nur an der Vorderseite. Männer, die Angst vor Beziehungen haben. Männer, die man in Psychiatrien schicken müsste. Männer, die alles Mögliche sammeln: DVDs in Jubiläumsboxen, Stadionzeitschriften, einstweilige Verfügungen. Nun könnte man sich natürlich auch nach älteren Männern umsehen. Das wäre allerdings so, als würde man sich einen Rettungshund zulegen. Zwar kriegt er sein eigenes Körbchen, trotzdem werden unweigerlich Probleme zutage treten.«

Jeremy lacht schallend. Shelton nicht. Da habe ich es wohl zu weit getrieben.

»Vielleicht können wir das ja irgendwie verwenden«, sagt Greta mit einem sanften, sehr femininen Blick. »Aber meine Erfahrungen mit Männern sind positiver. Tut mir leid, wenn das bei Ihnen nicht so ist.«

Autsch. Miststück. Das zahl ich dir heim. Lauf ruhig weg, du kleines Reh, ich knall dich trotzdem ab.

Arthur

Wenn sterbende Männer gefragt werden, was sie bereuen, lautet die häufigste Antwort: »Ich habe zu viel gearbeitet. Ich wünschte, ich hätte mehr Zeit mit meinen Kindern verbracht.« Okay, das mag vielleicht bei Vertretern für Doppelglasscheiben zutreffen, die nie zu Hause sind, weil sie immer noch mehr Umsatz machen müssen. Aber ich schreibe ein Buch, in dem ich versuche, das verlorene Paradies der Artus-Sage wieder aufleben zu lassen. Das empfinde ich als wichtige Arbeit. Und ich liebe sie. Ich möchte diesen sterbenden Männern sagen: »Hört zu, Jungs, kein Problem, ich habe drei Kinder für euch. Tut euch keinen Zwang an, kommt einfach vorbei.« Aber natürlich würden meine Kinder jeden umbringen, der nicht intensiv für diese Begegnung trainiert hat.

Jetzt ist es fünf Uhr nachmittags. Ich helfe Malory mit ihrem Tudor-Haus, während ich gleichzeitig mit Robin einen Kuchen backe und mir überlege, was ich den Kindern zum Abendessen vorsetzen könnte. Ich hole all die nahrhaften Dinge hervor, die sie meiner Ansicht nach zu sich nehmen sollten: Spinat, Möhrchen, mageren Schinken. Aber dann koche ich einfach nur Nudeln.

Viertel nach fünf … Ich stelle die Pasta auf den Tisch. Woraufhin Malory nach Pesto verlangt, Robin nach Tomatensauce und Ivory ihre Schüssel vom Tisch fegt. Sie landet auf Mrs. Thompson, und für einen Moment sieht es so aus, als trage sie einen Chinahut.

Während der ganzen Zeit klebt mir Mrs. Thompson an den Hacken, weil sie sich ein Leckerli erhofft. Malcolm redet nahezu pausenlos über Kähne. Sein Kahn wird am Samstag fertig sein, sagt er. Er hat vor, ihn als Gelegenheitsbühne fürs Laientheater anzubieten. Und er hat bereits bei den *British Waterways* eine Erlaubnis beantragt, versichert er mir. Ob er mir den Brief mal vorlesen soll? Er fängt an, mir den Brief vorzulesen. Mein Kopf fühlt sich an wie eine Möwe, die in eine Flugzeugturbine gesogen wird. Kurz gesagt: Der Nachmittag ist eine Herausforderung. Aber der weise Mann sagt, dass man seine Errungenschaften genauso genießen soll wie seine Pläne. Und um siebzehn Uhr achtundvierzig, als ich beginne, die Spuren des Abendessens zu beseitigen, Reste von den Tellern in den Müll zu kratzen und Pesto von den Wänden zu wischen, fällt mir auf, dass ich auf wundersame Weise tatsächlich einiges geschafft habe.

1. Ich habe Malory mit dem Tudor-Haus geholfen.
2. Ich habe Robin mit dem Kuchen geholfen.
3. Ich habe alle überreden können, etwas zu Abend zu essen.
4. Wir haben Malcolm mit seinem Dachskopf geholfen. Na gut, wir haben ihn rosa angemalt.

Aber noch besser ist, dass Malcolm versuchen will, die Spülmaschine zu reparieren. Er zieht sie von der Wand weg und legt sich dahinter.

Genau in diesem Moment beginnt Mrs. Thompson zu bellen, und ich erinnere mich, dass Polly einen Gast angekündigt hat. Er steht vor der Tür. Mit meiner Ruhe ist es augenblicklich vorbei. Ich fluche und sage ziemlich laut ein Wort, das sich auf *Lack* reimt. Aber die Kinder hören ohnehin nichts. Sie sind im Wohnzimmer und tanzen zu einer Kinder-CD. Ich tue so, als hätte ich die Türklingel nicht gehört. Dann rase ich durchs Haus und räume so schnell auf, wie ich noch nie im Leben aufgeräumt habe.

Polly

Ich gehe über den Bürgersteig auf unser Haus zu.

Fünf Uhr achtundfünfzig. In zwei Minuten werde ich James wiedersehen. Bei mir zu Hause. Wie kann das sein? Vielleicht kommt er gar nicht.

Oh, mein Gott.

Vor meinem Haus steht ein weißer Rolls Royce mit einem Chauffeur, der eine blaue Schirmmütze trägt. Er ist da. Er steigt aus. In einem hellblauen Anzug und erschreckend gut frisiert. Herrje, ich bin hochgradig angespannt … Ich habe ihm noch gar nicht gesagt, dass ich Mann und Kinder habe! Wie soll ich so eine Information auch einfach mal einfließen lassen? »Oh, und übrigens gehört der Garten mir, James. Und die Kinder da auch. Ich bin auch keine vierundzwanzig mehr, sondern fünfunddreißig, und habe stoppelige Beine und ein überzogenes Bankkonto, aber bitte, bitte, darf ich trotzdem in dein mittelalterliches Kloster mitkommen? Ich gebe mich auch ganz von allein deinem Stab hin!«

Oh, Gott, jetzt dreht er sich um. Was soll ich bloß sagen?

»Polly!«, ruft er.

»James!«, antworte ich. »Ich gebe mich deinem Stab hin.«

Er wollte mich küssen, doch jetzt hält er inne. »Wie bitte?«

Habe ich meinen Gedanken wirklich gerade laut ausgesprochen?

»Ich gäbe mein Vermögen hin, um einen solchen Stab wie du zu haben.«

»Ja«, erwidert er. »Die Leute sind wirklich gut.«

Er kommt näher und küsst mich auf die Wange. Ich muss es ihm sagen.

»Und?«, beginne ich. »Heute keine Tochter?«

»Nein. Sie ist schon zum Flughafen vorgefahren.«

»Oh. Gut.« Gut? Was ist daran gut? »Sollen wir reingehen?«

Als ich ihn zur Haustür führe, nehme ich seinen Arm. Meine

Güte. Jetzt komme ich mir vor wie in *Downton Abbey.* Das ist zu viel für mich, aber da muss ich jetzt durch. Ich halte den Grafen am Arm. Und es ist meine Pflicht, ihm Geleit zu geben.

»Ist das eine nette Familie?«, fragt er.

»Ja, sehr. Eigentlich …«

»Bei so einem Projekt lernst du sie sicher gut kennen.«

»Oh. Ja.« Und die von diesem Projekt kenne ich besonders gut, weil …

Die Tür geht auf. Ich lasse James' Arm los. Da steht Arthur, Downtons gutaussehender oberster Lakai, mit meinem Kind auf dem Arm. Aus dem Haus dringt laute Musik. »Tuff, tuff, tuff, die Eisenbahn«, hört man es fröhlich trällern, »wer will mit nach London fahr'n.«

»Hi«, sagt Arthur und streckt die Hand aus. »Kommen Sie rein. Wir feiern gerade Tinky-Winkys Geburtstag. Als Geschenke gibt's ein Tudor-Haus und Kuchen.«

James tritt ein und geht zielstrebig Richtung Garten. Die Abendsonne fällt ins Zimmer. Gut. Ich weiche Ivy aus (die gerade nicht meine Tochter sein soll) und betrete die Küche.

Oh, nein. Grausig. Sehr grausig. Wie Sherlock Holmes registriert mein Verstand den Schaden …

1. Irgendjemand hat den Geschirrspüler in die Mitte der Küche gezogen.
2. Der Herd ist so voller Dreck, wie man es eigentlich in einer Studentenbude erwarten würde.
3. Quer über der Wand verläuft ein Filzstiftstrich.
4. Auf dem Bücherregal stehen Teller.
5. Vor der Hintertür lauert irgendwas, das wie ein riesiger Mutantenkopf aussieht.
6. Bei jedem Schritt knirscht es beängstigend unter meinen Füßen.

7. Die Obstschale ist noch genauso voll wie heute Morgen. Herrgott noch mal, das da drin ist der Akku *seiner Mutter*, warum soll *ich* mich damit abgeben?

Ich kann den Anblick der Obstschale nicht länger ertragen. Ich könnte schreien vor Zorn. Immerhin hat man mir gerade einen neuen Job angeboten, der mich meinem Traum ein Stück näher bringen würde. Kann er mich nicht wenigstens ein bisschen unterstützen?
Zum Glück steht die Gartentür offen. Ich werfe James einen Blick zu. Er winkt Robin und Malory freundlich zu, die eine Art Walzer tanzen, und tritt hinaus ins Freie.
Ich gehe zu Arthur.

Arthur
Polly drängt mich neben dem Mülleimer in die Ecke.
»Liebling«, sagt sie leise. »Ich wünschte, du hättest aufgeräumt.«
Herr im Himmel. Warum kann sie nicht wenigstens *einmal* nach Hause kommen und etwas Nettes sagen?
Ich antworte nicht.
»Das ist James Hammond«, flüstert sie. »Er will den Garten besichtigen.«
Ich sage: »Ich hoffe, er gefällt ihm.«
Sie beugt sich vor und sagt noch leiser: »Er glaubt, dies sei das Haus eines Kunden.«
Aha. Jetzt enteignet sie uns also schon.
»Bin ich der Kunde?«, frage ich.
»Ja. Und außerdem Ems Ehemann. Sie ist in ungefähr einer Minute hier. Könntest du sie aufhalten und mit ihr reden?«
»Worüber?«
»Was weiß ich. Frag sie nach der Arbeit. Aber frag sie bloß nichts zum Wochenende.«

»Weißt du, ob sie meinen Artikel genommen hat?«

»Nein.«

»Typisch.«

»Sei nett zu ihr. Sie bringt türkisches Essen mit.«

»Oh, na gut, das ist ja schon mal was«, sage ich. »Dann lade ich Malcolm ein.«

»Ich will heute Abend keinen Malcolm hierhaben.«

»Das wäre aber nur höflich angesichts der Tatsache, dass er gerade unsere Spülmaschine repariert.«

Ich deute auf den Boden, und Polly bemerkt, was sie nicht hätte übersehen dürfen. Dort unten liegt Malcolm und fummelt an den Schläuchen der Spülmaschine herum.

Malcolm muss leicht soziopathisch veranlagt sein, denn es ist quasi unmöglich, ihn zu beleidigen.

»Hallo«, sagt er und winkt Polly freundlich zu.

Polly

Oh, Gott. *Warum* ist Malcolm noch hier?

Und jetzt kommt auch noch James in die Küche. Nein, nein, nein. Er darf Malcolm nicht begegnen. Aber ich darf auch nicht unhöflich sein. Was tun?

»James«, sage ich. »Das ist Malcolm, der … Malcolm, das ist James Hammond.«

Malcolm winkt. »Hallo«, ruft er fröhlich.

James nickt ihm zu. »Freut mich«, erwidert er knapp.

Peinliches Schweigen.

Und dann wird alles noch schlimmer. Denn in diesem Moment passiert ein verdammter Unfall. Malcolm muss irgendeinen Schlauch aus der Maschine gerissen haben oder so. Ein Schwall Wasser schießt aus der Wand und ergießt sich direkt auf James' Gemächt. *Oh, Gott.*

Malcolm springt auf. »Oh, beim Arsch vom Papst!«, schreit er.

»Ach du Schande«, sagt James.

»James, oh, Gott, es tut mir soooo leid!«, rufe ich.

Hastig wühle ich in der Schublade nach einem Handtuch, bevor mir einfällt, dass das hier ja eigentlich nicht mein Haus ist. Zum Glück scheint James das nicht zu realisieren. Er ist zu sehr von Malcolm abgelenkt, der mir das Handtuch aus den Händen reißt und Anstalten macht, James' Hose trockenzurubbeln.

»Ich bitte Sie«, sagt James und weicht zurück.

»Tut mir echt leid«, antwortet Malcolm.

»Schon gut.« James nimmt eine Schürze aus der Schublade. »Ich trag das Ding hier, dann sieht man es nicht.«

Ich starre Arthur unverwandt an, um ihn dazu zu bringen, die Sache in die Hand zu nehmen.

In diesem Moment kommt Malory hinzu.

»Warum trägt der Mann Dads Schürze?«, kräht sie.

Ich starre Arthur noch intensiver an.

»Kinder«, sagt er. »Ihr müsst nach oben in die Badewanne. Malcolm, du kommst mit.«

»Ich will aber nicht mit deinen Kindern in die Wanne«, erwidert Malcolm.

»Komm einfach … mit rauf«, sagt Arthur. »Und schau dir unseren Boiler an. Das wäre nett.«

Endlich sind alle weg.

Tödlich verlegen wende ich mich zu James um, der jetzt eine Schürze trägt.

»Sieht aus, als würdest du backen wollen«, sage ich.

James starrt mich einfach nur an. »Gott, du bist umwerfend.«

Oh, nein. Ich kann doch nicht in meiner eigenen Küche mit einem fremden Mann rumflirten. Was mach ich hier bloß?

»James«, sage ich. »Lass uns in den Garten gehen.«

Arthur

Okay. Ich habe alles unter Kontrolle. Ich habe die Kids ins Badezimmer gekriegt, wo sie nun ihren allabendlichen Streit ausfechten. Darf man Barbies mit in die Wanne nehmen? Ivy findet, ja. Malory meint, nein. Robin ist der Ansicht, wir sollten den Nixenbarbies und den beiden Prinzen Einlass gewähren. »Aber«, präzisiert er in mahnendem Unterton, der ihn wie einen schwulen Psycho-Mörder klingen lässt, »man muss sie zuerst ausziehen. Und nachher muss man ihre Köpfe auswringen und sie auf die Heizung legen.«

Ich gehe hinauf in unser Schlafzimmer, wo Malcolms Kopf unter dem Boiler steckt.

»Malcolm. Vielen Dank für deine Hilfe.«

»Mach ich doch gern.«

»Sag mal … magst du zum Essen bleiben?«

»Sehr gerne.«

»Em kommt auch«, sage ich. »Pollys beste Freundin.«

»Ist sie auch so ein heißer Feger?«

»Eher ein schadhafter Handstaubsauger. Klein, kompakt, und sie verteilt gemeine Stromschläge, wenn man es am wenigsten erwartet.«

»Klingt sexy.«

»Denk nicht mal dran, Malcolm. Die ist nichts für dich.«

»Wieso nicht?«

»Sie ist … wartungsintensiv.«

»Mit Wartungen kenne ich mich aus.«

»Du kennst dich mit Klempnerarbeiten aus. Das ist nicht dasselbe.«

»Doch, ist es«, sagt Malcolm und schenkt mir ein schwitziges Grinsen. »Es läuft immer darauf hinaus, den Sperrhahn mit Bedacht einzusetzen.«

Ich pruste los. Ich bin mir nie ganz sicher, ob Malcolm ein Depp oder ein Genie ist. Und er ist noch nicht fertig.

»Eigentlich«, fährt er fort und hebt belehrend den Zeigefinger, »unterscheidet sich eine Verabredung mit einer Lady nicht wesentlich von einem Klempnerauftrag. Du triffst sie und stellst fest, dass es ein Problem gibt. Dann machst du die Ummantelung ab und schaust dir die Leitungsführung an.«

Auch darüber muss ich lachen. Gleichzeitig verstehe ich, warum es problematisch ist, Malcolm zum Essen einzuladen.

»Malcolm, wie wär's, wenn du hier oben bleibst? Du kannst vor dem Essen gerne noch duschen und dir ein paar Sachen von mir leihen.«

»Danke«, sagt Malcolm.

Ich wende mich um und blicke aus dem Fenster. Polly steht mit ihrem Besucher hinten im Garten, schaut ihm in die Augen und fummelt an einem Salbeiblatt herum. Erschreckend deutlich steht mir vor Augen: Sie mag ihn. Sie mag ihn sehr. Es fühlt sich an, als ob mir jemand mit einem dünnen rostigen Messer ins Herz sticht.

Polly

Zwar hatte ich in den letzten Tagen kaum Zeit, mich um den Garten zu kümmern, aber er sieht trotzdem spektakulär aus. Bienen summen um die Echinacea herum, Schmetterlinge flattern über das Eisenkraut, und das Gras ist grün und saftig.

Wir treten durch einen Jasminbogen in den abgeschiedenen Teil des Gartens. Hier sieht es wirklich toll aus. Ich hole mein Handy hervor und mache ein paar Fotos. Vereinzelte Apfelbäume spenden Schatten. Ein Pfad führt durch die Bäume zu einer Böschung, auf der eine kleine Statue steht, die Arthur von seinem schwulen Onkel geerbt hat. An der Nordseite befindet sich eine weitere Böschung, die in Pfirsich-, Rot- und Rosatönen blüht. Eine wahre Farborgie.

Man merkt, dass James der Garten wirklich gefällt.

Wir führen die für mich wunderbarste Unterhaltung seit langem. Er ist begeistert von der kühnen Farbkombination meiner Blumen und Sträucher, und er ist noch kein einziges Mal auf die üblich öden Themen zu sprechen gekommen – zum Beispiel, was wir in den Ferien machen oder wie die Kinder so in der Schule sind. Eigentlich hat er die Kinder überhaupt noch nicht erwähnt. Okay, zugegeben, das liegt wahrscheinlich daran, dass er noch nichts von ihrer Existenz weiß. Aber *auch* daran, dass er mir gerade einen Grundriss von Bodsham Abbey zeigt. Ich verstehe die Pläne zwar nicht so richtig, aber das Grundstück sieht phantastisch aus. Wenn man um die Kapelle herumgeht, kommt man auf eine große Wiese, von der aus man einen herrlichen Blick auf die von Inshaw gemalten Hügel hat. James hat mich gefragt, was man dort anpflanzen könnte – er liebt Magnolien und möchte wissen, ob sie in Wiltshire-Erde gedeihen. Ich persönlich halte Magnolien für die Céline Dion der Pflanzenwelt: Sie blühen viel zu kurz, werden vollkommen überbewertet, und die restliche Zeit handelt es sich um dürre, unattraktive Platzverschwender. Aber das behalte ich für mich.
Stattdessen sage ich: »Ich bin sicher, mit der richtigen Pflege kann in deinem Garten so gut wie alles gedeihen.«
Ich habe den Satz noch nicht zu Ende gesprochen, als mir bewusst wird, dass meine Worte ziemlich zweideutig klingen: *Ich* werde in deinem Garten gedeihen. *Du* wirst mich wässern. Vor meinem inneren Auge sehe ich mich als üppig blühenden Busch, den James mit seinem langen Schlauch gießt. (Hilfe! Was ist das denn? Irgendwelche abgedrehten, auf Pflanzen basierenden Wassersportphantasien? Na ja, wen interessiert's? Wenigstens hab ich ausnahmsweise mal Spaß.)
Es ist alles ziemlich perfekt. Na gut, abgesehen von seiner Kleidung vielleicht. Es wirkt ein wenig seltsam, wie er da so mit seiner Schürze am Baum lehnt. Ich kann nicht anders, ich muss lächeln.

»James Hammond«, sage ich. »Du siehst aus wie ein Kalender-Boy.«

Er versteht die Anspielung sofort. »Ja«, sagt er, »unter der Schürze trage ich nichts. Willst du mal gucken?«

Ich möchte nur allzu gerne unter seine Schürze gucken. Also sinke ich auf die Knie, hebe sie an und hole seine Hammond-Orgel hervor.

Nein, mache ich nicht. Natürlich nicht.

Ich sage nur: »Na ja … vielleicht, wenn ich am Freitag komme.«

Sobald mir die Worte über die Lippen gekommen sind, habe ich das Gefühl, als würden sich Schlangen aus den Blumen winden.

»Polly«, zischen sie. »Was machst du da?«

Oh, nein. Was habe ich da nur gesagt?

Em

Als Arthur die Tür aufmacht, sieht er wie Lady Chatterleys Liebhaber aus. Er trägt Jeans und ein schwarzes T-Shirt, ist unrasiert, männlich und leicht mürrisch. Zum Anbeißen. Und noch besser, er hält zwei Gläser Wein in Händen.

»Hey, Big Boy«, sage ich, nehme ihm ein Glas ab und kippe den Wein runter. Dann küsse ich ihn auf den Mund.

Er rührt sich nicht von der Stelle.

»Wie war dein Wochenende mit Dan?«, fragt er, als wir in die Küche gehen.

»Schön«, sage ich. Ich habe keine Lust, darüber zur reden.

»Was ist passiert?«

Verdammt, ich komme nicht drum herum. Dann kann ich es ihm auch gleich sagen.

»Dan«, sage ich. Ich werde schon fuchsteufelswild, wenn ich den Namen nur ausspreche. »Dan hat mich nach Spanien eingeladen.«

»Übers Wochenende?«

»Ja. In ein Fünf-Sterne-Hotel mit Blick auf die Alhambra.«

Arthur lächelt, als er mir nachschenkt. »Sorry, Em. Aber du klingst irgendwie sauer deswegen. Wieso?«

»Weil ich dachte, er würde mir einen Antrag machen!«, rufe ich. »Immerhin waren wir in der verfickten Honeymoon-Suite mit Blick auf die verfickte Alhambra! Dann haben sie uns Drinks serviert, und ich dachte: Ich halte besser mal die Klappe. Bestimmt macht er mir gleich einen Antrag. Und dann sagte er: ›Hattest du schon mal Fußpilz?‹ Und ich: ›Äh … nein.‹ Daraufhin er: ›Es ist seltsam befriedigend, sich da zu kratzen.‹ Und plötzlich war ich mir nicht mehr sicher, ob ich ja sagen wollte. Denn ehrlich gesagt finde ich es schwierig, jemandes Antrag anzunehmen, wenn derjenige gerade das Wort ›Fußpilz‹ ausgesprochen hat. Aber egal, meine Sorge war sowieso unbegründet. Dan hat mir keinen Antrag gemacht. Im Grunde genommen haben wir ein ganz normales Wochenende verbracht: Ich war sauer, und er hat die meiste Zeit damit verbracht, sich zu entschuldigen. Ich sag dir, in der Disziplin »Um-Verzeihung-Bitten« könnte der Mann Olympiasieger werden.«

Arthur sieht mich nachdenklich, fast finster an. Sehr sexy.

»Wir lange seid ihr beide schon zusammen?«, fragt er.

»Zwei Jahre!«, antworte ich. »Es ist doch immer dasselbe, Arthur! Ich lerne einen Mann kennen, investiere jahrelange Liebe, viel Sex und dringend notwenige Modeberatungen in ihn … Und dann *haut er ab!*« Plötzlich koche ich vor Wut. »Dan ist nichts als ein dummer kleiner Junge!«

»Aber … was soll er deiner Meinung nach tun?«

Ich schreie Arthur fast an: *»Er soll mir einen Antrag machen!«*

»Aber … es klingt nicht so, als würdest du ihn überhaupt mögen.«

»Ich will trotzdem, dass er mir einen Antrag macht! Sonst komme ich mir vor, als hätte ich zwei Jahre damit verbracht, einen Kinder-

geburtstag zu feiern und dabei noch nicht mal einen Preis gewonnen.«

Arthur grinst. Ich kann daran nichts Komisches entdecken. Das Brusthaar, das durch sein Hemd hervorlugt, entdecke ich allerdings schon.

»Du als Mann«, sage ich. »Warum, glaubst du, macht er mir keinen Antrag?«

»Keine Ahnung. Alle Männer haben Angst vor der Ehe.«

»Aber wieso denn?«

»Na ja«, sagt Arthur. »Weißt du, was der Kurs *Learn Love in a Week* sagt? Dass Männer wie Schnecken sind. Schlüpfrige Kreaturen, die man mit Bier und Leckerlis aus ihren Häuschen locken und denen man dann eine Falle stellen muss.«

»Und wie soll man ihnen eine Falle stellen?«

»Man darf einfach keine zwei Jahre mit ihnen zusammenbleiben, Em. Gib ihnen sechs Monate. Maximal. Genug Zeit, sich richtig zu verlieben, aber nicht genug, um jemanden als selbstverständlich anzusehen. Und dann sagst du ihm: ›Darling, ich liebe dich. Aber man hat mir eine Stelle in Berlin angeboten.‹«

»Ich kenne niemanden in Berlin.«

»Dann erfinde jemanden. Oder erfinde jemanden woanders. In Übersee.«

Ich denke darüber nach. »Ich könnte sagen, dass man mir einen Job in New York bei der *Vogue* angeboten hat. Ich kenne die stellvertretende Chefredakteurin. Tiggy. Sie hatte mal angedeutet, dass ich dort genommen werden würde.«

»Wunderbar. Das dürfte reichen, um die Aufmerksamkeit der Schnecke zu erregen. Dann sagst du: ›Oder ich bleibe, und wir heiraten.‹ Und ignorierst ihn hartnäckig, bis er dir eine Antwort gegeben hat.«

Ich schaue Arthur in die Augen. Wieso sieht Polly das nicht? Der Mann weiß Bescheid.

Arthur

Langsam werde ich nervös. Em starrt mich mit irrer Entschlossenheit an. Als hätte ich irgendetwas in ihr geweckt, und als könne jetzt alles passieren.

»Gib mir noch ein Glas Wein«, sagt sie.

Das mache ich. Sie kippt ihn zu schnell hinunter. Dann holt sie ihr Telefon aus der Tasche.

»Was hast du vor?«, frage ich. Jetzt mache ich mir echte Sorgen.

Em

»Ich habe viel zu lange auf diesen Mann gewartet. Wie ein Hund, den man vor einem Wettbüro angeleint hat. Ich werde ihn dazu bringen, mir einen Antrag zu machen.«

Dann wähle ich Dans Nummer.

»Du willst ihn *jetzt* anrufen?«, fragt Arthur.

»Warum nicht?«, erwidere ich.

Tatsächlich fühle ich mich gerade verdammt zuversichtlich. Na ja … zumindest bis er abnimmt.

»Hey, Em.«

»Hallo.«

»Tut mir leid, dass ich am Flughafen so sauer geworden bin«, sagt er.

»Schon okay. Dan …«, beginne ich. »Ich muss mit dir reden.«

»Oh.« Er klingt augenblicklich besorgt. »Wieso?«

»Ähm … man hat mir einen Job angeboten. Ich könnte für die amerikanische *Vogue* arbeiten. In New York.«

Schweigen.

»Mein Gott!«, erwidert er endlich.

Wieder Schweigen.

»Und … willst du annehmen?«, fragt er schließlich zögernd.

»Das Angebot ist auf jeden Fall sehr verlockend.«

»Oh«, macht er wieder.

Er klingt enttäuscht, aber er sagt nichts. Warum sagen Männer nie etwas?
Wieder längeres Schweigen.
Plötzlich ist mein Mund staubtrocken. Ich sehe Arthur an. Sein Blick ermutigt mich. Dan wird das nicht hören wollen, das spüre ich, aber Arthur drängt mich. Ich muss es aussprechen.
»Oder …«, beginne ich, »… ich bleibe, und wir heiraten.«
Dan macht keinen Mucks. Er atmet nur ein wenig schwer.
»Hallo?«, frage ich.
Mir bricht der Schweiß aus.
»Tja, ähm …« Seine Stimme klingt so hoch wie die eines Schuljungen. »Wow! Das … das ist wirklich süß von dir.«
Süß. *Süß?* Niemand nennt mich süß. Zumindest nicht, wenn er weiterleben will.
»Du musst dich jetzt noch nicht entscheiden«, setze ich wieder an. »Aber ich muss den New Yorkern noch diese Woche Bescheid geben.«
»Ja, gut«, sagt Dan mit panischer Stimme.
»Also. Wir sehen uns dann am Freitag.«
»Ach ja?«
»Da ist doch die Launch-Party im neuen Hotel von James Hammond.«
»Richtig«, sagt er mit schwacher Stimme.
Dieser Mistkerl! Dieser elende Mistkerl! Ich habe ihm gerade einen Heiratsantrag gemacht, und er tut, als hätte ich ihm eröffnet, dass er Krebs hat. Natürlich wird er nein sagen. Mit einem Mal wird mir klar, dass dieser Anruf ein schrecklicher Fehler war. Ich muss ihn beenden. Sofort.
»Wir können ja dann reden«, sage ich. »Bis dann.«
»Okay«, sagt er mit diesem aufgesetzten Eifer, den ich verabscheue. Er wird mir definitiv einen Korb geben. »Bis dann.«
Ich schalte das Handy aus.

Man sollte mich aufhängen und vierteilen und teeren und federn.
Was hab ich da nur getan?
Ich starre Arthur an. Er hat feine, damenhafte Wimpern.
»Er hat aufgelegt«, sage ich. Verzweifelt. »Und er hat mir keine Antwort gegeben.«

Arthur

Em sieht mich auf diese altmodisch weibliche Art an – ein Blick, der sagt: *Ich weiß nicht weiter, ich bin verloren, und du kennst alle Antworten.* Sehr sexy. Polly guckt nie so.
»*Natürlich* hat die Schnecke dir noch keine Antwort gegeben«, sage ich. »Sie hat sich hastig in ihr Haus zurückgezogen, wo sie sich sicher fühlt. Sie hat Todesangst.«
»Warum?«
»Weil … weil es nur eins gibt, was ein Mann mehr fürchtet, als sich zu binden, und das ist, die Frau zu verlieren, die er liebt.«
Ihr Blick wird weicher und verzieht sich zu etwas, das sogar noch aufregender ist … Bewunderung. »Das musst du unbedingt aufschreiben. ›Wie man Männer fängt.‹«
Nee, darauf falle ich nicht rein. Nie wieder.
»Ich habe heute schon einen Artikel für dich geschrieben«, sage ich, »und den mochtest du nicht.«
»Und ob ich ihn mochte!«, protestiert sie. »Und meine Chefin auch! Wir haben ihn gedruckt!«
»Ach! Ehrlich?« (Frau Lehrerin fand meinen Aufsatz gut. Wie schön.)
»Ja! Ich will, dass du mir für die ganze Woche etwas schreibst.«
»Oh.« Das schmeichelt mir sehr, was ich selbstverständlich verberge. »Okay.«
»Am Ende der Woche bist du der Star des Lifestyle-Journalismus.«
Ich lächele. »Und du verlobt.«

Em lächelt auch. Sie wirkt zufrieden, hat gerötete Wangen und sieht einfach unfassbar sinnlich aus. Em ist das genaue Gegenteil von Polly. Polly ist groß und beherrscht. Em klein und außer Kontrolle. Sie macht einen Schritt nach vorne. Stellt sich auf die Zehenspitzen. Und küsst mich direkt auf den Mund. Ihre Lippen sind weich.

Was zum Geier tun wir hier?

Urplötzlich werden wir wieder Herr unserer Sinne und fangen gleichzeitig an zu reden.

»Ich geh jetzt mal los, um den Artikel zu schreiben«, sage ich hastig.

»Ich geh und sag Polly, dass ich hier bin«, meint sie zeitgleich.

Ich ziehe mich in mein Arbeitszimmer zurück.

Polly

Immer wieder gehe ich es in Gedanken durch ... James hat gesagt: »Unter der Schürze trage ich nichts. Willst du mal gucken?« Und ich habe geantwortet: »Vielleicht, wenn ich am Freitag komme.« Womit ich quasi gesagt habe: Wir können am Freitag miteinander ins Bett gehen. Richtig? Warum habe ich das bloß gesagt? Ich stehe vollkommen neben mir, stelle belanglose Fragen, und er erzählt mir von seinen Geschäften. Ich höre nicht richtig zu, nicke nur hin und wieder und gebe mich interessiert.

Dann sagt er es wieder: »Kannst du denn am Freitag kommen?«

Er will die Sache festzurren.

Kann ich am Freitag zu ihm?

Kann ich?

Kann ich zu ihm?

Ich muss ihm unbedingt von den Kindern erzählen. Er wird es sowieso über kurz oder lang erfahren, also warum nicht jetzt?

Aber wie soll ich es sagen?

»James«, beginne ich.

In diesem Moment taucht Em im Jasminbogen auf.

»James Hammond«, sagt sie und eilt mit ausgestreckter Hand auf ihn zu. »Wie nett, Sie wiederzusehen.«

»Ihr Garten ist wunderschön«, sagt er galant. »Fast so schön wie Ihre Kinder.«

Em wird rot. »Ja! Nun! Sie wissen ja, wie man so sagt … Kinder sind wie Fürze. Wenn sie von einem selbst stammen, sind sie überraschend lieblich.« Sie nimmt ihn am Arm. »Wollen wir nicht reingehen? Ich habe auf dem Heimweg ein paar türkische Spezialitäten gekauft … Übrigens, noch mal danke für den prächtigen Artikel vom vergangenen Jahr.«

»Immer gerne«, sagt James.

Natürlich muss Em das gleich wieder wörtlich nehmen. Sie ist so gierig.

»Sie könnten ja vielleicht regelmäßig eine Kolumne für uns schreiben. ›James Hammond – die Geheimnisse des Business‹ oder so.«

»Ich dachte, es gäbe im Geschäftsleben nur das eine Geheimnis«, erwidert James. »Dass der Kunde immer recht hat. Es sei denn, er fordert sein Geld zurück.«

Em gluckst und führt James ins Haus. Zum Glück sind Arthur und Malcolm nirgendwo zu sehen. Das Essen steht auf dem Tisch. Leider tut Ivy das auch. Und sie ist nackt. Und hat die Faust im Hummus. Ich werfe Em einen Blick zu, wie um zu sagen: *Kümmere dich drum. Bitte!!!*

Nur weiß sie nicht, wie.

Sie hebt Ivy hoch und hält sie von sich weg, als hätte sie Angst, sie zu berühren. Nützt nichts. Ivy schafft es trotzdem, Hummus in Ems Haar zu verteilen. Em winselt leise und stellt Ivy ins Spülbecken.

»Wasch dir die Hände«, sagt sie und dreht den Hahn auf. Dann wendet sie sich zu uns um. »Ich werd mal eben …« Und zeigt auf ihre Haare.

Sie geht. Und lässt Ivy in der Spüle stehen, wie ein Hähnchen, das aufgetaut werden soll.

Ich wende mich James zu.

Er sieht mich einen Moment zu lange an. Unsere Gefühle sind schrecklich durchschaubar. Ganz klar – ich stehe auf ihn, und ja, das beunruhigt mich, schließlich war ich seit Jahrhunderten nicht mehr verknallt. Aber was mich *richtig* beunruhigt, ist, dass er genau das zu sein scheint, was ich mir erträumt habe. Ruhig. Reich. Und er will, dass ich seinen Garten gestalte. *Wir gehören zusammen, James. Lass uns davonlaufen und eine Welt floraler Magie erschaffen.*

Doch Ivys Anblick in der Spüle setzt mir zu.

»Also«, sagt James. »Kannst du kommen?«

»Das würde ich nur allzu gerne«, sage ich.

»Oh, das ist großartig. Und wer weiß? Vielleicht können wir ja noch viele Gärten gemeinsam gestalten.«

Ich muss es ihm sagen. Ich muss es ihm sagen.

»Aber ich … ich muss noch ein paar Dinge regeln.«

»Natürlich.«

Nein, James. Nicht irgendwelche Dinge. Ich muss es ihm sagen.

»Weißt du, James, ich habe Kinder.«

Ich sehe ihm in die Augen. Für einen winzigen Moment wirkt er überrascht. Und in diesem winzigen Moment kann man erkennen, dass er nicht damit gerechnet hat. Was mir schmeichelt. (Ich meine, ich bin fünfunddreißig, was erwartet er denn?) Außerdem glaube ich zu erkennen, dass es ihm peinlich ist, mit einer Mutter geflirtet zu haben. Aber dann erinnert er sich wieder an seine guten Manieren und überspielt seine Überraschung.

»Du hast Kinder?«, sagt er sanft. »Wo sind sie denn?«

»Ähm … eins davon steht dort drüben.«

Ich zeige auf Ivy, die noch immer nackt in der Spüle steht und

Wasser auf den Boden spritzt. James blickt sie verwirrt an. Oh, nein, das läuft alles ganz falsch. Ich muss die Karten auf den Tisch legen.

»Tut mir leid. Ich hätte es dir sofort sagen müssen. Das da draußen ist mein Garten. Das hier mein Haus. Und das sind meine Kinder.«

Er antwortet nicht. Die Stille ist mir unendlich peinlich. Aber sie währt nicht lange.

»Kinder zu haben ist kein Fehler«, sagt er sanft. »Es sei denn, man hat sie gekidnappt. Hast du das?«

»Nein. Und wenn ich Kinder kidnappen würde, dann vermutlich nicht die hier.«

Ivy drückt inzwischen höchst konzentriert Spülmittel aus der Flasche.

Wieder Stille.

Ich überlege, was ich sagen soll, aber zur Frage, ob ich ein nacktes Kind entführen würde, fällt mir wirklich nichts mehr ein, was man laut aussprechen sollte. Außerdem möchte ich unbedingt verhindern, dass Ivy die ganze Flasche leerquetscht.

Em kommt zurück.

»Tut mir leid, Leute«, sagt sie. »Aber Hummus im Haar ist kein wirklich toller Look. Also, James Hammond … bleiben Sie zum Essen?«

»Das würde ich gerne«, erwidert er, während er die Schürze abnimmt und einen großen nassen Fleck auf seiner Hose enthüllt. »Aber …« Seine Stimme verebbt.

»Sie … haben sich nass gemacht?«, stellt Em fest.

»Richtig«, antwortet er. »Ich hatte so viel Spaß, dass ich jede Kontrolle verloren habe. Also … okay, es war wirklich nett, aber ich muss jetzt los und mich umziehen. Schönen Abend.«

Er küsst uns beide auf die Wange.

»Ich melde mich«, verspricht er. Dann ist er weg.

Sobald ich die Tür hinter ihm geschlossen habe, schlägt eine lawinenartige Verlegenheit über mir zusammen.
»Es hätte schlimmer kommen können«, bemerkt Em.
»Ach ja?«, frage ich. »Wie denn? Okay, wir hätten ihn auch versehentlich mit Benzin übergießen und anzünden können.«
Em grinst. »Alles wird gut«, sagt sie.
»Em«, erwidere ich. »Seit ich damals in der Schule meine Lehrerin Mami genannt habe, war mir nichts mehr so peinlich.«

Arthur

Ich bin furchtbar angespannt. Ich halt's nicht aus. Polly flirtet mit diesem Riesenschwanz von einem Mann, während ich mich um die Kinder kümmere und Malory und Robin sich mal wieder weigern, aus der Wanne zu kommen. Stattdessen hauen sie mir ihre Forderungen um die Ohren. Malory sagt, sie kommt erst raus, wenn sie einen heißen Kakao kriegt. Ich sage ihr, dass das nicht in Frage kommt, weil sie sonst wieder ins Bett macht.
»Ich mache GAR NICHT ins Bett!«, protestiert sie. »Und du hast es mir VERSPROCHEN!«
»Hab ich nicht.«
»Dann komm ich auch nicht raus.«
»Von mir aus!«, sage ich eine Spur zu laut. »Dann bleibt eben hier. Mir doch egal.«
Beide Kinder sehen mich erstaunt an.
»Ehrlich gesagt«, fahre ich ein wenig ruhiger fort, »könntet ihr mir in einer Angelegenheit helfen, die mir Sorgen macht.«
Das weckt ihre Aufmerksamkeit.
»Was denn?«, fragt Malory.
»Ich soll morgen in einer Schule bei der morgendlichen Versammlung eine Geschichte erfinden.«
Malory versteht das Problem nicht. »Aber du bist doch toll im Geschichtenerfinden!«

»Genau, Dad. Total toll«, bestätigt Robin loyal.
Ich liebe sie. Einen Moment lang glaube ich, dass alles gut wird.
»Okay«, sage ich. »Dann lasst uns *jetzt* eine erfinden, in Ordnung? Genau genommen dürft ihr nicht aus der Wanne, bis wir uns was Anständiges ausgedacht haben.«
Ein freudiges Grinsen breitet sich auf ihren Gesichtern aus. Meine Stimme nimmt einen Erzählton an.
»Die Geschichte handelt von einem kleinen Mann«, beginne ich, dann halte ich inne, um mich inspirieren zu lassen. »Und eines Tages wird der kleine Mann durch einen Abfluss gespült.«
Malory hebt die Hand. Ich liebe es, wenn sie das macht.
»Ja?«
»Wie wird der Mann denn durch den Abfluss gespült?«
»Na ja …«
»Mit Pipi?«
Sie lachen. Ich lache.
Bis mir einen Sekundenbruchteil darauf wieder einfällt, dass es für den Gastautor nur eine einzige Regel gibt: keinen Schweinkram. Wenn morgen irgendjemand so was sagt, bin ich am Arsch.
Sofort spüre ich wieder die Anspannung.
Polly steckt den Kopf durch die Tür. »Warum sind die Kinder denn noch nicht aus dem Bad raus?«, fragt sie.
»Ich bin ja schon dabei!«, antworte ich. Noch mehr Anspannung.
Mit einer Tasse in der Hand kommt sie herein. »Malory«, sagt sie. »Ich hab dir einen Kakao mitgebracht.«
Ich bin kurz davor, die Fassung zu verlieren. »Polly!«, sage ich schärfer als beabsichtigt. »Ich hatte ihr gesagt, dass sie keinen Kakao kriegt.«
»Ich dachte eben, dass es nett wäre!«
»Okay! Schön!«, erwidere ich viel zu laut.

Polly blickt mich alarmiert an, als wolle sie sagen: Was ist denn mit dir los?

Herrgott. Gleich wird sie mir den Kopf abreißen, und dann streiten wir uns.

»Wisst ihr was … ich hab's satt!«, sage ich. »Richtig satt! SATT!«

Plötzlich bin ich unfassbar wütend. Ich dränge mich an ihr vorbei durch die Tür. Ich muss hier weg. Wieder runterkommen. Mir für morgen früh etwas einfallen lassen.

Em

Sobald ich Arthur brüllen höre, gehe ich nach oben. Es ist wie früher in der Schule, wenn man hört, wie die anderen rufen: »Da hauen sich welche!« Man muss einfach zusehen.

Arthur flüchtet aus dem Badezimmer. Er wirkt durcheinander.

Polly läuft ihm hinterher. »Gibt's ein Problem?«, fragt sie.

»Ja, das gibt es«, faucht er und fährt herum. Er spricht schnell und sehr deutlich wie ein Schauspieler, der will, dass er auch in den obersten Rängen noch gehört wird. »Ich sagte, sie kriegt keinen Kakao, und du setzt dich darüber hinweg. So ist das immer, wenn ich etwas entscheide. Und sobald ich auch nur ein bisschen lauter werde, mischst du dich ein.«

»Schrei mich nicht an«, antwortet sie.

»Ich schreie dich nicht an!«, kontert Arthur, der tatsächlich verdammt laut spricht. »Ich fluche nicht, und ich versuche auch nicht, jemanden zu schlagen, und trotzdem greifst du ein. Wie soll ich je so was wie Autorität an den Tag legen, wenn ich nicht mal die Stimme erheben darf? Weißt du was? Ich habe mich heute den ganzen Tag um die Kinder gekümmert.«

»Na und?«, sagt Polly. »Mach ich auch oft.«

»Tja, dann dürftest du ja wissen, dass es nicht leicht ist, oder?«, fragt er. »Vor allem, wenn ich gleichzeitig noch versuchen soll, deinen Anweisungen nachzukommen und mir ein zweites Standbein aufzubauen. Was nicht ganz einfach sein wird, da ich zwischen all den Unterbrechungen maximal acht Sekunden zur Verfügung habe. Um ehrlich zu sein, es war ein stressiger Tag.«

»Arthur!«, erwidert sie. »Ich hatte auch einen langen Tag. Und Stress hatte ich auch.«

»Aber ich habe eine Geburtstagsparty für Tinky-Winky geschmissen«, sagt Arthur. »Und mich den ganzen Tag von Leuten anschnauzen lassen, und dabei lief die meiste Zeit noch grauenvolle Kindermusik im Hintergrund, also erzähl mir nichts von Stress!«

Als ich mich behutsam zwischen die beiden schiebe, fühle ich mich wie ein Fasan im Fadenkreuz. »Ich geh dann mal«, sage ich. Beide schauen mich an. Was folgt, ist angespanntes Schweigen. Es wird unterbrochen von einem Mann, der von oben die Treppe herunterkommt. Er sieht freundlich und attraktiv aus, allerdings etwas overdressed. Er trägt einen Smoking mit Fliege und Kummerbund.

»Malcolm«, sagt Polly. »Du siehst aus wie ein Oberbürgermeister.«

»Es würde mich freuen, als Oberbürgermeister der Herzen betrachtet zu werden«, sagt der Mann mit dem rotblonden Haar und einem sexy Dubliner Akzent. Er wendet sich an mich und schüttelt mir die Hand. »Ich bin Malcolm. Habe ich richtig gehört? Sie wollen schon gehen?«

»Ich muss nach Hause.«

»Klasse«, sagt er. »Ich fahre Sie.«

»Ist ziemlich weit.«

»Ich habe Zeit.«

»Fahren Sie denn auch ein standesgemäßes Fahrzeug, Herr Oberbürgermeister?«

»Ich habe einen Van. Mit ganz viel Platz. Ich muss nur den Betonmischer etwas zur Seite schieben. Kommen Sie.«

Polly

Ich bin so sauer auf Arthur. Ich kann es nicht leiden, wenn er die Kinder anschnauzt. Ich kann es auch nicht leiden, wenn er mich anschnauzt, am wenigsten vor den Kindern und schon gar nicht vor Em! Was ist nur los mit ihm? Wir müssen miteinander reden. Aber dazu muss ich erst mal wissen, wo er ist.

Ich durchsuche das ganze Haus und finde ihn schließlich hinten im Garten.

»Arthur«, sage ich.

»Lass mich in Ruhe!«, brüllt er.

Was hat er denn nur? Er benimmt sich wie ein trotziges Vorschulkind.

»Arthur«, versuche ich es noch einmal ruhig.

»Nein!«, brüllt er. »Ich mein's ernst ... Ich will nichts hören! Kein einziges verfluchtes Wort! Lass mich in Ruhe!«

Was zum Geier ist in ihn gefahren?

Em

Komisch, wie das Leben manchmal so spielt ... Man geht aus dem Haus und erwartet, mit dem Geschäftsmann des Jahres zu Abend zu essen. Stattdessen sitzt man dann in einem Transporter neben einem irischen Bauarbeiter im Smoking. Auf einem Sitz, auf dem bis eben noch ein Betonmischer lag. Als ich mich umsehe, entdecke ich keinen einzigen Gegenstand, den ich in *Lifestyle* erwähnen könnte. Vielleicht den eingestaubten Traumfänger, der vom Rückspiegel baumelt? Ach nein, der gehört nicht zu den Must-haves der Saison. Genauso wenig plädieren wir für Gerüststangen am Fahrersitz. Trotzdem habe ich ausnahmsweise mal das Gefühl, nichts beweisen zu müssen, und das ist seltsam entspannend. Ich würde diese Fahrt zu den sündigen Vergnügungen der Woche zählen.

Wir erreichen meine Straße.

»Sie können hier halten.«
Er fährt rechts ran. Steigt aus, rennt um den Wagen herum und macht mir die Tür auf.
»Danke«, sage ich. Ich weiß nicht, ob ich ihm ein Küsschen oder Trinkgeld geben soll.
»Wo genau wohnen Sie?«, fragt er.
»Nummer neunundneunzig. Oberste Wohnung.«
Er schaut hinauf. »Da ist ja ein Fenster kaputt. Ich habe eine Scheibe im Transporter. Soll ich das gleich reparieren?«
Ich habe die zerbrochene Scheibe zwei Jahre lang erfolgreich ignoriert. Da schaffe ich das auch noch zwei weitere. Mindestens.
»Das ist supernett von Ihnen«, sage ich. »Aber nein, danke.«
»Dann ein andermal.«
»Ja«, erwidere ich. Um die Sache zu beenden, stelle ich mich auf die Zehenspitzen und küsse ihn auf die Wange.
Zuerst ist er verblüfft. Dann strahlt er mich so glücklich an, wie ich schon lange niemanden mehr strahlen gesehen habe.
»Danke«, sagt er.
Oje. Eine grundlegende Verführungstechnik: Wenn dich jemand küsst, bedank dich nicht dafür. Aber es ist immerhin besser, als sich zu entschuldigen.

Dienstag

Learn Love in a Week – der Online-Kurs, der Ihr Leben verändert.

Dritter Tag: Ich hasse die Bilder auf romantischen Websites. Die Männer stehen am Steuer einer Yacht, das Sweatshirt lässig um die Schultern gelegt, und lächeln, als freuten sie sich heimlich über einen phantastisch gelungenen Vertragsabschluss.
So ist das Leben nicht. Männer haben keine Pullis um die Schultern, und wenn doch, gehört ihnen eine geknallt. Die meisten Männer haben auch keine Yacht, sondern Joghurtflecken auf der Hemdbrust und sind schwer angefressen, weil ihnen gerade wieder ein Geschäft den Bach runtergegangen ist. Im wahren Leben geht vieles schief, und die größte Herausforderung der Liebe besteht darin, mit diesem Scheitern umzugehen. Der Trick ist, dem Partner Mitgefühl entgegenzubringen, aber das ist nicht leicht. Erschütterte Menschen sind Energieräuber, und da es sich um Ihren Partner handelt, betreffen seine Fehler Sie vielleicht sogar unmittelbar. Mitgefühl erfordert also wahren Großmut. Aber die Sache hat auch ihre gute Seite: Irgendwann werden Sie selbst erschüttert sein und ebenso viel Aufmerksamkeit fordern. Doch in der Liebe bekommt man, was man gegeben hat. Die Liebe ist wie eine Partie Frisbee. Es ist nicht besonders spannend, wenn man dicht beieinandersteht und die Scheibe einfach nur hin und her wirft. Tritt man aber ein Stück zurück und wirft sie in den Wind, weil man einander vertraut und weiß, dass der andere sie auffangen wird, hat man Spaß.

Challenge des Tages: Üben Sie, die Dinge aus der Sicht Ihres Partners zu sehen, indem Sie zehn Minuten lang ein schriftliches Charakterporträt von ihm entwerfen. Schreiben Sie über seine Geschwister, seine Vorlieben und Träume. Dadurch können Sie sich besser in ihn einfühlen und ihn wohlwollender betrachten.

Hausaufgabe des Tages: Versuchen Sie einen Tag lang, Ihrem Partner vollkommen unvoreingenommen zuzuhören, selbst wenn er Mist gebaut hat. *Vor allem,* wenn er Mist gebaut hat. Die Grundregel: Die erschütterte Person hat das Wort. Stellen Sie Ihrem Partner offene Fragen wie: »Was ist passiert? und: Wie hast du dich dabei gefühlt?« und hören Sie ihm zu. Sagen Sie NICHT: »Kopf hoch«, oder: »Sieh es doch mal positiv«, denn eigentlich heißt das nur: »Halt endlich den Mund, mir reicht's.« Entspannen Sie sich. Ihr Partner *wird* irgendwann den Mund halten. Aber er wird sich leichter fühlen und Ihnen dankbar sein. Bis er das nächste Mal mies drauf ist.

Polly

Als ich langsam erwache, sehe ich mich vor meinem inneren Auge auf James Hammonds Wiese arbeiten. Ich stelle mir Bäume vor, Jasminduft, den Ruf der Amseln. Ich stelle mir vor, wie ich die Harke weglege und James mit einem Tablett mit Getränken zu mir kommt und ein paar schmeichelhafte Worte sagt, in denen eine unterschwellige, derbe Sinnlichkeit mitschwingt. Und mir einen langen, sinnlichen Kuss gibt.

Dann fällt mir ein, wie James gestern Abend das Weite gesucht und Arthur mich im Garten angebrüllt hat. Sofort fühle ich mich wieder angespannt und ängstlich. Als hätte Mum gesagt: »Warte nur, bis dein Vater nach Hause kommt.«

Ich schlage die Augen auf.

Es ist sieben Uhr. Arthur liegt nicht neben mir. Er muss auf dem Sofa geschlafen haben. Das Kissen ist unberührt, und seine Bücher liegen noch genauso da wie gestern Abend. Don DeLillos *Unterwelt* und Bolaños *Die wilden Detektive*. Aufgeschlagen und mit dem Gesicht nach unten. Sie sehen aus wie Menschen, die aus einer großen Höhe auf die Erde gefallen sind.

Oh. Jetzt betritt er das Zimmer. Angezogen. Und sieht mir einen Moment lang in die Augen. Er wirkt müde, ein bisschen leer.

»Hi«, sage ich leise.

»Hi«, erwidert er. Irgendwie geschäftsmäßig.

»Kannst du mir einen Kaffee machen?«, frage ich vorsichtig.

»Ich muss los.«

»Wohin?«

»Zur Thomas-Cranmer-Schule in Mitcham. Um mich bei lebendigem Leib verbrennen zu lassen.«

Ich habe keine Ahnung, wovon er redet.

Er wendet sich zum Gehen. »Malory hat ins Bett gemacht.«

»Kannst du die Bettwäsche noch in die Maschine packen?«, sage ich. »Ich hänge sie dann auf, bevor ich gehe.«

»Ich muss zur Arbeit«, erwidert er und verlässt das Zimmer. Scheint, als wolle er eine Medaille, nur weil er ausnahmsweise mal außer Haus muss.

Ich warte noch einen Moment und springe dann aus dem Bett. Als ich nach unten komme, hält er seine Tasche und den Mantel in der Hand, greift nach der Mülltüte vor der Eingangstür und stellt sie vorsichtig hinter sich. Ich bin ja wirklich bemüht, einen versöhnlichen Ton anzuschlagen, aber das regt mich auf.

»Tschüss«, sagt er kurz angebunden, und weg ist er.

Ich gehe in die Küche, wo seine Müslischale selbstherrlich neben seinem riesigen Männerkaffeebecher auf dem Tisch steht. *Er muss zur Arbeit*, scheinen sie wichtigtuerisch zu verkünden. *Du kannst uns ja wegräumen.* Wieder brodelt Zorn in mir auf. Ich renne zur Haustür und reiße sie auf. Er ist gerade durchs Gartentor gegangen.

»Warum hast du den Müll nicht mitgenommen?«, schreie ich wütend über die Straße.

Er schenkt mir einen seiner leeren Blicke. »Weil ich schon meinen Mantel und meine Tasche in der Hand hatte. Und weil ich kein Müllmann bin.« Dann geht er.

Em

Lifestyle wird heute brillant.

Ein echter Hollywoodstar ist in der Stadt. Okay, der Film, den er promotet, ist nichts als ein dicker, dampfender Kuhfladen, aber der Mann sieht einfach göttlich aus. Außerdem stehen ein Artikel über Colin Farrells Theaterstück an, ein Editorial über Wayne Rooney, der eine Burger-Kette lanciert, und dann ist da noch dieser Fernseh-Koch, der verraten will, wie er seine persönlichen Dämonen überwunden hat. Nachdem ich den Mann getroffen habe, würde ich sagen, sein Problem sind weniger die Dämonen als vielmehr eine ausgeprägte Sexsucht und ein übermäßiger Kokainkonsum. Aber, hey, danken wir Gott für die Dämonen. Dämonen müssen ständig neu überwunden und neben großformatigen Hochglanzfotos analysiert werden. Ohne Dämonen wäre *Lifestyle* nichts als ein dreiseitiges Blättchen voller Anzeigen, die sich um ein Kochrezept gruppieren.

Heute ist einer dieser Tage, an denen sich die Zeitung mehr oder weniger von selbst schreibt, was gut ist, weil ich mich sowieso nicht konzentrieren kann. Warum habe ich Dan einen Antrag gemacht? Ich habe schon dreimal versucht, ihn anzurufen, aber er hat sein Handy ausgeschaltet. Er ist auch sonst schwer zu erreichen, wenn man ihn gerade nicht heiraten will, aber jetzt hat er sich wie eine verschreckte Wühlmaus in irgendein Loch verkrochen. Wahrscheinlich überlegt er gerade, wie er mir für den Rest des Lebens aus dem Weg gehen kann.

Deswegen lungere ich also hier bei den Fahrstühlen herum und warte darauf, ihm »rein zufällig« über den Weg zu laufen. Seit zehn Minuten bin ich schon hier. Und habe einen riesigen Haufen SMS gelöscht, um mir die Zeit zu vertreiben. Ich werde nicht viel reden. Nur ›Hi‹ sagen. Sexy sein. Mich kurz fassen. Und ihn dann stehen lassen.

Aber wo zum Geier ist er nur? Wahrscheinlich versteckt er sich im Parkhaus.

Ach, Scheiße.

Da kommt Greta Kay. Sie trägt einen extrem weichen, weißen Pulli. Ihre Brüste sehen aus wie zwei pralle Angorahügel.

»Em!«, ruft sie, als würde mein Anblick schon genügen, um ihren Tag zu retten. »Hi!«

Als sie mich küsst, rieche ich ihr Parfum.

»Wie geht's?«, frage ich.

»Mein ganzer Kopf ist voller Ideen für die kommende Woche.«

Wie ekelerregend positiv. Sie drückt den Rufknopf für die Fahrstühle.

In diesem Augenblick taucht Dan auf. Mit seiner Sonnenbrille, dem dicken Gürtel und dem offenen Hemd wirkt er wie ein Indie-Musiker. Als er mich sieht, überkommt ihn sichtliches Unbehagen. Schlechtes Zeichen.

Ich gehe zu ihm hinüber. »Hi, Dan.« Meine Fröhlichkeit wirkt angestrengt, und ich rede einen bisschen zu laut. Ich gebe ihm einen Kuss.

Er weicht ein wenig zurück, als hätte ich Mundgeruch. Noch schlechter. Zu allem Überfluss ist mir bewusst, dass Greta uns beobachtet.

»Hi«, sagt er. »A-Alles klar?«

Wow! Das Unbehagen hat ihn aber wirklich gepackt. Er stottert schon beim A.

»Yep«, antworte ich. »Bei dir?«

Ein knappes Nicken, dann blickt er auf seine Füße. Wir sind beide verlegen. Da habe ich ihm gerade einen Heiratsantrag gemacht, und plötzlich haben wir uns nichts mehr zu sagen.

»Ähm … heute Abend sehen wir uns nicht, richtig?«, fragt er.

Wäre das ein Problem? »Äh … nein.«

»Gut«, sagt er und blickt sich um, während er von einem Bein auf das andere tritt. »Wir können ja dann am Freitag bei Hammond reden.«

»Ja«, erwidere ich. So weit waren wir schon. »Übrigens«, sage ich, »gehen wir morgen vom Büro aus was trinken.«

»Tatsächlich?«, fragt er.

»Ja. Sarah Shelton feiert ihr zehnjähriges Jubiläum als Chefredakteurin.«

»Aha.«

Herrgott noch mal, ich verpfusche das hier wirklich gründlich. Er versucht, mir aus dem Weg zu gehen, und ich zwinge ihn zu einer Verabredung. Nicht gut. Und es kommt noch schlimmer: Dan entdeckt Greta und stürzt sofort auf sie zu, um sie anzuspringen wie ein rolliger Jack Russell. Er ist wirklich die größte Promi-Hure, die ich kenne.

»Greta Kay!«, ruft er nun wieder mit normaler Stimme. »Ich muss Ihnen einfach sagen, dass ich ein Riesenfan von Ihnen bin!«

»Vielen Dank«, haucht Greta rauchig.

»Wie gefällt Ihnen die Arbeit mit Em?«, fragt er, als ich mich den beiden nähere.

Greta nimmt meinen Arm. Das finde ich gut. »Sie ist großartig. Ich lerne so schnell.«

Okay. Das war Schwachsinn, aber schmeichelhafter Schwachsinn.

»Oh … schön«, stößt Dan hervor. Offensichtlich weiß er nicht, was er sagen soll. »Tja, also … ich geh am besten mal wieder an meinen Schreibtisch.«

Und schon marschiert er zu seinem Büro im Erdgeschoss. Er konnte nicht schnell genug von mir wegkommen. Verfluchte Kacke. Es ist so was von klar, dass er mir einen Korb geben wird. Die Fahrstuhltüren öffnen sich, und ich erblicke mein Spiegelbild. Ich sehe hager aus. Dan, du Schwein. Erst nimmt er mir den Rest meiner Jugendblüte, dann lässt er mich fallen.

Greta betrachtet mich im Spiegel. »Alles okay?«, fragt sie.

Ich wende mich zu ihr um. Sie wirkt ruhig und so, als würde sie sich Sorgen machen.

»Ja«, antworte ich.

»Ich möchte nicht anmaßend sein, aber ich hatte das Gefühl, als wäre da eine gewisse Spannung zwischen euch beiden.«

Ich schaue ihr ins Gesicht und treffe eine Entscheidung. Nämlich die, ihr alles zu erzählen.

Sie lässt den Lift bis zum fünfzehnten Stock hinauffahren, um uns mehr Zeit zu geben.

»Das Wichtigste ist aber doch«, sagt sie, als der Aufzug wieder nach unten fährt, »ob du ihn überhaupt heiraten willst.«

»Das weiß ich nicht!«, antworte ich.

»Ach, komm schon«, sagt sie. »Was willst du?«

Jetzt bin ich total verunsichert. Ich hasse es, wenn man mich so was fragt. *Ich habe keine Ahnung, was ich will.* Ich bin eine Blinde, die im Dunkeln in einen Schacht guckt. »Ich warte darauf, dass er mir sagt, was er will.«

»Aber du bist doch selbst für dein Schicksal verantwortlich«, protestiert Greta.

»Da bin ich mir nicht sicher. Erst muss *er* sich entscheiden.«

»Aber du musst dich auch entscheiden.«

»Na ja …«, erwidere ich. »Da draußen ist doch sonst niemand. Es kommt mir vor, als wäre er meine einzige Option.«

»Em«, sagt sie. »Deswegen darfst du ihn aber doch nicht heiraten.«

»Ich bin vierunddreißig«, sage ich. »Ich *weiß*, was da draußen so rumläuft. Es gibt keine anderen Optionen.«

Sie nimmt meinen Arm und wirkt genau wie die coole große Schwester, die sich jedes Mädchen wünscht. Ich habe beschlossen, sie zu mögen, und finde es großartig, dass sie mindestens zehn Jahre älter ist als ich und trotzdem noch toll aussieht. »Du solltest dir vor morgen unbedingt eines klarmachen, sonst triffst du die falsche Entscheidung.«

»Und das wäre?«

»Dass du eine umwerfende, kluge, wunderschöne Frau bist. Du *hast* Optionen. Da draußen wartet ein ganzer Haufen Männer auf dich.«

»Und wo sind die alle?«, frage ich. Das würde ich wirklich gerne mal wissen.

Die Aufzugtüren öffnen sich. Dahinter stehen Mike Linson und die Jungs aus der Sportredaktion.

»Keine Ahnung.« Greta grinst mich an. »Aber hier wohl nicht.«

Polly

Ich hab's geschafft. Ich habe die Kinder in die Schule gebracht.

Ich haste zu meinem Wagen und denke an James.

Es war unfassbar peinlich, ihm das mit den Kindern zu gestehen. Ob er es mittlerweile verdaut hat? Will er immer noch, dass ich am Freitag für seine Wiese nach Wiltshire komme?

Eine fröhliche, amerikanisch gefärbte Stimme reißt mich aus meinen Gedanken.

»Guten Morgen, Polly. Geht's dir gut?«

Ich blicke auf. Vor mir steht Tilly Sweeting, eine blonde Ex-Rechtsanwältin, die so adrett ist, dass sie allen Ernstes ein Haarband trägt. Sie sieht aus wie eins dieser BBC-Testbild-Mädchen, das inzwischen um dreißig Jahre gealtert ist und sich zu viele Beiträge über Ballungsgebiete anhören musste. Hier in der Gegend ist sie allgegenwärtig. Sie ist die Vorsitzende der Eltern-Lehrer-Vereinigung und organisiert außerdem das Schulfest. Und genau deshalb gehört sie zu den Leuten, denen man unbedingt aus dem Weg gehen sollte, weil man sonst im Handumdrehen zu irgendeiner Aufgabe verdonnert wird.

Sie geht dahin, wo auch mein Wagen steht. Ich kann also nicht anders, als ihr zu folgen.

»Die Lehrergewerkschaft meint, dass am Freitag definitiv gestreikt wird«, informiert Tilly mich.

Oje. Schon jetzt missfällt mir die Richtung, die diese Unterhaltung einschlägt.

Bevor ich Kinder hatte, war ich so naiv zu glauben, man könne sie einfach morgens an der Schule abgeben, und dann würden die sich dort um alles Weitere kümmern. Von wegen. Die Schule ist permanent geschlossen wegen Streiks, Ferien, langer Wochenenden oder Feiertagen. Außerdem natürlich an Wahltagen und sobald es ein paar Flöckchen schneit. Wegen der Sicherheit und Gesundheit. Abgesehen davon wird von einem erwartet, dass man am Unterricht teilnimmt. Den Kindern etwas vorliest. Etwas über den eigenen Job erzählt. Oder sie zu Ausflügen begleitet, die ungefähr jeden zweiten Tag stattfinden und für die man ein Formular ausfüllen und ankreuzen muss, ob man gewillt ist, als Begleitperson zu fungieren. Ist man es nicht, wird ein anklagender Finger in die Höhe gereckt und eine zischende Stimme fragt: »Warum gehst du nicht mit den Kindern mit? Du bist eine schlechte Mutter.« Ja, so ist es, das Leben einer Mum. Anklagende Zeigefinger. Ein immer schlechter werdendes Gewissen. Bis man eines Tages die Waffen streckt und sagt: »Okay, okay, ich mach das mit der Elternvertretung!«

Letztes Jahr, als Tilly mich gefragt hat, habe ich abgelehnt. Das schlechte Gewissen zerreißt mich bald.

»Wir versuchen alles, damit der Unterricht am Freitag stattfinden kann«, sagt sie.

»Oh, Gott sei Dank.«

»Aber wir brauchen noch Eltern, die Vorträge halten.«

»Oh.«

»Könntest du einen übernehmen?«

»Na ja, Arthur vielleicht.«

»Und was genau würde er vortragen?«

»Etwas zur Improvisation und dem Erzählen von Geschichten«, sage ich zögernd.

»Das wäre großartig«, erwidert Tilly. »Wir hoffen nämlich, den ganzen Tag mit Shows und Aufführungen füllen zu können. Ich gebe das an den Lehrer-Eltern-Ausschuss weiter.«

Bevor sie geht, schenke ich ihr ein unverbindliches Lächeln.

Oje. Ich fürchte, ich habe etwas gesagt, wofür ich lange leiden werde.

Noch ein Punkt auf der Liste.

Arthur

Okay … ooookay.

Ich befinde mich in der Thomas Cranmer School in Mitcham hinter der Bühne und schaue dabei zu, wie fünfhundert Kinder in die Aula gescheucht werden. In wenigen Augenblicken muss ich sie unterhalten, und zwar mit einer fünfundvierzig Minuten langen, improvisierten Geschichte, in der »kein Schweinkram« vorkommen darf.

Fuck. Ich hab Angst.

Nicht fluchen! NICHT FLUCHEN!

Mein Herz hämmert wild.

Ich schließe die Augen und bete im Geist zu Thomas Cranmer. »Bitte mach, dass ich diese Kinder inspirieren kann. Und wenn du mir außerdem noch – möglichst früh – einen richtig guten Gag schicken könntest, dann bitte einen sauberen.«

Vor meinem inneren Auge erscheint ein Bild Cranmers – ein grimmiger Bischof aus dem sechzehnten Jahrhundert. Wohl kaum die ideale Quelle für witzige Ideen. Schon gar nicht angesichts der Tatsache, dass er auf dem Scheiterhaufen verbrannt wurde.

DENK NICHT AN FEUER!

Diese verfluchte Ms. Legg! Ich weiß genau, dass ich gleich da rausgehe und an nichts anderes denken kann als an einen brennenden Bischof namens Albus Fickbums.

Oh, lieber Gott.

Jetzt geht's los. Ms. Legg betritt die Bühne. Sie räuspert sich, und die Menge verstummt.

»Guten Morgen«, sagt sie mit einer derart aufgesetzten Fröhlichkeit, dass es beinahe finster wirkt.

Die fünfhundert Kinder antworten unisono. »Gu-ten Mor-gen, Ms. Legg. GU-TEN MOR-GEN, lie-be Freun-de.« Fünfhundert Kinderstimmen, die sich zu einem Klagelied vereinen. Wie Sklaven, die singend in den Bauch eines Schiffes hinabsteigen.

»Schön«, sagt Ms. Legg. »Wir haben das große GLÜCK, heute Morgen einen Gast bei uns zu haben. Er hat ein Buch geschrieben. Und ich will, dass ihr ZUHÖRT!«

Ms. Legg, Sie sollten wirklich mal an Ihrer Präsentation arbeiten. Sie machen mir ja das Publikum kaputt!

»Und wenn sich irgendjemand danebenbenimmt«, fährt sie fort, »schreibe ich mir den Namen auf und schicke ihn direkt zu Mrs. Dawkins, ist das klar?«

Oh, verfickt und zugenäht. Du hast sie gerade darauf programmiert, dass alles aus dem Ruder läuft und ich damit nicht umgehen kann. Ganz großartig. Warum sagst du nicht gleich, dass ich eine Mega-Schwuchtel bin, die Frauenkleider trägt?

NICHT FLUCHEN, NICHT FLUCHEN, NICHT FLUCHEN.

»Also«, beschließt sie ihre Ansprache, »begrüßen wir nach HERZLICHER THOMAS-CRANMER-ART unseren Gast Adrian Midglet!«

Arthur Midgley, du dumme Kuh! Midgley!

Ich trete auf die Bühne und nehme mein Publikum in Augenschein.

Eins muss man den Kindern lassen … Sie erfüllen mich mit Stolz. In der Mitte des Zuschauerraums entdecke ich ein Mädchen mit Zöpfen und einem breiten Grinsen, das ein verzücktes Kreischen ausstößt. Weiter vorne blickt ein Vorschulkind bewundernd zu mir auf, als habe soeben Batman höchstpersönlich die Bühne betreten. Ganz hinten entdecke ich eine Reihe Sechstklässler, die johlen, als würden sie bei Oprah Winfrey in der Talkshow sitzen. So bin ich noch nie empfangen worden. Die Herzlichkeit breitet sich wie Dope in mir aus.

Ein Lächeln erscheint auf meinem Gesicht.

Mein Rampensau-Instinkt erwacht. Es ist neun Uhr in der Früh, und ich befinde mich in einer Schule, eine Menschenmenge vor mir. Das sollte doch hinzukriegen sein.

»Hallo«, sage ich.

»Hallo!«, antworten die Kinder im Chor.

Und los geht's. Ich lasse mir von einem Mädchen aus der dritten Klasse erzählen, dass es gut schwimmen kann. Also erfinden wir eine Geschichte, in der Trisha ein Kätzchen aus einem trüben Teich retten muss. Die Vorschulkinder imitieren das in Not geratene Kätzchen: »Miau, miau.« Die Lehrer geben fette, schreckliche Frösche. Ich hingegen bin eine riesige vorschnellende Zunge und außerdem eine wild gewordene Ente, die über Trisha hinwegfliegt und ein Ei auf ihrem Kopf legt. Das bringt den Saal so ziemlich zum Kochen. Für die Kids ist das der absolute Höhepunkt: Ein Erwachsener legt mitten in der Aula ein Ei. Und das zu einer Zeit, wo sie eigentlich im Matheunterricht sitzen sollten. Am Ende der Geschichte hat Trisha die Katze zu fassen bekommen, schwimmt zurück und läuft durch schmatzenden Schlamm (begeisterter Soundeffekt der Erstklässler). Sie hat die Katze gerettet!

Spontaner Beifall.

Wow, denke ich. Ich hab's voll gerockt. Ich habe eine Geschichte improvisiert. Eine lustige. Und ein kleines bisschen lehrreich war sie auch noch. Außerdem sauber wie der Hintern der Queen.

Ich werfe einen Blick auf die Uhr.

Fünfunddreißig Minuten habe ich hinter mir. Noch zehn also. Am besten erzähle ich ein bisschen was über mein Buch und trete dann ab.

Ich erkläre, dass die Geschichte von einem Jungen namens Colin Hitchin handelt, der von seinen Mitschülern schikaniert wird, aber irgendwann lernt, sich zu wehren. Ich lese das erste Kapitel vor. Das kann ich, das habe ich schon öfter gemacht. Heimisches Terrain.

»Mein Name ist Colin Hitchin«, sage ich in meiner Colin-Hitchin-Stimme. »Die Leute nennen mich Colin Bitchin.«

Die ganze Zeit über ist mir bewusst, dass Angela Legg mich wachsam beobachtet. Jetzt steht sie auf und geht hinaus.

Was ist los? Wohin will sie?

Plötzlich schrillt der Feueralarm.

Ich erstarre. Selbstverständlich glaube ich, dass der Alarm wegen mir ausgelöst wurde. Ich bin mir hundertprozentig sicher, dass irgendwas schiefgelaufen ist.

Die Betreuer erheben sich und beginnen den geordneten Rückzug. In nur drei Minuten verlassen fünfhundert Kinder den Saal.

Ich sitze auf der Bühne und weiß nicht, was ich tun soll.

Niemand spricht mit mir. Ich bin das Reisigbündel in einem imaginären Feuer.

Nach weiteren fünf Minuten erscheint Angela Legg. »Könnten Sie vielleicht ins Büro der Direktorin kommen?«

Ich bin wieder ein kleiner Schuljunge. Sofort beginnt mein Herz zu rasen.

Was ist denn bloß los?

Strammen Schrittes klick-klackt sie ins Direktorinnenzimmer.

Was will sie? Will sie mir die Feuerübung erläutern und wie ich daran teilnehmen könnte? Will sie mir zu der grandiosen Eröffnungsveranstaltung gratulieren und mir eine feste Stelle anbieten?

Mrs. Dawkins sitzt in einem Sessel in ihrem Büro. Angela Legg lässt sich neben ihr nieder. Ich stehe wie ein ungezogenes Kind in der Mitte des Raums.

»Wir schicken Sie nach Hause.«

»Was?«, sage ich. »Warum?«

»Sie haben unanständige Wörter benutzt.«

»Bitte? Was habe ich denn gesagt?«

»Sie haben ›Bitchin‹ gesagt.«

»Und?«

»Das ist ein unanständiges Wort.«

»Oh. Das tut mir wirklich leid«, sage ich. »Ich habe selbst Kinder. Und natürlich will ich ihnen keine Schimpfwörter beibringen, sondern ihnen nur vermitteln, dass ihre Phantasie etwas Tolles ist.«

»Ja. Nun, ich hatte Sie bereits am Telefon gewarnt, nicht wahr?«

»Sicher«, sage ich. »Sie haben sich da nichts vorzuwerfen. Aber wissen Sie, ich habe mich genau wie Sie auf diesen Tag vorbereitet. Und es ist mir auch egal, ob ich meine Gage bekomme oder nicht, aber lassen Sie uns doch weitermachen. Wenn ich noch etwas sage, das Ihnen nicht gefällt, können Sie mich immer noch nach Hause schicken.«

»Gehen Sie«, antwortet sie. »Oder wir lassen Sie von der Security entfernen.«

Verfickt und zugenäht, möchte ich sagen. Das Wort ›Bitchin‹ erscheint im ersten verfickten Absatz meines verfickten Buches, über das ich verfickt noch mal reden *sollte!* Und es handelt sich noch nicht mal um ein Schimpfwort, Sie blöde verfickte Kuh! Doch plötzlich merke ich, dass es sinnlos ist. Ich bin ein bisschen außer Atem und zittrig. Hier wird mir ohnehin keiner mehr zuhören.

»Okay«, sage ich. »Tut mir sehr leid. Wiedersehen.«

Und so verlasse ich die Schule – enttäuscht und ohne Bezahlung.

Polly

Ich checke schon die ganze Zeit, ob neue SMS auf meinem Handy eingegangen sind. Nichts. James hat sich nicht gemeldet.

Gerade geht eine sensationell langweilige Konferenz zu Ende, die der eitle, snobistische Senkrechtstarter Giles Dempsey geleitet hat, der neue Finanzdirektor unserer Firma. Der Mann hat schlappes Haar und braune Schuhe, die er ständig zusammenschlägt. Fast eine Stunde lang hat er ununterbrochen davon gesprochen, dass wir großartige Arbeit leisten, die unabdinglich für

den Erfolg der Firma sei, unser Budget aber nichtsdestoweniger drastisch gekürzt werden müsse.
Als alle ihre Sachen zusammenraffen, sagt Giles mit einem sarkastischen Grinsen: »Ach, ich habe übrigens den Artikel Ihres Mannes gelesen. In einer Zeitung, die ich zufällig in der U-Bahn gefunden habe.«
»Was für einen Artikel?«
Er holt ein Exemplar der gestrigen *Lifestyle* aus seiner Tasche und blättert zu der entsprechenden Seite vor. Die Headline springt mir gleich ins Auge: »*Gegensätze ziehen sich an* von Arthur Midgley«. Nervös überfliege ich die Zeilen. Ich fühle mich, als hätte meine Mutter gerade herausgefunden, dass ich die Tapete bekritzelt habe.
Ich bedenke Giles Dempsey mit einem dünnen Lächeln. »Kann ich das behalten?« Er nickt. Ich danke ihm für das gelungene Meeting und verabschiede mich mit übertriebener Fröhlichkeit. Dann sehe ich zu, dass ich aus dem Gebäude komme. Sobald ich draußen bin, wähle ich Arthurs Nummer.

Arthur
Niedergeschlagen trotte ich durch Mitcham, als Polly anruft.
»Hallo«, sagt sie.
»Hi.«
»Alles okay?«
»Ja«, sage ich. Polly scheint jetzt schon genervt, und ich bin wirklich nicht in der Stimmung, ihr zu sagen, dass ich es verbockt habe.
»Ich habe gerade deinen Artikel in der Zeitung gelesen«, sagt sie.
»Ach ja?«, erwidere ich schwach.
»Gut gemacht.«
Ich warte. Sie hat mich gelobt. Aber das dicke Ende kommt garantiert noch.

»›Du fühlst dich von deinem Gegensatz angezogen, von jemandem, der sexy ist. Später nimmst du dem anderen jede einzelne Handlung übel.‹ Was soll das bedeuten?«

Da, es geht schon los. Die Inquisition beginnt.

»Das bedeutet«, beginne ich, »dass ich mich von dir angezogen gefühlt habe, weil du sexy warst.«

»Ich *war* sexy?«

»Du *bist* sexy. Aber es gibt Spannungen zwischen uns, weil du ordentlicher bist als ich und besser organisiert.«

Das ist der Moment, in dem sie ausrastet: »Wir haben keinen Terminkalender, weil ich ihn mag!«, brüllt sie. »Wir haben einen Terminkalender, weil wir eine fünfköpfige Familie sind, die sich organisieren muss!«

Oh, wow. Mein Instinkt rät mir zum Rückzug.

»Okay«, sage ich beschwichtigend. »Vielleicht ist genau das der Punkt. Ich muss organisierter werden. Und du musst dich entspannen und …«

»Als ich klein war«, fährt sie anklagend fort, »war ich chaotisch und impulsiv. Dann habe ich dich kennengelernt und musste zwangsläufig vernünftig werden. Ich halt das nicht mehr aus. Du quetschst das Leben aus mir raus und gibst mir auch noch die Schuld dafür.«

Ich sage nichts mehr. Es hat keinen Sinn. Ich habe ihr gerade eben zugestanden, dass sie organisiert ist, und sie kontert damit, dass ich das Leben aus ihr rausquetsche. Unsere Gespräche verlaufen eingleisig. Als wäre sie Mike Tyson und ich ein Kleinkind. Sie vernichtet mich.

»Hör zu«, sage ich schließlich. »Ich kann jetzt nicht reden. Ich bin in Mitcham.«

Um fair zu bleiben – jetzt tritt *sie* den Rückzug an. »Oh, mein Gott. Tut mir leid, das habe ich vergessen. Hältst du jetzt gleich deinen Vortrag?«

»Ähm … Ich …« Ich kriege die Worte kaum raus.
»Wir unterhalten uns später«, sagt sie.
Die Exekution wurde verschoben. »Prima.«

Em

Ich habe einhundertachtundzwanzig E-Mails. Darunter eine von Shelton, in der es heißt: »Fand *Gegensätze* großartig. S.«
Ich kann mich nicht konzentrieren.
Vielleicht hat Greta recht. Vielleicht bin ich nur deshalb so hinter Dan her, weil ich denke, er sei meine einzige Option. Bestimmt hat sie recht. Ich bin drauf und dran, eine lebenslange Verbindung einzugehen, ohne je ausgetestet zu haben, welche anderen Optionen auf mich warten. Noch nicht mal mit Online-Dating habe ich es versucht. Das sollte ich unbedingt vor morgen Abend ausprobieren. Eigentlich sollte ich jetzt sofort online gehen und mir einen Mann suchen.
Nun komm schon! Ich sollte die Kunde verbreiten, mich zur Marke machen, eine Anzeige entwerfen. Okay …

Gesucht: der perfekte Mann. Groß soll er sein, gutaussehend, lustig und ein großartiger Koch. Er muss einen athletischen Körper haben, einen Oxford-Abschluss in Literatur und einen richtig tollen Job, der ihn nur wenig Zeit kostet. Außerdem sollte er stark, mächtig und entscheidungswillig sein und immer meiner Meinung. Cunnilingus ist unverzichtbar.

Oh, Gott, das ist ja furchtbar. Nicht nur, dass ich alt und fett werde, jetzt bin ich auch noch vulgär und bösartig. Mit einem grausamen, perversen Charakter.

Hallo. Ich habe einen grausamen, perversen Charakter und ein verschrecktes, versehrtes Herz. Ich suche jemanden, der lieb zu mir ist, auch wenn ich wahrscheinlich selbst nicht lieb sein kann. Ich bin wie ein Kaktus, stachelig und gemein. Trotzdem brauche ich einen netten, sanftmütigen Mann, Sand, auf dem ich gedeihe. Cunnilingus ist unverzichtbar.

Das wird ja immer schlimmer. Was tue ich denn da? Warum hat Arthur mich bloß überredet, Dan einen Antrag zu machen?

Bei der Gelegenheit: Ich muss mit Arthur über den Artikel für morgen reden.

Ich wähle seine Nummer.

Beim vierten Klingeln nimmt er ab.

»Hallo«, sagt er.

»Arthur, Liebling«, antworte ich. »Alles okay mit dir?«

»Geht so«, antwortet er leise.

Oje. Schon wieder ein verdrossener Mann, der eine Lady braucht, die zu seiner Rettung eilt. Tut mir leid, Arthur. Ein Mädchen kann immer nur einen Mann retten.

»Okay«, sage ich. »Ich habe deinen *Wie man einen Mann fängt*-Text hier und nur ein paar Kleinigkeiten optimiert …«

»Ach ja?« Er klingt etwas eingeschnappt. »Was denn?«

»Deine Anspielung auf Analverkehr.«

»Welche?«

»Der Absatz, in dem es heißt: ›Männer kolonisieren den Körper einer Frau, wie sie einst die Welt kolonisiert haben. Sie suchen immer nach dem einen unerforschten Gebiet, und sei es das, aus dem man Kacka macht.‹«

»Aber der Satz ist doch wunderbar. Nahezu ciceronisch.«

»Aber es geht um Analverkehr. Das passt nicht zu *Lifestyle*.«

»Na gut«, willigt er ein. »Dann eben nicht.«

»Könntest du den nächsten Artikel bis morgen um elf fertig haben?«

»Nein.«

»Was?«, frage ich alarmiert. »Wieso nicht?«

»Polly hat sich über den letzten aufgeregt. Ich will mich nicht schon wieder mit ihr streiten.«

»Das ist alles?«, frage ich. »Oder gibt es noch einen anderen Grund?«

»Nein.«

»In diesem Fall kann ich es nur folgendermaßen ausdrücken …«

»Ja?«

»Sei kein Arsch. Wenn du zu schreiben aufhörst, lernst du nicht in einer Woche lieben. Sondern gar nichts. Und was noch schlimmer ist: Du lässt mich wie ein Vollpfosten dastehen, und das kann ich im Moment gar nicht gebrauchen. Also bitte – ganz, ganz lieb bitte, bitte! – schreib mir die paar verfickten Artikel. Und sei clever, witzig und sehr einfühlsam, sonst komme ich bei dir vorbei und steck deine Klamotten in Brand.«

»Gut.« Er klingt schwach und eingeschüchtert.

»Also. Wo ist das Problem?«, frage ich.

»Nirgends«, gibt er zurück.

Arthur

Das Problem ist, dass ich einen gewaltigen Krach auf mich zukommen spüre.

Schon seit ich Polly gestern Abend angeschnauzt habe, ist er gewissermaßen unausweichlich. Ihre Stresstoleranz tendiert gegen null. In ihrem Kopf dürfte es inzwischen wie in einer geschäftigen Anwaltskanzlei zugehen. Winzige Anwälte eilen hin und her, um die Anklage vorzubereiten. Und ich muss mich bereithalten, denn irgendwann wird sie mich fragen: »Was stimmt mit dir nicht?« Und dann könnte ich mit etwas herausplatzen wie: »Ich bin angefressen, weil du dir kein einziges Mal meine Cartoons angesehen hast«, woraufhin sie sagen wird: »Ich hatte zu tun!« Daraufhin wird mein Einspruch in sich zusammenfallen, und ihre kleinen Anwälte werden mich fertigmachen wie eine gute gedrillte deutsche Fußballmannschaft. Dabei weiß ich nicht einmal genau, warum ich angefressen bin, und ich bin zu müde, um eine Verteidigung in Position zu bringen.

Deshalb bin ich über die Kinder froh. Sie lenken mich ab, und das tut mir gut.

Der Dienstag ist ohnehin ein schwieriger Tag. Robin bleibt für Mrs. Bettertons Choreographie-Kurs in der Schule. Malory muss um vier Uhr nachmittags quer durch die Stadt zum Stepptanz gebracht werden. Ivy begleitet uns, sofern ich gewillt bin, sie am Ziel mit Schokoplättchen zu belohnen. Dafür würde sie bis nach Bristol marschieren.

Erstaunlicherweise ist heute einer der seltenen Tage, an denen alles glattgeht.

Wir treffen uns um halb vier, und die Zuneigung der Mädchen, ihr Geschnatter und ihre Vorfreude auf die Schokoplättchen bauen mich auf. Auf dem Weg zum Steppunterricht sammelt Ivy Blätter auf, pult Rinde von den Bäumen und balanciert auf jedem Mäuerchen, das sich irgendwie begehen lässt. Wir kommen pünktlich an. Kaufen die Schokolade. Und Ivy gibt mir ohne viel Federlesens etwas davon ab. Dafür bin ich so dankbar, dass ich sie nach Hause trage. Dort angekommen, legt sich eine angenehme Trägheit über uns, und wir gammeln herum wie müde Rindviecher. Robin legt sich der Länge nach auf den Boden und zeichnet erfundene Outfits. Malory macht ein Wortsuchrätsel. Ivy hockt auf meinem Schoß und malt eine Fee, dann noch eine und noch eine und noch eine und schließlich »eine dicke Prinzessin, die sich gleich in einen Hund verwandelt«.

Die Stimmung an diesem Abend hat etwas Besonderes, etwas Zartes. Ich weiß, jeden Augenblick kann sie zerstört werden, und für einen Moment bin ich so traurig, dass mir fast die Tränen kommen.

Polly

James hat immer noch nicht angerufen.

Ich komme mir vor wie sechzehn. Ich bin wieder sechzehn Jahre alt, habe mit jemandem geknutscht und fühle mich jetzt sterbenselend, weil wir auf derselben Party abhängen und er mir aus dem Weg geht. Ich glaube, die Kinder haben ihn verschreckt. Er muss mich einfach anrufen. Ich bin gefangen in einer Welt aus Kindern, Finanzdirektoren und mürrischen Ehemännern. Ich muss hier raus. Und wenn es nur für einen Abend ist – ich muss hier raus.

Em

Ich verbringe den Nachmittag damit, mich auf jeder Partnervermittlungsseite anzumelden, die ich finden kann. Zuerst gehe ich auf E-Harmony, die mit eins Komma fünf Millionen Usern prahlt und verspricht, anhand von neunundzwanzig Übereinstimmungskriterien für jeden den perfekten Partner zu finden. Mit großem Enthusiasmus mache ich mich an den Fragebogen.

Will ich Kinder? Ja, wenn ich sie im Urlaub zu Hause lassen kann.

Bin ich religiös? Durchaus. Ich vergöttere Schuhe.

Leider sind die Fragebögen nicht auf Späße programmiert, so dass ich mich schlussendlich nur auf den Seiten anmelde, die Sofortmänner vertreiben und Fotos von sämtlichen Kerlen der Umgebung schicken, die ein bisschen rammeln wollen. Eins davon klicke ich an. Erstaunlich. Ich habe diesen Mann noch nie gesehen, trotzdem weiß ich bereits, dass er Derek heißt, keinen Kilometer entfernt wohnt und in erregtem Zustand mit dreiundzwanzig Zentimetern aufwarten kann.

Plötzlich fühle ich mich verloren in der weiten Welt der Websites und Schniedel und gehe auf Facebook. Gutes, altes Facebook. Die nette Tante des Internets. Gestern Abend habe ich hier über

Malcolm geschrieben, den seltsam attraktiven Baumann, der mich mit einer Fensterreparatur verführen wollte. Er sei nett, gestand ich. Ob das eine ausreichende Empfehlung für einen Mann sei? Keiner hat meinen Post kommentiert. Kein Einziger.
Dann frage ich mich, ob Dan mir wohl eine E-Mail geschrieben hat, um ein Treffen vorzuschlagen. Achtmal schaue ich in mein Postfach. Aber da ist nichts.

Arthur

Polly ist um halb sieben zu Hause.
Ich habe zwar immer noch das Gefühl, dass ein Streit unvermeidbar ist, aber für eine Weile läuft alles ganz gut.
Um ehrlich zu sein, benutze ich die Kinder als Geisel. Ich klebe förmlich an ihnen und bin so darauf fixiert, einem Angriff aus dem Weg zu gehen, dass Ivy und ich zwei Bücher über Biff und Kipper und den magischen Schlüssel lesen, obwohl ich die Geschichten nicht ausstehen kann (ich habe an die sechzig davon gelesen und weiß immer noch nicht, wer Biff und wer Kipper ist). Polly und ich wechseln ein paar belanglose Worte über Handtücher. Um Viertel vor zehn spüle ich das Geschirr, kratze sogar die Nudelreste vom Boden eines Topfes, was ich eigentlich überhaupt nicht mag. Aber ich bin erleichtert und fange an zu glauben, dass wir uns vielleicht doch nicht streiten. Um zwanzig nach zehn kommen die Fußball-Highlights im Fernsehen. Die könnte ich mir eigentlich ansehen.
Das Dumme ist nur, dass ich den Thomas-Cranmer-Vorfall noch nicht erwähnt habe.
Andererseits hat sie sich aber auch noch nicht danach erkundigt, obwohl ich die eine oder andere Andeutung habe fallen lassen. Ich habe »Alles klar bei dir?« gefragt und sogar: »War dein Tag okay?« Aber sie hat den Köder nicht geschluckt. Es gab zu viel anderes zu besprechen: Polly hat die Eckdaten für ein interessan-

tes Haus in Ramsgate erhalten. Und ihre Mutter will wissen, wann wir zur Hochzeit ihrer Schwester eintreffen werden (die im Oktober stattfindet).

Irgendwann platzt es einfach aus mir heraus. Ich erzähle ihr die ganze Geschichte.

Sie blättert in einer Zeitschrift. Zunächst bin ich mir nicht mal sicher, ob sie mir überhaupt zuhört. Bis ich zum Schluss sage: »Und dann haben sie mich nach Hause geschickt.«

Das erregt ihre Aufmerksamkeit. »Was?«, fragt sie, und ihr Kopf fährt hoch. »Wieso?«

»Weil ich ›Bitchin‹ gesagt habe, und die meinten, das sei unanständig.«

»Aber das ist der erste Satz des Buches, über das du sprechen solltest.«

»Ich weiß!«

»Hast du ihnen das nicht gesagt?«, fragt sie, und ihr Tonfall suggeriert, dass ich ein Vollidiot bin, der sich eine Menge Ärger hätte ersparen können.

»Es hätte keinen Sinn gehabt«, protestiere ich. »Denen ging es nur darum, keine Beschwerden zu kassieren. Und das Gemeine ist, dass ich die Kinder vorher wirklich mitgerissen habe! Aber die Lehrerin war viel zu ignorant, um das anzuerkennen.«

»Woher willst du wissen, dass sie ignorant war?«

Also, das macht mich jetzt wirklich wütend. Schlägt Polly sich etwa auf Angela Leggs Seite?

»Sie arbeitet an einer Schule, die nach Thomas Cranmer benannt ist«, sage ich laut. »Und wusste nicht mal, wer Thomas Cranmer ist, also muss sie verdammt ignorant sein.«

»Du musst nicht gleich sauer werden.«

»Ich bin nicht sauer auf dich.« Aber natürlich bin ich es doch. Den ganzen Tag habe ich meinen Ärger zurückgehalten, und jetzt kommt alles wieder hoch. »Ich bin sauer auf diese Lehrerinnen.

Ich hätte ihnen gerne gesagt, dass man sich nicht wundern muss, wenn die Kinder nicht lesen wollen. Sie schmeißen einen Autor, der verdammt gute Arbeit geleistet hat, wegen eines einzigen verfickten Wortes raus, das noch nicht mal wirklich unanständig ist.«

»Hör auf zu fluchen.«

»Ich fluche nicht! Ich bin nur genervt von dieser selbstgefälligen, dummen Lehrerinnenkuh. Am liebsten würde ich ihr mit einem Megafon hinterherlaufen und die ganze Zeit ›Blöde Zicke‹ schreien.«

Polly sieht mich erstaunt an, aber ich kann nicht anders. Wieso steht sie nicht auf meiner Seite?

»Nun«, sagt sie. »Hast du wenigstens dein Geld bekommen?«

»Nein, natürlich nicht.«

»Aber wir wollten doch den Campingplatz bezahlen!«

»Ja, ich weiß«, sage ich. »Wirklich, ich hab's kapiert. Ich habe versagt. Versagt!«

Polly sieht mich an wie eine Kobra, die drauf und dran ist, zuzubeißen. Ich muss mich beruhigen. Schnell. Ich sehe auf die Uhr. Die Highlights fangen in sechs Minuten an. Am besten gehe ich. Bring den Hund raus. Reg mich ab.

»Mrs. Thompson!«, rufe ich. »Wir gehen.«

Sofort kommt Mrs. Thompson angewedelt. Das einzige Wesen in diesem Haus, das meine Autorität anerkennt. Ein paar Minuten später sind wir draußen in der kühlen Nacht und schlendern über die Straße. Und ich beruhige mich tatsächlich ein bisschen. Doch als ich nach Hause zurückkehre, entdecke ich … das Ende unserer Ehe.

Polly hat die Mülltüte neben die Haustür gestellt.

Nicht lustig.

Ich bin kein totaler Vollidiot. Ich weiß, dass Mülltüten sich nicht selbst zum Mülleimer befördern. Ich weiß, dass sie mich am Ende eines anstrengenden Tages nicht provozieren will. Trotzdem trete ich die Tüte so fest, wie ich kann.

Sie ist weicher, als ich vermutet habe. Wahrscheinlich wegen Ivys Windeln. (Sie ist viereinhalb und muss vor dem Zubettgehen noch gewickelt werden. Wir lassen es zu, weil wir sie nicht weinen hören wollen. So werden in diesem Haus Konflikte vermieden.) Ich hasse diese blöden Windeln. Ich verpasse der Tüte einen so heftigen Tritt, als wollte ich einen Elfmeter schießen und den Torwart umnieten. Mehrmals trete ich zu. Es tut verdammt gut.

Als ich die Tür öffne, wartet Polly auf mich wie Cato kurz vor dem Angriff.

»Du hast ein Aggressionsproblem«, stellt sie fest.

Ich habe kein Aggressionsproblem, denke ich. Das hast du. Wenn irgendwo Wut hochkocht, wischst du sie sofort weg wie ein Klümpchen Katzenkotze.

Ich nicke ihr zu. Dann versuche ich, mich an ihr vorbeizudrängen.

»Du solltest eine Therapie machen«, sagt sie. »Es wäre gut, wenn du der Ursache für deinen Ärger auf den Grund gingest.«

Ich will die Fußball-Highlights sehen. Ich schiebe mich an ihr vorbei ins Wohnzimmer.

»Warum gehst du jetzt?«, will sie wissen.

Weil du mich angreifst. Der eine Mensch, der mich eigentlich lieben sollte, will mich attackieren, und das fühlt sich schrecklich an.

»Wir müssen *dringend* reden«, sagt sie.

Ich drehe mich um und sehe sie eine Sekunde lang an. Warum müssen wir reden?, denke ich. Warum sagt eigentlich immer jeder, dass es gut ist, zu reden? Jedes Buch, jede Zeitschrift, einfach *jeder?* Es ist eben *nicht* immer gut zu reden, schon gar nicht um diese Uhrzeit und wenn man ohnehin nur vorhat, die Fehler des anderen aufzulisten.

»Nun«, sage ich schließlich. »Wir haben noch ein ganzes Leben, um zu reden. Aber die Fußball-Highlights fangen jetzt an. Und die will ich sehen. Ich brauche einen Moment für mich.«
Dazu nicke ich kurz und verschwinde ins Wohnzimmer. Erstaunlicher- und wundervollerweise versucht sie nicht, mich daran zu hindern, die Tür zu schließen.

Polly

Ich fass es einfach nicht!
Er ist seit zwei bekackten Tagen mies drauf. Wir haben wichtige Dinge zu besprechen! Und er guckt Fußball!!!

Arthur

Ich setze mich. Schalte den Fernseher ein.
Oh, Gott, tut das gut.
Die Highlights haben gerade erst angefangen.
Es ist das Rio-Ferdinand-Benefizspiel. Rios United XI gegen The Rest of the World.
Ich richte meinen Blick auf das satte, grüne Gras. Und werde augenblicklich ruhiger.
Einigermaßen getröstet begutachte ich die Aufstellung. Rios Team setzt sich aus United-Spielern zusammen, aus ehemaligen und aktuellen. Becks ist dabei. *Sei gegrüßt, o wunderbarer David!*
Und jetzt ratet mal, wer die Nummer zehn im Rest-of-the-World-Team ist?
Dennis fucking Bergkamp!
Dennis Bergkamp steht vor einem Mittelfeld mit Cesc Fàbregas, Lionel Messi und Joey Barton.
Gott, ich liebe Fußball. Eine Fernsehübertragung ist wie eine Nackenmassage. Sie steht für eine herrlich simple Welt. Elf Männer gegen elf Männer, keine Frauen. Wenn Wayne Rooney Joey Barton anrempelt, wird das beklatscht, bestraft, vergessen. Wenn

Frauen solche Spiele leiten würden, gäbe es Unterbrechungen für einen kleinen Kaffeeklatsch. Rooney müsste Barton ein Kärtchen schreiben und ihn zum Essen einladen.

Und jetzt … oh, Mann … Bergkamp hat den Ball. Verlässt das Mittelfeld! Oh, mein Gott, er hat ihn immer noch. *Dennis, ich liebe dich.*

Aber da – ein Hinterhalt. Polly. Mit meinem Laptop unterm Arm.

»Kannst du das mal ausmachen?«, fragt sie.

Oh, fuck. »Warum?«, frage ich.

»Weil wir reden müssen.«

»Müssen wir *nicht!*«

Ihr ist nicht mal aufgefallen, dass Bergkamp den Ball hat! Das wäre ungefähr so, als würde der Moderator ihrer Lieblingsgartenshow, Monty Don, zusammen mit Clooney splitterfasernackt Häuser besichtigen. Ich würde zwar nicht kapieren, was das soll, aber erkennen, dass es aufregend für sie sein muss!

»Du hältst es also nicht für sinnvoll, über unsere Gefühle zu sprechen?«

Nein, tu ich nicht. »Da du die Einzige bist, die sprechen darf, und du nur Enttäuschung und Kritik äußern willst, wäre es mir ehrlich gesagt lieber, wenn du das für dich behieltest.«

Sie geht zum Fernseher und schaltet ihn aus.

Herrgott.

Sie steht, die Hände in die Hüften gestemmt, mitten im Wohnzimmer.

»Was ist eigentlich los?«, fragt sie.

Wenn ich die richtige Antwort weiß, kann ich dann die Übertragung zurückhaben?

»Nun ja«, antworte ich so langsam, dass ich mich wie ein Roboter anhöre. »Es war ein langer Tag. Ich habe eine berufliche Niederlage erlitten und war ein wenig gekränkt, dass du mir kein

Mitgefühl entgegengebracht und dich nur für die finanzielle Seite interessiert hast. Tut mir leid. Dann habe ich angesichts der Mülltüte vor der Haustür überreagiert, weil ich momentan sehr sensibel bin, wenn ich das Gefühl habe, nicht respektiert zu werden. Wirklich dumm von mir. Sorry. Aber jetzt wünsche ich mir von ganzem Herzen, Fußball schauen zu dürfen, damit ich mich beruhigen und die Tatsache verarbeiten kann, dass ich das Leben aus dir herausquetsche, weil ich kein Geld verdiene und unorganisiert bin.«

Da. Geschafft.

Ich habe mal gelesen, um einen Streit zu vermeiden, sollte man nicht versuchen, alle Probleme zu lösen, sondern lieber die Sichtweise des anderen einnehmen. Das habe ich gerade getan. Und mich außerdem entschuldigt. Zweimal. Dafür darf ich jetzt bestimmt ein bisschen Fußball gucken.

Ich stehe auf und strecke die Hand nach der Fernbedienung aus.

»Wag es ja nicht, das Ding einzuschalten!«, ruft sie entrüstet.

Sie schubst mich so fest, dass ich zurück aufs Sofa plumpse. Ich bin fast erfreut. Das ist rohe Gewalt. Der Beweis. Sie ist die Zornige, nicht ich.

Ich blicke zu ihr auf.

Sie hält eine Zeitung in der Hand. Die *Lifestyle*-Ausgabe von heute. Oh, nein. Die Anklage führt unerwartete Beweise an.

Sie legt die Zeitung auf meinen Schoß. Ich entdecke meinen Artikel *Wie man einen Mann fängt* und überfliege die Zeilen. Offenbar hat sich jemand die Mühe gemacht, gewissenhaft jeden Scherz aus meinem Text zu verbannen, aber er ist immer noch eindeutig als meiner zu erkennen.

»Wenn ich das richtig verstehe, sagst du, dass man einen Mann nur dann bekommt, wenn man ihn in eine Falle lockt.«

»Na ja«, antworte ich. »Schau dir Dan an. Männer versuchen, der Ehe aus dem Weg zu gehen, so, wie Kühe nicht in ihren Stall zurückwollen. Manchmal muss man sie halt ein bisschen antreiben.«

»Und du meinst, auch zwischen uns war das so?«

Oh, Scheiße. Ganz falsches Thema.

»Nein«, sage ich. »Aber wir … hatten gleich Kinder.«

»Und habe ich dich etwa dazu gezwungen?«

»Nein.« Eine lange Pause entsteht. Ich werde nichts sagen. Dass das schiefgeht, weiß ich schon. Das ist ungefähr so, als würde man einen Drachen reizen.

»Habe ich dich irgendwie vergewaltigt?«, fragt sie.

Jetzt kann ich nicht mehr anders. Ich *muss* meinen Standpunkt darlegen. »Nein«, sage ich. »Aber ich war besorgt, weil ich kein Kondom dabeihatte, und du meintest: ›Komm einfach her.‹ Neun Monate später war Robin da.« Ich verstumme, starre auf den dunklen Bildschirm und wünsche mir mein Fußballspiel zurück.

Polly blickt mich fassungslos an.

»Du machst mir allen Ernstes Vorwürfe, dass wir Kinder haben?«

Oh, Gott. Ich weiß nicht.

»Willst du damit andeuten, dass dein Schniedel einfach so aus Versehen in mich reingeraten ist?«

Das ist eine Fangfrage. Und Fangfragen beantworte ich nicht. Ich verstumme wie ein Computer kurz vor dem Absturz. Ich will wirklich keinen Streit. Aber sie schon, sie will ihn um jeden Preis. Also legt sie los und stürzt sich mit einem klassischen Auftakt ins Gefecht.

»Ich stehe jeden Morgen sehr früh auf«, beginnt sie, wobei sie langsam die Lautstärke steigert, »um einer Arbeit nachzugehen, die mir nicht gefällt. Aber mir bleibt keine andere Wahl, weil du deine Zeit damit verplemperst, dein blödes Buch zu schreiben.«

Sie hat mein Buch gerade wirklich »blöd« genannt.

»Jemand muss das verdammte Geld verdienen, ich tu's, und du

bist mir noch nicht mal dankbar! Heute hast du endlich mal die Chance gehabt, ein paar Kröten dazuzuverdienen, aber du machst alles zunichte, indem du ein paar harmlose Kinder mit Schimpfwörtern bombardierst. Aber darüber beschwere ich mich ja gar nicht. Ich beschwere mich über gar nichts. Das Einzige, worum ich dich bitte, ist, dass du vielleicht ab und an ein etwas fröhlicheres Gesicht machst!«

»Tja«, erwidere ich. »Im Augenblick ist mir aber nicht danach.«

»Ach, und warum nicht?«

»Weil es spät ist und du mich ankeifst.«

»Du bist so undankbar!«, sagt sie. »Ich unterstütze dich, und du …«

Den Satz kann ich nicht ertragen. »Das tust du doch gar nicht!«, brülle ich. »Ich bin heute wegen nichts und wieder nichts aus einer Schule geflogen, und von dir kommt nicht ein tröstendes Wort!«

»Ich unterstütze dich«, wiederholt sie. »Du verdienst keinen Penny.«

Den Satz kann ich auch nicht ertragen. »Das tue ich sehr wohl«, erwidere ich. »Nur nicht so viel, wie du es gerne hättest.«

»Du solltest mal rein nach den Fakten urteilen«, faucht sie. »Und die besagen, dass ich dich unterstütze.«

»Tust du nicht!«, brülle ich. »Du unterbrichst mich in einer Tour, untergräbst meine Autorität und verlangst, dass ich Dinge tue, die ich nicht tun will. Und dann kritisierst du mich auch noch dafür.«

Stille.

Sie kann es nicht glauben. Ich habe tatsächlich einen Gegenangriff gestartet und am sakrosankten Mythos unserer Ehe gekratzt. Der Streit erreicht einen Höhepunkt. Wir steigern uns in eine Ekstase vollkommener, verletzender Aufrichtigkeit hinein. Wir benehmen uns wie korrupte Ministerien. Weil wir spüren, dass

schlechte Schlagzeilen anstehen, rennen wir mit all unserem toxischen Material an die Druckmaschinen. Weihnachten wird aufs Tapet gebracht. Sie vergleicht mich mit meinem Vater. Wir reden über Geld und unsere genauen Einnahmen. Irgendwann sage ich: »Wenn du dir nur mal die Mühe machen würdest, dir meine Kontoauszüge anzusehen …«
Sie glüht vor Zorn.
Und dann, plötzlich, spricht sie es aus: »Ich habe die Schnauze voll, dass du mich für alles verantwortlich machst, was in deinem Leben nicht läuft. Ich opfere ALLES für dich, und wenn du das nicht kapierst, dann geh einfach!«
Ich kann's nicht fassen. Sie hat mir die rote Karte gezeigt.
»Okay«, sage ich. »Mach ich.«
Ich schnappe mir meine Tasche, raffe etwas von meiner Wäsche zusammen, die praktischerweise noch auf der Treppe liegt, und gehe.
Als ich die Tür schließe, höre ich ein wütendes Kratzen.
Ich mache sie wieder auf. Mrs. Thompson kommt aus dem Haus geschossen. Sie glaubt, wir gehen noch einmal Gassi. Okay, wir gehen Gassi, Mrs. Thompson, aber das könnte verdammt lange dauern. Ich nehme ihre Leine. Mache die Tür zu.
Ich gehe in die Nacht hinaus.
Ich bin raus aus meinem Haus.
Ich bin raus aus meiner Ehe.
Ich könnte eine aufregende Fremde treffen und ihr die Kleider vom Leib reißen.

Mittwoch

Learn Love in a Week – der Online-Kurs, der Ihr Leben verändert.

Vierter Tag: Heute werden Sie feststellen, dass Sie nicht nur wütend auf Ihren Partner sind, sondern auf die ganze Welt. Und wieso auch nicht? Die Welt ist so schön, aber dank ihrer Wirtschaft müssen Sie in einem Zustand permanenter Furcht und Unzulänglichkeit verharren und sich Dinge kaufen, die Sie eigentlich nicht brauchen.

Challenge des Tages: Machen Sie sich wieder handlungsfähig, machen Sie es sich leichter. Kaufen Sie nichts. Schalten Sie die piepende Elektronik ab, Ihren Computer, den Fernseher, das Handy. Plötzlich werden Sie Unmengen an Zeit haben. Nutzen Sie diese Zeit zur Entspannung, um einem anderen zu helfen oder um etwas zu bereinigen, das Sie belastet. Machen Sie zum Beispiel Ihre Steuererklärung. Ob ich Ihnen gerade wirklich empfohlen habe, lieben zu lernen, indem Sie Ihre Steuererklärung erledigen? Ja, habe ich. Dieser Kurs ist anders als alle anderen. Er funktioniert wirklich. Alternativ können Sie auch früh zu Bett gehen. Vielleicht finden Sie dort jemanden, der auf Sie wartet.

Hausaufgabe des Tages: Schreiben Sie zehn Minuten lang, so schnell Sie können, und beginnen Sie mit den Worten: »Ich bin wütend, weil …« Schauen Sie sich genau an, weshalb Sie wütend sind. Picken Sie sich einen Punkt heraus – nur einen. Und tun Sie etwas dagegen.

Polly

Ich wache um sechs auf.

Sofort wird mir der schreckliche Streit von gestern wieder bewusst. Ich hasse Spannungen. Ich hasse sie.

Als ich die Augen öffne, wird mir klar, dass die Ursache für die Spannungen weg ist. Arthur ist weg, und ich habe gerade einen großen Schritt Richtung Wiese, Grashänge und Jasminduft gemacht. Ich fühle mich, als hätte ich Koks geschnupft. Als sei ich ohne Schlüpfer in die Öffentlichkeit gegangen. Ich fühle mich unanständig, aber insgeheim ziemlich zufrieden. Ich springe aus dem Bett und reiße die Vorhänge auf. Dann hüpfe ich durch mein Haus, als hätte ich es gerade erst für mich entdeckt.

Die Tür zum Kinderzimmer steht offen. Ich höre die drei atmen und spüre Liebe und einen Beschützerinstinkt in mir aufwallen. *Ihr seid meine Kinder, meine Spätzchen, und ich werde auf euch aufpassen.* Ich sehe uns Blütenkränze winden, kleine Säckchen mit getrocknetem Lavendel füllen …

Dann denke ich: herrje. Die Tür ist offen. Wahrscheinlich haben sie unseren Streit mitbekommen. Ich erinnere mich, wie ich als Kind das wütende Gebrüll meiner Eltern von unten gehört habe. Vielleicht sollten wir uns wirklich trennen. Ihnen zuliebe.

Und mir zuliebe.

Arthur hat mich mit seiner Unordnung, seiner Launenhaftigkeit und seiner Perspektivlosigkeit erdrückt. Und plötzlich … ist er weg! Gleichzeitig ist mir eine sehr viel attraktivere Alternative über den Weg gelaufen.

Nur leider hat James gestern nicht mehr angerufen. James, bitte, bitte melde dich. Ich würde die Wiese wirklich gerne sehen. Und dich.

Arthur

Ich träume …

Ich bin wieder auf der Party, wo ich Polly kennengelernt habe. Sie sitzt am Feuer, um sie herum steigt Rauch auf. Sie sieht so wunderschön aus, dass mein Herz allein bei ihrem Anblick einen Satz macht. Ich liebe sie. Ich kann's nicht ändern, ich liebe sie.

Ich höre das Klacken eines Feuerzeugs. Und wache auf.

Ich liege auf einem Futon und schaue Malcolm an. Oh, Mist. Ich bin in seinem Schlafzimmer.

Ich blicke mich um. Das hier hat nichts von der tragischen Schönheit meines Traums. Zunächst mal gibt es hier keine Frauen. Und das Schlafzimmer ist so männlich, wie es ein Raum nur sein kann. Neben dem Futon liegt eine Lötpistole und auf dem Kissen neben mir Mrs. Thompson. Anscheinend glaubt der Hund, jetzt, da wir unter uns sind, könne sie ihren rechtmäßigen Platz als meine Frau einnehmen. Ich fühle mich grässlich. Ein grausiger Schmerz pocht in meinem Kopf. Ich setze mich auf. Malcolm hockt auf der anderen Seite des Zimmers, raucht Gras und legt Tarotkarten auf einen kleinen Tisch.

»He, Big Guy«, sagt er mit einem erfreuten Grinsen.

»Malcolm«, wimmere ich. »Was zum Geier ist passiert?«

»Du hast mich gestern Nacht angerufen, um mir zu sagen, dass Polly dich rausgeschmissen hat und ich dich abholen muss. Also bin ich mit meinem Van vorbeigekommen und hab dich mit Mrs. Thompson auf dem Bürgersteig vor dem Costa sitzen und Whisky trinken sehen. Du bist aufgesprungen, wie Forrest Gump die Straße entlanggerannt und hast dabei die ganze Zeit gebrüllt, dass du nicht in den Van steigen würdest. Bis du gegen einen Laternenmast geknallt bist. Das hat die Sache gelöst.« Er grinst mich glücklich an. »Ich muss schon sagen, das kam höchst unerwartet.«

Einen Moment lang starre ich ihn an. Dann sinke ich auf sein Bett zurück. Das Kissen ist klamm und leblos. Egal. Ich glaube, ich stehe nie wieder auf.

»Wie fühlst du dich?«, fragt Malcolm.

»Tot«, antworte ich. Auf meinem Kopf ertaste ich eine große, runde Beule. Das muss der Laternenpfahl gewesen sein.

»Könntest du mir jetzt bitte erklären, warum Polly dich rausgeworfen hat?«

»Sie sagt, ich sei wütend und undankbar.«

Malcolm gluckst. »Das bist du ja auch. Wieso ist ihr das erst jetzt aufgefallen?«

Die übelkeiterregende Wahrheit trifft mich wie ein Schlag. »Wegen James Hammond.«

»Diesem reichen Schnösel?«, sagt er. »Wie hat er das denn gemacht?«

»Er hat ihr den Job gegeben, von dem sie immer schon geträumt hat«, sage ich. Außerdem ist er scharf auf sie. »Ich glaub, mir wird schlecht.«

Beim Gedanken, dass ein Fremder ins eigene Bett kotzen könnte, wäre wohl jeder andere entsetzt aufgesprungen. Nicht so Malcolm.

»Tja nun«, erwidert er, »das erste Malcolmsche Gesetz besagt: *Alles geschieht aus einem bestimmten Grund.*«

Ich starre ihn ungläubig an. »Was soll denn das heißen?«

»Aus allem, was passiert, kann man etwas lernen. Du musst die Lektion nur kapieren.« Noch immer strahlend zieht er an seinem Joint. »Wenn das mal keine Ironie ist«, fährt er fort. »Jetzt musst du wirklich in einer Woche lieben lernen. Sonst verpisst sich deine Frau mit James Hammond.«

Danke, Malcolm. Ganz großartig.

Er blickt auf den Tisch vor sich. »Deine Karten sind faszinierend heute«, sagt er. »Bis heute Abend bekommst du einen Kuss.«

»Von wem?«

»Und bis zum Ende der Woche findest du die große Liebe.«

»Mit wem?«

Er schweigt.
»In wen werde ich mich verlieben?«, wiederhole ich. Ich muss das wirklich wissen. »Nun sag schon! In *wen?*«
»Das verraten die Karten nicht«, antwortet er.

Polly

Während der Morgen verstreicht, schwindet meine gute Laune mit Riesenschritten.
Malory will zum Frühstück Special K Rote Früchte, aber ohne die roten Früchte.
Ivy will, dass ich ihre lilanen Schuhe finde – nicht die rosafarbenen, sondern die lilanen. (In einer modernen Familie verbringt man einundfünfzig Prozent seiner Freizeit damit, Schuhe zu suchen.)
Es ist einfacher, Quallen an die Decke zu nageln, als drei Kinder pünktlich in der Schule abzuliefern. Ivy braucht ihre Tasche, ein Lesebuch, Sonnencreme, ein Formular, damit sie in den Park gehen darf, eine Wasserflasche und Obst, das mit ihrem Namen gekennzeichnet sein muss. Robin braucht noch mehr Kram – er hat heute zwei AGs (Le Club Français und Stepptanz).
Als wir das Haus verlassen, versuche ich mich verzweifelt daran zu erinnern, wo ich seine Steppschuhe zum letzten Mal gesehen habe, als mich aus allen Richtungen Mütter anfallen. Sue Wilkins eilt auf mich zu und fragt, was wir in den Ferien vorhaben. Tilly Sweeting taucht auf und sagt, dass sie für Freitag alles festgezurrt hat. Ich kann dieses Geplapper nicht länger ertragen!, würde ich am liebsten brüllen. Könntet ihr bitte einfach mal die Klappe halten?
Bei unseren Nachbarn sind Gerüstbauer zugange. Einer von ihnen ruft mir zu: »Kopf hoch, Schätzchen. Davon geht die Welt nicht unter.«
Worauf ich am liebsten antworten würde: Woher willst du das wissen, du blöder Sack? Und erzähl mir bloß nicht, wie ich mich zu benehmen habe!

Malorys Freundin Sophie kommt auf uns zu, und Malory sagt: »Kannst du mir eine Verabredung zum Spielen mit Sophie machen?«

»Ich … weiß nicht«, sage ich.

»Und wieso nicht?«

»Ich weiß es einfach nicht.«

»Aber WIESO NICHT?«, brüllt sie.

Und ich antworte ein wenig zu laut: »Weil dein Vater weg ist und ich keine Ahnung habe, wer sich heute Nachmittag um euch kümmern soll.«

Auf einen Schlag ist es still.

Die Kinder blicken mich verdattert an. Und leider auch ein paar Mütter. Aber wenigstens fragt mich jetzt niemand mehr nach meinen Plänen für die Ferien.

Endlich gelingt es mir, die drei in die Schule zu bringen, ohne dabei zu fluchen, etwas zu verlieren oder zu versprechen, beim Schulfest einen Stand zu eröffnen. Gerade will ich mich wieder auf den Heimweg machen, als mein Telefon klingelt.

»Hallo«, sagt eine warme, herzliche Stimme. »Hier ist James.«

Ihn nur zu hören hat schon eine Wirkung auf mich. Ich fühle mich, als würde ich auf einen grünen, von der Sonne beschienenen Berghang blicken. Plötzlich schrumpfen meine Probleme zusammen.

»James«, sage ich. »Tut mir leid wegen Montag.«

»Mach dir keine Gedanken«, antwortet er. »Mir hat's gefallen. Und dein Garten ist wirklich großartig.«

Es macht ihm nichts aus! Es macht ihm nichts aus!

»Tut mir leid, dass ich gestern nicht anrufen konnte«, fährt er fort. »Ich saß im Flieger nach New York.«

Pause. Soll ich sie füllen? Soll ich sagen: »Tut mir leid, dass ich Kinder habe, bitte lass mich auf deine Wiese?«

»Hör zu«, sagt er. »Du hast eindeutig ein gutes Auge für Pflanzen. Ich würde wirklich gerne deine Meinung zu meiner Wiese hören. Kannst du kommen?«

Er will mich. *Er will mich immer noch!* Also – jetzt cool bleiben …

»James«, sage ich. »Du weißt, dass ich nichts lieber täte. Ich habe sogar ziemlich viel darüber nachgedacht.«

»Oh, gut.«

»Aber das Problem ist«, fahre ich fort, »dass ich mir noch überlegen muss, was ich mit den Kindern mache.«

»Verstehe.«

»Und …« Ich zögere. Kann ich ihm vertrauen? Ja, warum nicht. »Und das Ganze ist noch etwas komplizierter geworden, seit ich gestern Abend Krach mit meinem Mann hatte und er gegangen ist.«

»Wow!«, sagt er. »Dann bist du also jetzt Single?«

»Ähm, ja … wahrscheinlich schon.«

»Das ist ja toll«, gibt er zurück. »Entschuldige. Das sollte ich wohl nicht sagen. Aber weißt du, ich stand immer schon auf dich. Ich finde, du solltest mit niemand anderem zusammen sein als mit mir.«

Oh. Mein. Gott. Das hätte ich mir nie erträumt. Er mag mich! Er mag mich!

»James«, sage ich und versuche, gelassen zu bleiben. »Vor vergangenem Wochenende haben wir uns zehn Jahre nicht gesehen.«

»Ich weiß! Und es war schrecklich. Du hast nicht geschrieben. Nicht angerufen.«

Ich muss kichern.

»Also«, sagt er plötzlich. »Meinst du, ihr trennt euch?«

»Keine Ahnung«, erwidere ich rasch. Dann füge ich hinzu. »Könnte sein.«

»Mein Rat wäre, ihn nicht vor Freitag wieder nach Hause zu holen. Wenn du dich scheiden lassen willst, ist es überaus hilfreich, dass *er* gegangen ist. So was nehmen Anwälte immer ernst.«

»Anwälte?« Der Begriff ist wie eine Ohrfeige. Wie sollen wir uns die leisten? »Herrje. Ich glaube kaum, dass wir Anwälte da mit reinziehen.«

»Das sagen alle. Am Anfang.«

»Aber ich bin mir sicher, dass wir alles gerecht aufteilen können. Das ganze Arsenal-Zeug gehört ihm. Die hübschen Sachen mir.«

»Ja, aber es gibt schließlich auch noch ein Sorgerecht.«

»Ich würde ihn niemals daran hindern, die Kinder zu sehen. Er ist ein großartiger Vater. Er kann viel besser mit ihnen umgehen als ich.«

»Herrgott noch mal! Sag so was nicht!« James ist laut geworden. Das mag ich nicht.

»Na gut«, gebe ich vorsichtig zurück. »Aber ich würde immer wollen, dass sie Zeit mit ihm verbringen.«

»Das sagst du jetzt. Aber … Sagen wir, die Kids wollen gar nicht zu ihm, sondern lieber auf eine Party. Oder er hat eine schauderhafte Freundin, die das ganze Wochenende qualmt und sie mit Doughnuts vollstopft. Oder …«

»Schon gut, ich hab's kapiert!« Ich wollte nicht schreien, aber er macht mir Angst.

»Wichtig ist, vorzusorgen. Mein Anwalt heißt Simon Hambleton. Ich schicke dir seine Nummer.«

»Ja, gut, danke«, antworte ich und denke: Das ist alles viel zu viel und viel zu früh.

»Aber das ist jetzt alles viel zu viel und viel zu früh«, sagt James. Als würde er in meinem Kopf sitzen. Er ist so autoritär. »Du wirst schon einen Babysitter für Freitag finden. Und du kommst. Und wenn du erst mal über diese wunderschöne grüne Landschaft blickst, dann wird alles klarer.«

»Ja.« Du hast recht, James. Genau das brauche ich jetzt. Ich brauche einen grünen Hang, Bäume und einen atemberaubenden Mann.

»Sag einfach, dass du kommst«, drängt er.

»Gut. Ich komme.«

»Großartig. Aber ich hätte noch eine dringende Bitte …«

»Und die wäre?«

»Dass du, Polly Pankhurst, sagst: ›Mein weißes Airtex-Top war scharf und schweißnass.‹«

Ich verstumme.

Hilfe. Wie … pubertär. Aber ich muss zugeben, dass es aufregend ist, begehrt zu werden. Ich fühle mich wie vierundzwanzig. Als stünde mir das Leben offen und als könnte ich noch alles erreichen. Das gefällt mir.

Er schweigt abwartend.

Ich lehne am Zaun vor meinem Haus. Und hole tief Luft. Was ist schon dabei …?

Ich schaue mich um, ob ich beobachtet werde. Die Gerüstbauer sind verschwunden. Okay. »Mein weißes Airtex-Top war scharf und schweißnass«, sage ich.

Schweigen. Dann: »Ha! Jetzt kann ich glücklich sterben. Verdammt … ich muss Schluss machen. Ich hab einen Termin. Bye.«

Und er legt auf.

Mir wird bewusst, dass ich noch immer draußen vor meinem Haus stehe und die anderen Mütter dabei beobachte, wie sie in ihre Autos steigen. Ich bin so erregt, dass ich unwillkürlich die Oberschenkel zusammenpresse. Ob irgendjemand was merkt?

Das Telefon klingelt wieder.

»Hallo«, sagt eine traurige Stimme. »Ich bin's. Arthur.«

Oh, wow. Der sprichwörtliche Eimer mit kaltem Wasser, den man über mir auskippt.

»Tut mir leid«, sage ich schnell. »Aber ich kann jetzt wirklich nicht.«

»Polly. Entschuldige, dass ich gestern so sauer war.«

Ich will nicht an gestern Abend denken. »Tja, danke«, antworte

ich. »Aber ich kann deine Entschuldigung gerade nicht brauchen. Ich muss zur Arbeit.«
»Ich werde mich bessern, versprochen«, erklärt er feierlich.
»Ja, das wäre großartig.« Ich muss dieses Gespräch beenden. »Lern mal, fröhlich zu sein.«
»Okay. Ich komme nach Hause und fange sofort damit an.«
»Nein!«, sage ich. »Tu das nicht.« Ich spreche schon wieder zu laut. Aber plötzlich habe ich Angst, dass er zurückkommt und ich für den Rest meines Lebens unter unserer Obstschale begraben werde und niemals die grüne Wiese zu sehen bekomme.
»Was soll das heißen?«, fragt Arthur.
»Ich will nicht, dass du nach Hause kommst.«
»Aber … warum nicht?«
»Es geht nicht nur um die Fröhlichkeit, Arthur.« Ich fummle in meinen Taschen nach dem Hausschlüssel. »Sondern auch ums Geld. Ich bin nicht gierig, das weißt du, aber es ist nicht fair, dass ich die ganze Verantwortung tragen muss und nicht mal im Entferntesten daran denken kann, mir einen anderen Job zu suchen. Ich bin es leid.«
»Ich habe zwei Artikel für Em geschrieben«, sagt er. »Das sind seit gestern allein sechshundert Pfund.«
»Von mir aus«, sage ich. Ich bin wieder im Haus, und plötzlich fällt mir ein: Die Steppschuhe sind in der Spielzeugkiste. »Verdien heute noch mal sechshundert, dann kannst du kommen. Wir brauchen Geld, Arthur. Und wenn wir uns trennen, brauchen wir noch mehr.«
»Warum das?«
»Weil du vermutlich für irgendeine Art Bleibe aufkommen musst, sofern du keine andere Frau findest, die dich aushält.«
Damit lege ich auf. Das hat nichts mit Effekthascherei zu tun. Aber ich muss wirklich zur Arbeit.

Arthur

Ich lasse das Handy sinken und starre ins Nichts.

»Was hat sie gesagt?«, fragt Malcolm.

»Sie will, dass ich heute sechshundert Pfund verdiene. Dann darf ich nach Hause.«

Malcolm ist entzückt über diese neue Entwicklung. Seine kleinen Äuglein funkeln. »Oh, das ist ja phantastisch.«

»Warum ist das phantastisch?«

»Na, deutlicher hätte sie deine heutige Mission nicht definieren können: Du musst sechshundert Mäuse verdienen.«

»Und wie soll ich das machen?«

»Keine Ahnung«, antwortet Malcolm fröhlich. Ich kenne niemanden, der so zufrieden damit ist, keine Ahnung zu haben. »Aber ich würde sagen, ohne Frühstück entscheiden wir gar nichts. Lass uns nach unten gehen und Mrs. Hennessy einen Besuch abstatten.«

»Wer ist Mrs. Hennessy?«, frage ich.

»Meine Vermieterin. Und außerdem eine Hexe, glaube ich.«

»Wie kommst du darauf?«

»Komm mit, dann wirst du's schon sehen.«

Also gehe ich hinter Malcolm die Treppe hinunter, und wir betreten Mrs. Hennessys Küche, einen bemerkenswert chaotischen Raum.

Mrs. Hennessy steht an der Spüle. Eine dünne Frau mit hennagefärbtem Haar, das an der Kopfhaut grau nachwächst. Grau und verbittert ist auch ihr Gesicht, das ganz offensichtlich noch nicht in den Genuss allzu vieler Kosmetika gekommen ist. Ein missmutiges Mädchen im Teenageralter sitzt mit angezogenen Beinen in einem Sessel und spielt mit ihrem Gameboy. Sie blickt nicht einmal auf, als wir hereinkommen.

»Guten Morgen!«, sagt Malcolm.

»Guten Morgen!«, sage auch ich.

Mrs. Hennessy wirft Malcolm einen säuerlichen Blick zu. Mich ignoriert sie.

»Komm, setz dich«, sagt Malcolm und führt mich zum Küchentisch. Ich lasse mich dort nieder und betrachte ein aufgeschlagenes Exemplar der *Radio Times*, auf dem Zuckerkörner verstreut liegen.

»Also!«, sagt Malcolm. »Willst du Müsli mit Sojamilch?«

Ganz sicher nicht. Niemand will Müsli mit Sojamilch, es sei denn, er wird als Geisel gehalten.

»Und ich mach dir einen Pfefferminztee.«

Pfefferminztee? Wer, bitte schön, fängt seinen Tag mit Pfefferminztee an? Zu Hause mache ich mir immer einen Kaffee. »Danke.«

Mrs. Hennessy schaltet einen Wasserkocher ein. »Lisa!«, bellt sie unwirsch. »Du kommst zu spät.«

Das mürrische Mädchen steht auf und geht an mir vorbei, ohne mich auch nur eines Blickes zu würdigen. Wow. Wenn man aus allem im Leben etwas lernen soll, dann ist diese Message vollkommen klar: Das hier ist *nicht* mein Zuhause. Wäre ich nackt auf einem Schwein in eine Synagoge eingeritten, ich hätte mich nicht weniger willkommen fühlen können. Ich habe nicht den Hauch eines Zweifels: Ich muss sechshundert Pfund verdienen. Und dann nach Hause.

Das Telefon klingelt. Es ist Em. Begeistert über die Chance zur Flucht, sprinte ich aus der Küche und nehme den Anruf an.

Em

Ich sitze im Auto vor meinem Büro. Irgendwie erledige ich das Gros meiner Anrufe immer von hier aus.

»Hallo«, meldet Arthur sich.

»Hi«, sage ich. »Hör mal ... Willst du noch einen Artikel für mich schreiben?«

»Ja«, sagt er sofort. »Will ich unbedingt.«

»Toll«, sage ich. »Abgesehen davon brauche ich noch mal deinen Rat: Ich weiß einfach nicht, was ich machen soll. Du hast doch gesagt, ich soll Dan aus dem Weg gehen, bis er eine Entscheidung trifft.«

»Ja.«

»Aber heute findet ein Umtrunk mit der Belegschaft statt«, wende ich ein. »Ich werde ihn also sehen. Und das macht mich unglaublich nervös. Er hat zwei Tage Zeit gehabt, sich zu überlegen, ob er mich heiraten will. Wie soll ich ihn denn jetzt dazu bringen, mich zur Frau zu nehmen?«

»Sei … einfach du selbst«, sagt er.

Ich hasse es, wenn man mir so was sagt. Ich wusste noch nie, wer ich bin.

»Könntest du nicht mitkommen?«, frage ich. »Ich brauche moralischen Beistand.«

»Okay.«

»Oder wir machen es so: Du kommst, um den Artikel durchzusprechen, wir sprechen den Artikel durch, und dann bleibst du noch auf ein paar Drinks.«

»Okay«, sagt Arthur. Im gleichen Moment geht ein unfassbar scharfer Mann in Richtung Empfang. Der Tag ist gleich viel schöner. Alles wird gut.

Polly

Ich bin in der Arbeit – in einem riesigen Großraumbüro mit deckenhohen Fenstern und einem braunen Teppich.

Bääh.

Manchmal komme ich mir wie die kleine Meerjungfrau vor. Ich habe meinen Prinzen getroffen und möchte so gerne zu seiner Welt der schönen Menschen gehören, doch leider hab ich den Fisch am Hals. Okay, theoretisch habe ich natürlich keinen Fisch am Hals, aber mein Schreibtisch befindet sich direkt neben der IT-Abteilung, und einer von den Kerlen isst mit Vorliebe Thunfischsandwichs.

Wie zur Hölle komme ich hier raus? Das ist die große Frage. Aber ich fange an, Licht am Horizont zu sehen. Den Startschuss gibt mein Partybesuch in Bodsham Abbey. Ich werde die wundervolle Wiese begutachten und einen Abend lang Zeit haben, um James' Herz zu erobern.

Vorher muss ich allerdings noch eine Betreuung für die Kinder finden. Nur: Wie um alles in der Welt soll ich das machen, jetzt, da Arthur weg ist? Die Antwort darauf ist erschreckend eindeutig ... Wenn ich jemals von hier fortkommen will, muss ich mich mit der Meerhexe auseinandersetzen. Mich also bei meiner Mutter melden. Und ich muss sie überreden, etwas zu tun, was sie immer schon und um jeden Preis vermeiden wollte. Für mich babyzusitten.

Arthur

Malcolm fährt mich zu meinem Meeting. Wir stehen im Stau. Über uns prangt eine riesige Plakatwerbung für einen Kuba-Urlaub. Auf dem Bild sieht man eine atemberaubend junge Frau neben einem attraktiven Trompeter. Sie scheint ihm ins Ohr zu pusten und sieht glücklich aus. Warum auch nicht? Sie ist ein junges, umwerfendes Model, dem man wahrscheinlich mehrere Tausender dafür gezahlt hat, dass es nach Kuba fliegt und einem Mann ins Ohr pustet. Mal sehen, ob sie in zehn Jahren noch genauso viel Frohsinn verbreitet. Wenn der Kerl die ganze Zeit auf seiner Trompete rumgedudelt hat, pustet sie ihm garantiert nicht mehr ins Ohr. Sondern pfeift ihm höchstens was.

Malcolm unterbricht meine Gedanken.

»Hey, Big Guy«, sagt er und reicht mir sein Handy, ein erstaunlich großes, modernes Ding mit Touchpad. »Du musst deine

Learn Love in a Week-Übung machen. Ich habe dich schon eingeloggt.«

»Und wie hast du das gemacht?«

»Nur weil ich Ire bin«, antwortet er, »bin ich nicht minderbemittelt.«

Ich blicke Malcolm an. Er lächelt warmherzig.

»Ich glaube nicht, dass ich hier im Van schreiben kann«, antworte ich. »Worum geht es denn heute?«

»Du sollst dir Gedanken darüber machen, was dir zu ›Ich bin wütend, weil …‹ einfällt. Du kannst es mir auch einfach sagen. Was macht dich wütend?«

»Ich bin wütend, wenn ich überall Reiseplakate sehe, obwohl es so was wie eine globale Erwärmung gibt. Ein Flugzeug nach Miami verpulvert so viel Sprit wie ein Auto in einem Jahr. Warum können wir die blöden Teile nicht einfach vom Himmel schießen? Und warum sollte mich das nicht wütend machen? Wir sind die Generation, die den Planeten endgültig vernichtet hat, und wir reden immer bloß über die Wirtschaft.«

Ich schweife ab.

Malcolm nickt mir aufmunternd zu. »Weiter.«

»Nee, Schluss.«

»Bist du nicht mehr wütend auf die Welt?«

»Fuchsteufelswild sogar«, sage ich. »Aber wahrscheinlich wäre ich nicht ganz so sauer, wenn ich erfolgreich wäre und Polly mich lieben würde.«

»Ah!«, macht er zufrieden. »Dann bist du vielleicht wütend, weil die Welt deine Ehe ruiniert hat.«

»Das bin ich«, stimme ich zu. »Aber ist die Welt daran schuld? Oder bin ich es selbst?«

Wir erreichen die Schranke, hinter der der massive Bürokomplex liegt, in dem Em arbeitet. Malcolm strahlt den Sicherheitsmann an, als würde er einen alten Freund begrüßen.

»Hallo, Big Guy!«, sagt er. (Moment, ich dachte, *ich* bin sein Big Guy!)

»Wollen Sie zum Fototermin?«, fragt der Sicherheitsmann.

»Genau«, antwortet Malcolm.

»Einmal über den Parkplatz auf die andere Seite.« Die Schranke geht hoch, und wir fahren los.

Ich werfe Malcolm einen ungläubigen Blick zu.

»Malcolm. Wieso hast du denn einfach ja gesagt?«

»Zweites Malcolmsches Gesetz: *Immer ja sagen.* Man weiß nie, wohin es einen führt.«

»In diesem Fall auf einen Parkplatz.«

»Der uns nichts kostet. Ich könnte ein Weilchen hier sitzen bleiben und eine rauchen.«

Er hält in einer leeren Parkbucht und grinst mich an. »Oder ich komme kurz mit rein und sage Em hallo?«

»Ich glaube, es ist gerade nicht besonders günstig.«

»Was denkst du, macht sie?«

»Sie wird bestimmt arbeiten.«

Em

Wow. Unfassbar.

E-Harmony hat sich gemeldet. Mit sieben Partnervorschlägen!

Ich scrolle runter und sortiere einen nach dem anderen aus. Einen, weil er zu dick ist. Zwei, weil sie in der IT-Branche arbeiten. Den nächsten, weil er Collin heißt. Den darauf, weil er sich die Augenbrauen rasiert, und den danach, weil er Quad fährt. Und den Letzten, weil er mich an jemanden aus meiner Schulzeit erinnert, der Bremsstreifen in der Unterhose gehabt haben soll.

Das ist doch lächerlich. In nicht mal einer Sekunde habe ich sämtliche Bewerber abgelehnt. Wie soll ich je einen Mann für den Rest meines Lebens finden? Ich weiß genau, wie das laufen wird. Dan gibt mir den Laufpass, und dann besteht mein Leben

nur noch aus leeren Affären. Arthur, du Sack! Warum hast du mich überredet, Dan einen Heiratsantrag zu machen?
Ach, verdammt. Arthur wird jeden Moment hier sein. Ich sollte ein bisschen Make-up auflegen.

Arthur

Wow. Das ist ja wie ein Besuch beim Zauberer von Oz. Eigentlich würde man doch meinen, die *Lifestyle*-Büros seien groß und durchgestylt, dabei nehmen sie nur ein kleines Flurstück für sich ein. Em bringt mich in den »Konferenzraum« – nichts weiter als eine etwas zu groß geratene Kammer gegenüber der Behindertentoilette. Sieht aus, als wäre das früher mal ein Krankenzimmer gewesen. Es gibt keine Fenster, dafür aber ein schweres Schloss an der Tür. Auf dem Tisch in der Ecke steht ein uralter Computer, mit dem früher bestimmt Verhöre dokumentiert wurden.
Ich mag die professionelle Em. In ihrer Freizeit ist sie permanent betrunken und regt sich über Dan auf. Doch hier wirkt sie sexy und motiviert. Sie trägt ein klassisches Outfit der *Mad Men*-Ära. Der Rock spannt über ihren runden Hüften, und die weiße Bluse gewährt großzügige Einblicke in ihr wunderschönes Dekolleté.
»Also«, sagt sie. »Für deine ersten Artikel haben wir hervorragendes Feedback bekommen. Und, willst du weiterschreiben?«
»Ja«, antworte ich. »Wirklich gerne.«
»Klasse. Und was hast du so für Ideen?«
»Keine«, räume ich ein. »Ich wünschte, es wäre anders. Ich muss wirklich ratzfatz Geld verdienen.«
»Oh-kaaay«, sagt Em. »Also, Zeitschriften sagen ja immer dasselbe in Sachen Liebe und Beziehung. Kannst du das nicht auch machen, nur in deinem eigenen, unnachahmlichen Stil?«
»Was sagen die denn so?«
Ems Stimme nimmt einen affektierten Tonfall an. Sie klingt wie Audrey Hepburn beim Kabarett: »Sprecht über eure Gefühle.

Über eure sexuellen Phantasien. Über eure Wünsche, eure Träume. Nehmt euch eine Auszeit. Macht einen Kurztrip zu zweit …«

»Das ist ja völlig bekloppt«, unterbreche ich sie.

»Wieso?«

»Wenn man das befolgt, sitzt man irgendwann hochverschuldet neben seinem genervten Partner, der darauf trainiert ist, in einer Tour über seine Gefühle zu quatschen, am Flughafen. Die Liebe wird doch vor allem dadurch bedroht, dass wir alle immerzu beschäftigt, pleite und gestresst sind – wer bitte hat da noch Bock, eine Reise planen?«

»Ach, komm schon«, sagt Em. »Wenn man im Urlaub ist, kommt früher oder später der Moment, in dem man knöcheltief im Wasser steht und sich innig küsst.«

»Genau, und der, in dem man seinen Reisepass verliert. Und der, wo man feststellt, dass sich zu Hause nichts geändert hat, außer dass man jetzt zweitausend Pfund mehr Schulden hat und einen Berg sandiger Socken waschen muss. Nein, so was hilft nicht. Ich bin sogar der Ansicht, dass unsere moderne Kultur die Liebe tötet.«

Em

Ich liebe es, wenn Arthur solche Sachen sagt. Das ist so mutig und sexy irgendwie. Bei Dan geht es meistens um Motoren und PS.

»Und wieso tötet unsere moderne Kultur die Liebe?«, frage ich.

»Na ja … Als ich am Montag den Satz ›Gegensätze ziehen sich an‹ gegoogelt habe, wurde ich sofort auf fünf Seiten verwiesen, die ›sicheren, unkomplizierten Spaß für den verheirateten Menschen‹ versprochen haben.«

»Hast du dir die Seiten angeschaut?«

»Nein. Aber ich hätte es tun können, und das fand ich beunruhigend.«

»Aber das hast du nicht. Und Polly auch nicht.«

»Dafür verbringt sie ihre Abende auf *Primelocation.*«

»Spielt das eine Rolle?«, frage ich.

»Ich war schon an *zwei* Wochenenden in Louth«, bricht es mit unerwarteter Vehemenz aus ihm heraus. »Und habe wochenlang über Whitstable diskutiert. Aber selbst wenn wir nach Whitstable ziehen würden, wären wir doch noch immer die typischen modernen Städter – rastlos, unzufrieden und ein bisschen missmutig.«

»Aber warum sind die Leute denn rastlos, unzufrieden und missmutig?«

»Wahrscheinlich wegen der Zeitschriften! Die Zeitschriften verkaufen die Weisheiten großer Firmen. Wie Schafe, die sich Rat vom großen bösen Wolf holen.«

»Was meinst du damit?«

»Na ja, wie du selbst sagst, heißt es doch überall … Wenn du keine Liebe spürst, geh irgendwohin und mach irgendwas. Und wenn du ein Problem hast, hau mit der Faust auf den Tisch und sprich drüber.«

»Und was würdest du mitteilen?«

»Ich würde sagen, sei zufrieden. Bleib, wo du bist, akzeptiere deinen Partner und schenke ihm Liebe.«

»Möchtest du das den Frauen dieser Welt sagen?«

»Ja«, erwidert Arthur, der plötzlich wie Russell Crowe aussieht. Groß und finster und umwerfend. »Vielleicht aber auch: ›Hört auf, nach irgendwelchen dämlichen Häusern zu suchen, und kommt endlich ins Bett!‹«

Ein erstaunlicher Nachdruck liegt in seiner Stimme.

Arthur, du aufregender Hengst. Wenn du in meinem Bett lägest, würde ich mich nicht auf Webseiten tummeln. Sondern auf dir.

Arthur

Em sieht mich eindringlich an.

»Großartig«, antwortet sie in einem Tonfall, als hätte sie eine Entscheidung getroffen. »So was habe ich noch von niemandem gehört! Du bist ein gewöhnlicher Mann, aber du führst eine großartige Ehe und kannst darüber schreiben. Du bist der Oscar Wilde der Vorstadt im Anzug von Next.«

Das verwirrt mich ein wenig. »Ähm … hast du es noch nicht gehört?«

»Was denn?«

»Polly hat mich gestern Abend rausgeworfen.«

»Was???!!!!« Em sieht mich verdattert an. »Ernsthaft?«

»Ja. Es gibt keine Ehe, über die ich schreiben könnte. Ich habe ja nicht mal ein Arbeitszimmer.«

Em betrachtet mich mit neuer Faszination. Ich würde jetzt lieber das Thema wechseln. Ich hatte nicht vor, über Polly zu reden. Plötzlich fühle ich mich entblößt und zittrig und fürchte, gleich in Tränen auszubrechen.

»Tja«, sagt sie, »dann will ich euch zwei mal wieder zusammenbringen.«

»Danke, Em«, sage ich. »Du bist phantastisch, und ich liebe dich.«

Sie errötet entzückend.

»Okay.« Wie ein junger Feldwebel übernimmt sie die Führung. »Du setzt dich jetzt da drüben an den Tisch. Du kannst den Computer benutzen. Schreib mir einen Artikel. Fünfhundert Wörter. Thema: ›Was mich an Beziehungstipps ärgert.‹ Du kriegst zweihundert.«

»Für den ersten hast du mir dreihundert versprochen«, wende ich ein.

»Ich war verzweifelt«, antwortet sie. »Und musste mit Polly feilschen. Na gut, von jetzt an kriegst du zweihundertfünfzig pro Text.«

»Abgemacht.« Zweihundertfünfzig verdient, dreihundertfünfzig stehen noch aus.

»Braver Junge«, entgegnet Em.

Sie macht einen Schritt nach vorne und nimmt mich in den Arm. Ich sitze, und sie drückt meinen Kopf zwischen ihre weichen, duftenden Brüste. Ein schöner Ort. Wenn ich den Kopf drehe, könnte ich sie küssen.

Polly

Also. Mein Plan steht. Ich muss die Meerhexe (Mum) anrufen und sie überreden, am Freitag auf die Kinder aufzupassen. Das wird schwierig. Sie hat es am Sonntag zwar selbst angeboten, aber natürlich nicht ernst gemeint. Sie wird mich hassen, wenn ich sie bei ihrem nichtssagenden Wort nehme. Außerdem fragt sie bestimmt nach Arthur, und wenn ich ihr die Wahrheit sage, wird sie sauer.

Oh, Mann.

Ich gehe zum Teich im Green Park – ein Ort, der mich normalerweise beruhigt, aber ich bin immer noch nervös. Ich zähle bis zehn und ringe mich dann dazu durch, ihre Nummer wählen.

Sie geht dran.

»Hi, Mum.«

»Hallo, Schätzchen«, sagt sie. »Ich kaufe gerade die Brautjungfernkleider für Sophies Hochzeit.«

Es ist zwei Monate her, dass meine Schwester angekündigt hat, heiraten zu wollen. Seitdem redet meine Mutter vierundzwanzig Stunden am Tag von nichts anderem.

Ich höre mir ihr Geschnatter ungefähr eine Minute lang an, dann schneide ich ihr das Wort ab.

»Mum, du hattest doch angeboten, am Freitag auf die Kinder aufzupassen, damit ich zu James Hammonds Party gehen kann, weißt du noch?«

»Oh«, sagt Mum. »An dem Tag bin ich mit Roger Chalmers zum Lunch verabredet.«
»Kannst du das nicht verschieben?«
Sie verstummt, als hätte ich sie beleidigt und sie gleichzeitig gebeten, den Backofen zu putzen.
»Er ist Vorsitzender der IFU. So jemanden verschiebt man nicht.«
»Na ja, aber vielleicht kannst du den Lunch ein bisschen abkürzen, damit du gegen halb vier bei uns bist.«
»Aber warum macht Arthur das denn nicht?«
»Weil er … na ja, wir hatten Krach, und er ist gegangen.«
»Was?!«, kreischt meine Mutter. »Was soll das heißen, er ist gegangen?«
»Dass er weg ist.«
»Für immer?«
»Das weiß ich im Moment nicht.«
»Sag mal, findest du nicht, dass ihr es etwas überstürzt?«
Warum versteht sie mich eigentlich nie? »Ich sage ja nicht, dass er für immer weg ist. Aber er ist jetzt weg, und ich möchte wirklich gerne zu James' Party, sonst geht mir eine sagenhafte Chance durch die Lappen.«
Kurze Pause. Dann höre ich meine Mutter sagen: »Könnten Sie uns das Pfirsichfarbene zeigen?«
Ich werde derart sauer, dass ich einfach auflege. Eigentlich bin ich vor allem auf mich selbst wütend. Wieso versuche ich überhaupt, meine Mutter dazu zu bringen, mir zu helfen? Wieso rede ich überhaupt mit ihr? Ich habe höchstens drei Minuten mit ihr telefoniert und fühle mich, als sei ich ohne jeglichen Schutz durch einen Dornenbusch marschiert.

Em

Ich sitze wieder an meinem Platz. E-Harmony hat mir noch mehr Vorschläge geschickt. Da ist ein interessanter Typ namens

Ben dabei, der Reisen und Filme mag. Außerdem sieht er ganz gut aus. Ganz gut. Aber Arthur kann er nicht das Wasser reichen. Herrje. Ich finde es ziemlich aufregend, dass er sich direkt nebenan für mich abrackert. Das hat was von einem Privatsklaven. Ich hätte ja gerne einen Privatsklaven. Das wär's. Ein Mann, der sich mir unterwirft, den ich hauen darf. Ich würde Arthur gerne hauen. Ich würde ihn über den Tisch legen und rote Striemen auf seinen sexy Hintern peitschen.

Polly

Nach meinem Gespräch mit Mum arbeite ich exakt sechsunddreißig Minuten. Um die Kinder um halb vier von der Schule abzuholen, muss ich um fünf nach halb drei weg, was allerdings gar nicht so einfach ist. In meinem Postfach haben sich fünfundzwanzig E-Mails angesammelt, die ich unbedingt heute noch beantworten muss. Und dauernd ruft jemand an. Es ist zwölf nach drei, als ich das Büro verlasse. Ich bin wütend. Als ich an der Rezeption vorbeirausche, bin ich extrem sauer. Dort sitzt Debra, die mich aufmunternd grüßt. Ich grüße zurück. »Wie geht's dir?«, fragt sie. »Hervorragend!«, antworte ich und drücke die Tür auf. Während ich die Treppe hinuntergehe, frage ich mich besorgt, ob das nicht unhöflich war. Hätte ich Debra nicht wenigstens auch ein »Wie geht's?« über die Schulter zurufen müssen? Allerdings hätte meine Körpersprache dann nicht das adäquate Maß an Interesse ausgedrückt. Ich schäme mich, aber soll ich jetzt allen Ernstes zurückgehen und fragen: »Hey, und wie geht's *dir?*« Wie geht's Debra vom Empfang? *Scheiß auf Debra vom Empfang!* Wieso muss man eigentlich die ganze verdammte Zeit höflich sein? Was soll das? Mein Mann ist weg, und ich fühle mich immer noch wie eine Gefangene. Als ich das Gebäude verlasse, habe ich eine Idee.

Ich rufe James an. Allein seine Nummer zu wählen fühlt sich

schon ungezogen an. Es ist, als würde ich mich in ein fremdes Haus schleichen. Und James über den Rücken streichen.

Er geht sofort ans Telefon.

»James«, sage ich.

»Polly.«

Ich kann nichts dagegen tun. Wenn ich seine Stimme höre, bekomme ich Herzflattern. Es ist, als hätte ich bis eben noch auf eine Backsteinmauer geblickt und würde jetzt den Durchschlupf ins Freie entdecken.

»Wie geht's dir?«, frage ich.

»Na ja«, antwortet er.

»Wo bist du denn?«

»In New York. Ich habe gerade versucht, Ivan zu besuchen.«

»Wer ist Ivan?«

»Mein gemeinsamer Sohn mit Irina.«

»Wer ist Irina?«

»Eine Ex-Freundin aus New York. Ich war heute Morgen da, aber sie lässt mich nicht zu ihm.«

Wie viele blöde Freundinnen hatte er eigentlich schon? Herrje, das ist albern – ich bin eifersüchtig!

»Und warum darfst du nicht zu ihm?«

»Weil ich heute nicht dran bin.«

»War er denn da?«

»Ja! Er stand hinter ihr an der Hand der Nanny. Ich hatte ihm einen großen Teddy gekauft. Den durfte ich ihm gerade noch geben, dann musste ich wieder abhauen.«

»Du Armer.«

»Ich wünschte, ich wäre bei dir«, sagt er plötzlich. »Jetzt. In diesem Moment.«

Er mag mich. Er mag mich wirklich!

»Und wie geht's dir?«, fragt er.

Er klingt so verständnisvoll, dass ich ihm, ehe ich's mich versehe, alles erzähle – auch, dass meine Mutter gesagt hat: »Könnten Sie uns das Pfirsichfarbene bringen?«

»Polly«, erwidert er mit autoritärer Stimme. »Weißt du, was das Problem ist?«

»Was?«

»Du bist harmoniesüchtig.«

»Bin ich das?«

»Willst du hören, was ich heute getan habe?«

»Ja, was denn?«

»Ich habe zwei Hotels dichtgemacht und dabei insgesamt vierhundertfünfzig Leute entlassen.«

»Mein Gott … macht dir das denn nicht zu schaffen?«

»Man kann kein Omelett machen, ohne ein paar Eier aufzuschlagen.«

»Meinst du wirklich?«

»Die Geschäftswelt ist skrupellos. Nur die Harten kommen in den Garten.«

»Aber macht dich das denn nicht traurig?« Inzwischen bin ich bei meinem Auto angekommen und steige ein.

»Nein«, antwortet James. »Es ist nur ein Spiel. Weißt du, was Oscar Wilde gesagt hat?«

»Erzähl.«

»Vieles spielt keine große Rolle. Und das meiste gar keine.«

»Hat er für *Head & Shoulders* gearbeitet?«

James lacht. (Ich habe James Hammond zum Lachen gebracht!)

»Du bist großartig, weißt du das?«

Ich sage nichts.

»Hör zu … mein Meeting fängt gleich an, ich muss jetzt Schluss machen«, sagt er. »Ich liebe dich.«

Dann ist die Leitung tot.

Moment mal … Hat er gerade »Ich liebe dich« gesagt??!!! Das war bestimmt nicht seine Absicht. Jaja, ich weiß schon … Ein

Mann, der dir noch vor der ersten Verabredung seine Liebe gesteht, betrügt dich vor der zweiten. Trotzdem … James Hammond hat »Ich liebe dich« gesagt. Mir wird wunderbar warm. Oh, Gott. Es ist fünfzehn Uhr achtundzwanzig. In zwei Minuten muss ich an der Schule der Kinder sein, und die ist sechs Meilen entfernt.

Arthur

Ich gehe gerade meinen Artikel zum Thema *Was mich an Beziehungstipps ärgert* durch, als Em auftaucht. »Tag, schöner Mann«, sagt sie und betrachtet den Bildschirm. »Macht es dir was aus, wenn ich schon mal einen Blick darauf werfe?«
»Tu dir keinen Zwang an.«
Sie beugt sich über meine Schulter. Ihr Haar ist hochgesteckt, und ich sehe ihren Nacken. Hat schon was, frischgebackener Single zu sein. Ich spüre meine Libido zurückkehren. Ich bemerke die Härchen auf ihren Armen und die glänzende Strumpfhose, die sich an ihre Beine schmiegt. Beim Lesen lacht sie ein-, zweimal leise, und es klingt unglaublich sexy.
»Sehr gut«, meint sie schließlich.
»Hab ich mir das Geld verdient?«
»Na ja, die Herausgeberin muss den Text noch abnicken, aber er ist gut.«
»Hat Spaß gemacht«, sage ich. »Ich habe minutenlang nicht an Polly gedacht.«
Em schaut mir in die Augen. »Wie geht's dir denn jetzt damit?«
»Ich bin so leer«, antworte ich. »So scheußlich habe ich mich nicht mehr gefühlt, seit man mir als Teenie das Herz gebrochen hat.«
»Du hattest damals schon ein gebrochenes Herz?«
»Gott, ja, und wie. Als ich siebzehn war, hat mich ein Mädchen namens Sue Frame sitzengelassen. Ich wollte von zu Hause ausreißen, damit niemand aus meiner Schule merkt, dass ich wieder

solo bin. Neun Monate später habe ich ihre Initialen immer noch auf Heftränder gekritzelt.«

»Arthur, du bist ein so gutaussehender Kerl. Ich kann mir nicht vorstellen, dass du deine Jugend solo verbracht hast.«

»Na ja, die erste Regel der Teenie-Liebe lernt man schnell, nicht wahr?«

»Und die lautet?«

»Mach zuerst Schluss. Immer wieder hab ich mit der ein oder anderen rumgemacht und bin dann abgehauen, damit sie mir nicht zuerst den Laufpass geben konnte.«

»Stimmt«, sagt Em. »Das weiß ich noch.«

»Was soll denn das heißen?«

»Erinnerst du dich an den Abend, als du Polly kennengelernt hast?«

»Natürlich. Es war auf einer Party außerhalb der Stadt. Ich kam aus dem Tanzzelt und hab Polly am Feuer gesehen. Ich habe mit ihr gesprochen, aber es lief nicht besonders gut.«

»Und wieso nicht?«

»Sie sah so umwerfend aus, dass mir etwas blümerant wurde und ich einfach so mit dem Satz herausgeplatzt bin: ›Du bist die schönste Frau, die ich je gesehen habe.‹ Sie hat nur gelächelt und gesagt: ›Wir sehen uns.‹ Dann ist sie gegangen und in einen kleinen Wagen gestiegen. Ich war am Boden zerstört.«

»Yep. Daran kann ich mich noch erinnern. Schließlich saß ich in dem Wagen.«

Ich blicke sie scharf an. »Wie bitte?«

»Herrgott, Arthur, jetzt sag nicht, dass du das vergessen hast!«

»Was vergessen?«

»Dass ich auch auf der Party war.«

»Tatsächlich?«

»Ja!«, antwortet Em. »Du und ich haben an dem Abend rumgemacht.«

Ich habe wirklich keine Ahnung, wovon sie redet. »Was?!«, sage ich entgeistert. »Wann soll das denn gewesen sein?«

»Das musst du doch wissen! Wir haben am Boxenturm zusammen getanzt.«

»Wir haben zusammen getanzt?! Daran habe ich wirklich keinerlei Erinnerung …«

»Ach, verpiss dich doch, Arthur. Du kannst nicht allen Ernstes vergessen haben, wie ich tanze!«

»Niemand, der dich tanzen gesehen hat, könnte das je vergessen!«

»Eben. Wir haben getanzt, und dann kam *Thinking of You* von Sister Sledge.«

Okay, langsam dämmert mir etwas. Ich sehe es vor mir. Sister Sledge singen *And the things you do to me*, und vor meinen Augen bewegt sich eine kleine, energiegeladene Tänzerin mit Zylinder und Sport-BH. Bis dahin war sie mir nicht besonders aufgefallen, aber bei dem Lied küssen wir uns. Ein unglaublicher Kuss – verschwitzt und leidenschaftlich. Ich betrachte Em und erkenne für einen Moment die ausgelassene Tänzerin in ihr wieder. Sie trägt Schlaghosen. Schweiß glitzert auf ihrer Lendenwirbelsäule.

»Das warst du?!«

»Na klar war ich das! Erinnerst du dich nicht mehr an unseren Kuss?«

»Doch, sehr gut sogar. Aber ich dachte, ich hätte eine Spanierin geküsst.«

»Ich bin keine Spanierin.«

»Nein, in der Tat, bist du nicht.«

»Du bist irgendwann gegangen und nicht mehr wiedergekommen. Warum?«

»Na ja, ich nehme an, das war der Moment, in dem ich Polly begegnet bin.«

Meine Güte, wie viel Zeit seitdem vergangen ist! Die Party ist vierzehn Jahre her – fast ein halbes Leben. Mir wird bewusst, dass meine Ehe mit Polly auf den Gedanken eines Zwanzigjährigen basiert. Ein Zwanzigjähriger, der die Nacht durchgetanzt und um sechs Uhr früh Mädels angequatscht hat. (Um sechs Uhr früh? Das kann ich am wenigsten fassen. Wieso habe ich um die Uhrzeit nicht geschlafen? Das alles ist so weit weg. Jetzt bin ich Mitte dreißig. Ich würde noch immer Drogen nehmen und eine Affäre haben. Aber nie und nimmer würde ich auf meine acht Stunden Schlaf verzichten!) Ich fühle mich alt und traurig und weise.

Em

Arthur wirkt jung und lieb und irgendwie verloren.

Es ist vollkommen klar, dass wir dasselbe denken … *wir* hätten an jenem Abend zusammenkommen können! Vielleicht hätten wir sogar zusammenkommen sollen! Okay, er hat sich damals für Polly entschieden, aber die zwanzigjährige Polly war ja auch ein überirdisch schönes Wesen. Sie hatte viel zu bieten. Aber jetzt, so wird mir bewusst, habe ich mehr zu bieten. Ich bin erwachsen geworden. Ich suche einen Mann, und hier, direkt vor mir, sitzt ein besonders schönes Exemplar. Ein Mann, der mir hätte gehören können. Und der plötzlich wieder zu haben ist.

Ich könnte aufstehen und mich auf seinen Schoß setzen. Niemand kommt hier je rein. Während alle um uns herum arbeiten, könnten wir uns leise und klammheimlich übereinander hermachen.

»Tja, und vierzehn Jahre später setzt Polly mich einfach vor die Tür.«

Ich muss aufhören, von Pollys Mann zu träumen.

»Oh, nun komm schon«, sage ich. »Polly ist die Mutter deiner Kinder. Du wirst sie immer lieben.«

Arthur

Es beschämt mich, wie sehr Em versucht, uns zu helfen.

»Aber vielleicht darf ich nie wieder mit ihr schlafen«, antworte ich. »Obwohl … Ehrlich gesagt läuft da schon seit einiger Zeit nicht mehr viel.«

»Nicht? Wieso nicht?«

»Keine Ahnung. Diverse Befindlichkeiten.«

»Was denn für welche?« Em beugt sich interessiert vor. Das ist noch so etwas, was sie unglaublich attraktiv macht – sie hört wirklich zu. Und … ich kann ihren BH-Träger sehen.

»Och, da gibt es so einiges.«

»Zum Beispiel?«

»Eigentlich ist sie zu allem bereit … aber nur, wenn ich sie genau da anfasse, wo sie es mag, und nicht zu lange brauche.«

Wir grinsen beide.

»Darf ich dich was fragen?«, meint Em. »In Zeitschriften heißt es ja immer, man soll über die eigenen sexuellen Bedürfnisse reden. Macht ihr das?«

»Oh, Gott, nein!«, erwidere ich laut. »Nein, nein, nein, nein! Ein grausiger Gedanke. Stell dir nur mal vor, sie fragt: ›Was hast du denn so für sexuelle Phantasien?‹ Und ich antworte: ›Sex mit anderen Frauen.‹«

»Davon träumst du?«

»Eigentlich nicht«, sage ich. »Ich stelle sie mir nur nackt vor.«

»Okay.« Ems Grinsen wird immer breiter. Wir haben beide Spaß an diesem Gespräch. Wie nett. Es tut gut, sich mit jemandem auszutauschen, ohne dass es gleich irgendwohin führen muss.

»Aber um ehrlich zu sein«, sage ich, »ist das mein Problem. Ich kann das ganze Gerede einfach nicht ertragen.«

»Welches Gerede?«

»Na ja, zum Beispiel … Ich lege meine Arme um sie, und sie fragt: ›Hast du die Gartentür abgeschlossen?‹ Ich sage ja und küsse sie.

Sie: ›Ich mag es nicht, wenn du deine Zunge so weit rausstreckst.‹ Ich versuche, sie wieder zu küssen, aber jetzt kommt es mir vor, als müsste ich einen Test bestehen oder so. Und währenddessen nimmt sie meine Hand und legt sie auf ihren Nippel.«

»Sie zeigt dir, was sie will. Das ist doch sexy.«

»Nein! Es ist, als ob sie mir wie einem zurückgebliebenen Sonderschüler Beine machen will. Die eigentliche Botschaft lautet: Los, hopp, hopp, wir haben nicht die ganze Nacht Zeit. Dabei bin ich durchaus in der Lage, Liebe zu machen. Auch ohne Gebrauchsanleitung!«

»Also«, sagt Em. »Wenn du den Ladys dieser Welt etwas sagen könntest, was wäre das?«

»Ihr müsst uns nicht dauernd auf irgendetwas hinweisen. Und wieso können wir uns nicht so fühlen, wie wir uns fühlen wollen?«

»Wie willst du dich denn fühlen?«

»Als sei ich Herr der Lage. Und … ein kleines bisschen grausam.«

»Tatsächlich?« Sie schenkt mir ein schelmisches Lächeln. Einen Moment lang bin ich wieder zehn Jahre alt, und Helen Hughes und ich spielen Doktor.

»Ja. Und vor allem will ich nicht über Sex *reden*. Kein Mann will das. Wir wünschen uns eine Frau, die uns in die Augen schaut und einfach *weiß*, was wir vorhaben. Wir wollen eine Frau, die still ist und ehrerbietig und ein bisschen gefährlich.«

Em blickt mir in die Augen. Und wird rot. Dann steht sie auf. Geht zur Tür. Schließt ab.

Verdattert starre ich sie an.

Sie rührt sich nicht von der Stelle, sondern steht einfach nur da und sieht mich an. Sie sieht entspannt aus und ehrerbietig und ein bisschen gefährlich.

Oh, mein Gott. Nein, nein, nein, nein, nein. Ich meinte doch nicht … Sie kann doch nicht denken, dass ich …

Oder doch?

Mein Mund ist trocken. Ich schlucke.

Em zieht langsam ihre Jacke aus.

Ojeojeoje. Ich glaube, sie nimmt mein Gerede von wegen Ich-will-mit-keiner-anderen-schlafen-ich-will-sie-nur-nackt-sehen wörtlich. Ich weiß, wie absurd stolz sie auf ihre Brüste ist, aber sie kann doch nicht ernsthaft meinen …

Sie legt das Jackett über einen Stuhl.

Darunter trägt sie eine weiße Seidenbluse mit Rüschenbesatz. Sie spinnt. Sie kann nicht wirklich glauben, dass wir … Ich bewege mich nicht. Sage nichts. Sitze einfach nur da.

Sie scheint das dringende Bedürfnis zu haben, sich auszuziehen. Und ich hatte schon immer das dringende Bedürfnis, ihre Brüste zu sehen. In meinen Träumen habe ich sie mir vorgestellt, aber …

Man kann sich doch nicht einfach so ausziehen …

Aber vielleicht hat Nacktheit noch nichts mit Fremdgehen zu tun. Also sage ich nichts. Und tue auch nichts.

Em beißt sich auf die Unterlippe und knöpft langsam ihre Bluse auf. Oh, Gott. Die Spannung wird unerträglich. Noch nie im Leben war ich so erregt wie jetzt.

Sie trägt einen schwarzen BH. Ihre Brüste sind voll und weiß.

Was soll ich machen?

Ich kann nicht nichts machen. Das wäre so, als würde ich sie zurückweisen, obwohl sie sich gerade vollkommen vor mir entblößt.

Im wahrsten Sinne des Wortes.

Aber ich muss etwas tun.

Ihre Brüste ziehen mich an wie der Mond eine Motte. Gebannt, als würde ich eine Gottheit anbeten, sinke ich vor ihr auf die Knie. Sie blickt auf mich herab. Ich befreie eine Brust. Und fahre mit der Zunge darüber.

Em

In diesem Moment wird uns klar, was wir da gerade tun.

Ich schnappe nach Luft.

Arthur hält inne, richtet sich auf und weicht einen Schritt zurück. Hastig greife ich nach meiner Bluse und streife sie mir wieder über. »Wir müssen aufhören«, sage ich.

»Schnell«, erwidert er. »Erzähl mir was Ödes.«

»Äh, was denn?«

»Dass du ein Haus auf dem Land kaufen willst oder so.«

»Ich habe gerade ein kleines Cottage in Devon gefunden.«

»Devon ist zu sexy.«

»Dann eben in Luton.«

»Ja, das ist gut. Erzähl mir von der Holzfäule.«

»Okay, also die gibt's da auch. Und ich muss noch ein Gutachten erstellen lassen.«

»Gut. Sehr gut. Beschreib mir den Grundriss. Willst du was ändern?«

»Ich will eine Wand einreißen.«

»Sehr schön. Und wie sieht's mit den umliegenden Schulen aus?«

»Hör zu«, sage ich. »Polly ist meine beste Freundin. Ich liebe sie und will sie nicht verlieren. Und du bestimmt auch nicht.«

»Wirklich, Em«, sagt er. »Das verstehe ich vollkommen. Wir dürfen den Vorfall nie wieder erwähnen!«

»Es ist ja nichts passiert.« Jetzt macht er aber ein bisschen viel Wind um die Sache.

»Das stimmt nicht! Es ist sehr wohl etwas passiert!«

»Aber wir haben doch nicht miteinander geschlafen! Wir haben uns nicht mal geküsst!«

»Ich habe dir den Nippel geleckt.«

»Das ist kein Sex. Das würde noch nicht mal als sexuelle Belästigung durchgehen.«

»Trotzdem ist es was!«

Er nimmt die Sache viel zu ernst und könnte uns beide in Schwierigkeiten bringen.
»Arthur«, sage ich. »Es gibt einen Haufen unschuldiger Gründe, warum jemand jemand anderem den Nippel leckt.«
Er starrt mich an. »Nenn mir einen einzigen.«
»Um ihn … sauber zu machen?«
»Um ihn sauber zu machen???«
Er wirkt frustriert und entsetzlich ernst. So geht das nicht. Also greife ich auf die letzte Taktik zurück, die mir noch bleibt.

Arthur

Jetzt bricht sie auch noch in Tränen aus!
Das ist noch schlimmer, als wenn sie sich ausziehen würde. Ich weiß nicht, was ich tun soll. Ich bin nur noch wirr im Kopf.
»Es tut mir so leid!«, schnieft sie. »Ich stehe vollkommen neben mir. Wahrscheinlich verliere ich meinen Job. Und Dan wird mir morgen sagen, ob er mich heiraten will. Aber was, wenn er nein sagt?«
Ich beobachte, wie Em ihre Bluse zuknöpft. Sie sieht so verloren aus und so verdammt sexy.
»Er will bestimmt«, sage ich. »Wenn nicht, soll er dich gernhaben.«
Em knöpft noch immer.
»Du darfst Polly *nie* etwas davon erzählen, in Ordnung?«, sage ich eindringlich.
»Nicht, wenn du mir hilfst. Dan und ich treffen uns nachher. Ich muss begehrenswert sein.«
»Und?«
»Gestern hast du mir erklärt, wie man sich einen Mann fängt. Heute muss ich wissen, wie man attraktiv wirkt. Kannst du was dazu sagen?«
»Denke schon.«

»Gut«, sagt sie. »Das wird das Thema deines neuen Artikels. Den du am besten gleich schreibst. Du bist genau in der richtigen Verfassung dafür.«
»Du willst mir aber nicht weismachen, dass das alles nur dazu gedacht war, mich auf den Text einzustimmen, nicht wahr?«
»Doch, das ist meine Version der Geschichte«, sagt sie. »Und dabei bleibe ich.«
Sie ist wieder vollständig angezogen und geht zur Tür. »Also schreib schon«, sagt sie. »Und sieh zu, dass das Ding brillant wird, sonst versohle ich dir den Hintern.«

Em
Herr im Himmel!
Das war enorm knapp. Ich muss mich irgendwo abkühlen. Also browse ich ein bisschen auf *E-Harmony* herum, klicke auf Alex James' Twitter-Feed und erde mich, indem ich einen Artikel über preisgekrönten Käse lese.

Polly
Mein Leben läuft komplett aus dem Ruder.
Ich war achtundvierzig Minuten zu spät, um die Kinder abzuholen. Sie haben im Sekretariat gewartet und traurig die Köpfe hängen lassen.
Irgendwann waren wir endlich zu Hause. Tilly Sweeting muss der ganzen Welt erzählt haben, dass Arthur weg ist, denn ich wurde permanent mit SMS bombardiert. *Geht's dir gut? – Ja. – Alles okay mit dir? – Ja!* Außerdem haben die Kleinen in einer Tour gemault und sich beschwert. (Ich hatte vergessen, etwas zu essen einzukaufen, und den Stepptanz-Kurs haben wir auch verpasst.) Sie haben rumgebrüllt, lautstark nach Snacks verlangt und ein derartiges Chaos angerichtet, dass ich sie irgendwann angeschrien, den Fernseher eingeschaltet und mit

einer geradezu irren Entschlossenheit die Küche aufgeräumt habe.

Tolle Bilanz. Meine Kinder haben verbale Gewalt erfahren, Hunger gelitten und sind darüber hinaus gezwungen worden, sich schlechte Kindersendungen anzusehen. Aber wenigstens habe ich die Kachelfugen geschrubbt. Und gleich mache ich mich über das Spielzeugregal her. Ich werde ein paar Barbies skalpieren und dann unter den Polly Pockets ein Massaker anrichten. Als Nächstes ist Arthurs Schrank dran.

Arthur

Achtzehn Uhr. Ich soll Em draußen vor der Lobby treffen.

Ich wandere hinaus und genieße den warmen Sommerabend. Plötzlich erstarre ich. Auf dem Parkplatz steht ein roter Van mit Kanus auf dem Dach. Malcolm ist noch da!! Ich sprinte hinüber. Malcolm lehnt gemütlich im Fahrersitz. Die Tür steht offen. Auf seinem Schoß liegt Mrs. Thompson. Als sie mich sieht, springt sie aus dem Wagen und stürzt wedelnd und winselnd auf mich zu, als sei meine Ankunft der glücklichste Moment ihres Lebens.

Malcolm lächelt. »Big Guy«, sagt er schläfrig. »Hast du noch ein bisschen darüber nachgedacht, was dich wütend macht?«

»Ähm … ja«, antworte ich. »Ich habe sogar einen Artikel darüber geschrieben. Aber ich habe das Gefühl, noch viel mehr tun zu müssen.«

»Du *hast* etwas getan«, sagt er. »Es geht darum, die Welt ein Stück besser zu machen, ohne dabei allzu verbissen zu sein. Du hast einen Artikel geschrieben. Du hast getan, was du konntest.«

Malcolm lächelt mit einer jesusartigen Ruhe. Ich spüre, wie ich mich entspanne … Aber dann komme ich wieder zu mir.

»Malcolm! Was zum Teufel tust du hier?«

Wieder dieses schläfrige Grinsen. Ich könnte wetten, dass er heute Nachmittag noch ein paar Experimente mit seinem selbst gezüchteten Gras gestartet hat.

»Ich sitze hier«, antwortet er. »Es ist wunderschön. Da oben hocken Tauben, die …«

Jetzt will er mir allen Ernstes über die Tauben berichten. Ich muss ihn stoppen. »Malcolm«, unterbreche ich ihn. »Warum um alles in der Welt hast du den ganzen Tag gewartet?«

Sein Blick ist glücklich, wenn auch leicht blutunterlaufen. »Ich muss gestehen, dass ich Em ziemlich nett finde. Ich dachte, ich warte einfach ein bisschen, um ihr hallo zu sagen.«

»Aber …« Irgendwie weiß ich gar nicht genau, warum diese Situation so bizarr ist. Doch das ist sie, definitiv. »Den ganzen Tag?«

»Ja, wie im Märchen, wo der Soldat vierzig Tage und vierzig Nächte unter dem Fenster seiner Angebeteten hockt. Das ist wahre Liebe.«

»Nein, Malcolm, das ist Stalking.«

»Ach, komm schon. Du musst ihr ja nicht sagen, dass ich den ganzen Tag hier war. Ich hätte durchaus in der Gegend zu tun haben können. Was zugegebenermaßen nicht der Fall war. Ich habe hier gesessen und Eichhörnchen mit Toast beworfen.«

»Hast du denn keine Arbeit, die du erledigen musst?«

»Hey«, gibt er zurück, »na klar. Unmengen!« Er sieht mich bedeutsam an. »Wirklich spannende Sachen!«

»Und was?«

»Das sage ich nicht. Der springende Punkt ist doch, dass ich selbständig bin. Wenn ich einen Tag lang in einem Van sitzen will, dann kann ich das. Im Übrigen mag ich Em wirklich, und …«

»Hör zu«, sage ich. »Em geht gleich in eine Bar, um sich mit Dan zu treffen. Nicht der beste Augenblick, um ihr deine Aufwartung zu machen.«

»Na gut«, sagt Malcolm. »Um ehrlich zu sein, Arthur, habe ich auch gewartet, weil ich mich frage, wo du heute Nacht unterkommst. Ich wollte nur sagen, dass ich auf Mrs. Thompson aufpassen kann und einen Schlafplatz habe, falls du einen brauchst.«

»Oh.« Das rührt mich.

»Du musst mich auch nicht rammeln oder so.«

»Danke.«

»Also – du rufst an, wenn du mich brauchst?«

Plötzlich fällt mir die zweite Malcolmsche Regel wieder ein. »Ja. Aber jetzt solltest du besser fahren.«

Em

Arthur und ich betreten die Diamond Lounge.

Dan ist schon da. Er sitzt mit den Jungs von *Vroom* auf der Couch. Als ich eintrete, winke ich ihm unauffällig zu.

Keine Reaktion.

Okay. An der Bar stehen gut zwanzig Leute, aber die Tanzfläche ist noch leer. Ich weiß, dass er mich gesehen hat. Warum ignoriert er mich? Ich habe ihm zugewinkt. Er müsste jetzt auch etwas tun. Vielleicht die Augenbraue ein bisschen hochziehen. Nicken. Ist denn ein Nicken wirklich zu viel verlangt? Oder hat er mir eine SMS geschickt?

Ich habe ihm vor einer Stunde geschrieben: *Gehe zu Sheltons Jubiläum. Sehen wir uns da?*

Keine Reaktion.

Wenige Minuten später habe ich es noch mal versucht: *Gehe mit Arthur in die Bar.*

Wieder nichts.

Außerdem hat mir mein kurzer Beitrag über Verführung durch Renovierung keinen einzigen Facebook-Kommentar eingebracht. Und Alex James hat seit fünfzehn Uhr sechsundzwanzig nichts mehr getwittert. Was zum Geier hat der eigentlich gerade zu tun, verdammt noch mal?

»Hey, Em.«

Endlich kommt Arthur mit den Drinks.

»Danke«, sage ich und nehme einen großen Schluck. Nett. Wodka Red Bull. Hochprozentiger Sprit, karamelliges Prickeln und ein guter Schuss Koffein.

»Er hat mich keines Blickes gewürdigt«, sage ich.

»Vielleicht hat er dich nicht gesehen.«

»Er hat auf zwei meiner SMS nicht reagiert.«

»Dann ignoriert er dich.«

Ich schaue auf mein Handy.

»Vorsicht, du wirst noch unfruchtbar«, meint Arthur.

»Wie bitte?!«

»Handystrahlung.«

»Fick dich, Arthur.«

Er grinst. »Ich will dir doch nur helfen. Das Handy saugt die Kraft aus dir raus.«

»Aber die Leute müssen mich doch kontaktieren können!«

»Em«, sagt Arthur, während er mir das Handy abnimmt, es ausschaltet und in meine Brusttasche steckt. »Nimm dein Leben wieder in die Hand.«

»Wenn du meinst.«

»Obwohl«, fährt Arthur fort, »vielleicht wäre es doch nicht schlecht, wenn du das Ding noch einen Moment länger anlässt. Dann könntest du den Text lesen, den ich dir gemailt habe – *Wie man attraktiv wirkt.* Und ich gehe nicht nach Hause, bevor du mir nicht gesagt hast, dass er gut ist.«

»Warum erzählst du mir nicht einfach, was du geschrieben hast?«, antworte ich. »Wenn ich dann bei Dan Erfolg habe, ist es gut.«

»Soll das heißen, ich bekomme kein Geld, wenn du Dan nicht rumkriegst?«

»Exakt.«

»Wow«, sagt Arthur. »Deine Einstellungskriterien sind verdammt hart.«

Polly

Mum hat mir gerade eine SMS geschickt: *Sorry, dass die Verbindung vorhin abgerissen ist.* Ich bin versucht zu antworten: *Die Verbindung ist nicht abgerissen. Ich habe aufgelegt, weil ich keine Lust hatte, mit pfirsichfarbenen Brautjungfernfummeln zu konkurrieren.* Aber ich gehe gar nicht darauf ein. Ich muss noch die Kinder ins Bett bringen und bin schon jetzt total erledigt.

Em

»Na los, Arthur, dann fang mal an«, sage ich. »Da drüben sitzt ein Kerl, der mich ignoriert. Genauso, wie er mich gestern ignoriert hat. Und irgendwie habe ich das Gefühl, dass er mich auch in Zukunft ignorieren wird. Also, bring mir was bei. Hau mich vom Hocker mit deinen Ratschlägen. Sag mir, wie man attraktiv wirkt.«

Er grinst. »Bist du bereit?«, fragt er.

»Ich könnte nicht bereiter sein.«

»Als Erstes … lass ihn in Ruhe, und vertrau darauf, dass er zu dir kommt, wenn er so weit ist. Und mach dir bis dahin deine Macht bewusst.«

»Und wie soll ich das tun?«

»Komm runter. Mach dir klar, dass du eine Königin bist.«

Ich versuche, Arthurs Worte zu visualisieren, und hole tief Luft.

»Du bist eine verruchte, unanständige Königin«, fährt er fort. »Du stehst im Zentrum deiner Welt. Und wenn du durch eine Flut von Männern schreitest, wisse, dass du von Höflingen umgeben bist.«

Der Gedanke gefällt mir. Ich betrachte die Tanzfläche.

»Sehr schön«, sagt Arthur. »Du hast das verruchte Lächeln einer sexy Queen, die weiß, was sie will. Du bist bereit.«

»Und was soll ich jetzt machen?«

»Geh. Such dir den hübschesten Höfling aus, sieh ihm in die Augen und lach ihn an. Allerdings nur, wenn er dir einen guten Witz erzählt hat, sonst glaubt er, du bist ein bisschen minderbemittelt.«

Ich muss lächeln. Plötzlich fühle ich mich gut. Eigentlich sogar mehr als gut. Das Red Bull entfaltet seine Wirkung, und die Musik wird lauter.

»Kann ich den Höfling zum Tanzen bringen?«

»Wenn du glaubst, dass er sich bewegen kann …«, antwortet Arthur.

»Darf ich auch selbst tanzen?«

»Aber natürlich«, erwidert Arthur. »Verlass dich ganz auf dein Gefühl. Und wenn du tanzt, musst du denken: ›All die Höflinge hier sind scharf auf mich. Mein Lady-Sex-Magnet zieht sie magisch an!‹«

»Was bitte ist mein Lady-Sex-Magnet?«

»Die Frage sollte wohl eher lauten …«, Arthur lächelt wie Errol Flynn, » … *wo* ist dein Lady-Sex-Magnet!«

Ich grüble ein bisschen vor mich hin, als plötzlich die Szene von heute Nachmittag vor meinem inneren Auge aufblitzt.

»Du hast's erraten«, sagt Arthur.

»Tanzt du mit mir?«, frage ich.

»Ganz sicher nicht. Nach dem heutigen Vorfall kann ich nicht in deiner Nähe sein. Aber du kommst auch allein klar.«

»Das weiß ich, keine Sorge. Auf der Tanzfläche bin ich das Rennpferd unter den Eseln. Kann ich dich so lange allein lassen?«

»Klar. Ich glaube, ich gehe mal rüber zu Dan.«

»Versuch rauszukriegen, ob er mich mag!«

»Hör auf, dir darüber Gedanken zu machen. Vergiss nicht: Dan ist bloß ein Höfling unter vielen. Du aber bist die Königin.«

»Ich bin die Königin.«

»Sei distanziert wie eine Wolke und stark wie eine Schlange.«

»Mach ich.«

»Und jetzt knips deinen Lady-Sex-Magneten an … Nicht so viel Becken, bitte.« Er lächelt. »Braves Mädchen. Ab mit dir.«

Wie aufs Stichwort wird die Musik lauter. Ich liebe Lady Gaga! Vielleicht ist es der Red Bull, keine Ahnung, aber plötzlich habe ich einen dieser Momente. Ich bin mit einem wunderbaren, witzigen Freund unterwegs, den ich vergöttere, da drüben sitzt ein sexy Kerl, der darüber nachdenkt, ob er mich heiraten will, Lady Gaga dröhnt aus den Boxen, die Tanzfläche füllt sich, und der Drink rauscht durch meinen Körper. Ich bin eine Königin unter Höflingen, ich habe einen Lady-Sex-Magneten, und den schalte ich jetzt ein. Ich zwinkere Arthur zu und tanze von dannen.

Arthur

Ich bin allein. Ich kenne nur einen einzigen Menschen in diesem Raum, und das ist Dan. Ich sollte zu ihm rübergehen, um ein bisschen zu plaudern.

Andererseits könnte ich aber auch jemanden zum Tanzen auffordern. Immerhin bin ich gerade zu Hause rausgeflogen. Also, definitiv der geeignete Moment dafür.

Ich überquere eine Ecke der Tanzfläche und wackle dabei mit den Hüften und Schultern. Ich wärme mich nur ein wenig auf, sollte mich die Musik plötzlich packen. Ich komme an zwei Frauen vorbei und lächle. Sie wenden sich ab.

Mein Gott, ich habe sie doch nicht mal angemacht! Und trotzdem haben die beiden sich weggedreht, als sei ich leprös! Es ist grausam, Single zu sein. Wie kann man sich diesen Zustand nur herbeiwünschen?

Mit frisch erwachter Beflissenheit nähere ich mich Dan. Plötzlich interessiert es mich brennend, ob er Em heiraten will. Und wenn nicht, warum nicht?

Er sitzt in einer Ecke auf einer Couch. Zuerst bin ich nicht sicher, ob er es wirklich ist, doch dann erkenne ich das Muttermal auf seiner Wange. Eins von diesen großen Dingern, aus denen in der Mitte ein Haar herauswächst. Wie hat Em ihn nur je küssen können?

»Hi, Dan!«

»Hi!«, erwidert er etwas zu enthusiastisch. Man sieht, dass er keine Ahnung hat, wo er mich hinstecken soll.

»Arthur. Pollys Mann.«

»Weiß ich doch«, sagt Dan. Wusste er eindeutig nicht. Und jetzt überkompensiert er. »Tja … schön, dich zu sehen. Kommt ihr am Freitag zur Hammond-Party?«

»Ich glaube, Polly geht hin. Mit Em.«

»Aha«, antwortet er.

»Ich habe heute für Em gearbeitet, aber bisher kaum ein Wort mit ihr gesprochen. Wie geht's ihr denn?«

»Sie ist im Moment ziemlich anstrengend«, gibt er zu. »Ich glaube, sie will heiraten.« Er verdreht die Augen.

»Oh«, sage ich so beiläufig wie möglich. Ich will nicht zu interessiert wirken. »Und willst du das auch?«

Er verstummt. Es ist genau, wie der Online-Guru sagt: Männer sind wie Schnecken. Und der hier hat sogar so flott den Rückzug angetreten, als hätte man mit einem Spaten auf ihn eingestochen.

»Vergiss es, du musst mir nichts sagen.« Ich versuche, ihn zu beruhigen, bevor er ganz in seinem Haus verschwindet. »Ich kann mich noch gut erinnern, wie es war, als ich diese Entscheidung treffen musste. Ein Alptraum.«

»Hat Polly dir einen Antrag gemacht?«

»Ja. So ist das nun mal heutzutage: Der Mann muss zur Kirche geschleift werden.«

»Genau«, sagt Dan, dem die Richtung, die das Gespräch eingeschlagen hat, zu behagen scheint. Sein Rückzug ist gestoppt. Und er streckt mir zögernd seine Schneckenfühler entgegen. »Wieso eigentlich?«

»Na ja, ich glaube, wir Männer sind Spieler. Wir denken: Ich mag dich, ich *liebe* dich sogar, aber es könnte sein, dass ich beim nächsten Mal Claudia Schiffer absahne.«

»Genau«, sagt Dan mit hochgezogener Augenbraue.

»Andererseits wissen wir genau, dass wir eines Tages auch das hasenzahnige Gesicht von Claudia Schiffer nicht länger ertragen können. Wie es sich uns nähert und ständig auf einen Kuss wartet.«

»Genau«, wiederholt Dan nun ein wenig reuig. »Aber das Problem ist, dass man Claudia Schiffer ja gar nicht abkriegt, sondern irgendein dürres Pressemädel. Und dem gebe ich vielleicht meinen Körper, aber auf keinen Fall meine Adresse.«

»Richtig«, sage ich. Meine Güte, die Schnecke lugt definitiv aus ihrem Haus heraus. Zeit, sie rauszuziehen und in Knoblauch zu braten.

»Was, denkst du, ist deine größte Angst?«, frage ich.

Dan blickt mir in die Augen. Oha, ich hab's vermasselt. Die Frage war zu groß, die wird er nicht beantworten. Wahrscheinlich ahnt er schon, dass ich für Em spioniere.

»Die lebenslange Verpflichtung. Das ist es, was mich so fertig macht. Der Gedanke, nie wieder auf eine andere Frau scharf sein zu dürfen. Nie wieder.«

»Hm.«

»Da könnte ich mir ja gleich den Schwanz abschneiden und ihn Em geben, damit sie ihn an einer Kette um den Hals trägt.«

»Ich weiß, was du meinst«, antworte ich.

»Wirklich?« Dan sieht mich ernst an. Es gefällt ihm, dieses intime, semiironische Gespräch unter Männern. »Hast du auch das Gefühl, Polly trägt deinen Schniedel wie ein unangemessenes Accessoire mit sich rum?«

Tja, nun. Ich überlege ja wirklich, wie ich die Frage beantworten soll, aber ich muss zugeben, dass ich gerade nicht sicher bin, welche Wirkung Polly auf meine Kronjuwelen hat, und eigentlich ist es mir auch egal. Bislang habe ich versucht, den Gedanken zu verdrängen, aber plötzlich gelingt mir das nicht länger. Ich habe das Gefühl, als hätte meine Welt keinen Boden mehr und als würde ich in einen gähnenden Abgrund stürzen. Ich wünschte, ich wäre bei Polly. Zu Hause. Ich hasse diese Bar und dieses dämliche Gespräch sowieso. Als ich begreife, dass ich vielleicht nie wieder nach Hause zurückkehren werde, versetzt es mir einen Schlag in die Magengrube. Ich glaube, ich fange gleich an zu weinen.
Aber auf keinen Fall vor Dan. Also entschuldige ich mich und gehe.

Em

Und wieder läuft ein Song von Lady Gaga. Ich liebe ihn. »Ra ra oomer…« Ich muss aufhören, die Lippen zu bewegen. »Ra ra oomerah!«
Okay. Ich lasse mich also in diesem Meer der Tanzenden gehen. Und bin dann mal selbstbewusst. Sollte ich auch! Schließlich gehe ich dreimal die Woche zum »Street Beats«-Kurs und konkurriere dort mit zwei IT-Typen, die von einem Fuß auf den anderen hüpfen, als müssten sie dringend aufs Klo. Ich bin die Königin inmitten meiner Höflinge. Ich nehme mir den Raum, der mir zusteht. Aber warum sind die alle am anderen Ende der Tanzfläche? Mein Lady-Sex-Magnet funktioniert nicht! Sieht fast so aus, als würde er die anderen vertreiben. Das ist gar nicht gut. Los, kommt doch! Könnte bitte mal jemand mit mir tanzen? *Irgendjemand???!!!*
Ja! Ein Mann!
Mein Magnet hat jemanden angezogen. Einen Großen. Und er

kann hervorragend tanzen. So extravagant. Sieht aus, als würde er ins Fitnessstudio gehen. Oooh. Er dreht sich um. Komm, lass dich anschauen. Zeig mir deine Moves. Schau, ich kann so was … und so was …

Er kommt näher. Ja, danke, das reicht jetzt. Er ist extrem groß und etwas zu verschwitzt und etwas zu nah. Und ein bisschen zu kahl außerdem. Nein danke. Nein. Ich drehe mich von dir weg. Tanze von dir weg. Weg, verstehst du?

Oh nein, da ist er schon wieder.

Nein, ich tanze von dir we-heg, du komischer schwitzender Kerl. Weg! Ich bin eine Solo-Tänzerin. Und habe Anspruch auf meinen Platz.

Da ist er schon wieder!

Mayday, Mayday, ich brauche eine Andockstelle! Hilfe! Im Meer der Tanzenden wird ein verlorenes Boot hin und her gepeitscht! Rettet mich! Bitte, so komm doch jemand! Irgendjemand!

»Oh, lieber Gott, Dan!« *Mein Freund! Er hat mich gerettet.*

Er nimmt meine Hand. Er muss ziemlich getrunken haben. Vor unseren Kollegen fasst er mich normalerweise nie an.

»Em«, sagt er. »Wir müssen reden. Willst du noch was trinken?«

»Ja!«, rufe ich. Ich bin wohl einen Hauch zu eifrig.

Er schaut mir in die Augen. »Wir sehen uns auf der Terrasse. Ich hole die Drinks.«

Arthur

Ich hatte ganz vergessen, wie grauenvoll diese Clubs sind.

Nachdem ich Dan habe sitzen lassen, gehe ich pinkeln und stehe sehr, sehr lange am Urinal. Dann laufe ich hinaus auf die Terrasse (falls mich einer der Clubbesucher anschaut, setze ich einfach ein Stirnrunzeln auf, als ob ich nach jemandem suche). Dann gehe ich mangels Alternativen aufs Klo zurück.

Während ich mir die Hände abtrockne, komme ich mit einem

bebrillten Kerl ins Gespräch, der mich für Phil aus der Nachrichtenredaktion hält. Ich kläre ihn nicht auf, sondern unterhalte mich weiter mit ihm, auch, als er mir verrät, dass er in der Buchhaltung arbeitet und ich feststelle, dass er ziemlich lange Nasenhaare hat. Draußen ist die Musik so entsetzlich laut, dass ich nicht hören kann, was Mister Buchhaltung sagt. Wahrscheinlich führen wir die mieseste Unterhaltung in der Geschichte der Unterhaltungen …

»Wo wohnst du?«, fragt er. »Richmond!«, brülle ich. Er nickt. Dann fragt er: »Wo wohnst du?« Ich brülle: »Richmond! In einem Ghetto voller Möchtegern-Schickimickis, die sich alle um eine Schule gruppieren.« Er wartet einen Moment, dann brüllt er: »Und wo wohnst du?« Ich schreie: »Richmond! RICHMOND!!« Plötzlich fühle ich mich seltsam beklommen. Ich sehe mich von außen. Ich bin der Mann vor der Männertoilette, der ununterbrochen »Richmond, Richmond« schreit. Ich muss hier weg. Ich nicke dem Buchhalter höflich zu und gehe wieder die Treppe hinauf, wo ich glücklicherweise auf Em stoße. Gott sei Dank. Ich muss mich vergewissern, dass es ihr gutgeht, dann kann ich verschwinden.

Sie torkelt. Das hatte ich ganz vergessen: Em wird ziemlich schnell betrunken. Außerdem ist sie heute bemerkenswert früh zu jenem Stadium des Abends übergegangen, wo man schamlos stehengelassene Drinks runterstürzt.

Sie packt meinen Arm. »Oh, mein Gott!«, brüllt sie. »Er will mit mir reden!«

»Hey, großartig.«

Sie führt mich zu einem ruhigeren Fleckchen auf der Terrasse.

»Aber sollte ich nicht distanziert wie eine Schlange sein?«

»Doch nur, damit er auf dich aufmerksam wird. Das hat funktioniert. Jetzt will er reden.«

»Okay, also … rede ich.«

»Nein. Nein, nein, nein! Du musst *zuhören*. Ich glaube, er ist willig, aber verängstigt. Geh sanft mit ihm um. Lass *ihn* reden.«
Sie schaut mich wieder mit diesem flehentlichen Blick an. »Aber wovor hat er denn Angst?«
»Er hat Angst, in die Falle zu tappen«, erkläre ich ihr. »Er hat Angst, nicht ewig scharf auf dich zu sein.«
»Aber warum können Männer nicht einfach über ihre Gefühle reden?«
»Weil wir nicht so früh sterben wollen! Wir haben gelernt, dass wir eine Tracht Prügel kriegen, wenn wir die Wahrheit sagen. Also, sei sanft, sei weiblich, sei verständnisvoll. Lass ihn reden. Lass ihn einfach immer weiterreden. Sag: ›Ich weiß. Ich weiß, ja.‹ Und wenn ihr zu Hause seid, wiederhole die magischen Worte: ›Darling, ich liebe dich. Ich will, dass du reich, erfolgreich und frei bist.‹ Und dann leckst du ihm die Eier.«
Em blickt mich schockiert an. »Ehrlich?«
»Ja schon, wenn du ihn wirklich willst! Du wirst vielleicht das Gefühl haben, an einem ungekochten Huhn rumzuschnüffeln, aber er wird im siebten Himmel schweben.«
»Ich dachte, ich bin die Königin. Warum muss ich jetzt die Dienstleistende sein?«
»Weil es genau das ist, was Männer wollen: eine Königin, die sich unterwirft. Sei weiblich. Umsorg ihn. Am nächsten Tag macht er dir einen Antrag.«
»So soll es sein«, sagt sie feierlich. Dann kippt sie irgendeinen fremden Wein hinunter.
»Gut …«, sage ich. »Alles okay mit dir?«
»Ja.«
»Dann gehe ich mal.«
»Das solltest du unbedingt. Kriech auf blutenden Knien zurück nach Hause und fleh Polly um Vergebung an.«
»Mach ich. Und wo ist Dan jetzt?«

»Er holt uns was zu trinken«, erwidert Em. Sie entdeckt einen weiteren herrenlosen Drink und kippt ihn hinunter. »Da kommt er, ich seh ihn. Ich fang ihn ab.«

»Denk dran … sei weiblich und lass ihn reden.«

Sie macht eine ungeduldige Handbewegung. »Ja, ja.« Mittlerweile lallt sie ordentlich.

Em

Ich fühle mich tatsächlich wie eine verruchte, sexy Königin, wenn auch wie eine angesäuselte. Ich habe einen Whisky, und ich habe Dan. Meinen Dan. Den einzigen Mann, den ich je wollte. Das weiß ich jetzt. Ich schiebe zwei Finger durch die Schlaufen seiner Jeans und führe ihn die Treppe hinauf.

Was wird er sagen?

Wir treten auf die Terrasse hinaus und suchen uns ein ruhiges Plätzchen. Dan nimmt sich eine Malboro Light, hält mir auch eine hin (noch so eine Sache, die ich an ihm mag: er raucht!) und zündet sie uns an. Das Erste, was er sagt, ist …

»Also … New York.«

Fast hätte ich entgeistert »Was???« gefragt, aber ich bin ja auf Zack und antworte stattdessen: »Genau. New York.«

»Ich kann kaum glauben, dass du wirklich weggehst.«

»Geht mir auch so«, sage ich. Dann habe ich plötzlich Angst, voreilig zu sein. »Na ja«, füge ich deshalb hinzu. »Ich *glaube* zumindest, dass ich gehe.«

»Und was genau wirst du dort machen?«

»Bei der *Vanity Fair* arbeiten … als Associate Editor.« (Vielleicht sollte ich erwähnen, dass ich ein klitzekleines Problem mit der Aussprache ›Associate Editor‹ habe.)

»Was ist das?«

»Weiß nich' genau.«

»Das weißt du nicht?«

»Na ja, ich glaub, die Amis haben viele Associate Editors. Das ist so was wie ein Vizepräsident. Aber in einer amerikanischen Firma ist man ja schon ein Vize, wenn man nur Tee kocht.«

Hier versandet das Gespräch. Ich nicke noch einmal bekräftigend. Ich finde, ich habe alles über Vizepräsidenten gesagt, was es dazu zu sagen gibt. Dan starrt, die Miene trendmäßig düster, ins Dunkel hinaus. Normalerweise würde ich das Quatschen übernehmen, aber ich halte mich an Arthurs Rat: Lass ihn reden. Abgesehen davon möchte ich wirklich gerne wissen, was er zu sagen hat.

»Em«, beginnt er. »Du und ich haben viel Spaß miteinander.«

»Stimmt.«

»Em …«, sagt er wieder und nimmt dabei sogar meine Hand und sieht mich voller Gefühl an. Gütiger Gott, es passiert tatsächlich. *Er macht mir einen Antrag!* Sei lieb, sei weiblich, lass ihn reden.

»Em«, sagt er ein drittes Mal. »Ich würde gerne mit dir nach New York kommen.«

»Das würdest du?«, frage ich. Dummerweise kiekst meine Stimme ein bisschen.

»Dann könnten wir weiterhin zusammen sein.«

Ich spüre Panik in meiner Brust aufsteigen. Das hier läuft ganz und gar nicht nach Plan.

»Stell dir nur vor, wir testen all die tollen Restaurants, machen zusammen die Stadt unsicher …«

»Nein!«, fauche ich.

»Was?«

Ich will ja sanft sein. Aber leider brülle ich stattdessen: »Du kannst nicht mit mir nach New York kommen!«

Er sieht mich verwirrt an. »Wieso nicht?«

»Weil ich … ähm …« Verdammt, ich versaue das hier. Ich bin total blau. Und wie zur Hölle bin ich bloß in dieses Gespräch reingeraten?

»Em!«, sagt Dan entschieden. »Ich will mit dir kommen.«

»Du kannst aber nicht mitkommen, solange du mich nicht heiratest!«

»Bitte?!«

»Du kannst nicht mitkommen, solange du mich nicht heiratest.«

Nun sieht er mich wirklich verwirrt an. »Aber wieso denn nicht? Bist du Amerikanerin?«

»Natürlich nicht.«

»Ach so. Aber es hat sich angehört, als sei das eine gesetzliche Notwendigkeit.«

»Nein!« Ich hole tief Luft. »Ich … spreche hier nicht von gesetzlichen Notwendigkeiten!«

»Gut.« Dan wirkt ein wenig eingeschüchtert. »Also …«

Ich muss das Gespräch wieder in die richtige Bahn lenken.

Sei sanft, lass ihn reden.

Ich nehme das Heft in die Hand. Ich nehme seine Hand.

»Oder«, sage ich, »ich bleibe, und wir heiraten.«

»Was?«, fragt er.

»Oder«, wiederhole ich und drücke seine Hand, »ich bleibe, und wir heiraten.«

Er legt die Stirn in Falten. »Du verwirrst mich. Gehst du jetzt nach New York oder nicht?«

»Nein.«

»Und wieso nicht?«

»Weil ich … ich die Idee verworfen habe.«

»Verworfen?«

»Genau. Hör zu, Dan. Ich will so nicht mehr weitermachen.«

»Wie denn?«

»Du und ich. So eben.«

»Das weiß ich. Deswegen will ich ja auch mit dir nach New York.«

Jetzt reicht es mir. »Es gibt kein New York«, sage ich.

»Es gibt kein New York!?«

»Nein. Das hab ich bloß erfunden.«

»Du hast New York erfunden?«

Oh, verfickt und zugenäht, er kann doch nicht allen Ernstes glauben, dass ich die Stadt erfunden habe?

»Na ja, also New York existiert eindeutig. Aber den Umzug habe ich erfunden.«

»Aber *warum?*«

»Weil … weil ich nicht mehr einfach so … mit dir zusammen sein will. Ich will heiraten oder mich trennen.«

Er mustert mich lange und prüfend.

Dann sagt er: »Hör mal, ich versteh das einfach nicht. Warum hast du denn …«

Und plötzlich reicht es mir wirklich. Ich will keine Lügen mehr, kein taktisches Lavieren, keine Bluffs. Ich kann es nicht mehr ertragen. Ich schreie ihn an: »Weil ich kein Geheimnis sein will! Und ich will auch nicht ständig abwarten. Ich bin eine Frau, verdammt noch mal. Eine schöne Frau, du blöder Sack. Und ich will ein bisschen verfickte Verehrung. Entweder du machst mir jetzt diesen verfickten Antrag oder du kannst dich verdammt noch mal verpissen!«

Er starrt mich erstaunt an.

In diesem Moment wird mir bewusst, dass ich viel weiter gegangen bin, als ich vorhatte. Wenn es eins gibt, was ich wirklich, wirklich gut kann, ist das von jetzt auf gleich die Taktik ändern. Und genau das mache ich jetzt. »Aber, Dan, Liebling«, sage ich sanft. »Du musst das nicht jetzt gleich entscheiden. Du hast noch bis Freitag.«

»Okay«, erwidert er. Eindeutig noch verwirrter.

Ich packe ihn an seinen Jackenaufschlägen und knutsche ihn. Okay, ich muss zugeben, dass er sich leicht versteift. Er könnte sich jeden Moment von mir losmachen und vorschlagen, noch einen Absacker zu trinken. Aber das lasse ich nicht zu. Ich halte ihn im Schwitzkasten und küsse ihn. Und damit er gar nicht erst auf die Idee kommt, wegzulaufen, plaziere ich meine Hand auf seinem Gemächt, das sich sofort spürbar erhärtet. Ich denke: Yep. Geht doch.

Polly

Einundzwanzig Uhr fünfundvierzig. Ich räume die Spülmaschine aus. Das Programm ist beendet, die Maschine fertig. Beziehungsweise ... sie hat die Essensreste in eine Pampe verwandelt und in die Ecken der Tassen befördert. Wenn Arthur hier wäre, würde er vermuten, dass die Linsen die Wassersprühdüsen verstopft haben, dann das Drehdings rausnehmen und es nachdenklich schütteln. Die Spülmaschine gehört auch in Arthurs Zuständigkeitsbereich. Der Hund. Die Spülmaschine. Die Fahrräder. Alles seins. Oh, und natürlich das Zutatenzerkleinern und der Fleischwolf. Und alles, was mit dem Fernseher zu tun hat. Wenn er verkabelt werden muss, zum Beispiel. Oder wenn wir Filme bei Love Film bestellen. Jetzt gerade stehe ich vor dem Regal und betrachte die DVDs, die er in einem Secondhandladen gekauft hat. *Mein Leben als Hund* ist dabei, *Paris, Texas, Die Regenschirme von Cherbourg, Beim ersten Mal* und *In the Line of Fire*. Eine kleine Karte verweist auf das »Richmond Film Festival, organisiert von Arthur Midgley (Künstler. Leitung)«. Daneben stehen die Bücher, die er mir ausgesucht hat. Okay, ich geb's zu. Er kümmert sich in diesem Haus um alles, was irgendwie mit Unterhaltung zu tun hat. Oh, und um die Schwämme natürlich. Er kauft immer diese Scheuerschwämme – auf der einen Seite grün, auf der anderen rosa. Er wird ganz unruhig, wenn keine mehr im Haus sind.

Oh, Gott. Es ist schrecklich. Er fehlt mir so.

Ich wünschte, er wäre jetzt hier. Er könnte Kleingehacktes anbraten, während er den Geschirrspüler auseinanderbaut und über Schwämme spricht. Das wäre so schön. Sogar den dummen Hund vermisse ich. Ich habe mich so an Mrs. Thompson gewöhnt – an ihr wildes Gekläffe, wenn jemand an der Tür klingelt, ihre Wahnvorstellung, es könnten Katzen in den Garten kommen –, dass das Haus ohne sie furchtbar still ist. Ihr Körbchen steht leer in einer Ecke. Traurig betrachte ich ihr lappiges Kissen, den Futternapf und den Quiek-Igel, den Arthur ihr zu Weihnachten gekauft hat. Mit einem Mal habe ich ein derart schlechtes Gewissen, dass mir übel wird. Da diskutieren und zanken Arthur und ich uns darüber, wer was tun soll und wer wen liebt, und der arme, liebe, dumme Hund macht bei all dem Blödsinn nicht mit. Mrs. Thompson liebt uns, obwohl wir gar keine Hunde sind! Und ich liebe sie auch. Ich liebe es, dass sie wie ein Staubsauger unterm Tisch nach Krümeln sucht. Ich liebe es, dass sie immer zu uns ins obere Stockwerk kommt, wenn wir den Kindern etwas vorlesen. Ich wünschte, sie läge wie ein übergroßer Zugluftdackel dort drüben auf dem Boden. Was soll ich bloß tun? Es fühlt sich an, als hätte man mein Herz in der Mitte auseinandergerissen.

Das Telefon klingelt.

Arthur!

Wie wunderbar! Es ist so herrlich beruhigend, einen Mann zu haben, der in regelmäßigen Abständen daheim anruft. Aber – Herrgott – reicht das, um eine Ehe weiterzuführen?

»Hallo?«, sage ich und lehne mich gegen die Küchentheke.

»Hallo«, antwortet Arthur. »Alles okay bei dir?«

»Ja, alles klar.«

Ich weiß sofort, dass er gute Laune hat. Es ist gar nicht wichtig, was er sagt. Er ist einfach nur lieb, und auf einmal fühlt es sich an, als ob die Sonne scheint und der Kühlschrank pickepacke voll ist.

»Hör zu«, sagt er. »Tut mir leid, dass ich gestern so sauer war. Ich liebe dich.«

»Mir tut es auch leid. Bitchin ist kein Schimpfwort, und das war mir gestern auch schon klar.«

»Danke«, sagt er. »Ich fühle mich viel besser, jetzt, wo du das gesagt hast.«
Ich bin mit dem Telefon ins Wohnzimmer gegangen und blicke in den Spiegel. Ich sehe gut aus. Ich sehe gut aus, und mein Mann ist zurück.
»Ich habe heute den ganzen Tag für Em gearbeitet, und sie zahlt mir fünfhundert Pfund dafür.«
»Ehrlich?«, sage ich. »Gut gemacht.«
»Ja, schon. Aber es sind nicht die sechshundert, die du verlangt hast.«
»Macht nichts.« Ich weiß nicht genau, wie ich mich jetzt verhalten soll. Muss ich noch sauer sein? Aber ich freue mich so, seine Stimme zu hören. »Wo bist du denn jetzt?«, frage ich.
»In einer Bar neben Ems Verlagshaus.«
»Oje. Dann brauchst du ja ewig, bis du hier bist. Beeil dich.« Habe ich das gerade wirklich sagen wollen? Ja, ich glaube schon.
»Oh«, gibt Arthur zurück, und seine Stimme klingt deutlich aufgehellt. »Dann kann ich also nach Hause kommen?«
Ich lache leise. »Arthur. Es ist *dein* Haus.«

Arthur
Ich kann gar nicht sagen, wie gut das tut.
Ich muss nicht ausziehen. Ich muss nicht bei Mrs. Hennessy wohnen und mich von ihrer Familie verabscheuen lassen und keine Anwälte für das Sorgerecht bemühen und nicht das Leben meiner Kinder ruinieren. Ich kann wieder nach Hause gehen.
»Polly?«, sage ich.
»Ja.«
»Ich liebe dich.«
Pause.
»Ich liebe dich sehr, Polly.«

Polly

Schweigen.

Ich setze mich aufs Sofa. Jetzt bin ich dran, »Ich liebe dich« zu sagen. Aber plötzlich fühle ich mich wie meine Mum. Vielleicht bin ich auch einfach keine besonders emotionale Person. Ich kann das jetzt nicht aussprechen.

»Polly«, sagt er wieder. »Ich liebe dich.«

»Tust du das?«

»Ja. Ich liebe jedes Knöchelchen in deinem Fuß. Jede Liste in deinem Kopf. Ich liebe dich.«

Wieder die erwartungsvolle Pause.

Ich kann's noch immer nicht. Eigentlich fürchte ich mich sogar davor. Ich will ihn ja zurück. Aber ich will auch am Freitag zu James. Hier geht es nicht nur um den Auftrag. James hat mir etwas Neues geboten, ich hatte Schmetterlinge im Bauch. Und schließlich heißt es doch immer: Man bereut nur, was man nicht tut. Wenn Arthur jetzt nach Hause kommt, stecke ich für immer in der Obstschale fest.

»Liebling«, sage ich. »Komm nach Hause.«

»Mach ich.«

»Komm sofort nach Hause«, sage ich. »Und kauf auf dem Weg keine Schwämme mehr.«

Er lacht.

»Mach ich nicht. Oh … warte mal eben. Em will dir was sagen.«

»Okay.«

Em hält sich das Handy ans Ohr. »Hallo, Pollyschatz«, sagt sie. Sogar für ihre Verhältnisse klingt sie bemerkenswert betrunken.

»Hallo, Em.«

»Hallo, meine Liebe.«

Sie spricht viel zu laut. Ich halte mir das Telefon vom Ohr weg.

»Hast du dir ein paar Drinks genehmigt?«, frage ich.

»Nur so ein, zwei. Hör zu, ich will, dass ihr wieder zusammenkommt. Wieso fahrt ihr am Freitag nicht beide mit?«
»Was?«
»Dann seid ihr dabei, wenn Dan sagt, ob er mich heiraten will.«
»Wo ist Dan?«
»Er … er holt uns was zu trinken.«
»Ach ja?«
»Ja. Ich versuche, ihm ein bisschen Luft zum Atmen zu lassen. Dein Mann hat mir das erklärt … Arthur. Der ist brillant, dein Mann. Er hat gesagt, ›Sei sanft und rede …‹ Ach nee, Moment. Er hat gesagt: ›Sei sanft …‹, äh, ›sei sanft …‹«
»Danke, ich hab's kapiert. Klingt wirklich brillant.« Beziehungsweise debil.
»Genau«, antwortet Em zufrieden. Wenn sie betrunken ist, hat sie keinen Sinn für Ironie. »Brillant«, wiederholt sie. »Ihr zwei habt Streit?«
»Ja, haben wir.«
»Weil er meine Brust geleckt hat? Tut mir echt leid.«
Stille. Eine schreckliche Stille. Ich fühle mich, als hätte man mir einen Tritt in die Magengrube verpasst.
»Was hast du gerade gesagt?«, frage ich.
»Ich … gar nichts.«
Mir wird schlecht.
»Was hast du gesagt?«, wiederhole ich.
»Nichts!«
»Em«, sage ich sehr laut. »Hat Arthur deine Brust geleckt?«
»Entschuldige mal, Polly. Spinnst du? Ich habe nie …«
»Hat er oder hat er nicht?«
»Ja. Hat er. Ein bisschen. Aber es ist alles okay. Er liebt dich und …«
»Wie, bitte schön, soll alles okay sein, wenn er dir die Brust geleckt hat? Und wie um Himmels willen ist es dazu gekommen?«

»Na ja, er … ist heute Nachmittag zu mir ins Büro gekommen, und wir haben … wir haben geredet, und er war traurig wegen dir und hat erzählt, dass er nicht mehr so traurig gewesen ist, seit er sechzehn war, und …«

»Und wieso hat er dir die Brust geleckt?!«

»Nicht die ganze. Nur den Nippel.«

»Aber *wieso?*«

»Er hat mir erzählt, was Männer wollen … wir sollen wohl nicht so viel reden. Und er meinte, ich soll still sein, und er würde die Führung übernehmen … und da hab ich mir irgendwie … die … Bluse … Na ja, dann hat er für den, ähm … Bruchteil einer Sekunde meine Brust geleckt, aber es war … wie unter Freunden.«

»Wie unter Freunden?!«, kreische ich entgeistert. »Freunde lecken sich nicht die Brüste.«

»Lesben schon. Und die sind ja auch befreundet.«

Eine tödliche Stille macht sich breit. Ich hasse sie. *Ich hasse sie.* Noch nie bin ich mir so verraten vorgekommen.

Dann meldet sich Em wieder zu Wort: »Hör zu, es tut mir leid, aber dein Mann ist toll, und er liebt dich, und ihr müsst einfach wieder zusammenkommen.«

Ich antworte nicht. Ich glaube nicht, dass ich schon mal so wütend war. Doch das scheint Em nicht zu verstehen.

»Wir sehen uns dann Freitagabend, Schatz«, sagt sie.

Ich schneide ihr das Wort ab. »Kannst du Arthur etwas von mir ausrichten?«

»Natürlich, Liebchen, mach ich.«

»Dann sag ihm, er soll es ja nicht wagen, nach Hause zu kommen, sonst leg ich ihn um!« Damit schalte ich das Telefon aus und schleudere es mit aller Kraft gegen die Wand.

Arthur

Em hat sich ein ganzes Stück von mir wegbewegt, während sie mit Polly telefoniert hat, aber sogar aus der Entfernung kann ich erkennen, dass etwas schiefgelaufen ist. Schuldbewusst blickt sie sich nach mir um.

Ich gehe zu ihr. »Was ist los?«, frage ich.

»Hi«, erwidert Em. Meine Güte, sie ist wirklich betrunken. »Tut mir leid, Arthur. Ich soll dir ausrichten, dass du doch nicht nach Hause kommen kannst.«

»Und wieso nicht?«

»Ich habe Polly erzählt, was heute passiert ist. Drüben. Das mit dem Nippellecken.«

Oh, mein Gott. »Aber … warum?«

»Ich wollte das gar nicht. Tut mir echt leid, Arthur. Ich …«

Mein Magen zieht sich zusammen, und ich empfinde etwas, das ich seit meiner Schulzeit nicht mehr empfunden habe: das Gefühl, richtig in Schwierigkeiten zu stecken. Und wie immer sind die Schwierigkeiten scheinbar aus dem Nichts aufgetaucht. Was zum Geier habe ich getan? Und dann auch noch ausgerechnet mit Em!

»Oh, Gott«, sage ich. Langsam dämmert mir das ganze Ausmaß der Katastrophe. Polly wird ausrasten.

»Mach dir keine Sorgen«, meint Em, berührt meine Wange und nimmt mich bei der Hand. »Komm, lass uns noch ein bisschen tanzen.«

Ich weiß ja, dass Em Journalistin ist, aber das hier kann ich einfach nicht fassen. Sie scheint sich weder zu schämen noch Reue zu empfinden. Als ich mich von ihr loseise, geht sie zurück in den Club.

Ich bleibe draußen auf der Terrasse. Selbst in meinem momentanen Schockzustand begreife ich, was gerade passiert ist: Meine Ehe ist vorbei.

Die Minuten verstreichen. Ich stehe auf der Terrasse und blicke in die Ferne, bis ich merke, dass mich ein paar Leute anstarren, als überlegten sie, die Männer mit den weißen Kitteln zu rufen. Das ist das Vertrackte an dieser bescheuerten Welt: Du musst immer so tun, als sei alles in bester Ordnung, selbst wenn deine Frau dir gerade den Laufpass gegeben hat und du nicht weißt, wo du die Nacht verbringen sollst. Ich brauche Hilfe.

Die Leute glotzen.

Ich hole mein Handy hervor und tue so, als würde ich eine SMS schreiben. Neben mir steht eine Frau, die dasselbe tut. Allerdings tippt sie wirklich, und das auf einem eleganten, schmalen iPhone. Die Frau ist rothaarig, sehr schön und schätzungsweise Ende vierzig.

Sie blickt auf. »Arthur?«, fragt sie.

Ich nehme sie genauer in Augenschein und merke, dass es sich um Greta handelt. Oh, mein Gott. Ich bin zwar immer noch erschüttert, aber hallo?! Das ist Greta!

Mittlerweile hat sie keine langen Rockstar-Locken mehr. Ihr Haar ist glatt und liegt am Kopf an. Seit unserer letzten Begegnung hat sie zugenommen. Früher war sie schlank und athletisch, jetzt ist sie runder, ein wenig mehr wie Mutter Erde – die hübscheste Mutter Erde, die ich je gesehen habe. Sie trägt ein tailliertes, cremefarbenes Kostüm und wirkt sogar noch attraktiver als früher.

»Greta!«, sage ich.

»Dass ich dich hier treffe! Großartig!«, ruft sie. Als sie mich küsst, umweht mich ihr teures Parfum. »Was machst du denn hier?«

Ähm, tja. Warum bin ich noch mal hier? Ist schon ein bisschen her, seit ich eingetrudelt bin. »Ich habe ein paar Artikel für *Lifestyle* geschrieben. Zum Thema *Learn Love in a Week.*«

»Oh, mein Gott. Du bist Arthur *Midgley!* Ich habe sie gelesen und fand sie großartig!«

»Wirklich?«

»Wusstest du, dass ich nächste Woche als Gastredakteurin bei *Lifestyle* arbeite?«

»Davon habe ich gehört.«

»Morgen diskutieren wir ein paar Vorschläge. Ich werde den anderen sagen, dass ich mehr Midgley will.«

»Klasse.«

Sie starrt mich unverhohlen an. Wenn Engländer einen Blick wechseln, tun sie das rasch und flüchtig. Wir wollen nicht durchschaut werden. Greta hingegen ist souveräner. Sie ist Amerikanerin. Sie schaut mich wirklich an. Und ich sie. Alles geschieht aus einem Grund, denke ich. Warum zur Hölle ist sie dann ausgerechnet hier, auf dieser Terrasse?

»Ich freue mich auf die kommende Woche«, sagt sie. »Morgen habe ich allerdings zwei Probleme.«

»Und welche?«, frage ich. Es fällt mir nicht leicht, die sich überstürzenden Ereignisse zu verarbeiten. Ich komme mir vor wie in einem Traum.

»Oh, ich arbeite für *Daybreak*, und wir brauchen für morgen früh um halb sechs noch einen Gast.«

»Du musst einen Gast finden, der gewillt ist, um halb sechs Uhr morgens im Fernsehen aufzutreten?«

»Schätzchen, der Gast ist nicht das Problem. Die Kinderbetreuung schon viel eher. Aber mir wird schon etwas einfallen. Jedenfalls … Mein Gott, Arthur! Was hast du nur die ganzen … na ja, zehn Jahre gemacht?«

»Ähm.« Ich versuche, mich zu erinnern. »Ich habe drei Kinder in die Welt gesetzt und mich um sie gekümmert.«

»Nein! Du bist ein … wie sagt man dazu? Ein Hausmann?«

»Ich bevorzuge den Ausdruck ›Trophäenmann‹.«

Greta brüllt vor Lachen. »Ach, es ist wunderbar!«, ruft sie. »Wie sich im Leben alles fügt. Weißt du, was ich für *Daybreak* suche?

Einen Mann, der sich zu Hause um die Kinder kümmert. Würdest du bitte, bitte darüber nachdenken, morgen früh zu kommen? Es sind nur fünf Minuten Sendezeit, und du kriegst hundert Pfund dafür.«

Ich fühle mich etwas überrannt, stelle aber fest, dass ich mein Tagesziel erreicht habe: Ich habe sechshundert Pfund verdient.

»Na gut«, antworte ich. »Und was soll ich sagen?«

»Bloß nichts Tiefgründiges. Erzähl von den Freuden der Kindererziehung. Warum Männer Spaß daran haben können. Warum sie besonders gut dafür geeignet sind. Du wirst das super hinkriegen.«

»Wenn du meinst.« Ich bin mir nicht sicher, ob ich der Mann für Liveshows bin – aber vielleicht ja doch. »Und du bist sicher, dass ich prominent genug für euch bin?«

»Natürlich. Du bist Arthur Midgley, der Autor von *Learn Love in a Week*, der neuen Smash-Hit-Kolumne.«

Sie lächelt. Ich kann es nicht glauben. Plötzlich ist Greta Kay zurück in meinem Leben. Vielleicht gibt es doch noch Hoffnung.

»Mein zweites Problem ist, dass mein Kindermädchen morgen zum Arzt muss.« Sie sieht mich fragend an. »Du könntest mir nicht … zufällig helfen?«

»Wie meinst du das?«

»Na ja, könntest du morgen früh auf meinen Sohn aufpassen, während ich im Meeting bin?«

Ich blicke sie fassungslos an. Natürlich würde ich alles tun, um in ihrer Nähe zu sein. Immerhin sprechen wir hier von Greta Kay, der Frau meiner nächtlichen Phantasien. Gleichzeitig ist mir durchaus klar, dass ich als Ersatz-Au-pair herhalten soll. Und wenn ich zusage, bin ich dann hilfsbereit oder unterwürfig? Andererseits will sie mich ja als eine Art Experte für Kinderbetreuung im Fernsehen unterbringen. Sollte ich da nicht eine gewisse Leistungsbereitschaft demonstrieren?

»Ich würde mich freuen«, antworte ich also.

»Du bist der Größte! Das Meeting ist für elf Uhr angesetzt. Nach deinem Auftritt bei *Daybreak* bestelle ich dir einen Wagen, der dich zu mir bringt, dann kannst du ein, zwei Stündchen auf den Kleinen aufpassen, in Ordnung?«

»Ähm … ich müsste über Nacht bleiben.«

Das ist mir rausgerutscht, bevor ich darüber nachdenken konnte. Greta sieht mich überrascht an.

»Nein, nein, bitte versteh mich nicht falsch«, stammle ich. »Ich habe nicht versucht, dich anzubaggern. Ich … ich muss nur irgendwo unterkommen.«

Ach du Schande. Das hat's jetzt wohl nicht besser gemacht. Eben war ich noch ein TV-Experte. Jetzt bin ich obdachlos. Zum Glück fängt Greta an zu lachen.

»Und wieso kannst du nicht nach Hause?«, fragt sie.

»Ich hatte Streit mit meiner Frau, und sie hat mich vor die Tür gesetzt.«

»Oh, Arthur, ich *liebe* dich«, ruft sie. »Du bist immer für ein Drama gut! Natürlich kannst du bei mir übernachten, ich habe viel Platz. Dann holt dich der Wagen eben morgen früh bei mir ab, fährt dich zum Sender und bringt dich danach wieder zurück, damit du auf Tyrone aufpassen kannst.«

Wir sehen uns in die Augen, in ihrem Blick die uralte Weisheit der Berge.

Sie lächelt. »Sollen wir gehen?«

»Ja«, antworte ich.

Em

Wo ist Dan? Wo ist mein Drink? Ich weiß nicht weiter. Ich brauche Hilfe.

Arthur

Greta hat einen Bentley, der draußen auf sie wartet, und außerdem einen Kerl namens Bernard, der nur dazu da ist, sie nach Hause zu fahren. Die Rückbank ist aus weißem Leder, die Tür schließt sich mit einem sanften Klicken hinter mir. Greta steigt links von mir ein. Zuerst kommt ihr Hinterteil, dann der ganze Rest. Langsam dreht sie sich zu mir. »Also?«, fragt sie.

Es ist, als wären wir nie getrennt gewesen. Eine angeregte Unterhaltung entspinnt sich.

Sie hat geheiratet, kurz nachdem ich sie das letzte Mal zu Gesicht bekommen habe. Einen kanadischen Radrennfahrer, der noch vor acht Jahren weltberühmt war, die Tour de France gewonnen und einen Bestseller geschrieben hat, in dem er Gott als Grund für seinen außergewöhnlichen Erfolg anführte. Leider stellte sich später heraus, dass doch eher exzessives Doping dafür verantwortlich war. Er und Greta sind inzwischen geschieden.

»Das tut mir leid«, sage ich.

»Schon okay«, erwidert sie. »Ich bin gerne Single.« Sie schaut mir in die Augen. Der Vorfall mit Em hat etwas in mir ausgelöst. Ich spüre, wie mein kleiner Soldat in Gegenwart der Generalin in Habachtstellung geht. »Weil ich meine Arbeit sehr ernst nehme. Das muss man, wenn man Erfolg haben will. Hin und wieder arbeite ich bis zwei Uhr nachts.«

»Aber …«, stottere ich, » … fehlt dir denn nicht manchmal ein Mann in deinem Leben?«

»Oh«, sagt sie, und ein träges Lächeln huscht über ihr Gesicht (ich glaube, das ist der Schlüssel zu ihrem außerordentlichen Charisma – dass sie sich für alles Zeit lässt, sogar fürs Lächeln). »Wenn man ein bisschen Geld und schöne Brüste hat, kriegt man immer einen Mann ab, wenn auch nicht unbedingt den besten.« Ihr Lächeln wird breiter. »Ist das nicht ein schöner Satz? Ich sollte ihn vertonen lassen und eine Zweitkarriere als Sängerin starten.«

Mein lieber Herr Gesangsverein, ist die unverfroren. Fast ein bisschen zu unverfroren für meinen Geschmack. Gleichzeitig wird mir etwas klar: Alles geschieht aus einem bestimmten Grund. Ich sitze mit der Frau meiner Träume in einem Auto. Sie ist Single, ich bin Single, und sie flirtet mit mir. Ich habe das Gefühl, als würde jeden Moment etwas Sexuelles passieren. Tut es aber nicht. Tut es nicht. Greta redet, und ich höre zu. Ich bin immer noch angespannt wegen der Sache mit Polly. Gleichzeitig fühle ich mich wie eine Schnecke, die man mit Gewalt aus ihrem Haus geholt hat: nackt, schutzlos und hypersensibel. Ich schaue in Gretas nussbraune Augen und versuche, mich nicht in sie zu verlieben.

Es gibt nur eine Möglichkeit. Die vollständige physische Vereinigung.

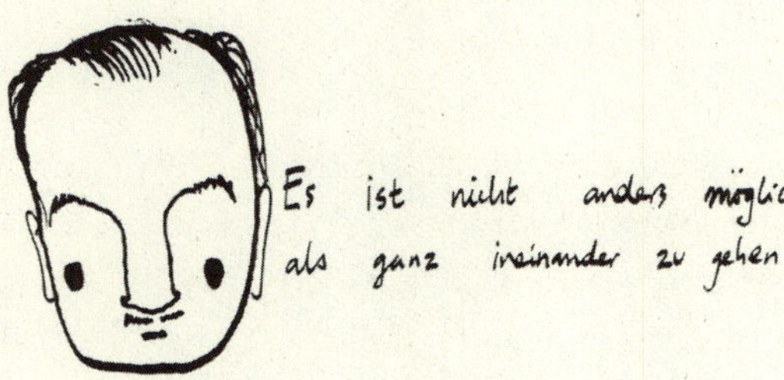

Donnerstag

Learn Love in a Week – der Online-Kurs, der Ihr Leben verändert.

Fünfter Tag: Viele Beziehungen werden durch Ammenmärchen getötet. Ein beliebtes Beispiel: »Ich kann erst glücklich werden, wenn wir in Spanien leben.« Oder: »Ich brauche unbedingt ein Kind.« Was brauchen Sie unbedingt? Geld, Ruhm, ein großes, sauberes, neues Haus, Kinder, den einen, besonderen Menschen, der zu Ihnen zurückkommen soll? Was ist Ihr Ammenmärchen? Ziehen Sie es wie einen Wurm aus der Erde und schauen Sie es sich genau an.

Challenge des Tages: Gestehen Sie sich Ihr Ammenmärchen ein und stellen Sie sich vor, wie Sie Ihren Traum verwirklichen. Verharren Sie dabei nicht beim ersten Erfolgsmoment – dem Sex, dem gemeinsamen Wiedersehen, der Entschuldigung –, sondern denken Sie fünf Jahre weiter, an eine Zeit, wo Sie sich längst an Ihr Traumhaus, Ihren Traumpartner und Ihren Ruhm gewöhnt haben. Beginnen Sie den Satz mit »In fünf Jahren bin ich …« und schreiben Sie zehn Minuten lang alles auf, was Ihnen dazu einfällt.

Hausaufgabe des Tages: Schauen Sie sich die Liste mit den Dingen an, die Sie erreichen wollen. Überlegen Sie, was davon Sie jetzt schon in die Tat umsetzen können. Vielleicht sehnen Sie sich nach einem Leben in Spanien, weil Ihnen dabei einfällt, wie Sie frischen Orangensaft trinken und durch einen Geraniengarten wandeln. Nun, den Saft und die Geranien können Sie sich jetzt schon mal besorgen.

Vielleicht werden Sie auch feststellen, dass Sie manche Dinge doch nicht so dringend brauchen, wie Sie dachten. (Sogar Spanier sind hin und wieder unglücklich, und Leute mit Kindern manchmal sogar extrem genervt.) Aber vielleicht wollen Sie wirklich nach Spanien.

Also gehen Sie! Fahren Sie hin und werden Sie glücklich!

Em

Ich liege auf meinem Bett und schlage die Augen auf. Die Uhr an der Wand zeigt an, dass es vier Uhr achtzehn ist.

Mir wird schlecht.

Ich beuge mich über den Rand meiner Matratze. Da steht eine Plastikschüssel. Das Licht geht an. Ich drehe den Kopf. Malcolm.

Oh, Gott.

»Hey«, sagt er.

»Was …«, beginne ich, kann aber nicht weitersprechen. Mir ist schlecht.

Er eilt herbei, hält die Schüssel hoch und mir die Haare aus dem Gesicht. Als ich fertig bin, reicht er mir ein paar Taschentücher und geht wieder.

Ich wische mir übers Gesicht, kippe den Inhalt der Schüssel in die Toilette und wasche mich.

Als ich ins Wohnzimmer komme, sitzt Malcolm auf dem Sofa. Er trägt noch seine braune Jacke mit dem Fellimitat-Kragen und hat eine Tasse, einen Teller und meinen Laptop vor sich stehen.

»Sei froh, dass es raus ist«, meint er fröhlich.

»Malcolm! Was zum Geier machst du da?«

Er lächelt. »Ich checke meine E-Mails.«

Ich blicke auf die Uhr. »Es ist vier Uhr achtundzwanzig in der verfickten Früh!«, sage ich.

»Weiß ich«, sagt er. »Kein Mensch antwortet auf meine Nachrichten.«

Ich bin etwas verwirrt. Bin ich noch betrunken? Ein bisschen schon. Und bevor ich eingeschlafen bin, war ich sehr betrunken. Ich weiß nicht mal mehr, was ich den ganzen Abend lang gemacht habe.

Oh, mir wird schon wieder schlecht. Ich renne zurück ins Badezimmer, doch es war falscher Alarm. Ich beuge mich über die Kloschüssel und rufe »Oooooooaaaaaaoooooh« hinein, als wollte ich mit jemandem am anderen Ende des Abflusses Kontakt aufnehmen. Dann betrachte ich mich einen Moment im Spiegel. Mein Eyeliner ist quer über mein Gesicht verteilt, das Haar steht mir ziemlich wild vom Kopf ab, aber eigentlich sehe ich ganz okay aus. Ich mache mir einen Pferdeschwanz und putze mir die Zähne. Dann gehe ich ins Wohnzimmer zurück.

»Lass es mich noch mal versuchen«, sage ich. »Was *tust* du hier?«

»Ich überlege, was ich am Samstag mit den Kanus machen soll«, beginnt er. »Ich hatte sie Polly und Arthur angeboten, aber sie haben noch nicht endgültig zugesagt. Jetzt überlege ich, ob ich sie nicht beide an die Lea-Valley-Pfadfinder verleihen soll.«

Wieso spricht er über Kanus? Das muss aufhören.

»Die haben schon zwei Kanus«, fährt er fort. »Und brauchen noch zwei.«

Ich raste aus. »Malcolm!«, brülle ich. »Hör auf, über irgendwelche dämlichen Boote zu reden!«

Malcolm wirkt etwas überrascht. Trotzdem mustert er mich immer noch mit diesem glücklichen Ausdruck auf dem Gesicht.

»Warum bist du hier?«, frage ich.

Lieber Gott, ich hoffe, er hat eine verdammt gute Erklärung.

»Na ja«, antwortet er. »Eigentlich dachte ich, dass Arthur bei mir übernachten würde. Also bin ich zur Diamond Lounge gefahren, um ihn zu suchen. Dort habe ich dich gesehen und beschlossen, dich nach Hause zu bringen.«

Ich weiß nicht, wo ich anfangen soll. »Du …«, beginne ich. »Wie in Gottes Namen bist du auf die Idee gekommen, dass ich nach Hause gebracht werden muss?«

Die Frage irritiert ihn kein bisschen. »Also, zum einen, weil du an einem Laternenpfeiler hingst. Ich habe nach dir gerufen, aber du hast mich nicht erkannt. Das war schon mal das erste Anzeichen für ein Problem. Dann bist du wie ein kleiner Fuchs auf allen vieren zum Mülleimer gekrochen. Ich dachte, okay, bitte, vielleicht will sie ja nach Hause krabbeln. Aber dann bist du auf dem Weg eingeschlafen. Also habe ich dich eingesammelt und in den Van gesetzt.«

»Aha.«

»Unglücklicherweise musstest du dich ein paarmal übergeben.«

»Ist … ist der Van okay?«

»Oh ja, dem Van geht's gut, danke«, erwidert Malcolm zufrieden. Mir ist schon aufgefallen, dass er, aus welchem Grund auch immer, gerne über seinen Wagen spricht. »Ich hatte zufällig eine Plastikplane ausgebreitet. Und zum Glück wusste ich auch, wo ich hinfahren muss. Ich habe deinen Schlüssel gefunden, dich die Treppe hochgetragen und in stabiler Seitenlage aufs Bett gelegt.«

»In stab…«

»Ich war mal Krankenpfleger.«

»Im Ernst?«

»Ja, aus dieser Zeit habe ich noch viele Freunde!«, antwortet Malcolm stolz. »Und die meisten habe ich kennengelernt, nachdem ich sie in die stabile Seitenlage gebracht hatte.«

»Aber … Moment. Wann genau hast du mich denn nach Hause gebracht?«

»Vor zirka zwei Stunden«, antwortet er.

Mein Schädel beginnt zu pochen. »Und … was hast du die vergangenen zwei Stunden gemacht?«

»Dein Fenster repariert.«

Tatsache. Er hat mein Fenster repariert.

»Malcolm«, setze ich wieder an. »Zunächst mal: Danke, dass du mich nach Hause gebracht hast. Das war sehr nett von dir. Wobei ich es etwas merkwürdig finde, dass du danach einfach … geblieben bist.«

Malcolm grinst. »Wenn du es so sagst, klingt es wirklich ein bisschen merkwürdig. Aber ich war auch angetrunken und habe mir deshalb noch rasch einen Kaffee gemacht.«

»Du hast dir Kaffee gemacht?«

»Und Toast.«

»Malcolm.«

»Und dann habe ich deinen Computer gesehen und gedacht, dass ich mal schnell in mein Postfach schauen könnte. Ich habe da so eine Business-Idee am Laufen, die erstaunlich gut funktioniert.«

Dazu sage ich lieber nichts. »Du hast nicht zufällig Dan gesehen, als du mich aufgelesen hast?«

»Nein. Ich wollte mich in der Diamond Lounge umgucken, aber die hatte schon zu.«

Ich denke an gestern Nacht. Ich weiß, dass ich sehr, sehr viel Alkohol zu mir genommen habe. Ich kann mich vage erinnern, getanzt und Dan angebrüllt zu haben. Danach verschwimmt alles im Nebel. Aber mir ist klar, dass Dan offenbar … gegangen ist und mich einfach zurückgelassen hat. Der Gedanke tut mehr weh, als man meinen sollte.

»Malcolm«, sage ich. »Ich habe Dan am Montag gefragt, ob er mich heiraten will.«

»Tatsächlich?«

»Und gestern Nacht ist er einfach nach Hause gegangen, obwohl ich zu besoffen war, um geradeaus zu gucken. Nicht besonders toll, oder?«

»Na ja, auf den ersten Blick nicht, aber … vielleicht musste er dringend telefonieren oder so was.«

»Oh, Gott«, sage ich.

»Was ist?«

»Ich bin vierunddreißig, Malcolm! Ich werde alt! Ich bin geldgeil und egoman, und das fällt langsam auf.«

Malcolm sieht mich freundlich an. »Em«, sagt er. »Sei nicht so hart zu dir. Du bist wunderbar.«

»Ich habe dellige Oberschenkel.«
»Herrgott noch mal!«, erwidert er. »Würdest du dich bitte mal ansehen? Du wirst noch mit vierundsechzig atemberaubend attraktiv sein.«
»Meinst du?«
»Selbst wenn ich mir vorstelle, dass du vierundsiebzig bist, denke ich immer noch: ›Och, nichts dagegen.‹«
»Das sagst du doch nur so!«
»Außerdem: Wenn du deinen Schatz liebst, mach dir keine Gedanken darüber, wer wie sexy ist. Konzentrier dich darauf, ihn zu *kennen.*«
»Was soll das heißen?«
»Keine Ahnung. In der Liebe geht es nicht nur darum, den anderen regelmäßig zu sehen. Das Wunder geschieht, wenn du versuchst zu fühlen, was er fühlt. Zum Beispiel, wenn man sich berührt und nicht mehr weiß, wer wer ist und wer wen berührt … als wärst du gar nicht mehr du, sondern eine Einheit mit ihm. Man *ist* zusammen, und es ist großartig …«
Bis eben habe ich noch auf dem Wohnzimmerboden gesessen und Malcolm zugehört, doch jetzt krieche ich auf allen vieren zu ihm hinüber und küsse ihn.

Arthur

Ogottogottogott. Gleich bin ich im Frühstücksfernsehen.
Dabei gucke ich das nicht mal. Ich meine, ich hab's natürlich schon mal gesehen, aber vor einer ganzen Weile. Ich erinnere mich an hell erleuchtete Studios, in denen Männer mit gebräunten Gesichtern und maßvoller Freude über einen neuen Joghurt reden. Was eigentlich nicht allzu schwer sein sollte.
Aber jetzt, wo ich selbst vor die Kameras soll, finde ich es doch nicht mehr so leicht.
Ich wache um fünf Uhr in Gretas Gästezimmer auf. In null Kom-

ma nichts bin ich an der Haustür, vor der ein Wagen mit einem Mann in Uniform wartet, der wie ein KGB-Offizier aussieht. Er fährt mich zu den Studios, wo ich es mit einer wahren Flut blondgesträhnter Ladys zu tun bekomme. Zum einen gibt es da die Empfangsdame, dann die Dame am Fahrstuhl und außerdem noch eine Produzentin namens Barbara, die sich vergewissert, dass es mir gutgeht. Ach ja, und dann ist da noch die Frau in der Maske, die mir eine dicke Make-up-Schicht samt Eyeliner ins Gesicht kleistert, was mich etwas beunruhigt. Soll ich wirklich mit so einer Pampe im Gesicht über meine Rolle als Hausmann und Vater referieren? Werden sich die Zuschauer da nicht fragen, wer diese Tunte ist, die sich über Kindererziehung auslässt? Aber ich protestiere nicht. Das passiert immer häufiger in meinem Leben – ich halte einfach den Mund.

Zwei Tage war ich nicht mehr zu Hause, und schon habe ich jede Orientierung verloren. Ich weiß nicht mehr, was normal ist. Ob ich nervös sein sollte.

Sollte ich nervös sein?

Herr im Himmel, JA! Gleich werde ich landesweit im Fernsehen zu sehen sein und habe keinen Schimmer, was ich sagen soll. Okay, jetzt bin ich nervös.

Man führt mich in den Green Room, wo ich wieder auf eine blondgesträhnte Lady treffe. Sie bietet mir einen Kaffee an. Auf der Suche nach einem Platz schiebe ich mich an einem amerikanischen Popstar vorbei. Ich habe keine Ahnung, wer das ist, aber er trägt eine dunkle Sonnenbrille und einen weißen Smoking, also ist er entweder ein Popstar oder mittelschwer benebelt. Gedehnt höre ich ihn sagen: »Als ich bei den Emmies gesungen habe …« Ich versuche, noch mehr aufzuschnappen, doch leider übertönt ihn ein bemerkenswert selbstbewusster Lobbyist namens Andrew Richmond, der sich erst vorstellt und sich dann an seinen Nebenmann wendet: »Gegen Windenergie gibt es vier

Hauptargumente …« Ich fange sofort an, mir vier Hauptargumente gegen Andrew Richmond auszudenken, während ich mich gleichzeitig verzweifelt frage, über was in aller Welt ich reden soll. Es muss etwas Bedeutungsvolles sein.

Über dem amerikanischen Popstar hängt ein Bildschirm, auf dem das *Daybreak*-Team über Afghanistan diskutiert. Gerade wird der »ehemalige Befehlshaber britischer Streitkräfte« interviewt. Herrje, ist das alles hier hochqualifiziert. Und ich weiß im Grunde genommen überhaupt nicht, wovon ich rede.

Die ehemalige Vizepremierministerin betritt den Raum, was mich irgendwie tröstet. Ich mag sie. In ihren flachen Schuhen sieht sie reizend und ein bisschen muttchenhaft aus. Andrew Richmond verstummt und scheint zu überlegen, ob er sie in Sachen Windparks auf seine Seite ziehen soll. Ich glaube, sie spürt das, denn sie weicht ihm aus, setzt sich neben mich und wirft mir einen mitfühlenden Blick zu.

Ich schenke ihr ein Lächeln. Und bevor ich weiß, wie mir geschieht, stecken wir mitten in einem höchst ungewöhnlichen Gespräch …

Sie beugt sich zu mir.

»Entschuldigung, aber ich glaube, ich habe eine Wimper im linken Auge. Sehen Sie?«

Ich beuge mich ebenfalls vor. Natürlich fühle ich mich geschmeichelt, dass mich die ehemalige VPM um Hilfe bittet, gleichzeitig bin ich schrecklich eingeschüchtert. Zum Glück blinzelt sie wie eine Wilde und treibt die Wimper in ihren linken Augenwinkel.

»Da ist sie«, sage ich. »Sie ist raus.« Ich nehme ein Taschentuch und tupfe die Wimper weg.

»Oh«, sagt sie. »Schon viel besser.«

»Sieht aus, als hätten Sie geweint«, sage ich. »Über was werden Sie sprechen?«

»Über die Armut in den West Midlands.«

»Na, dann passt es ja ganz gut«, gebe ich zurück. »Betroffen wirken Sie jedenfalls.«

Die ehemalige Vizepremierministerin lächelt herzlich. »Und worüber reden Sie?«

»Über Hausmänner.«

»Sind Sie dafür oder dagegen?«

»Ich bin einer. Also dagegen.«

Wieder lächeln wir einander an. Sie macht einen verständnisvollen Eindruck.

»Ich fühle mich so orange«, sage ich. »Sehe ich einigermaßen okay aus?«

»Sie sehen ausgesprochen gut aus«, antwortet sie. »Wenn auch ein wenig zerknautscht. Sie hatten wohl keine Zeit, Ihr Hemd zu bügeln?«

»Richtig.«

»So was dauert ja auch ganze zwei Minuten«, antwortet sie in freundlich-spöttischem Tonfall.

»Alles dauert immer nur zwei Minuten«, wende ich ein.

»Und wer hat schon zwei Minuten übrig, richtig?«

»Genau.«

»In der Politik hört man das ständig: Frau Ministerin, haben Sie mal eben zwei Minuten?«

»Nicht nur in der Politik. Als ich letzte Woche in den Bus eingestiegen bin, meinte der Fahrer, wir sollten uns zwei Minuten mit den grundlegenden Sicherheitsmaßnahmen vertraut machen.«

»Ein Alptraum.«

»Reinigen Sie Ihre Zähne mit Zahnseide?«, frage ich.

»Nein.«

»Dauert aber nur zwei Minuten.« Wir grinsen uns an. »Sagen Sie Ihrem Partner jeden Abend vor dem Schlafengehen, dass Sie ihn lieben?«

»Nein.«

»Auch nur zwei Minuten. Machen Sie vor dem Schlafengehen jeden Abend Liebe mit Ihrem Mann?«

»Na ja …«, antwortet sie grinsend.

»Zwei Minuten.«

Sie kichert. Sie amüsiert sich! Ich fühle eine Art Ekstase. Ich führe ein anzügliches Gespräch mit der Vizepremierministerin! Ich könnte noch ewig so weitermachen.

Aber es soll nicht sein. Die Produzentin naht und spricht die fatalen Worte: »Arthur. Ich bringe Sie jetzt raus.«

Polly

Ich träume …

Ich bin mit David Harding auf dem Schulball, mit meinem ersten richtigen Freund. »Hier, ein Drink für dich«, säuselt er. »Probier mal.« – »Was ist da drin?«, frage ich. – »Was zu trinken«, antwortet er. – »Aber was?« – »Probier's doch einfach.« Ich nippe am Glas. Schmeckt nach schimmligen Zitronen. Die Flüssigkeit rinnt brennend in mein Herz. »Was ist das?«, frage ich. – »Säure«, erwidert David Harding mit einem scheußlichen Hohnlachen. »Der pure Geschmack nach Liebeskummer.«

Panisch schrecke ich hoch. Ich erinnere mich an David Harding. Auf einer Party habe ich mal das gesamte Haus nach ihm abgesucht und ihn im oberen Stockwerk knutschend mit Samantha Drew gefunden. Ich habe Monate gebraucht, um darüber hinwegzukommen, habe zitternd zu Hause rumgesessen und Zigarettenkippen aus dem Fenster geworfen. Meine Freundinnen wollten mich nach draußen locken, damit ich jemanden kennenlerne, doch ich meinte nur: »Ich will niemanden kennenlernen. Ich will nicht, dass so was noch mal passiert.«

Damals war ich siebzehn, aber es kommt mir vor, als hätte ich erst gestern Kippen aus dem Fenster geschnippt. Es kommt mir vor, als hätte ich die siebzehnjährige Polly verraten. Ich habe zugelassen, dass es noch mal passiert. Und es ist sogar noch schlimmer, denn jetzt geht es um meinen Ehemann, den Vater meiner Kinder, und er hatte nichts mit Samantha Drew, sondern mit Em, meiner angeblich besten Freundin. Das ist das Widerlichste, was ich je gehört habe. Ich bin nicht sauer. Ich bin nicht todunglücklich. Ich bin tot.

Arthur

Oh, Gott. Die Produzentin führt mich ins Studio. Ich steige über Kabel und weiche Kameras aus.

Kurz darauf sitze ich auf dem berühmten Sofa neben zwei Moderatoren, die in natura genauso aussehen wie im Fernsehen, nur dass sie sehr viel mehr Schminke im Gesicht haben.

Beide raunen mir ein leises Hallo zu. Das gefällt mir. Es ist, als teilten wir ein großes, bedeutendes Geheimnis.

Die Frau schüttelt mir die Hand. »Gleich ist die Werbepause zu Ende.« Sie sagt mir nicht, wie sie heißt. Wahrscheinlich geht sie davon aus, dass sowieso jeder weiß, wer sie ist.

Plötzlich geht es los. Mit ernster Miene wendet sie sich der Kamera zu. Ich sehe Worte auf einem Monitor erscheinen »Noch vor zehn Jahren«, liest sie ab, »gab es sechzigtausend Hausmänner. Eine Zahl, die bis zum heutigen Tag auf sechshunderttausend gestiegen ist …«

Verstohlen blicke ich auf den Monitor. Ich bin mir bewusst, dass jede unserer Regungen ohne Umwege ins Fernsehen gelangt. Und jeden Moment wird man die Kamera auf mich richten.

Plötzlich fühle ich mich wie gelähmt.

Die Frau redet weiter. »Zu diesem Thema haben wir den dreifachen Vater Arthur Midgley eingeladen.«

Sie wendet sich an mich. »Er ist der Autor einer neuen Kolumne, die in kürzester Zeit äußerst populär …« Ich höre nicht zu. Ich kann an nichts anderes denken, als dass ich gerade – live – über sämtliche Bildschirme des Landes flimmere. Verzweifelt versuche ich, normal auszusehen, doch mein Augenlid zuckt, mein Herz rast, und meine Gedanken jagen durch meinen Kopf wie Hochgeschwindigkeitszüge durch Dorfbahnhöfe.

»Arthur«, sagt die Sprecherin nun. Ich blicke in den Monitor und sehe mich selbst. Ich wirke etwas orange. »Guten Morgen.«

»Guten Morgen«, antworte ich.

So weit, so gut.

»Würden Sie sich als Hausmann bezeichnen?«

»Ich bevorzuge den Ausdruck ›Trophäenmann‹«, antworte ich. Bei Greta hat das besser funktioniert. Die Moderatorin lächelt so künstlich wie jemand, der für ein Foto posiert. In diesem Moment realisiere ich, worum es hier geht: Wir versuchen beide zwanghaft, lässig und entspannt zu sein, um vor der Kamera gut auszusehen. Nur leider gelingt es uns nicht besonders gut.

Sie blickt mich erwartungsvoll an. Soll ich noch was sagen?

»Ich bin Schauspieler/Autor/Dad«, sage ich. »Ein SAD also. Ein kreativ Arbeitender, der sich gleichzeitig um die Kinder kümmert, weil er weniger verdient als seine Frau.«

»Und würden Sie sagen, dass Sie auf dem Spielplatz schräg angeschaut werden?«

»Manchmal schon, ja. Aber das liegt dann meistens daran, dass ich wie eine Fledermaus am Klettergerüst hänge.«

Sie lacht noch immer nicht. Stattdessen bedenkt sie mich mit einem dieser nichtssagend-professionellen Blicke und stellt die nächste Frage.

»Wären Sie denn gerne der Hauptverdiener der Familie?«

»Nein«, antworte ich. »Wir haben sehr schnell Kinder bekommen, und irgendwann meinte meine Frau: ›Ich bin die mit dem regelmäßigen Einkommen, wieso passt du nicht auf die Kleinen auf?‹ Obwohl, um ehrlich zu sein, gab es gar kein Gespräch. Es war eben einfach so.«

»Aber anscheinend sind Sie ja ein sehr guter Vater«, stellt die

Moderatorin fest. »Es muss doch sehr erfüllend sein, ein so wichtiger Teil im Leben Ihrer Kinder zu sein.«
Wieder starrt sie mich erwartungsvoll an.
Ich gerate in Panik. Ist das eine Frage? Doch eigentlich eher eine Feststellung, oder? Und ich bin nicht mal sicher, ob ich zustimmen würde. Muss ich jetzt was sagen?
»Na ja. Ich liebe meine Kinder sehr, aber …«
Sie senkt den Kopf, als ich zu meiner Antwort ansetze, und fixiert ihren Block. Was macht sie da? Dann begreife ich: Sie weiß, dass die Kamera auf mich hält und nutzt den Moment, um die nächste Frage vorzubereiten. Ein seltsames Gefühl. Da sitze ich also, eine einsame Gestalt, die landesweit auf den Bildschirmen zu sehen ist, und spreche mit mir selbst. Ich rede zu laut, klinge leicht verzweifelt und …
»Die Sache ist die«, erkläre ich, »ich bin ein Mann. Wenn ich etwas gut mache, erwarte ich eine Belohnung, dann will ich Cash sehen. Aber im Moment ist es, als würde ich umsonst eine Spielgruppe leiten, in der jeder nach Lust und Laune die Sau rauslassen darf und über die ich nicht mal das Sagen habe. Und die Gesetze werden von der Regierung gemacht, die in diesem Fall meine Frau ist.«
Wieder blickt sie mich wortlos an. Für die Zuschauer mag es der Bruchteil einer Sekunde sein, doch für mich ist es wie eine Stunde. Ich begreife, was hier gerade abgeht. Sie sieht mich an, aber zwischen uns gibt es keine Verbindung. In gleichbleibend munterem Tonfall fährt sie fort. Es ist furchtbar. Man hüllt mich in Belanglosigkeit. Erstickt mich mit Watte.
»Aber bestimmt weiß Ihre Frau zu schätzen, dass jemand nach den Kindern sieht.«
Da! Sie hat es schon wieder getan! Eine Feststellung. Und ich soll jetzt zustimmen oder was? Dabei weiß ich doch nicht mal, ob ich überhaupt ihrer Meinung bin! Sie stellt mir keine Fragen. Sie

versucht, mich dazu zu bringen, den Zuschauern zu verklickern, dass ich liebend gerne Hausmann bin und meine Frau über alles liebe. Plötzlich werde ich sauer.

»Jetzt hören Sie mal zu«, beginne ich. »Wenn ein Mann in der Business-Welt unterwegs war, um einen großartigen Deal unter Dach und Fach zu bringen, sieht es ihm seine Frau bestimmt nach, wenn er das ein oder andere vergisst. War er aber nur im Kiddy Funny Land, erwartet sie, dass alles blitzblank gebohnert ist. Meine Frau gehört zur modernen Generation. Sie will eine Karriere, und sie will Kinder. Die wiederum will sie vielleicht nicht selbst aufziehen, aber sie will denjenigen, der es an ihrer Stelle tut, überwachen und rumkommandieren. Und das kann verdammt anstrengend sein.«

»Wollen Sie damit andeuten, dass Sie sich die Zeit zurückwünschen, als der Mann das Sagen hatte und abends das Essen auf dem Tisch stehen musste?«

Och, nun komm schon. Jetzt will sie mich als einen Reaktionär aus den Fünfzigern hinstellen.

»Ich fordere ja nicht mal Gleichberechtigung!«, erwidere ich. »Sie darf gerne der Boss sein. Ich hätte nur lieber einen Boss, der etwas toleranter ist und es mir auch mal durchgehen lässt, wenn ich ein bisschen mürrisch bin. Aber meine Frau behandelt mich, als sei *sie* der Ehemann aus den Fünfzigern! Da kommen Sätze wie: ›Ich bin der Verdiener, also will ich ein Lächeln auf deinem hübschen Gesicht sehen.‹«

Wieder blickt mir die Moderatorin ausdruckslos in die Augen und lächelt falsch. Sie hört mir gar nicht zu. Wahrscheinlich redet jemand in ihrem Ohrstöpsel mit ihr.

»Ich wette, dass sie Ihnen am Ende des Tages trotzdem sagt, dass sie Sie liebt.«

»Normalerweise sagt sie am Ende des Tages, dass ich die Küchentheke abwischen soll. Übrigens habe ich eben mit der

früheren Vizepremierministerin gesprochen, und sie teilt meine Meinung. Wir sind Briten – in diesem Land sagt man dem anderen nicht, dass man ihn liebt. Man hat auch keine Zeit, Liebe zu machen, obwohl es, wie die ehemalige Vizepremierministerin und ich übereinstimmend festgestellt haben, nur zwei Minuten dauern würde. Das kann einen schon in den Wahnsinn treiben.«
Ich habe zwar keine Ahnung, was ich da gerade erzähle, aber ich sage es trotzdem. Jawohl! »Man erwartet von mir, dass ich auf die Kinder aufpasse, gleichzeitig darf ich aber keinerlei Autorität ausüben. Ich darf nicht mal laut werden, nicht mal ein bisschen Wut ist mir gestattet. Die Welt wird immer verspannter, verkniffener, kontrollierter – man kann sich ja kaum noch frei bewegen! Manchmal komme ich mir vor wie ein Falke an der Leine. Und trotzdem erwartet man von mir – wieso auch immer, wahrscheinlich durch den Druck der Medien, der von Sendungen wie dieser hier erzeugt wird –, dass ich zu jeder Zeit voller Liebe bin! Mir wird *befohlen*, Liebe zu empfinden, immer und überall. Aber manchmal tue ich das eben nicht!«
Die ganze Zeit über blicke ich in ihr verdattertes Gesicht. Ich weiß, dass sie sich das Hirn zermartert, wie sie noch die Kurve kriegen kann, aber ich lasse ihr keine Möglichkeit dazu.
»Ähm.« Sie wendet sich der Kamera zu. »Ich möchte wetten, dass Ihre Frau Sie … ganz tief in ihrem Inneren … doch liebt.«
»Wenn dem so wäre, hätte sie mich Dienstagabend wohl kaum vor die Tür gesetzt.«
»Ach. Das hat sie?«
»Ja. Sie muss die Kinder heute Morgen allein in die Schule bringen. Ich hoffe, sie denkt an die Turnschuhe.«
»Vielen Dank, Arthur Midgley«, sagt die Moderatorin. Wieder dreht sie sich zur Kamera. »Wenden wir uns nun dem Thema Windenergie zu. Bis 2025 will die Regierung vierzig Prozent des Strombedarfs aus erneuerbaren Energien decken …«

Verwirrt blicke ich sie an. Einen Moment lang frage ich mich, ob ich jetzt noch ein Statement zu Windparks abgeben soll, aber plötzlich zupft mich jemand am Ärmel. Die Produzentin.

»Ich bringe Sie raus«, sagt sie.

Und ehe ich mich versehe, steige ich wieder über Kabel und verlasse das Studio. Erst will ich mich noch von der Ex-Vizepremierministerin verabschieden, doch dann wird mir bewusst, dass ich gerade etwas gesagt habe, was ich ganz sicher nicht hätte sagen dürfen. Mein High-Speed-Hirn fängt an, die Szene von eben abzuscannen und wie eine Anti-Viren-Software auf Fehler zu untersuchen. Ich habe noch keinen Bericht erhalten, aber ich ahne den Wortlaut bereits. »Die Sätze, die ich nicht hätte äußern dürfen, belaufen sich … auf das gesamte Interview.« Nichts von dem, was ich gesagt habe, war in Ordnung. Scheiße.

Polly

Ich bin nicht mehr tot. Langsam erhole ich mich von dem Schock und beginne wieder, etwas zu fühlen.

Außerdem habe ich ziemlich damit zu tun, die Kinder pünktlich in der Schule abzuliefern. Es ist zwei Minuten nach neun. Vor zehn Minuten hätten wir dort sein müssen. Als wir Toast essend und Mäntel zuknöpfend die Straße entlanghetzen, kommen uns die anderen Eltern entgegen. Einige schenken uns so mitleidige Blicke, wie man sie normalerweise nur nach einer Krebsdiagnose erhält. Oh, Gott. Wissen eigentlich alle über mein Privatleben Bescheid? Die Mutter eines Sechstklässlers hält mich sogar auf.

»Haben Sie an die Turnschuhe gedacht?«, fragt sie mich.

Ich lächle verwirrt. Nein. Die Turnschuhe habe ich vergessen. Ich versichere Malory, dass ich sie ihr später bringe. Dann scheuche ich sie in die Eingangshalle und trage mich mental ins Rabeneltern-Register ein. (Inzwischen erhebt sich der anklagende Finger, wo immer ich auch hinsehe.)

Ich haste gerade zurück nach Hause, als mein Handy klingelt.

»Hi, Schatz«, sagt Em.

Innerlich erkalte ich. »Hallo«, erwidere ich verhalten.

»Ich wollte nur hören, ob du es morgen schaffst.«

»Bitte *was?*«

Der ganze Morgen war ein einziger, wirrer Nebel, doch jetzt weiß ich sehr genau, was ich fühle. Zorn nämlich, der in etwa an die Wucht einer Atombombe heranreicht. Wenn Em noch ein einziges Wort sagt, explodiere ich und jage halb London in die Luft. Die Satelliten über Großbritannien werden einen gigantischen Rauchpilz aufzeichnen, und es wird Motorsensen, Saabstückchen und Plakatfetzen ins All wirbeln. Ich zwinge mich, tief Luft zu holen.

»James Hammonds Party«, sagt Em. »Ich dachte, wir könnten vielleicht zusammen hinfahren. Wie du weißt, ist Dan mir noch eine Antwort schuldig, und ich wäre froh, wenn du bei mir wärst. Vielleicht können wir auf eine baldige Hochzeit anstoßen. Wahrscheinlicher ist allerdings, dass du eine niedergeschmetterte Frau trösten musst. Wie auch immer – kommst du?«

»Warum?«, kriege ich mühsam heraus.

»Weil ich dich brauche, Polly. Ich habe Angst.«

»Em.« Ich breche wieder ab. Es ist, als schwebte meine Hand über einem roten Schaltknopf.

»Ja?«

Will ich ihn drücken, den Knopf?

Oh ja, will ich. Meine Antwort ist kalt und beherrscht. »Wie kommst du darauf, dass es mich kümmert, was du empfindest?«

So einen Ton ist Em nicht von mir gewohnt. »Entschuldige mal …«, sagt sie.

»Ich denke gar nicht daran! Mich wundert es überhaupt nicht, dass du Single bist!«

»Ich bin kein Single. Ich treffe mich morgen mit Dan, um herauszufinden, ob er mich heiraten will.«

»Will er nicht«, erwidere ich. »Weil du ein egomanes, giftiges, geldgeiles Miststück bist, das es verdient hat, einsam in einem Haus voller Schuhe zu sterben!«

»Polly!«, ruft Em verblüfft. »Was zum Geier ist denn in dich gefahren?«

»Em, du hast mich gestern Abend angerufen. Ich nehme an, du hattest ein paar Drinks intus. Jedenfalls hast du mir erzählt, dass Arthur dir den Nippel geleckt hat.«

»Ach, das!«, antwortet sie. »*Darüber* regst du dich auf?«

»Ja!«

»Du lieber Himmel. Es ist doch gar nichts passiert.«

»Er hat deinen Nippel geleckt!«

»Aber ich habe ihn ja nicht mal geküsst! Das hatte nichts mit Sex zu tun! Er wollte mir nur helfen, Dan auf meine Seite zu kriegen. Das hat nichts bedeutet.«

»Em …«

»Vor zwei Tagen habe ich so was Ähnliches gesagt wie: ›Dein Mann ist ein rattenscharfer Traumtyp, nach dem sich jede Frau die Finger leckt.‹ Und du hast geantwortet, dass ihn die Frauen gerne haben können.«

»Das war verdammt noch mal kein Angebot!«, erwidere ich viel zu laut. Zwei Mütter wenden sich irritiert nach mir um und starren mich an. Mir doch egal, und wenn ganz Richmond mich hört! Ich bin hier sowieso fertig. Mit der ganzen Gegend bin ich fertig!

»Nein, aber es wirkt auch nicht so, als würdest du deinen Mann wie die Gebeine eines Heiligen verehren, oder?«

»Ich *darf* meinen Mann blöd finden!«, brülle ich. »Er ist *mein Mann!* Das heißt noch lange nicht, dass ich mich freue, wenn du ihm deine Titten in den Mund steckst, als müsste er gestillt werden!«

Die beiden Mamis wenden sich ab und ergreifen die Flucht. Gut so. Rennt nur, ihr dummen, kleinen Schlampen, würde ich am liebsten rufen. Rennt zurück in eure witzlosen Küchen und jämmerlichen Existenzen.

»Also bitte«, fährt Em fort. »Du hattest ihn rausgeschmissen.«

»Aber gerade erst vor ein paar Stunden!«, erwidere ich heftig. »Bei so was ist das letzte Wort noch lange nicht gesprochen! Ich wusste immer schon, dass du kein besonders loyaler Mensch bist, Em, und ich hatte recht. Wenn du meinen Mann ernsthaft lieben würdest und ein bisschen gewartet hättest, hätte ich dir vielleicht verziehen, aber so … Jedes Schwein legt mehr Zurückhaltung an den Tag!«

»Polly, es reicht, hör auf damit. Hör auf. Ich entschuldige mich. Aber du musst mich auch verstehen. Dan ist mir noch eine Antwort schuldig. Mir ist gar nicht wohl dabei und …«

»Nein, Em, nein! Wir sind hier nicht vor Gericht, kapierst du das endlich?«, brülle ich und blicke mich um. Weit und breit niemand zu sehen, stelle ich zufrieden fest. Ich habe sie alle in die Flucht geschlagen. »Gib dir keine Mühe, irgendwelche mildernden Umstände anzuführen. Du hast meinem Mann deine Titten in den Mund gesteckt, und ich will nichts mehr mit dir zu tun haben!«

»Nein, Polly, warte! Das meinst du nicht ernst.«

»Und ob ich das ernst meine! Unsere Freundschaft ist Geschichte.«

»Das kannst du nicht wollen.«

»Ach, und warum nicht?«, fauche ich. Na los, du miese Schlampe, nenn mir *einen* guten Grund.

Em

Ich kann einfach nicht fassen, dass ich das wirklich erklären muss.

Ich fühle mich verwundet.

Ich wollte gerade ins Büro, aber nun bleibe ich stehen. Ich befinde mich schon innerhalb des Gebäudekomplexes, habe die Sicherheitsschranke passiert und lehne mich an die Leitplanke des Parkplatzes.

»Na los«, sagt Polly. »Nenn mir einen Grund, warum ich je wieder ein Wort mit dir wechseln sollte.«

»Weil du es mir erzählt hast, Polly, als du zum ersten Mal Sex hattest. Als du dich in Arthur verliebt hast. Als du ihn geküsst hast. Und weil du es mir erzählt hast, als du zum ersten Mal schwanger warst. Und ich mich für dich *gefreut* habe, Polly.« Bis jetzt habe ich mich zusammenreißen können, doch nun fange ich an zu weinen. Das ist gut. Das spricht für mich. »Ich bin nicht wie du, Polly. Ich überlege nicht schon im Vorhinein, was ich tue. Und diesmal habe ich etwas schrecklich Falsches getan, und es tut mir leid. Aber es hat bloß eine winzige Sekunde gedauert, und das wirst du mir doch verzeihen können, oder nicht?« Jetzt fließen die Tränen wirklich. Ich kann einfach nicht glauben, dass sie die Sache so ernst nimmt. »Ja, ich bin egoistisch. Das sehe ich ein. Und von mir aus auch dumm. Aber ich war immer für dich da, Polly, und ich habe dich immer geliebt. Ich liebe dich, Polly. Du wirst *geliebt!* Ist dir das nicht klar? Ich könnte es ertragen, bis zu meinem Tod unverheiratet zu bleiben, aber ohne meine beste Freundin würde ich auf keinen Fall klarkommen.«

Ich schluchze noch immer. Doch am anderen Ende der Leitung ist kein Laut zu hören. Polly hat einfach aufgelegt.

Arthur

Ich sitze in einer Art Schockstarre im Auto. Ich kann immer noch nicht fassen, dass ich eben tatsächlich in einer Livesendung war. Jetzt stecke ich im Stau. Ich habe mal gehört, dass man vor einem Fallschirmsprung vor Angst schlottert, es danach aber sofort wieder tun will. Genauso fühle ich mich jetzt auch. Ich fühle mich … Gibt es noch eine andere Sendung, bei der ich mitmachen könn-

te? *Vanessa*, das Softporno-Format vielleicht? Dazu hätte ich auch einiges zu sagen.
Mein Handy klingelt. Meine Literaturagentin, Sally Winklehorn von RSJ, ist dran. Ich habe schon lange nicht mehr mit ihr gesprochen. Denn selbst wenn ich Sally Winklehorn anrufe, spreche ich nicht mit ihr, sondern mit ihrer Assistentin Karen, die mir in den meisten Fällen sagt, dass mein Geld noch nicht überwiesen wurde.
»Schätzchen!«, ruft Sally Winklehorn.
»Hallo.«
»Ich bin in einem Hotel in Deutschland und habe dich gerade im Fernsehen gesehen.«
»Aha.«
»Brillant! Einfach brillant! Warum hat mir keiner gesagt, dass du eine Kolumne für die *London Times* schreibst?«
»Nun ...«
»Weißt du, wenn man heutzutage etwas veröffentlichen will, geht es vor allem darum, die Medien aufzumischen. Und ich finde, du mischt ganz prächtig, mein Lieber.«
»Tatsächlich?«
»Ich bin gerade auf der Buchmesse«, sagt Sally Winklehorn. »Hast du irgendwas für mich, das ich verkaufen könnte?«
»Ich habe den Roman über einen Jugendlichen, der in einem früheren Leben König Arthur war.«
»Klingt großartig.«
Das verwirrt mich ein wenig.
»Ich habe dir vor zwei Wochen einen Entwurf geschickt«, erkläre ich. »Karen schrieb in einer Mail, du hättest ihn gelesen.«
»Ja, ja«, antwortet sie. »Aber das war, bevor du im Frühstücksfernsehen über Männer gesprochen und intime Details aus dem Liebesleben einer Politikerin preisgegeben hast.«
»Während ich auf dein Feedback gewartet habe, habe ich die Geschichte überarbeitet«, sage ich.

»Vergiss es«, erwidert sie. »Wir müssen jetzt zuschlagen. Ich sage Karen, sie soll mir den Text sofort schicken. Mal sehen, was wir tun können. Also, bis dann.«

»Aber …«

Sie ist weg.

Ich mag gerade sehr gefragt sein, aber ich schaffe es immer noch nicht, meine eigene Agentin an der Strippe zu halten.

Ich blicke auf und stelle überrascht fest, dass wir vor Gretas Haus angekommen sind.

Plötzlich mache ich mir Sorgen. Polly fürchtet immer, ich könne indiskret sein – was wird Greta da erst sagen? Sie hat mir einen Auftritt im Fernsehen verschafft, und ich habe mich benommen wie die Axt im Wald.

Ich danke dem Fahrer und steige aus. Gerade will ich die Treppe zur Eingangstür hinaufgehen, als Greta aus dem Haus tritt. Sie sieht großartig aus in ihrem camelfarbenen Kostüm, das sich wunderschön von der roten Bluse abhebt. Ihre Ohrringe sind aus Bernstein und passen zu ihren Augen. Sie sieht atemberaubend aus. Und sie lächelt.

»Hey, du«, sagt sie, lässt die Tür offen und eilt die Treppe hinunter auf mich zu. »Das war phantastisch! Du bist ein Naturtalent!« Sie küsst mich auf die Wange und flüstert mir mit rauchiger Stimme ins Ohr: »Du hast zwar nicht annähernd gesagt, was du hättest sagen sollen, aber das Feedback ist hervorragend.«

»Was für ein Feedback?«

»Wir sehen die Zuschauerreaktionen immer gleich auf unserer Webseite. Inzwischen haben uns schon neununddreißig Leute geschrieben.«

»Ist das viel?«

»Für einen fünfminütigen Beitrag über einen Hausmann, ja, allerdings.«

»Aber … was schreiben die Leute denn?«

»Das unterteilt sich in vier Gruppen. Da wären einmal die, die dich ein sexistisches Schwein schimpfen …«

»Aber ich sagte doch, ich würde nicht mal Gleichberechtigung fordern!«

»Ich weiß. Darauf weist dann auch Gruppe zwei hin. Die sind deiner Meinung. Und wie es aussieht, organisieren sie schon einen Verein: *Die Trophäenmänner schlagen zurück*. Oder kurz: Thromän.«

»Thromän.«

»Genau. Da ist einiges ins Rollen gekommen.«

»Aber«, wende ich ein, »ich habe doch auch was über die ehemalige Vize…«

»So läuft das im Live-TV«, antwortet sie. »Wir dienen einem höheren Zweck: den Quoten. Und deswegen fand ich dich großartig, Arthur. Du hast etwas ins Rollen gebracht und dabei rattenscharf ausgesehen.«

»Echt?«

»Mein Gott, ja – heiß wie eine Maus in der Mikrowelle. Das sagt die dritte Gruppe.«

»Und die vierte?«

»Ach, komm schon, Schätzelein. Sei nicht naiv. Die vierte Gruppe ist natürlich die größte.«

»Und was sagen die?«

»Zu dir gar nichts. Die konzentrieren sich auf die Tatsache, dass die Ex-Vizepremier keine Zeit hat, mit ihrem Partner zu schlafen, obwohl es, wie du behauptet hast, nur zwei Minuten dauert. Das ist mit Abstand der größte Brüller. Der Clip steht schon auf YouTube.«

»Das ist auf YouTube??!!«

»Na klar. Ich habe es selbst hochgeladen. Der Titel lautet: *Nur zwei Minuten*. Hör zu, böser Junge, ich liebe dich, aber ich muss jetzt los.« Damit packt sie meinen Kopf und küsst mich noch mal.

Polly

Ich gehe am Ufer entlang Richtung Büro, als meine Mutter anruft. Mich packt die kalte Wut. Ich will den Anruf schon ablehnen, als ich plötzlich denke: Warum eigentlich? Diesmal biete ich ihr Paroli.

»Hallo«, sage ich tonlos.

»Polly, Schätzchen«, entgegnet sie. »Mir ist es leider immer noch nicht gelungen, Roger Chalmers zu erreichen.« Ihrem Tonfall nach zu urteilen, hat sie sich deswegen die ganze Nacht um die Ohren geschlagen.

»Soso«, sage ich.

»Aber ich habe über James Hammond nachgedacht. Du könntest ihn fragen, ob er Sophies Hochzeit in einem seiner Hotels ausrichten will.«

»Kann ich machen«, erwidere ich.

»War nur so ’n Gedanke«, sagt sie mit einem Kichern, als hätte sie einen tollen Witz gerissen. »Sag mal, Schätzchen … ist Arthur wieder zurück?«

»Nein.«

Pause. Tja. Und nun?

»Und was machst du jetzt mit den Kindern?«

»Keine Ahnung.«

»Es gibt Studien«, sagt sie. »Kinder, die ohne Vater aufwachsen, neigen vermehrt zu Drogen- und Alkoholkonsum und zu Promiskuität.« (Kein Wunder, dass ich permanent ein schlechtes Gewissen habe! Im Grunde genommen gibt sie mir zu verstehen, dass ich meine Kinder zu saufenden Crack-Huren erziehe.) »Es ist sehr wichtig, den Kindern beide Elternteile zu bieten, falls irgend möglich.«

Es funktioniert. Schon fühle ich mich klein und unfähig. Aber ich wollte mich doch wehren.

»Das sagt genau die Richtige.«

»Wie bitte?«, fragt meine Mutter. Sie hat mich sehr gut verstanden, sie ist es nur nicht gewohnt, dass ich zurückschlage.

»Du hältst mir Vorträge über Kindererziehung, aber wenn ich dich ein einziges Mal bitte, auf die Kinder aufzupassen, weigerst du dich.«

»Ich bin zum Lunch verabredet«, sagt sie. »Mit Roger Chalmers.«

»Du müsstest einfach nur um halb drei fertig geluncht haben, dann könntest du es noch schaffen. Aber du willst ja nicht.«

»Polly!«, ruft meine Mutter empört. Wie schafft sie es bloß, meinen Namen wie eine Ohrfeige einzusetzen? »Was ist denn mit dir los?«

»Das kann ich dir sagen. Ich habe begriffen, dass alles, was Arthur an mir hasst, dein Erbe ist. Du bist intolerant. Du bist besessen von Geld und Status. Und dir fehlt jegliches Mitgefühl.«

»Das ist nicht wahr!«

»Mein Mann hat mich verlassen, und du weißt noch nicht mal, warum. Und ich habe mein ganzes Leben damit verbracht, mich zu schämen, weil ich Dinge gefühlt habe, die dir nicht in den Kram gepasst haben!«

»Polly«, kreischt sie. »Das nimmst du zurück.«

»Ganz bestimmt nicht«, antworte ich. »Ich setzte sogar noch einen drauf. Mum, du kannst dich aus meinem Leben verpissen. So was von verpissen! Du, Roger Chalmers und die ganze langweilige, dämliche Hochzeit!« Damit drücke ich den Anruf weg und stecke mein Handy in meine Tasche.

Wow. Ich habe lauter schreckliche Dinge gesagt, und es hat sich erstaunlich gut angefühlt. Ich wende mich um, blicke auf die Themse und atme tief ein.

Ich bin keine Atombombe mehr. Ich bin eine programmierte Rakete. Ich kenne mein Ziel genau. Ich weiß, was ich tun muss.

Ich rufe JTS an, spreche mit Debra vom Empfang und erkundige mich lang und breit nach ihrem Befinden. Dann bitte ich sie, meiner Abteilung mitzuteilen, dass ich krank bin und ein paar Tage ausfalle.

Anschließend hole ich wieder tief Luft und sammele mich. Ich habe meiner besten Freundin, meiner Mutter und meinem Job eine Abfuhr erteilt. Und es macht auf skurrile Weise Spaß. Ich überlege, was ich sonst noch loswerden könnte. Die Erkenntnis trifft mich wie ein Schlag.

Arthur

Okay. So was darf man eigentlich nicht über ein Kind sagen, aber Gretas Sohn ist echt ein Saftarsch.

Als ich das Haus betrete, sitzt Tyrone vor der Glotze, seine schweren Sneakers liegen auf dem Couchtisch. Er trägt eine Baseballkappe und ein Sweatshirt, auf dem »Mr. Big« steht.

»Hey, Mr. Big«, sage ich. »Ich bin Arthur. Ich soll für ein Stündchen bei dir bleiben, bis deine Mama aus dem Meeting zurückkommt. Hast du auf irgendwas Lust?«

»Ich gucke fern, du Trottel.«

Okay. Dann lasse ich ihn also fernsehen und mache mich auf die Suche nach Gretas Computer, um ein bisschen im Internet zu surfen.

Ich gehe nach oben in ihr Arbeitszimmer, von dem aus man einen wunderschönen Blick in den Garten hat. An den Wänden hängen ein Preis der British Academy of Film and Television Arts und ein Emmy, außerdem Fotos von Greta, Bill Clinton, Bob Dylan und dem Dalai Lama. Auf einem Jeff-Koons-Gemälde prangen bunte Genitalbereiche in Bikinislips. Und dann ist da noch ein Bild von Greta, das genau aus der Zeit stammen dürfte, als wir fast miteinander im Bett gelandet wären. Darauf sitzt sie mit Michael Stipe auf einem Sofa. Beide haben sich umgedreht, um mit identischem Gesichtsausdruck in die Kamera zu blicken. Sie wirken, als lägen sie auf einer Wellenlänge, kreativ und zutiefst glücklich.

Ich betrachte das Bild einen winzigen Moment zu lang, dann fahre ich Gretas Computer hoch und gehe online.

Zuerst lese ich alles, was ich zu James Hammonds Hotel in Wiltshire finden kann, dann gehe ich auf die *Lifestyle*-Seite, und zum Schluss lese ich mir den heutigen *Learn Love in a Week*-Eintrag durch: »Gestehe dir dein Ammenmärchen ein.« Da muss ich nicht lange überlegen. In den letzten paar Jahren habe ich von Greta Kay geträumt – nicht die ganze Zeit, aber oft. Ich glaube, sie könnte mein Leben ändern. Ich will mit ihr in den Urlaub fahren. Mit ihr in der Küche stehen und Witze machen, die nur wir beide verstehen. Sie ist nicht bloß sexy. Sie glaubt an mich. Sie hat Kontakte. Sie weiß Rat. Und sie ist klug. Ein menschlicher One-Stop-Shop, der mein Leben auf der ganzen Linie umkrempeln kann.

Ein seltsamer Tierschrei reißt mich aus meinen Gedanken. Ich stehe auf und blicke aus dem Fenster. Der Garten ist wunderschön mit seinem gepflegten Rasen und der Weide. Tyrone hat eine Katze in eine Ecke gedrängt und malträtiert sie mit einem Bambusstock. Offensichtlich versucht er, sie in ein pelziges Kebab zu verwandeln.

Ich reiße das Fenster auf. »Tyrone! Nein!«

Er hält inne, wendet sich zu mir um und schaut mich genervt an. Schon klar. Die Katze läuft in *seinem* Garten herum, also darf er sie jagen, wenn er will. Das ist ja wohl das mindeste, was er von diesem verkorksten Morgen erwarten kann.

»Lass die Katze in Ruhe!«, brülle ich. »Und leg den Stock weg!«

Er lässt das Ding fallen, aber seine Drohgebärden legen nahe, dass er es sich demnächst anders überlegen könnte.

Ich renne die Treppe hinunter. Auf halbem Weg klingelt mein

Telefon. Es ist Polly. Mein Magen macht einen Satz, als sei ich gerade von einer Klippe gesprungen.

Polly

Ich sitze in der Bar Italia und komme mir vor wie ein Mafiaboss, der eine Säuberungsaktion durchführt. Dies ist mein letzter und wichtigster Anruf. Arthur geht ran.

»Hallo«, sagt er. Sein Keuchen wirkt irgendwie makaber.

»Hallo«, antworte ich und fühle mich wie ein Henker.

Schweigen.

»Wo bist du?«, frage ich.

»Bei Greta Kay«, erwidert er prompt.

»Bei Greta Kay?«, wiederhole ich ungläubig. Sofort ist es um meine Fassung geschehen. Im Grunde meines Herzens weiß ich, dass Arthur nichts von Em will. Bei Greta Kay hingegen stehen die Dinge anders. Gleich am Anfang unserer Beziehung habe ich mitbekommen, wie er mit ihr telefoniert hat. Sein Gesicht hat wie das eines liebeskranken Teenies geleuchtet.

»Was machst du bei Greta Kay?«, frage ich vorwurfsvoll.

»Ich habe sie gestern getroffen, als ich mit der *Lifestyle*-Redaktion was trinken war«, erklärt er. »Sie hat mich gebeten, heute auf ihren Sohn aufzupassen.«

»Aha.«

Ich lasse die Stille zu. Ich könnte so viele Fragen stellen, aber ich will nicht. Ich muss aufpassen, dass mir die Situation nicht entgleitet.

»Also«, setze ich wieder an. »Hast du eine Idee, wie wir uns in Zukunft um die Kinder kümmern sollen?«

»Keine Ahnung«, antwortet er ungeduldig. Herrgott! Ist das vielleicht nicht wichtig? Zählt das nicht? »Darüber hättest du dir Gedanken machen sollen, bevor du mich vor die Tür gesetzt hast.«

»Ich habe dich nicht vor die Tür gesetzt.«

»Du hast gesagt: ›Ich opfere alles für dich, und wenn du das nicht kapierst, dann geh einfach.‹«

»Du hättest es ja nicht tun müssen.«

»Also …«

»Genau wie du Em nicht die Brust hättest lecken müssen.«

Ich warte. Höre sein schuldbewusstes Schweigen. Dann: »Das tut mir leid«, sagt er. »Aber ich will *wirklich* nichts von Em. Das war …«

»Arthur«, unterbreche ich ihn schnell. »Das ist mir egal. Ich will die Scheidung.«

Oh, Gott. Das wollte ich gar nicht sagen. Oder? Was wird er antworten?

»Gut«, erwidert er, ohne zu zögern. »Lass uns die Scheidung einreichen.«

Ein langes Schweigen folgt. Ich glaube, uns wird gerade beiden klar, was wir da gesagt haben. Ich horche in mich hinein, um herauszufinden, was ich fühle. Traurigkeit ist es nicht. Ich bin total kalt. Wie ein toter Fisch auf dem Hackbrett.

Dann denke ich an die Kinder, und das schlechte Gewissen fährt mir wie ein Herzanfall durch den Körper.

»Arthur«, sage ich. »Die Kinder sollen nicht darunter leiden.«

»Natürlich nicht«, erwidert er augenblicklich. »Das sehe ich genauso.«

Schweigen.

»Also sehen wir zu, dass sich für die drei nichts ändert«, sage ich.

»Okay.« Aus irgendeinem Grund klingen wir beide überaus höflich und steif. Wir gehen sehr erwachsen mit der ganzen Sache um. »Hör zu«, sagt Arthur. Plötzlich klingt er gehetzt. »Ich muss Schluss machen.«

Bitte?! Was um Himmels willen kann ihm wichtiger sein als unsere Ehe? Will er denn gar nicht kämpfen?

»Ich hole die Kinder nachher von der Schule ab«, fügt er noch hinzu.

»Nicht nötig. Ich habe heute frei. Ich hole sie zum Mittagessen nach Hause …«

»Dann reden wir später«, erwidert er hastig. »Bis nachher.«

Er ist weg.

Oh, Gott. Wir haben beschlossen, uns scheiden zu lassen. Und er ist weg. Langsam stoße ich den Atem aus und lege das Handy auf den Tisch. Ich habe Mühe, nicht in Tränen auszubrechen.

Ich blicke zu den Tischen nach draußen. Vor meinem inneren Auge sehe ich Arthur und mich – das Paar, das wir einst waren. Wir sind frisch, hoffnungsvoll, jung und glücklich. Wie ein Paar, das gerade ein gemischtes Doppel in Wimbledon gewonnen hat. Ich blicke in den Spiegel und betrachte mich. Ich wirke angespannt und mittelalt. Wie jemand, der seit langem im Einzel gespielt und verloren hat.

Arthur

Mr. Big sitzt wieder vor der Glotze. Ich schaue in den Garten hinaus, doch meine Gedanken sind bei Polly. In meinem Kopf höre ich ihre barsche Stimme, die »Ich will die Scheidung« sagt, und bin wie gelähmt. Es fühlt sich an, als hielte ich ein Tablett voller Kummer in Händen, und sobald ich mich bewege, wird es überschwappen und alles verätzen.

Ich höre Greta nach Hause kommen und gehe zur Tür. Plötzlich erwacht das Haus zum Leben. Sie hat eine braune Papiertüte mit Essen dabei.

»Hey, wie seid ihr zwei zurechtgekommen?«, fragt sie, als sie mich sieht.

»Prima.«

»Gut gemacht, Soldat«, bellt sie. »Runter auf die Knie! Mach's mir!«

»Bitte was?«

»Ich wäre so gerne ein Parade-Sergeant. Wie die aus den Filmen, weißt du? Der Feldwebel in *Die Liebes-Armee.* ›Soldaten‹, würde ich brüllen, ›als Erstes bringe ich euch Oralsex bei. Ich werde euch zeigen, wie ihr dem Gegner Lust bereitet, ohne a) dabei einen steifen Hals zu kriegen und euch b) eine Beschwerde einzuhandeln, weil ihre Beine zu kalt werden. Und wir sehen uns diverse Stellungen an …‹« Greta tut so, als würde sie auf eine Tafel zeigen. »Diese zum Beispiel nennt sich *Das Eishörnchen* und ist nur was für sehr trainierte Teilnehmer …«

Vergnügt öffnet Greta die Küchentür. Ihr fällt auf, dass ich nicht lache. »Was ist los?«

»Polly und ich haben gerade beschlossen, uns scheiden zu lassen.«

»Oh, nein!« Greta schaltet augenblicklich um und blickt mich betroffen an.

»Yep.« Ich hätte nichts sagen sollen. Bestimmt heule ich gleich. Ich versuche, mich zusammenzureißen.

Greta nimmt meine Hand, und wir setzen uns auf die unterste Stufe der Treppe.

Wir sehen uns an.

»Sag mir alles«, meint sie. »Was ist passiert?«

Soll ich ihr von der Sache mit Em erzählen? Nein, Em ist eigentlich nicht das Problem.

»Also«, beginne ich. »Polly … hat mich vor die Tür gesetzt, weil ich angeblich ständig sauer bin.«

Greta erwidert nichts. Sie blickt mich nur an und wartet, dass ich fortfahre.

»Aber vielleicht … vielleicht ist sie es ja, die mich wütend macht.«

»Wieso?«

»Keine Ahnung«, antworte ich mit dünner Stimme. Wieder bin ich den Tränen gefährlich nah. Sehr erniedrigend.

»Okay«, antwortet Greta. »Sagt sie etwas, das dich wütend macht?«

»Ja, zum Beispiel, dass sie mich unterstützt. Was sie eigentlich meint, ist: Schau her, ich unterstütze dich emotional und finanziell, weil *ich* das ganze Geld verdiene.«

»Und was ist so falsch daran?«

»Sie verdient eben *nicht* das ganze Geld!« Schon allein dieses Gespräch macht mich wütend. »Es ist ziemlich demütigend, wenn man die ganze Zeit gesagt bekommt, dass man nichts zum Einkommen beiträgt. Wenn sie mich wirklich unterstützen wollte, dann würde sie das verstehen.«

»Okay«, erwidert Greta leichthin.

»Ich *verdiene* Geld, Greta! Ich schreibe ein Buch! Das ist das Beste, was ich je getan habe. Rein theoretisch könnte ich damit sehr viel Geld verdienen. Aber daraus wird nichts, weil sie mich ständig am Arbeiten hindert.«

»Dann sag ihr das doch mal«, schlägt Greta vor. »Hast du je geantwortet: ›Bitte lass mich in Ruhe, ich habe hier etwas Wichtiges zu tun‹?«

»Nein«, antworte ich verzagt. »Ich habe das Gefühl, kein Recht dazu zu haben.«

»Und wieso nicht?«

»Weil ich kein Geld habe.«

Sie lächelt. »Okay.«

»Na ja … ich habe ein bisschen Geld. Aber kein Selbstvertrauen. Und daran ist zum Teil sie schuld.«

Greta blickt mich zweifelnd an.

»Kennst du *Männer sind anders – Frauen auch*?«, frage ich.

»Klar.«

»Im Grunde genommen sagt John Gray, dass Männer das Gefühl haben müssen, Könner zu sein. Polly hingegen zweifelt meine

Fähigkeiten jeden Tag an und sagt, dass ich mit dem, was ich tue, erfolglos bleiben werde.«

Jetzt geht's besser. Ich bin wieder auf vertrautem Terrain. Ich analysiere ein populärwissenschaftliches Werk, während ich mich über meine Frau beklage.

Leider lässt sich Greta nicht darauf ein. »Du meinst also, John Gray rät den Frauen dieser Welt: ›Gebt Ruhe und stellt unsere Kompetenz nicht in Frage‹?«

»Genau.«

»Tja, ich würde den Männern dieser Welt etwas ganz anderes entgegenhalten. Ich würde sagen: Männer, wir *stellen* eure Kompetenz in der Tat in Frage. Versucht, uns doch bitte zuzuhören.«

Dreck. Und ich dachte, sie stünde auf meiner Seite. »Okay«, erwidere ich leicht pikiert. »Dann würde ich den Frauen dieser Welt antworten: Wir würden ja gerne zuhören, wenn ihr ab und zu mal etwas Positives sagen würdet!«

»Und du glaubst, die Frauen dieser Welt müssen das noch lernen?«

»Unbedingt! Das ist doch die erste Lektion in jedem Beziehungsratgeber. Auf eine negative Sache sollten zehn positive folgen.«

»In meinem Ratgeber würde etwas vollkommen anderes stehen. Ich würde den Leuten sagen: ›Mach dein zerbrechliches Selbstwertgefühl nicht von der Anerkennung deines Partners abhängig. Sieh zu, dass du mit dem zurechtkommst, womit jeder zurechtkommen muss – mit einer Mischung aus passiv-aggressivem Verhalten und ein paar gemurmelten Dankesworten.‹«

Ich muss lachen. Es ist komisch zu lachen, wenn man versucht, nicht in Tränen auszubrechen.

Greta blickt mich aus klugen Augen an. »Du kannst deinen Partner nicht ändern, das habe ich gelernt. Du kannst nur dich selbst ändern. Und wenn euch ein Abgrund trennt, kannst du nur eine Brücke bauen und warten, ob Polly rüberkommen will.«

Keine Ahnung, was ich darauf sagen soll. Mir wird bewusst, wie seltsam diese Situation ist. Ich bin bei Greta Kay zu Hause, und wir sehen einander in die Augen und halten Händchen. Sie hat Mangosaft getrunken, ich rieche es an ihrem Atem.

»Was ärgert dich am meisten an ihr?«, fragt sie.

»Ihre Ungeduld«, antworte ich. »Wenn sie Sachen wegwirft, zum Beispiel. Das ist so ziemlich ihre Lieblingsbeschäftigung. Und sie guckt gar nicht genau hin, was sie da gerade entsorgt. In den letzten Wochen sind die Batterieklappen zweier Fernbedienungen, eine Kreditkarte und das Spezialwerkzeug, das ich zum Wechseln unserer Fahrradreifen brauche, im Müll gelandet.« Am Ende meiner Aufzählung werde ich etwas lauter. Wenn ich an die Fahrradreifendinger denke, verspannt sich mein ganzer Körper.

»Und hast du ihr mal gesagt, dass sie ein bisschen besser aufpassen soll?«

»Nur einmal.«

»Und?«

»Wenn ich sie kritisiere, verstummt sie. Dann wartet sie ein paar Tage, bis *ich* etwas falsch mache, und attackiert mich wie ein Ninja.«

»Sie kann also keine Kritik vertragen?«

»Überhaupt nicht.«

»Das ist ärgerlich.«

»Danke!«

»Scheint mir als Scheidungsgrund aber immer noch nicht ausreichend.«

»Du bist doch auch geschieden.«

»Ja«, sagt sie. »Weil mein Mann mich geschlagen, mindestens drei meiner Freundinnen gevögelt und in Talkshows über seine Liebe zu Gott gequasselt hat.«

»Oh. Tut mir leid.«

»Geschenkt, Soldat, damit komme ich zurecht.«

»Nee, ist klar.«

»Und du schaffst das auch. Wie reagierst du denn, wenn sie deine Sachen wegwirft?«

»Mit Flexibilität und männlicher Intelligenz. Ich nehme ein Stück Pappe und Tesafilm und bastle einen neuen Batteriedeckel.«

Greta lacht. Es klingt kehlig und erstaunlich sexy. »Du beißt dich also durch.«

»Ich beiße mich durch«, bestätige ich und betrachte die Sommersprosse auf ihrer Wange. Wie aus dem Nichts kommt mir der Gedanke, dass ich sie jetzt eigentlich küssen könnte.

»Um zu etwas Erfreulicherem überzugehen«, unterbricht Greta lächelnd meine Gedanken. »Dein *Daybreak*-Auftritt war absolut wegweisend. In der nächsten *Lifestyle* dreht sich alles um Männer. Und du sollst unser Hauptautor sein! Rate mal, wie deine neue Kolumne heißen wird?«

»Na?«

»Trophäenmänner.«

»Ehrlich? *Lifestyle* will mehr davon?«

»Oh, ja«, sagt sie. »Sie wollen dir einen Jahresvertrag anbieten, bevor es jemand anderer tut. Du hast einen guten Tag, Schatz, und es ist noch nicht mal Mittag.«

Ja, das sind wirklich gute Neuigkeiten. Ganz objektiv betrachtet. Aber irgendwie wirken sie sich noch nicht auf meine Stimmung aus. Ich bin wie ein Dinosaurier. Wenn ich erst mal in eine Richtung trotte, brauche ich Tage, um umzukehren.

»Dein Problem hat gar nichts mit deiner Frau zu tun«, fährt Greta fort. »Dein Problem ist, dass du nicht an dich selbst glaubst. Aber das solltest du. Du bist ein heißer Typ, Soldat! Alle Welt will dich.«

»Ach wirklich?« Ich schaue Greta in die haselnussbraunen Augen. Ich könnte schwören, dass ihre Pupillen geweitet sind.

»Hölle, ja«, antwortet sie rauchig. »Du hast die Seele eines Engels und einen wunderschönen, männlichen Körper.«

»Ach wirklich?«, wiederhole ich. Ich kann meinen Blick nicht von ihren Lippen lösen.

»Ja«, erwidert sie leise. Ihre Lippen öffnen sich.

Ich beuge mich ein Stückchen vor. Langsam kommt sie näher. Als sich unsere Nasen berühren, ist es, als würde mich ein elektrischer Schlag durchzucken. Unsere Lippen begegnen sich, ich schließe die Augen, die Zeit bleibt stehen, und ein Glücksgefühl flutet meinen Körper.

Oh, mein Gott. Wir küssen uns! Greta Kay und ich küssen uns! Ihre Hand berührt mein Ohr. Hauchzart und wunderschön. Sie begehrt mich. Für einen kurzen Moment berührt ihre Zunge die meine, rasch wie eine Fischflosse im Strom. Oh, mein Gott! Wir … Benommen rücke ich von ihr ab. »Ich sollte jetzt besser gehen.«

»Ja«, flüstert sie. Ihr Blick wirkt trunken. »Sonst reiße ich dir noch die Klamotten vom Leib wie einem Kaninchen das Fell.« Dann lächelt sie erneut und sagt: »Aber warte. Ich will dich noch mal küssen.« Und das tut sie.

Polly

Ich verlasse die Bar Italia und gehe in Richtung U-Bahn-Station. Aber dann fällt es mir ein … Ich muss ja gar nicht zur Arbeit. Ich will nach Hause.

Ich gehe über den Piccadilly Circus und durchquere den St. James's Park und den Hyde Park. Meine Schuhe klackern über den Boden, stampfen einen Takt. Ich fühle mich wie Gloria Gaynor, werde mit jedem Schritt stärker, wachse über mich hinaus. Ich fange an, mein Leben auf das Wesentliche zu reduzieren. Ich habe meiner Arbeit, meiner Mutter, meiner besten Freundin und meinem Ehemann die rote Karte gezeigt. Und das alles an einem Tag. Punkt drei meiner Liste strengt sich allerdings ziemlich an, wieder in mein Leben gelassen zu werden.

Auf meinem epischen Marsch textet Em mich ununterbrochen zu.

SMS Nummer eins: *Polly, es tut mir sooo leid.*

SMS Nummer zwei: *Bitte, bitte komm morgen mit.*

SMS Nummer drei: *Ich habe die böse, böse Brust abgeschnitten und sie einem Priester zum Verbrennen gegeben.*

SMS Nummer vier: *Ich liebe dich, bitte komm morgen mit.*

SMS Nummer fünf: *Priester hat Brust angenommen.*

SMS Nummer sechs: E*r hat sie exorziert. Verbrannt. Bitte vergib mir.*

SMS Nummer sieben: *Ich schneid mir auch die zweite Titte ab, wenn du willst.*

SMS Nummer acht: *Soll ich Dan heiraten? Ich weiß es nicht. Ohne dich bin ich verloren.*

SMS Nummer neun: *Ich glaube, James Hammond mag dich. Er hat gerade nach dir gefragt.*

Die letzte Nachricht erhalte ich, als ich am Ravenscourt Park angelangt bin. Ich bleibe stehen, lehne mich an eine Buche und hole tief Luft. Und rufe Em an.

»Polly!«, ruft sie begeistert. Ihre Stimme klingt nach Sonnenschein. Einen Moment lang sind wir wieder ganz die alten, und ich muss zugeben, es fühlt sich … gut an.

»Wieso hast du mit James Hammond gesprochen?«, frage ich.

»Ha!«, ruft sie munter. »Wusste ich's doch, dass man dich damit kriegen kann. Du hast einfach keine Integrität.«

Ausnahmsweise lasse ich ihr das durchgehen. Ich bin so froh, sie wieder auf meiner Seite zu haben. Es ist, als würde ich auftauen.

»Wieso hast du mit James Hammond gesprochen?«, wiederhole ich.

»Ich habe eben gute Kontakte«, erklärt sie. »Außerdem hatte ich seine Nummer noch von dem Interview damals.«

»Ist er im Lande?«

»Du solltest dich mal hören! Du bist ja richtig verknallt!«

»Bin ich nicht!«

»Du bist total heiß drauf, etwas über ihn in Erfahrung zu bringen!«

»Aber … Hat er …?«

»Hat er sich nach dir erkundigt? Aber ja doch. Ich wollte ihm mitteilen, dass ich morgen komme, und er meinte nur: ›Toll. Kommt Polly auch?‹, und ich habe bejaht. Also bitte, wenn du jetzt nicht dabei bist, stehe ich ziemlich blöd da.«

»In Ordnung, ich komme«, erwidere ich. »Ich muss nur Arthur bitten, auf die Kinder aufzupassen.«

»Wunderbar.«

Ein langes Schweigen macht sich breit.

»Polly, ich bin so froh, dass wir wieder miteinander reden, ich muss dir unbedingt etwas gestehen«, sagt Em schließlich.

Schon mache ich mir erneut Sorgen. »Was hast du jetzt wieder angestellt??!!«

»Ich … habe mit Malcolm geschlafen.«

»Du hast mit Malcolm geschlafen?!«, wiederhole ich. Gott sei Dank hat die Enthüllung nichts mit mir zu tun. Aber sie erstaunt mich. Über alle Maßen.

»Ja.«

»Und wie … Ähm, war es … okay?«

»Eigentlich war es … göttlich.«

»Göttlich?!«

»Er hat mich massiert und mich dann … unter Anleitung meditieren lassen.«

»Klingt wie ein Workshop.«

»Polly«, sagt Em. »Der Mann hat sich allein für Cunnilingus eine halbe Stunde Zeit genommen. Ich hatte Halluzinationen und dachte, ich sei in einer Art Himmel oder so. Und vorher hat er mich noch nach Hause gebracht, mir beim Kotzen geholfen und mein Fenster repariert. Ein stattlicher Service, findest du nicht?«

»Heißt das … du willst ihn wiedersehen?«

»Keine Ahnung. Morgen treffe ich erst mal Dan. Vielleicht verrät er mir dann, ob er mich heiraten will oder nicht.«

»Aber … willst *du* ihn denn noch heiraten?«

»Warum denn nicht?«

»Na, weil du mit Malcolm im Bett warst? Das könnte auf gewisse Zweifel deinerseits schließen lassen.«

»Klar habe ich Zweifel. Aber ich bin auch vierunddreißig. Und will vielleicht mal Kinder.«

»Tust du das?«

»Nein. Aber irgendwann vielleicht. Und ja, Dan hat seine Macken. Aber die Menschen, die am wenigsten liebenswert sind, brauchen am meisten Liebe. Klingt logisch, oder? Jedenfalls hat Dan jemanden verdient, der ihn liebt. Und ich denke, dieser jemand könnte ich sein.«

»Du willst ihn also tatsächlich heiraten?«

»Ja. Ich weiß, dass er eitel, dumm und oberflächlich ist, aber, hey Polly, das bin ich auch!«

»Nein, bist du nicht!«

»Bin ich wohl!«

»Okay, bist du, aber nicht so schlimm wie Dan, der nur über seine Frisur quatscht. Ein *Big Brother*-Kandidat. Ein Hohlkopf in Qualitätsklamotten.«

»Polly!«

»Ist doch wahr! Und ich kann mir leider kein tiefschürfenderes Urteil erlauben, weil ich den Kerl ja nie sehe! Und weißt du auch, warum? Weil du ihn auch nie zu Gesicht kriegst!«

»Ach, komm schon.«

»Er geht dir aus dem Weg, Em.«

»Er ist abends oft bei irgendwelchen Events.«

»Ja, weil er sich nämlich fürchtet, nach Hause zu gehen. Der Mann hat keine Ahnung, wer er ist. Er kann keinen einzigen Satz von sich geben, der nicht ironisch gemeint ist. Und du weißt ganz genau: Er ist der Typ Mann, der ein paar Jahre bleibt und dann irgendeine Schlampe in seinem Büro nagelt.«

»Ja, Schatz«, antwortet Em. »Die Gefahr besteht wohl. Aber es ist auch möglich, dass wir uns ein Leben lang lieben und glücklich sind. Darauf möchte ich hoffen.«

Pause.

»Wenn er dir also einen Antrag macht«, sage ich ruhig, »wirst du annehmen?«

»Ja. Ich liebe ihn.«

»Würdest du dann vielleicht vergessen, was ich gerade gesagt habe?«

Wieder Schweigen.

»Wenn du das mit den Nippeln vergessen kannst …«

Noch mal Schweigen.

Schätze, wenn sie so verzweifelt war, mit Malcolm ins Bett zu hüpfen, darf ich mich nicht wundern, dass sie es auch bei Arthur versucht hat. Außerdem – so ist Em einfach. Ich bin nicht mit ihr befreundet, weil ich sie für besonders integer halte, sondern weil alles an ihr leidenschaftlich, überraschend und vollkommen durchgeknallt ist.

»Deal«, sage ich.

Stille. Doch ich weiß, dass wir beide lächeln, und das tut gut. Männer kommen und gehen, aber wir Mädels halten zusammen.

»Also«, meint Em schließlich. »Schauen wir mal, was er sagt.«

»Okay.«

»Und noch mal: Tut mir leid. Ich liebe dich. Bis bald.«

»Bis bald.«

Plötzlich denke ich: Moment mal, wie hat sie das gemacht? Sie zerrt mich in ihre Welt, so dass ich meine ganz vergesse. Em ist derart auf sich selbst fixiert, dass ich die Scheidung mit keinem Wort erwähnt habe. Aber die Aussicht auf unseren Abend in

Bodsham Abbey wird immer interessanter. Ich will ihn um nichts in der Welt verpassen.

Arthur

Gretas Kuss hat mich verändert. Ich fühle mich wie ein Riese. Außergewöhnlich gefühlvoll. Als sei ich eben aus dem Krieg heimgekehrt. Alles ist traurig und wunderschön, aber vor allem unendlich kostbar. Ich steige aus der U-Bahn und finde die Station wunderschön. Wie schade, dass ich gleich wieder gehen muss. Ich komme an einer Schule vorbei, wo Eltern auf ihre Kinder warten. Wunderschön. Die Männer tragen beutelige Shorts, schlecht verarbeitete Sandalen und kleine Plauzen. Liebenswert. Die Mamis haben nette Frisuren, Sonnenbrillen und halten ihre Kaffeebecher in Händen, als seien es Kompasse. Wunderschön sehen sie aus. Ich liebe sie alle.

Einen Moment später übermannt mich das schlechte Gewissen. Dann wieder denke ich an den Kuss von eben und bin scharf wie Nachbars Lumpi. Es ist wie eine Trance. So habe ich mich nicht mehr gefühlt, seit ich in Polly verliebt war. Damals musste ich im Bett nur den Arm um sie legen, um sofort Glück in meiner Brust bersten zu spüren. Ich liebte ihre schmalen Schultern. Wie sie im Schlaf zuckte. Zu Beginn unserer Beziehung habe ich mal einen Umzugswagen zum Haus ihrer Mutter gefahren und war einfach nur stolz, bei ihr sein zu können.

Plötzlich denke ich: Wieso sinniere ich jetzt über Polly? Herrgott noch mal, du bist ja geradezu ausgehungert nach Zuneigung! Jemand gibt dir ein Küsschen, und schon bist du bis über beide Ohren verliebt. *Sei nicht so zügellos! Reiß dich zusammen!*

Ich habe unsere Straße erreicht und sehe zwei Mütter, die nervös zu mir rüberspähen. Sie wissen Bescheid. Ich empfinde erstes Unbehagen. Die Mütter an unserer Schule reden gerne, und wenn eine etwas wirklich Interessantes zu erzählen hat, dann funktioniert das wie bei den einhundertundein Dalmatinern, wenn sie die Kunde zum Sonnenuntergang weiterbellen. Sobald eine weiß, dass ich weg bin, wissen es alle! Ach du Scheiße … und ich habe es heute Morgen im Frühstücksfernsehen ja noch selbst verkündet!

Hat Polly schon von meinem Auftritt bei *Daybreak* erfahren? Wie wird sie reagieren? Kann sie sich das mit Greta denken? Ist sie sauer?

Ich mag nicht verliebt sein. Meine Gefühle sind außer Kontrolle. Ich halte das nicht aus.

Als ich um die Hecke biege und auf mein Haus zugehe, stürmen Eindrücke und Empfindungen auf mich ein. Ich sehe das Schild, das Robin und ich an die Tür gehängt haben. (Da steht: VORSICHT – BISSIGE ENTE, und darunter prangt das Bild einer Ente.) Drei Jahre hängt es nun schon da. Der Anblick versetzt mir einen Stich.

Als ich einen Blick durchs Küchenfenster werfe, sehe ich meine Kinder und empfinde eine so starke Liebe, dass mir übel wird. Ivy malt. Malory zeichnet. Robin schneidet seinen Toast in gleichgroße Streifen. Oh, mein Gott. Ich will ihr kostbares Leben nicht zerstören!

Robin sieht mich zuerst. Sein Gesicht leuchtet auf, und er schenkt mir ein etwas debiles, aber durch und durch liebevolles Lächeln. In weniger als zwei Sekunden ist er an der Haustür. Auch die anderen kommen auf mich zugestürmt. Eine Breitseite Kind donnert mit voller Wucht in mich hinein. Ivy schlingt ihre Ärmchen um mich und schreit: »Daddy!«

»Gute Neuigkeiten«, sagt Robin. »Wir haben unsere Klassenliste für nächstes Jahr. Ich les sie dir vor, ja?«

»Kinder«, erwidere ich. »Es tut verdammt gut, euch zu sehen, und die Klassenliste muss ich mir auch unbedingt anschauen. Aber vorher brauche ich zehn Minuten mit Mum, okay?«

Doch natürlich hört mir keiner zu. Sie lieben mich. Und nichts von dem, was ich sage, interessiert sie.

»Daddy, was ist das?«, fragt Malory. Sie hat meine Klimt-Cartoons auf dem Tisch ausgebreitet. »Wer ist der Mann?«

»Gustav Klimt«, antworte ich.

»Und warum hast du den so oft gemalt?«

Gute Frage. Warum habe ich das getan?

»Hatte es mit der Arbeit zu tun?«, will Robin mir zu Hilfe kommen.

»Nein«, entgegne ich. »Manche Dinge muss man einfach tun, wenn man Lust darauf hat. Und Gustav Klimt zeichne ich gerne. Das kann man auf jede erdenkliche Art tun.«

Malory wirft mir einen hinterlistigen Blick zu. »Dann mal ich ihn als Käfer.«

»Gute Idee«, antworte ich.

»Und ich als Fee«, sagt Ivy.

»Muss man ihn doof malen?«, fragt Robin.

»Nein«, sage ich. »Du kannst ihn malen, wie du willst. Das ist ja der Sinn der Sache. Überrasch mich.«

Das gefällt ihnen.

»Wo ist Mum?«

»Oben im Schlafzimmer«, erwidert Robin.

»Malt ihr ruhig weiter«, sage ich. »Ich muss mal eben mit ihr reden.«

Polly

Arthur ist hier. Ich höre ihn im unteren Stockwerk.

Ich weiß nicht, was ich machen soll. Mir tun die Schultern und der Nacken furchtbar weh. Der Tag war schon emotional genug, ich muss es ruhig angehen lassen. Und ihn dazu bringen, am Freitag auf die Kinder aufzupassen. Und auszuziehen. Zu Malcolm vielleicht.

Arthur

Unser Schlafzimmer ist im zweiten Stock.

Ich bleibe auf dem Treppenabsatz stehen, von wo aus ich in Malorys Zimmer gucken kann. Mir fällt wieder ein, wie Polly und ich vor einiger Zeit auf ihrem Bett gesessen und Malory und Robin bei einem wilden Tanz zugesehen haben.

Auf der Treppe stehen zwei Pappfiguren, Rapunzel und Flynn Rider, die ich vergangene Woche mit Ivy aus einer Cornflakes-Packung ausgeschnitten habe. Rapunzels langes Haar haben wir mit einem breiten, gelben Geschenkband simuliert und dann ein überaus spannendes Spiel gespielt: Flynn sollte an Rapunzels Haar hinaufklettern, das sie übers Treppengeländer zu ihm hinabgelassen hatte.

Inzwischen ist Rapunzels Filzstiftgesicht nur noch verschwommen zu erkennen, weil Wasser daraufgetropft ist, und der Anblick tut mir entsetzlich weh. Mir fällt ein, dass ich Ivy beim nächsten Mal vermutlich im Zoo wiedersehen werde oder bei McDonald's. Nicht mehr beim Spielen auf der Treppe. Mache ich gerade einen schlimmen Fehler? Mit einem Mal kommen mir unsere langen Spielenachmittage paradiesisch vor, und ich weiß nicht mehr, warum ich eigentlich wegwollte.

Was mache ich nur? Was soll ich Polly sagen? Ich bin noch nicht bereit. So leise ich kann, schleiche ich die Treppe hinauf. Oben angekommen, spähe ich in unser Schlafzimmer. Da ist sie.

Es ist seltsam, jemanden heimlich zu beobachten. Polly kehrt mir den Rücken zu, die Bettdecke liegt auf dem Boden. Sie räumt Bücher von meinem Nachttisch und nimmt *Die wilden Detektive* zur Hand, um darin zu blättern.

Oh, mein Gott.

Zum ersten Mal, seit wir beschlossen haben, uns scheiden zu lassen, bekomme ich sie wieder zu Gesicht. Sie gehört nicht mehr zu mir. Ich versuche, sie wie eine Fremde zu betrachten.

Ich sehe eine fünfunddreißigjährige Frau in Jeans und weißem T-Shirt. Ihr Haar ist zurückgebunden, so dass ihre zarten Wangenknochen zur Geltung kommen. Einzelne Strähnen haben sich aus ihrem Haarband gelöst und fallen ihr in den Nacken. Sie sieht wunderschön aus, diese Frau, von der ich mich scheiden lassen will. Ich werde noch emotionaler. Es kommt mir vor, als hätte man mir zwei Schichten Haut abgezogen. Als liefe *Northern Sky* von Nick Drake im Radio, und zwar genau die Stelle, an der das Klavier einsetzt. Es klingt wie Sonnenschein nach Regen, wie Tränen nach einem Wutausbruch. Oh, nein. Ich liebe sie immer noch.

Polly

Ich tue nur so, als ob ich lese. Ich weiß, dass er mich beobachtet. Ich höre ihn wie einen liebeskranken Pfadfinder hecheln.

Arthur

»Liebling«, sage ich.

Sie dreht sich um, und wir blicken uns gequält an. Keiner von uns weiß, was er tun soll. Immerhin legt sie das Buch ab. Ich mache einen Schritt nach vorne.

Wie begrüßt man jemanden, mit dem man sich gerade über die Scheidung einig geworden ist? Wir umarmen uns ungeschickt. Ihr Duft umweht mich. (Apfel, Jasmin und frischgewaschene Jeans. Ich liebe es.) Als ich mich von ihr löse, sehe ich, dass sie sich geschminkt hat. (Für mich???)

»Wieso bist du zu Hause?«, frage ich.

»Ich wollte nicht zur Arbeit.«

»Warum nicht?«

»Ich fand, es gäbe heute Wichtigeres zu tun.« Sie bedenkt mich mit einem bedeutungsvollen Blick. »Ich weiß sowieso nicht, ob ich den Job weitermachen soll.«

»Ernsthaft?«

»Ja. Vielleicht sollte ich endlich das tun, wonach ich mich schon seit Ewigkeiten sehne – alles hinschmeißen und Gärten gestalten.«

»Gute Idee«, antworte ich. Wow. Das geht ja schnell. Sie wirkt schon jetzt ganz anders. Verletzlich irgendwie. Total liebenswert.

»Und?«, sagt Polly. »War es nett, Greta wiederzusehen?«

»Ähm … ja.« Sie hat mich geküsst, Polly. Da war Liebe. Es war wieder wie damals zwischen dir und mir.

»Schön. Nun denn. Wir müssen ein paar Dinge besprechen. Zum Beispiel … Freitag.«

Stimmt, ich habe ja das Leben aus dir rausgequetscht, weil ich mich geweigert habe, Termine zu machen. Also, machen wir Termine. Machen wir Termine, als sei es der letzte Tag auf Erden!

»Ich fahre zu James Hammond. Ist es immer noch okay für dich, wenn du die Kinder nimmst?«

»Na ja«, sage ich. »Magst du ihn?«

Polly errötet leicht. Zu meinem Leidwesen finde ich das sehr süß.

»Ähm … Also, das ist ja eine blöde Frage. Ich gehe einfach nur auf eine Party und soll mir außerdem seinen Garten ansehen. Deswegen werfe ich mich ihm doch nicht gleich an den Hals. Ich bin ja kein Welpe.«

»Polly«, antworte ich ruhig. »Er hat verdammt viel Geld und könnte jeden für seinen Garten engagieren. Aber er hat dich gefragt, weil er auf dich steht, eindeutig. Also, magst du ihn?«

Sie sieht mir zwei Sekunden lang in die Augen. »Ja«, antwortet sie. »Das tue ich.«

Oh, Hölle.

»Na, dann … fahr. Ich passe auf die Kinder auf.«

»Danke«, sagt Polly und berührt meinen Arm.

Total schräg. Es ist, als wäre unsere Beziehung auf eine andere

Ebene befördert worden, wo wir Freunde sind und uns gegenseitig von unseren Schwärmereien erzählen.

»Und warum magst du ihn?«, frage ich plötzlich.

»Nun … Ich hatte schon lange das Gefühl, von dir erdrückt zu werden.«

»Wieso?«

»Weil du dich nie um die Wäsche kümmerst. Und du saugst nicht.«

»Und James Hammond saugt deiner Meinung nach?«

»Das muss er nicht. Er hat Personal. In jedem seiner fünf Häuser. Und in den achtundsechzig Hotels.«

»Klingt nach einem tollen Kerl«, sage ich. »Aber wie würde er sich schlagen, wenn er in einer Quizshow nach Arsenals defensivem Mittelfeldspieler von 1998 gefragt würde?«

Immerhin – Polly grinst. »Unter solchen Bedingungen wäre er nicht zu gebrauchen.«

»Vielen Dank.«

»Aber ich könnte ihm natürlich verraten, dass es Martin Keown war.«

»Ich liebe dich«, sage ich und füge hastig hinzu: »In allerbester Scheidungsmanier natürlich.«

»Danke«, sagt sie nach einer kleinen Pause.

»Übrigens ist mir nicht entgangen, dass alle deine Gründe, die du genannt hast, mit mir zu tun hatten.«

»Weil du nervst«, sagt sie. »Du putzt das Bad nicht, du machst Schubladen kaputt und erwartest, dass ich sie wieder repariere.«

Normalerweise würde ich jetzt erwidern: »Na und? Du schmeißt Milchkartondeckel weg, obwohl die Milch noch nicht alle ist.« Aber im Moment kann sie mir nichts tun. Ich bin ein Riese. Ich überlege, dass ich mich auf dem Absatz umdrehen und eine Affäre mit Greta anfangen könnte. Jedes von Pollys Worten rechtfertigt diesen Gedanken. Also reagiere ich, wie ich noch nie reagiert habe. Ich sage: »Sprich weiter.«

»Okay«, erwidert sie ein wenig überrascht. Im Kampf Ehemann gegen Ehefrau hat die Hausarbeit eine Schlüsselrolle. Sie kann nicht glauben, dass ich ihr einen Freischuss zugestehe. »Du machst nicht mal diese typisch männlichen Dinge. Du tauschst keine Glühbirnen aus, bestellst kein Essen, kannst keine Löcher bohren …«

Hier geht ihr schon die Luft aus. Sie hat sich selbst aus dem Rennen geworfen. Warum ist mir das nicht schon viel früher eingefallen? Frauen lieben es, ihre Männer zu kritisieren. Aber du darfst einfach nichts zu deiner Verteidigung sagen. Dann hören sie nach einer Weile wieder auf.

»Gibt es denn etwas, das ich tue?«, frage ich.

»Du kannst besser lange Strecken fahren«, antwortet sie. »Und du weißt, wie man den Boiler einstellt, wenn der Druck nachlässt.«

»Du darfst mich ruhig ein bisschen loben, wenn du magst.«

»Der letzte Teil war das Lob.«

Darüber muss ich tatsächlich lachen. Eigentlich nicht überraschend, dass sie mich immer so runterzieht. Warum habe ich mein fragiles Selbstwertgefühl nur je von ihrer Meinung abhängig gemacht? Das ist alles völlig unangemessen. Sie hat praktisch nie etwas für gut befunden.

»Wir könnten uns eine Putzfrau besorgen.«

»Was?«, fragt sie. Es scheint sie zu verblüffen, dass ich auf ihre Klagen eingehe.

»Damit dürften sich die meisten unserer Probleme von selbst erledigen.«

»Wir können uns keine Putzfrau leisten!«, protestiert sie. »Deswegen will ich ja, dass du putzt!«

»Ah, da haben wir es«, sage ich. »Du brauchst einen Putzmann, deswegen weigerst du dich auch, dich einfach mal in meine Lage zu versetzen. Putzleute sollen gesehen, aber nicht gehört werden. Und genau das ist das Problem. Du willst der Boss sein und wirst sauer, wenn ich meine Rechte geltend mache.«

»Was!?« Sie hat geglaubt, unser Streit sei vorbei und ich ausgeknockt. Dabei habe ich mich gerade wieder aufgerappelt und sie in den Schwitzkasten genommen.

»Ach komm schon, deswegen haben wir uns am Dienstag doch gestritten«, sage ich. »Wenn es James Hammond beruflich schlechtgehen würde, hättest du doch garantiert ein bisschen Mitgefühl! Und wenn du mir mehr Respekt entgegenbringen würdest, hätte ich einen viel größeren Handlungsspielraum und du würdest dich nicht über alles, was dir nicht in den Kram passt, aufregen.«

»Wie bitte?!! Jetzt gibst du mir die Schuld, dass du gegangen bist? Ist es das, was du hier machst?«

Es ist genau das, was ich hier mache, und ich bin hocherfreut, dass sie es endlich kapiert.

»So ist das also, ja? Wenn's nach dir geht, ist das alles meine Schuld? Ich bin die unverschämte Kuh, die ihren Mann zur Putzfrau degradiert?«

»Na, na«, sage ich. »Jetzt übertreibst du aber.«

»Ach ja?«

»Wenn ich etwas sage, was dich auch nur ein kleines bisschen verletzt, schnappst du dir ein Messer und stößt es dir in den Bauch. Du machst die Wunde drei-, viermal größer, schneidest dir noch ein paar Glieder ab und fällst dann zuckend zu Boden. Das ist unfair!«

»Es ist unfair, wenn du *mich* kränkst?« Jetzt wird sie richtig böse. Sie wendet sich ab, um mit der Bettwäsche zu ringen.

»Ja, weil du versuchst, mich so zu beschämen, dass ich den Mund halte«, erkläre ich. »Und genau deswegen komme ich nie dazu, meine Meinung zu sagen.«

»Das ist *deine* Sichtweise«, entgegnet sie, während sie die Decke aufs Bett schleudert und sie dann noch einmal anhebt, weil sie nicht richtig liegt. Plötzlich hält sie abrupt inne.
»Was ist los?«, frage ich.

Polly

Mein Rücken tut höllisch weh. »Aua!«, rufe ich. »Ich glaube, ich hab mir was verrissen.«
»Soll ich dich massieren?«
Soll er das? Eigentlich finde ich es falsch, aber verdammt noch mal, das schmerzt wirklich furchtbar. »Danke«, antworte ich deshalb und lege mich aufs Bett.
»Aber ich mag es nicht, wenn du mich um eine Massage bittest und dir dann das Oberteil nicht ausziehst, so dass ich nur Stoff knete«, wendet er ein. »Also zieh es bitte aus.«
Seit wann ist er so dominant? Normalerweise würde ich etwas Sarkastisches erwidern, doch stattdessen mache ich etwas sehr Untypisches: Ich ziehe stumm mein T-Shirt aus, lege mich hin und warte ab.

Arthur

Als ich aus dem Badezimmer komme, liegt Polly bäuchlings auf dem Bett. Ich betrachte ihren nackten Rücken.
Bevor ich anfange, lasse ich das Öl in meinen Händen warm werden, die ich dann dicht über ihre Schultern halte, damit sie die Wärme spüren kann. Ganz sanft beginne ich mit der Massage und arbeite mich mit den Daumen durch das Tal zwischen ihren Schulterblättern aufwärts. Der harte Knoten sitzt wie üblich unterm rechten Schulterblatt, und die Bänder und Sehnen, die ihren Hals stützen, sind auch ziemlich verspannt. Ich glätte und knete. Sie stöhnt. Mit gleichmäßig kreisenden Bewegungen mache ich weiter.

Ich betrachte ihren Rücken und stelle fest, dass ich wirklich jede Sommersprosse kenne. Und die sexy Grübchen über ihren Pobacken. Ich erinnere mich noch an den Moment, als ich sie zum ersten Mal gesehen habe. Ich war ganz schwach vor Lust und habe darübergeleckt.

Ich weiß genau, wie ihr Hinterteil aussieht, kenne die Form und jede Wölbung. Ich schiebe die Decke ein Stück zurück. Während ich das Öl in ihren unteren Rücken massiere, starre ich ihre Pobacken an. Wie gerne würde ich meine Hüften daran schmiegen. Ich würde gerne …

»Warum haben wir eigentlich keinen Sex mehr«, fragt sie plötzlich.

Ups. Ertappt.

»Müdigkeit«, antworte ich.

»Wahrscheinlich«, meint sie.

»Und die Suche nach einem Eigenheim hat den Sex ersetzt«, füge ich hinzu.

Sie schweigt. Sie weiß, dass das ein Vorwurf ist. Aber ich knete ihre Schultern, und das liebt sie.

»Fandst du …«, beginne ich zögernd, »… es denn gut?«

»Klar«, antwortet sie. »Als Liebhaber bist du … wie ein Volvo. Groß und verlässlich. Ich wusste immer, dass du mich, ähm … in die Garage bringst. Und viele Leute mögen ja Volvos.«

»Du auch?«, hake ich nach.

»Na ja«, gibt sie zurück. »Ich musste den Volvo halt leider morgens schlafen lassen, sonst ist er aufgewacht und hat zu fluchen angefangen.«

Ich lache. Oder so was in der Art.

»Fandst *du* es gut?«

»Was?«

»Den Sex.«

»Ähm … klar.«

Pause.

»Aber?«, fragt sie.

»Kein Aber.«

»Ich merke doch, dass es ein Aber gibt.«

»Wie kommst du darauf?«

»Oh, jetzt hör aber auf«, erwidert sie. »Wir trennen uns.Da können wir genauso gut Freunde werden. Und ich geb's ja gerne zu. Unser Liebesleben war am Schluss ein bisschen schal.«

»Wir haben höchstens einmal im Monat miteinander geschlafen«, sage ich. »So lange hält kein Eiweiß. Und immerhin schluckst du manchmal Eiweiß.«

»Sprichst du von Fellatio?«, fragt sie.

»Klar spreche ich von Fellatio.«

»Das mach ich aber doch.«

»Ja, aber nur ungefähr einmal in fünf Jahren. Und dann stürmst du direkt danach mit dicken Backen aus dem Schlafzimmer.«

»Das ist nicht wahr.«

»Doch. Du siehst aus wie ein Hamster, der losprescht, um seine Jungen zu füttern. Das macht den Moment so ein bisschen kaputt, muss ich sagen. Das Zeug ist nämlich nicht giftig, weißt du? Im Gegenteil, sehr nährstoffreich. Mit viel Vitamin C. Müsste man eigentlich im Bioladen anbieten.«

»Du willst also, dass ich dir einen blase?«

»Ein paarmal im Jahr wäre schön. Ich tue dir den Gefallen auch gerne zweimal so oft. Ich mache das nämlich wirklich gerne.«

»Wirklich?«

»Ja. Es ist aufregend. Aber auch schwierig, weil ich deine Beine nicht anheben darf.«

»Weil ich dann immer das Gefühl habe, du willst mir die Windeln wechseln.«

»Du bist ein kleines bisschen unflexibel, weißt du das? Du hättest sehr viel mehr Spaß am Leben, wenn du dich ein wenig entspannen und die Dinge auf dich zukommen lassen würdest.«

»Tja. Tut mir leid.«

Jetzt habe ich sie gekränkt.

»Danke für die Massage. Das war wunderbar. Mir geht's schon besser.«

Sie schiebt sich unter mir hervor und zieht sich ihr T-Shirt über den Kopf. Für einen kurzen Augenblick erhasche ich einen Blick auf ihre Brüste. Sie sind klein, aber perfekt geformt. Polly setzt sich und lehnt sich gegen das Kopfteil.

Mir fällt ein, dass dies das letzte Mal gewesen sein könnte, dass wir miteinander im Bett waren. Und ich habe sie entwischen lassen.

»So hab ich das nicht gemeint«, sage ich. »Aber es wird immer so viel über großartigen Sex geredet. Meiner Ansicht nach besteht das Geheimnis der Liebe darin, oft schlechten Sex zu haben.«

»Wow, was für ein Geschenk an die Frauen. Arthur Midgley bietet euch schlechten Sex.«

Wir lächeln beide. Und dann folgt ein knisternder Moment, in dem wir uns in die Augen schauen. Ohne zu lächeln.

Polly

Eigentlich könnten wir doch jetzt schlechten Sex haben. Arthur kommt mir plötzlich viel anziehender vor als sonst. Vielleicht kann der Volvo noch einmal rückwärts in die Garage setzen.

Moment mal. Was machen wir eigentlich hier? Rasch klettere ich aus dem Bett und hebe die restlichen Kissen auf.

»Ich will bloß, dass für die Kinder alles normal weiterläuft. Deswegen habe ich sie zum Lunch aus der Schule geholt. Ich möchte sie jetzt nicht zurückbringen.«

»Okay«, antwortet er.

»Lass uns etwas Besonderes für sie machen«, schlage ich vor.

»Okay.«
»Lass uns in den Safaripark fahren und Löwen angucken.«
»Was? Bitte nicht! Warum müssen wir immer einen Plan haben?«
»*Lifestyle* hat den Park zum besten Familienausflugsziel des Jahres gewählt.«
»Ja logisch«, sagt er. »*Lifestyle* wird ja auch von Workaholics Ende zwanzig geschrieben. Die haben keine Ahnung von Familienausflügen. Und von Lifestyle auch nicht wirklich.«
»Arthur«, erwidere ich. »Die Kinder wissen, dass etwas im Busch ist. Bitte … sei heute einfach mal ruhig und freundlich.«
»Okay.«
»Lass uns die *Lifestyle*-Empfehlung ausprobieren. Wir springen ins Auto und flitzen rüber. In gut einer Stunde sind wir da.«

Arthur

Na bitte. So macht *Lifestyle* einem das Leben zur Hölle. *Lifestyle* weiß nicht, dass man zwanzig Minuten braucht, um Ivy aus dem Haus zu bekommen – zwanzig Minuten, in denen sie permanent brüllt. *Lifestyle* weiß nichts von den Staus auf der M25. Oder den unsäglichen Schlangen vor dem Eingang zum Safaripark in Longleat. Und *Lifestyle* hat auch keine Ahnung von der Regenbogenfeen-CD, die wir während der ganzen Fahrt zu hören gezwungen sind. (Mir ist es echt so was von egal, dass sich Kirsty und Rachel mit den Feen angefreundet haben.)
Mit »rüberflitzen« hat das nichts zu tun.
Als ich nach Hause kam, war ich sensibel und traurig. Jetzt bin ich gereizt und kriege kein Wort mehr heraus.

Polly

Unfassbar. Vorhin dachte ich noch, meine Ehe sei endgültig im Eimer, und nun sitzt die ganze Familie im Safaripark im Auto.

Tun wir das Richtige? Beziehungsweise: Was genau tun wir hier? Eigentlich will ich im Augenblick gar nicht darüber nachdenken, sondern mir einfach nur die Tiere anschauen. Viel sehen können wir allerdings nicht. Wir stehen Stoßstange an Stoßstange in einer Autoschlange, ungefähr vierzig Meter von den Löwen entfernt, die alle schlafend am Boden liegen. Die Familien vor uns versuchen, sie mit ihrem Gehupe zu wecken.

»Dad?«, fragt Ivy. »Warum schlafen die Löwen denn?«

»Du hast recht«, sagt Arthur. »Die sollten jetzt wirklich langsam mal aufstehen. Ich meine, haben die denn gar nichts zu tun? Müssen die nicht zum Pilates oder so was?«

»Ist das eine Anspielung?«, frage ich.

»Na ja«, antwortet er. »Ich glaube schon, dass Tiere klüger sind als wir. Löwen interessieren sich nicht für die Schulaufsicht oder einen Umzug aufs Land. Sie überlegen nur: Habe ich genügend gefressen? Ja. Bin ich in Sicherheit oder droht mir ein Angriff? Nein. Okay, dann kann ich mich ja ein bisschen aufs Ohr legen.«

Worauf will er hinaus? »Willst du damit andeuten, dass ich zu ehrgeizig bin?«

»Weißt du, was der größte Unterschied zwischen Männern und Frauen ist? Wenn Männer reden, wollen sie einen nicht unbedingt belehren. Manchmal wollen sie einfach nur eine witzige Geschichte über Löwen erzählen.«

Bei diesen Worten schrillt in meinem Kopf eine Alarmglocke.

»Oh, Gott!«, rufe ich.

»Was ist los?«

»Ich habe vollkommen vergessen, dir was zu sagen!«

»Was denn?«

»Du sollst morgen um halb elf in der Schule etwas zum Thema ›Geschichtenerzählen‹ vortragen.«

Er starrt mich an. Ich glaube, er wird blass.

»Das habe ich am Dienstag mit Tilly Sweeting verabredet.«
Jetzt sieht er aus wie ein Computer kurz vorm Absturz.
»Tut mir leid«, sage ich.

Arthur

Ich muss es zugeben, ich gerate augenblicklich in Panik. Sie will, dass ich in der Schule meiner Kinder auftrete!

Mal ehrlich: Ich bin total angefressen, dass sie meine Zeit verplant, ohne vorher mit mir zu sprechen. Außerdem habe ich eine Heidenangst davor, noch einmal mit Schulkindern zu arbeiten. Das letzte Mal wurde ich wegen eines Schimpfworts rausgeschmissen. Beim nächsten Mal stecken sie mich wahrscheinlich in einen Käfig und zünden ihn an.

»Schicken wir Tilly doch einfach eine SMS, dass ich morgen nicht kann«, sage ich.

»Aber die Lehrer streiken«, wendet sie ein.

»Ach, und warum müssen die Eltern dann die Streikbrecher sein?«

»Weil es Eltern gibt, die arbeiten und darauf angewiesen sind, dass ihre Kinder in der Schule bleiben können.«

»Aber wieso soll ausgerechnet ich den Kindern etwas beibringen?«

»Musst du ja gar nicht. Du hilfst nur aus. Mit Talentshows und ein bisschen Spaß.«

»Mit Talentshows und Spaß will ich nichts zu tun haben«, antworte ich. »Ich schlage vor, wir tauchen da gar nicht erst auf.«

»Was?«, fragt Robin, der Fledermausohren bekommt, wann immer es um etwas geht, das ihn betreffen könnte. »Aber ich muss doch meinen Tanz aufführen! Ich habe die ganze Klasse dazu gebracht, mittags zu proben. Das verpassen wir doch nicht, oder?«

»Natürlich nicht«, erwidert Polly beschwichtigend.

»Du kannst sie ja in die Schule bringen«, sage ich, »aber ich gehe da nicht hin.«

»Tilly hat schon den ganzen Tag verplant. Sie hat dich für eine Stunde eingeteilt. Man rechnet mit dir.«

Mit jedem Wort fühle ich mich mehr in die Ecke gedrängt. Ich schalte das Radio ein. Es ist ziemlich laut, und sofort kommt eins meiner Lieblingslieder – *All These Things That I've Done* von den Killers. Der Refrain setzt ein: »I got soul, but I'm not a soldier.«

Polly dreht die Lautstärke herunter, so dass ich nichts mehr hören kann. Ich hasse es, wenn sie das tut.

»Ich habe Seele?«, fragt Ivy. »Was ist Seele?«

Malory, die ein Jahr lang auf einer kirchlichen Schule war und daher Fachfrau auf diesem Gebiet ist, antwortet: »Ihr wisst ja, dass man einen Körper hat, der essen kann und weh tun und so, oder? Man hat noch einen Körper, die Seele nämlich, und die ist verbunden mit jedem anderen auf dieser Welt und kann durch Wände gehen und lebt immer und ewig.«

Hinter uns hupt jemand.

Plötzlich habe ich die Schnauze voll. »Dann fahr doch vorbei, du Pisser!«, zische ich giftig.

Polly fährt herum.

»Also sorry«, beginnt sie. »Es ist mir vollkommen egal, was hier abgeht, aber das kann ich so nicht stehen lassen.«

Ich schweige.

»Ich kann es nicht fassen«, wispert sie. »Ich habe dich gebeten, mal einen Tag ruhig und nett zu sein, und du fängst schon wieder an, vor den Kindern zu fluchen.«

Ich werfe einen Blick in den Rückspiegel. Die Kinder beachten uns gar nicht. Und die Löwen auch nicht. Malory singt »I've got soul, but I'm not a soldier!« Ivy spielt mit der Barbie. Und Robin schaut sich den Longleat-Prospekt an.

»Wieso hast du bloß immer so miese Laune?«, fragt Polly. »Du bist genau wie dein Vater.«

Etwas Schlimmeres hätte sie nicht sagen können. Mir reicht's. Ich muss hier raus! Nein! Nein! *Erkläre laut und deutlich, was in dir vorgeht.* Ich muss kommunizieren.

»Gibst du mir bitte zwei Minuten?«, sage ich.

»Warum?«

»Ich bin etwas angespannt.«

»Und weshalb bitte?«, fährt sie mich an.

»Weil wir uns scheiden lassen. Und weil du mich zu einem Auftritt angemeldet hast, den ich nicht machen möchte. Und weil ich zu einem Ausflug gezwungen wurde, den ich auch nicht machen wollte. Und weil es uns drei Stunden und achtundfünfzig Pfund gekostet hat, hierherzukommen, nur um von menschenfressenden Raubtieren umgeben zu sein und in einem verfickten Stau zu stecken!«

Okay, ich habe schon wieder ein Schimpfwort benutzt. Aber wenigstens leise. Und ich konnte es halt einfach nicht verhindern. Der Kerl hinter uns hupt schon wieder.

»Das ging nicht gegen dich«, flüstere ich wütend. »Sondern gegen den Typ hinter uns. Der in dem fetten Jeep mit der Glatze, der aussieht wie ein menschlicher Pimmel!«

Ich werfe einen raschen Blick in den Rückspiegel. Auf dem Rücksitz wird noch immer gesungen. Die Kinder haben uns nicht gehört.

Polly sieht mich erstaunt an.

»Hör zu, ich habe bereits gesagt, dass es mir leidtut«, sagt sie. »Was soll ich noch machen, mich geißeln?«

Das ist ihr Joker. Damit windet sie sich aus jeder unangenehmen Situation. »Nein, ich verlange nicht, dass du dich geißelst. Aber du hattest gerade schlechte Nachrichten für mich, und das hat mich doch etwas zornig gemacht. Und du hast sofort versucht, meinen Zorn zu ersticken, was ihn zu einem verdammten Feuer hat auflodern lassen.«

Ja! Ich weiß! Ich habe *wieder* geflucht, aber dieser Pimmel hinter mir hat auch noch zweimal gehupt.

»Hör auf. Sofort!«, brüllt Polly und sticht mit dem Finger nach mir.

Ich blicke in den Rückspiegel. Die Kinder haben zu singen aufgehört. Angst liegt auf ihren Gesichtern. Plötzlich fühle ich mich wie ein Mörder. Wir müssen das Thema fallen lassen, und zwar sofort. Aber Polly will anscheinend nicht.

»Jetzt reiß dich mal zusammen«, fügt sie hinzu.

»Weißt du was?«, sage ich. »Wenn du es einfach mal gut sein lassen würdest, würden sich die meisten Probleme von selbst erledigen. Aber das kannst du einfach nicht. Es ist wie im Irak: Sobald du einmarschierst, verursachst du Chaos.«

»Du vergleichst mich mit der Irak-Invasion?«

Wieder blicke ich in den Spiegel. Die Kinder beobachten uns erschrocken. Ich bin ein egoistisches Schwein. Ich halte das nicht mehr aus und öffne die Autotür.

»Was machst du da?«, fragt Polly.

»Ich haue ab.«

»Das geht nicht.«

»Ach, und wieso nicht?«

»Weil hier überall Löwen sind!«

»Solange die nicht versuchen, mich rumzukommandieren, ist das vollkommen in Ordnung!«

»Wo willst du denn hin?«, kreischt sie.

»Keine Ahnung!«, brülle ich. »Zu meinen Eltern!«

»Schön!«, ruft sie mir nach. »Dann frag die doch mal, warum du solche Probleme hast!«

Ich bin so sauer, dass ich sie kaum noch eines Blickes würdige. Hocherhobenen Hauptes stapfe ich davon.

In diesem Augenblick höre ich ein Bellen. Ich drehe mich um und sehe Mrs. Thompson am Autofenster. Sie will mitkommen. Ich gehe zurück und lasse sie aus dem Wagen.
Aus den Augenwinkeln nehme ich eine Regung war. Ein paar der Löwen beobachten mich. Natürlich nicht die Männchen. Die liegen einfach nur herum und starren in die Wolken. Aber drei der Weibchen haben sich erhoben.
Ich setze mich in Bewegung.
Die Löwen kommen mir nach.
Ich werde schneller und renne, wie ich noch nie in meinem Leben gerannt bin.

Polly

Das glaub ich einfach nicht. Ich hatte Arthur gebeten, nur einen einzigen Tag lang Ruhe und Normalität walten zu lassen, und jetzt rennt er vor einer Horde Löwen davon.
Ich beobachte, wie er panisch auf das Tor zusprintet.
»Wo geht Daddy denn hin?«, fragt Ivy.
»Ein bisschen frische Luft schnappen«, erkläre ich.
»Macht er ein Wettrennen mit den Löwen?«
»Richtig«, entgegne ich. »Er rennt mit den Löwen um die Wette.« Ich schiebe die Regenbogenfeen-CD in den Player. Wenn ich noch ein Wort sage, fange ich an zu weinen.

Arthur

Ich bin total deprimiert. Meine Ehe ist endgültig vorbei. Ich gehe auf das Haus meiner Eltern zu. Gibt es etwas Erniedrigenderes als einen Sechsunddreißigjährigen, der wieder nach Hause muss, weil er sonst nirgendwohin kann?
Ich komme an dem Modernen Antiquariat vorbei, in dem mein Vater Hausverbot hat, weil er den Besitzer »Mistkerl« genannt hat.

Als ich das Haus meiner Eltern erreiche, ist meine Trauer innerer Anspannung gewichen. Ich stehe auf der Schwelle, halte den Türklopfer in der Hand und werde mir plötzlich bewusst, dass ich mich innerlich wappne. Alles geschieht aus einem bestimmten Grund, denke ich bei mir. Und man kann aus allem etwas lernen.

Ich klopfe.

Keine Reaktion.

Ich warte ein wenig und klopfe dann erneut.

Wieder nichts.

Vielleicht sind sie gestorben, denke ich. (Der Gedanke ist seltsam beruhigend.)

Ich klopfe wieder.

Plötzlich reißt meine Mutter die Tür auf. »Entschuldigung! Ich-hab-die-Tür-nicht-gehört!«, brüllt sie.

Meine Mutter ist ein wenig schwerhörig. Sie heißt Cynthia und ist die zerstreute, hektische, gutmütige Sorte Mum.

»Ich-wünschte-du-hättest-mir-gesagt-dass-du-Mrs.-Thompson-mitbringst!«, redet sie wie ein Wasserfall weiter. »Ich-muss-nämlich-schon-für-Barbara-auf-den-hier-aufpassen!« (Unter ihrem Arm klemmt ein Dackel.) »Und-hättest-du-gestern-angerufen-hätte-ich-dir-zum-Abendessen-Steak-gekauft-und-was-von-dem-leckeren-Gratin-was-man-bei-Marks-kriegt … Das-tut-mir-jetzt-leid! Aber-immerhin-haben-wir-Eier-und-Quiche-und-Hummus-und-ganz viel-Milch!«

»Okay, danke«, sage ich und lächle tapfer. Wann immer ich meine Mum sehe, bin ich fest entschlossen, nett zu ihr zu sein. Jetzt trete ich sogar einen Schritt vor, um sie auf die Wange zu küssen. Na ja, ich versuche es jedenfalls, aber sie wendet im letzten Moment den Kopf, so dass mein Küsschen etwas feucht in ihrem Mundwinkel landet. Als sie mich umarmt, gibt sie mir zwei Klapse – klaps, klaps – auf den Hintern, als sei ich ein großes Rennpferd. Das ärgert mich schon wieder. Sie lässt mich los, bückt sich und streichelt den Hund.

»Hallo, Mrs. Thompson!«, brüllt sie.

Mrs. Thompson ist genauso verwirrt wie ich. Einerseits findet sie meine Mutter sympathisch, weil sie nach Essen riecht. Andererseits macht ihre Gegenwart sie nervös, und der Dackel unter ihrem Arm gefällt ihr auch überhaupt nicht. Mein Hund kann mit solchen Situationen genauso wenig umgehen wie ich. Und genau deshalb entschließt sie sich zu einem Kompromiss und macht von allem ein bisschen was: Sie winselt, wedelt aufgeregt mit dem Schwanz, springt an meiner Mum hoch, schnappt nach dem Dackel und beißt ihn ins Ohr. Für einen Augenblick hängt mein Hund an dem Vieh wie ein Comic-Piranha an einem Ast. Meine Mutter tätschelt ihr den Kopf.

»Mrs. Thompson!«, ruft sie. »Sei-nicht-dumm.« Dann macht sie eine nonchalante Handbewegung Richtung Flur. »Entschuldige-das-Durcheinander«, sagt sie. »Ich-habe-deinem-Vater-schon-tausendmal-gesagt-er-soll-aufräumen.« In diesem Moment entdeckt Mum einen älteren Herrn, der die Straße entlanggeht. »Oooh!-Das-ist-ja-Roy!«, ruft sie und hastet hinaus.

Ich atme tief durch und wende mich um. Warum finde ich meine Eltern so anstrengend? Bin ich autistisch veranlagt?

Meine Sinne werden in diesem Haus vollkommen überfordert. Der Flur ist derart vollgestellt, dass man sich erst einen Weg hindurch bahnen muss. Da stehen Schränke, Kleiderständer, Sessel, Mäntel, Gummistiefel, Taschen, Kisten, Schuhe und ein Teddybär, der ein T-Shirt mit der Aufschrift *I love Cork* trägt. Das Ganze wurde noch großzügig mit Zeitschriften, Puzzles und Plastiktüten dekoriert, die zu Boden rutschen, als ich an ihnen vorbeigehe.

Als ich den Flur hinter mir gelassen habe, gelange ich zur Treppe, die noch gefährlicher ist, weil man in einer Tour über Bücherstapel steigen muss. Am ersten Treppenabsatz wird man von einem riesigen Glastisch in Empfang genommen, der mit Quittungen, Rechnungen, Schlüsseln und Kakteen zugemüllt ist. Ich kann nicht glauben, dass man mich unter solchen Bedingungen großgezogen hat.

»Dad-ist-oben!«, brüllt Mum, die hinter mir die Treppe herauftrabt. »Entschuldige-den-Tisch.« Bis gerade eben schien sie nur etwas sprunghaft, aber jetzt ballert sie gnadenlos mit unzusammenhängenden Informationshäppchen um sich. »Er-jammert-mal-wieder-über-sein-Schienbein-aber-er-muss-morgen-sowieso-zu-Dr.-Demadis-Das-Problem-ist-dass-er-zu-dick-ist-Geh-rein-und-sag-Hallo-aber-frag-ihn-bloß nicht-nach seinem Zeh.«

»Wieso? Was ist denn mit seinem Zeh?«

»Na-ja-die-Hälfte-davon-ist-weg.«

»Äh … warum?«

»Gicht.«

Ich nickte, als würde das alles erklären. Ich höre meinen Vater im Wohnzimmer rumoren und halte einen Moment inne. Dann trete ich ein.

Polly

Tilly Sweeting hat eine SMS geschickt: *Steht Arthurs Auftritt noch?*

Ich ignoriere sie. Wir haben eine Ewigkeit gebraucht, um aus Longleat herauszukommen, und ich muss jetzt eine Weile fahren, ohne anzuhalten.

Arthur

Meine Eltern haben ihr Wohnzimmer in zwei unterschiedlichen Stilen eingerichtet. Es gibt ein paar schöne Antiquitäten, die mein Vater geerbt hat – zum Beispiel eine Vitrine aus Walnussholz aus dem achtzehnten Jahrhundert –, aber auch verdammt viele moderne Scheußlichkeiten, wie eine schwarze Ledergarnitur aus klobiger Couch und Sesseln. Alles in allem erinnert das Wohnzimmer an einen Adelssitz, der von zwei Irren okkupiert wurde, die ihre krankhafte Kaufsucht bei Amazon ausleben. Und mittendrin hockt – massig, mürrisch dreinschauend und leicht zerzaust – mein Dad.

»Hallo«, brummt er.

Er sitzt in einem Sessel, dessen Fußteil sich mit Tasten und Knöpfen an der Armlehne regulieren lässt. Er sieht aus wie Captain Kirk, der vor dreißig Jahren auf der *Starship Enterprise* gelandet ist und seitdem nur Curry gefuttert und Spionageserien geguckt hat. Sein Sessel ist umgeben von Bücherstapeln, auf denen er Aschenbecher und Zigaretten plaziert hat.

Er beugt sich vor, als wolle er damit drohen, aufzustehen. Ich erspare ihm die Mühe und bücke mich. Er drückt mich herzlich.

»Meine Güte«, bemerke ich, »hast du viel Kram hier.«

»Das meiste gehört deiner Mutter.«

Ich werfe einen Blick auf die Bücher. Eine Enzyklopädie medizinischer Fachbegriffe. Eine Rommel-Biographie. Sieht nicht nach Mums Kram aus.

»Hast du den Cumming fertiggelesen?«, fragt er. Wir beide lieben seine Thriller. Dad hat mir vor kurzem *Typhoon* geschickt.

»Ja«, antworte ich. »Der war großartig.«

Pause. Normalerweise kommunizieren wir schriftlich. Seit einiger Zeit via E-Mail, aber früher waren es Briefe. Als ich neun war, verließ mein Dad die Familie, und ich kam ins Internat, wo ich fast jeden Tag verprügelt wurde (kein Wunder, dass Schulen mir Angst machen!). Dad ließ den Kontakt nie abreißen. Meine Mutter schickte ihm meine Zeugnisse, die er allesamt gewissenhaft las, und anschließend schickte er mir eine tiefschürfende Abhandlung meiner Persönlichkeit. Er benutzte Aufzählungspunkte und Versalien, um Schlüsselwörter wie *Disziplin* und *Zügellosig-*

keit zu betonen. Die Briefflut hörte auf, als ich achtzehn war, aber da brauchte ich sie auch gar nicht mehr. Wenn man ein Kind lang genug kritisiert, hört es diese Stimme ein Leben lang in seinem Kopf.

»Was verschafft uns die Ehre deines Besuchs?«, fragt Dad.

»Ich hatte Streit mit Polly und bin gegangen.«

»Oh«, sagt er und verdreht die Augen, als wolle er sagen: Na, was hätte man auch anderes erwarten können.

Mums Reaktion hingegen fällt wesentlich weniger subtil aus. Ich habe gar nicht gemerkt, dass sie lauscht. Doch plötzlich reißt sie die Tür so heftig auf wie ein Kriminalbeamter, der ein Verbrechernest stürmt, und ruft: »Waaas?«

»Wir haben uns gestritten, und jetzt weiß ich nicht, was ich tun soll.«

»Aber-wenn-du-weg-bist-wer-bringt-die-Kinder-dann-in-die-Schule?«, fragt sie entgeistert.

»Keine Ahnung«, antworte ich.

»Hättest-du-nicht-vorher-darüber-nachdenken-müssen?«

»Na ja … schon.«

»Moment-mal!« Mum wird immer hysterischer. »Müssen-sie-donnerstags-denn-nicht-in-die-Schule?«

»Doch.«

»Und-holst-du-sie-nicht-normalerweise-auch-wieder-ab?«, fragt sie.

»Ähm … doch.«

»Dann-warten-deine-Kinder-doch-bestimmt-gerade-auf-dich!«, brüllt sie.

»Sie waren heute nicht in der Schule.«

»Sie-waren-heute-nicht-in-der-Schule?!«, kreischt Mum, vor deren geistigem Auge sich offensichtlich gerade eine Art Entführungsszenario abspielt.

»Mum!!«, erwidere ich ein wenig zu laut. Langsam bröckelt mei-

ne Gelassenheit. Sie saugt einen wirklich gnadenlos in ihr Panikgefühl hinein. »Die Kinder sind bei Polly, und es geht ihnen gut!«, rufe ich verärgert.
Mum blickt mich gekränkt an.
Sofort habe ich ein schlechtes Gewissen.
»Sie sind nicht auf sich allein gestellt«, füge ich etwas freundlicher hinzu. »Aber ich weiß einfach noch nicht, wie wir uns in Zukunft um sie kümmern.«
»Ja, aber ... aber ...« Sie hat keinen Schimmer, wie man sich in so einer Situation verhält, doch plötzlich kommt ihr der rettende Geistesblitz: »Setz-dich-jetzt-erst-mal-hin-ich-hol-dir-ein-Stück-Pâté.«
Mum, möchte ich erwidern, das ist kein Problem, das sich mit Pâté lösen lässt. Aber ich sage nichts.
Plötzlich bin ich wieder furchtbar traurig. Könnte sogar sein, dass ich weinen muss. Ich habe keine Ahnung, was ich mit meinem Leben anfangen soll. Vielleicht habe ich Polly für immer vertrieben, und das Schlimmste ist, dass ich selbst schuld bin, obwohl ich doch nur von ihr geliebt werden und sie zurücklieben will. Warum muss nur alles immer so verflucht schwer sein? Andererseits hätte ich jetzt durchaus Lust auf ein Stück Pâté.

Em

Ich versuche, mich auf Sarah Shelton zu konzentrieren, die uns erklärt, was bis morgen früh noch alles erledigt werden muss, doch meine Gedanken wandern immer wieder zu Malcolm. Er ist so unglaublich einfühlsam. Noch nie im Leben habe ich es so genossen, am Rücken berührt zu werden. Herrgott. Warum denke ich an Malcolm? Selbst in der Abgeschiedenheit meiner eigenen Gedanken ist mir das peinlich.

Arthur

Ich blicke zu Dad auf. Er mustert mich bedächtig. Offensichtlich überlegt auch er, wie es jetzt weitergehen soll. Seit ich einen Fuß in dieses Zimmer gesetzt habe, haben wir über genau zwei Themen gesprochen. Zweitens, dass ich meine Familie verlassen habe. Und erstens *Typhoon* von Charles Cumming. Wenn es nach meinem Dad geht, ist letzteres das bessere Thema.

»Also, ich fand es verdammt noch mal brillant, obwohl ich einige historische Fakten in Frage stellen würde. Zum Beispiel, dass sich die CIA derart in chinesische Angelegenheiten einmischt. Und …«, fährt Dad fort, während er sich konspirativ vorbeugt, »… ich habe auch so meine Zweifel, dass man auf diese Art Waffen Zugriff hat.«

Ernst blicke ich Dad an. Und begehe einen schrecklichen Fehler: »Wirklich?«, frage ich.

Woraufhin er zu einem Monolog ansetzt, der – das weiß ich – mindestens eine halbe Stunde dauern wird. Eröffnet wird er mit Malta im Jahr 1942, wo Cumming den Krieg verbracht hat, im Anschluss erörtert Dad eingehend seine Recherchen zu unserer Familiengeschichte. Hin und wieder versuche ich, etwas zum Gespräch beizutragen, indem ich zum Beispiel »Ach, das war schon 1941?« einwerfe, doch mein Vater wird einfach lauter, wie ein Panzer, der unbeirrt über Schutt und Trümmer hinwegwalzt. Aus allem kann man etwas lernen, sage ich mir. Nach einem kurzen Diskurs zur überlegenen Feuerkraft der Luftwaffe in der Arnheim-Kampagne gönnt sich mein Vater eine kurze Pause, um sich eine *Silk Cut* anzuzünden.

Ich ergreife die Gelegenheit beim Schopf: »Dad, würdest du sagen, dass dich dein Vater negativ geprägt hat?«

Er denkt einen Moment über die Frage nach und setzt zu einer sehr langatmigen Anekdote über ihn und seinen Vater während des Zweiten Weltkriegs an. »Eines Nachts hat er mich geweckt«, erzählt er, »und gebrüllt: ›Kriegsgericht! Kriegsgericht!‹ Dann hat er mich auf den Flur gezerrt und mit einem Stock auf mich eingeprügelt.«

Sehen Sie? Deswegen finde ich Therapien so dämlich: Angeblich muss man sein Trauma nur verbalisieren, um es zum Verschwinden zu bringen. Aber während ich meinem Vater zuhöre, denke ich ehrlich gesagt nicht: *Ach so! Dad wurde von seinem eigenen Dad geschlagen. Ich gehöre zu einem Kreislauf wütender Dads. Ich werde den Kreis durchbrechen und endlich frei sein!* Nein, ich denke: *Ich habe die Geschichte schon zwanzig Mal gehört, ich bin sie leid.* Und ehrlich gesagt bin ich auch meinen Vater leid. Er braucht keine Therapie beziehungsweise eine Entschuldigung, um sich zum hundertsten Mal mit seiner Vergangenheit zu befassen. Was er braucht, ist ein bisschen mehr Bewegung und einen neuen Schlafanzug.

Ich will nichts weiter, als dass er endlich zu plappern aufhört. Irgendwann stehe ich auf, verlasse das Wohnzimmer und hole mir in der Küche etwas zu trinken, doch mein Vater setzt seinen Vortrag über den Aufbau eines Mosquito-Bombers unbeirrt fort. Er ist ein konsequenter Mensch. Wenn er mal einen Vortrag über einen Mosquito-Bomber begonnen hat, beendet er ihn auch. Ich werfe alle Fluchtgedanken über Bord und kehre zu einer neuen Runde in den Ring zurück. Benommen sitze ich da und starre meinen Vater an. Meine Mutter kommt und geht, serviert uns Pâté, Wein, Hummus, Möhrchen und Paprikastreifen, die sie auf einem Teller zu einem Gesicht arrangiert hat. Da ich nicht weiß, was ich tun soll, trinke, esse und trinke ich. Dad ebenso. Im Handumdrehen haben wir, ohne es zu wollen, eine Flasche Wein geleert.

Wie in Gottes Namen komme ich hier raus? Dann fällt mir ein, dass mir meine Mutter das richtige Stichwort gegeben hat.

»Dad«, sage ich. »Was ist eigentlich mit deinem Zeh passiert?«

Für einen kurzen Moment sieht er mich mit wildem Zorn in den

Augen an. Dann beginnt seine Tirade: »Unser Gesundheitssystem«, verkündet er, »ist total für den Arsch. Und das haben wir diesem Mistkerl Blair zu verdanken.«

Plötzlich kann ich es keine Sekunde länger ertragen.

»Dad. Tut mir leid, aber ich muss dich unterbrechen.«

»Warum?«

»Einfach so.«

Er blickt mich gekränkt an. Kurz sehe ich den kleinen, verängstigten Jungen, der von seinem Vater verprügelt wurde. Aber das ist mir egal, ich flüchte. Dummerweise treffe ich im Flur auf meine Mutter.

»Ich gehe nach oben«, sage ich. »Ich muss heute mal früh ins Bett.«

»Also-gemacht-habe-ich-das-Bett«, sagt sie mit einem absurd trotzigen Unterton in der Stimme, als hätte man ihr soeben eine Standpauke wegen ihrer Nachlässigkeit in Sachen Bettenbeziehen gehalten. »Aber-wenn-es-dir-nicht-reicht-kannst-du-dir-ja-noch-etwas-aus-dem-Wäscheschrank-holen.«

»Gut«, sage ich.

Dann stehe ich noch ein Weilchen herum, während sich meine Mutter über Bettwäsche auslässt, das Thema väterlicher Zeh anschneidet und dann die Erkältung erwähnt, die mein Hund bei ihrem letzten Besuch hatte.

»Mum!«, brülle ich plötzlich. »Sei doch bitte mal still! Ich muss jetzt hoch, um noch etwas zu schreiben!«

»Okay, okay!«

Ich trete einen Schritt auf sie zu und drücke ihr einen Kuss auf die Wange. Sie ist so verdattert, dass sie vergisst, mir auf den Hintern zu klopfen. Schnell mache ich mich los, woraufhin sie gleich wieder verletzt wirkt. Als ich in den sicheren Hafen des Gästezimmers entschwinde, habe ich ein schlechtes Gewissen, fühle mich unverstanden und bin wütend. Im Grunde genommen fühle ich mich also genau wie mit Polly, nur schlimmer. Die dahinter verborgene psychologische Wahrheit trifft mich wie eine Backpfeife. Es ist, als wäre Polly meine Mum. Ein grässlicher Gedanke.

Das ist einer meiner Lieblings-Klimts …

Und dies Robins Klimt im Gorillakostüm.

Ein Klimt von Ivy …

Das hier war Malory: Klimt als Käfer.

Freitag

Learn Love in a Week – der Online-Kurs, der Ihr Leben verändert.

Sechster Tag: Okay, zuerst die gute Nachricht: Wenn Sie glauben, auf Ihren Partner wütend zu sein, sind Sie in Wirklichkeit auf Ihre Eltern wütend. Sollten Sie zum Beispiel abends ausgehen wollen und angespannt auf die Frage reagieren, wann Sie denn wiederkämen, liegt das im Grunde genommen daran, dass Sie insgeheim die Stimme Ihrer Mutter hören: »Herrgott noch mal, kannst du dich nicht ein bisschen beeilen? Wir kommen zu spät!« – »Gib mir noch fünf Minuten«, möchten Sie zurückbrüllen, »ich gebe ja schon mein Bestes!« Doch Sie wissen, diese Art Streitgespräch würde bei der darauffolgenden Autofahrt zu eisiger Atmosphäre führen. Man verfängt sich leicht in einem Teufelskreis aus Anspannung, Schuldzuweisungen und Gegenangriffen. Wie man da rauskommt? Durch eine Therapie? Nun, machen Sie eine Therapie, wenn Sie unbedingt wollen, aber ich kann Ihnen schon jetzt sagen, was bei Ihren Sitzungen herauskommen wird: Ihre Eltern haben Sie verhunzt. Na klar! Das war schließlich auch ihr Job.

Challenge des Tages: Fassen Sie in zehn Minuten zusammen, inwiefern Sie von Ihren Eltern verhunzt wurden und wie Sie sich dabei gefühlt haben. Ein Beispiel: »Ich habe nur dann Aufmerksamkeit bekommen, wenn ich mit guten Noten nach Hause kam. Jetzt bin ich ein neurotischer Workaholic, der wie im Hamsterrad endlos schuftet.« Beginnen Sie Ihre Ausführungen mit dem Satz: »Ich bin wütend auf meine Eltern, weil …«

Hausaufgabe des Tages: Kehren Sie den Prozess mit einer Affirmation um, bei der Sie sich gut fühlen, wie zum Beispiel: Ich werde geliebt, ich bekomme Aufmerksamkeit, ich arbeite gerne und entspannt. Meditieren Sie über diesem Satz und wiederholen Sie ihn jeden Tag so lang, bis Sie ihn irgendwann glauben. Denn wenn Sie ihn glauben, wird er wahr.

Übrigens: Sollte Ihr Partner wütend auf Sie sein, ist auch er in Wahrheit auf seine Mutter wütend. Nehmen Sie es also nicht persönlich. Wut entsteht aus Angst. Seien Sie verständnisvoll.

Arthur

Jeder liebt meine Mum. Sie ist eine Mutter, die bis nach Bristol fährt, um ihrem Sohn frische Wäsche oder einen Sandwich-Maker oder ein Stück Pâté vorbeizubringen. Sie ist eine unermüdliche Pâté-Köchin. Wenn die Nachbarn Hilfe brauchen, ist sie sofort zur Stelle. Und sie ist die weltgrößte Schnäppchenjägerin. Die Worte »fünfzig Prozent Rabatt« machen etwas mit ihr, wie bei einem Äffchen, das eine Portion Eiscreme vor der Nase hat. Sie denkt nicht nach, sondern greift einfach zu, um ihr Beutestück anschließend an ein Kind weiterzugeben. Grundsätzlich nichts dagegen zu sagen. Aber ich will nun mal kein T-Shirt, das bei River Island auf zwölf Pfund neunundneunzig reduziert wurde. Ich will, dass meine Mutter hin und wieder verdammt noch mal Ruhe gibt und *mich* reden lässt. Und ich hätte auch gerne, dass sie ab und zu – wenigstens einmal im Monat – etwas Positives sagt. Doch meine beiden Eltern scheinen es sich zum Prinzip gemacht zu haben, mir niemals ein Kompliment zu machen.

Beispiel gefällig? Meine Eltern bekommen täglich die *London Times* (plus drei andere Zeitungen sowie mindestens zwei Büchersendungen von Amazon) nach Hause geschickt. Als ich an diesem Morgen aufstehe, sehe ich die Donnerstagsausgabe von *Lifestyle* auf dem Tisch liegen. Die Seite mit meinem Artikel ist aufgeschlagen. Daraus schließe ich, dass auch meine Eltern den Artikel gesehen haben und über meine neue Beschäftigung Bescheid wissen. Dennoch scheinen sie wild entschlossen, das mit keinem Wort zu erwähnen. Als meine Mutter in die Küche kommt, erklärt sie mir zehn Minuten lang, warum sie die Spülmaschine noch nicht ausgeräumt hat. Dann spricht sie über den Schnupfen meines Hundes, ihre Ideen für Weihnachten und warum sie glaubt, mein Vater könne eine Analzyste haben. Da ich das nicht weiter erörtern möchte, unterbreche ich sie: »Hast du meinen Artikel gelesen?«, frage ich.

»Ja. Wir kriegen die Zeitung geliefert. Aber das weißt du ja. Jeden Tag, außer sonntags.«

»Aha. Ich habe die ganze Woche über Artikel für das Blatt geschrieben.«

»Kriegst du Geld dafür?«

»Ja.«

»Und hast du schon was gekriegt?«

»Nein, aber das werde ich noch.«

»Musst du da keine Rechnung schreiben?«

»Doch ja, kann sein.«

»Solltest du das dann nicht besser mal tun?«

Sie hat's wieder geschafft. In nur dreißig Sekunden hat sie etwas gefunden, das ich falsch gemacht habe.

In diesem Moment kommt mein Vater herein und murmelt irgendwas über Tee. Über meine Schulter hinweg liest er den Artikel und stößt ein paar »Hm«-Grunzer aus. Ehrlich, es ist, als stünde ich wegen Erregung öffentlichen Ärgernisses in der Zeitung.

»Ich habe eine neue Stelle als Kolumnist«, teile ich ihm mit.

»Yep«, sagt er. »Habe ich gestern schon gesehen.« Sein Tonfall legt nahe, dass er einiges dazu zu sagen hat, den Text aber lieber noch ein paarmal lesen will, bevor er ein abschließendes Urteil abgibt. Ich frage mich … ob ich etwas sagen sollte? Ist es bescheuert, mit sechsunddreißig noch auf einen Krumen elterlichen Wohlwollens zu hoffen?

Das Klingeln des Telefons bewahrt mich vor einer Entscheidung. Es ist Em. Ich gehe in mein Zimmer zurück, während ich den Anruf entgegennehme.

»Arthur«, sagt sie.

»Hi, Em. Hast du den Text bekommen, den ich dir heute Morgen geschickt habe?«

»Äh«, antwortet sie. »Ja, klar. Aber ich habe ihn noch nicht gelesen. Worum geht's?«

»Genieß deine Liebe«, sage ich, »könnte sein, dass sie nicht hält.«

»Ist bestimmt wieder großartig«, erwidert sie geistesabwesend. Offensichtlich hat sie gerade kein Interesse an meinem Artikel. Warum ruft sie dann an?

»Hör mal«, fährt sie fort. »Hättest du Lust, *Radio 5 live* ein Interview zu geben?«

»Worüber?«

»Über SADs.«

»Bitte was?«

»Ach, du weißt doch, über diese nutzlosen, kreativen Väter. SADs – Schauspieler/Autoren/Dads.«

Ist das nicht mein Ausdruck? Sie benutzt ihn, als gehöre er inzwischen zur Trendsprache.

»Ähm, klar, warum nicht.«

»Klasse«, sagt sie. »Sie rufen dich gleich an.«

Was?! Gleich??

»Schön«, fährt Em fort. »Und mach auf jeden Fall Werbung für die Kolumne! Und vielleicht erwähnst du auch, dass deine Redakteurin deinen Rat befolgt hat und heute erfahren wird, ob ihr Antrag angenommen wird oder nicht.«

»Okay. Viel Glück«, sage ich.

»Oh, da kommt Shelton um die Ecke. Ich mach mal lieber Schluss.«

Die Leitung ist tot. Ich blicke mich in meinem ehemaligen Zimmer um. Ich kann nicht fassen, dass *Radio 5 live* mich anrufen will.

Mein Telefon klingelt.

Aber es ist nicht *Radio 5 live*.

»Hi«, sagt Polly.

Beim Klang ihrer Stimme erstarre ich wie nach einem Schuss aus einem Betäubungsgewehr.

Polly

»Hi«, sagt Arthur. Er klingt vollkommen schockiert. Ich nippe an meinem Kaffee, um mich zu sammeln. »Wo bist du?«

»Zu Hause«, antworte ich. »Ich habe mir heute freigenommen. Und du?«

»Bei meinen Eltern.«

»Oh.« Mir wird klar, dass ich halb erwartet hatte, er würde wieder bei Greta sein. »Und wie ist es so?«

»Na ja, sie sind beide so bekloppt wie eh und je. Sie sieht in jedem Menschen ihre Mutter, weswegen sie immer erst mal eine Entschuldigung loswerden will, bevor man ihr irgendetwas vorwerfen kann.«

»Und wie geht's deinem Vater?«

»Auch wie immer. Seine Mutter, die Oxford-Professorin, ist seit dreißig Jahren tot, und trotzdem versucht er, ihr immer noch jeden Tag zu beweisen, dass er brav seine Texte gelesen hat.«

»Aha«, sage ich. »Du denkst also, man sieht in seinen Mitmenschen vor allem die Mutter?«

»Yep«, gibt er zurück. »Das ist die Tragödie unserer Existenz.«

»Ich bin also deine Mum?«

»Lustig, dass du das erwähnst«, sagt er. »Deine Worte lassen ein verblüffend grauenerregendes Bild in meinem Kopf entstehen, aber es ist wohl was dran.«

»Du denkst, ich bin deine Mutter?«, frage ich wieder.

»Nein!«, protestiert er. »Nein, nein, nein, nein, nein! Ich weiß, dass du nicht meine Mutter bist. Aber ich habe soeben begriffen, dass ich meine Kindheit auf mein restliches Leben projiziert habe.«

»Wie meinst du das?«

»Meine Eltern gehören zu diesen bescheuerten Baby-Boomern, zu egoistischen Kreditkarten-Junkies, die einem nie zuhören – deswegen werde ich so schnell sauer. Ich habe immer das Gefühl, als hätte ich mein Schicksal nicht in der Hand. Als zählte ich nicht.«

»Du zählst sehr wohl«, antworte ich. Plötzlich ist mir zum Weinen. Ich muss das Thema wechseln. »Arthur«, sage ich, »es tut mir leid, dass ich dich für den Auftritt in der Schule verplant habe.«

»Ich kann das ja machen«, antwortet er. »Aber dazu brauche ich mehr Vorlaufzeit. Und ehrlich gesagt ist es keine besonders verlockende Aussicht, wenn man bedenkt, dass ich es beim letzten Mal völlig verbockt habe.«

»Das hast du nicht«, erwidere ich. »Du hast nur ein einziges Wort gesagt, und das war noch nicht mal anstößig. Ich bin sicher, dass du trotzdem eine tolle Show geboten hast. Und diese hier wird genauso gut.«

»Meinst du wirklich?«

»Ja. Ich glaube an dich.«

»Beim letzten Mal klang das aber noch ganz anders«, wendet er ein. »Solche Worte hätten mich getröstet. Um ehrlich zu sein, wäre ich dann wahrscheinlich nicht gegangen.«

»Tja«, sage ich. »Warum beurteilst du mich zur Abwechslung nicht mal nach meinen Taten? Ich habe dich in die Zeitung gebracht. Und ich plane dich für Schulaufführungen ein. Ich glaube an dich.«

Schweigen.

Arthur

Sie hat etwas gesagt, das mir während unserer ganzen Ehe noch nicht in den Sinn gekommen ist. Unterbewusst bin ich wohl davon ausgegangen, dass unsere Beziehung für sie war wie die zwischen Kleopatra und einem Sklaven, der ihr Klo putzt. Und ich dachte immer, es ginge darum, dass ich still und leise weiterputze. Aber jetzt begreife ich, dass es auch noch eine andere

Sicht auf die Dinge gibt. Sie ist nicht Kleopatra, sondern ein Engel, der zu helfen versucht. Und sie hat ja recht. Sie hat die Sache mit der Kolumne eingefädelt, die sich als Glückstreffer herausgestellt und mein Geschick in eine andere Richtung gelenkt hat.

Dann denke ich: Moment mal. Sie versucht immer noch, mich zu dieser dämlichen Show zu überreden!

»Oh, Mann!«, sage ich. »Du gibst wirklich nie auf.«

»Du musst es weiter versuchen«, antwortet sie. »Du brauchst Übung. Vielleicht wird mal eine Einkommensquelle draus.«

»Polly! Es ist Viertel nach neun. Die Show beginnt in fünfundsiebzig Minuten. Ich bin bei meinen Eltern. Mit den öffentlichen Verkehrsmitteln komme ich nie und nimmer pünktlich.«

»Nein«, sagt sie. »Aber mit dem Auto.«

»Und wo soll ich jetzt ein Auto herkriegen?«

»Malcolm müsste jeden Augenblick mit seinem Van bei dir aufkreuzen.«

Oh, Fuck. Sie hat mich.

»Ich kann jetzt nicht weiterreden«, erwidere ich hastig. »Jemand versucht, mich zu erreichen.«

Das war nicht mal gelogen. Ich drücke Polly weg. Eine Nummer aus Manchester erscheint auf dem Display. Ich nehme den Anruf entgegen.

»Hallo«, sagt eine fröhliche Stimme. »Ich bin Hannah von *Radio 5 live.*«

»Hallo«, antworte ich. Herrje. Wie soll ich Hannah klarmachen, dass ich meine Meinung geändert habe? Ich will doch nicht ins Radio.

»Ich stelle Sie durch«, sagt sie. »Sie sind auf Sendung.«

Sie stellt mich durch?! Aber … aber … ich bin noch nicht bereit! Oh, mein Gott. Ich bin auf Sendung. Ich höre eine professionelle Stimme mit Ulster-Akzent.

Verdammte Scheiße. Jetzt muss ich dranbleiben und irgendwas sagen.

Die professionelle Stimme fragt: »Aber gilt das auch für David Haye? Im Kampf gegen Chopra …«

Wie bitte?, denke ich. Die reden übers Boxen? Wie wollen die da den Bogen zur Kinderbetreuung schlagen? Vielleicht ist das ein Fehler. Vielleicht komme ich aus der Nummer noch raus. Dann, auf einmal, sind wir schon beim Thema.

»Hallo, ich bin Stephen Nolan«, sagt Stephen Nolan. »Vor zehn Jahren waren es sechzigtausend Männer, die hauptberuflich Kinder betreuen oder, wie manche es gerne ausdrücken, als ›Trophäenmänner‹ fungieren. Inzwischen ist die Zahl auf sechshunderttausend gestiegen. Wir haben den Autor und dreifachen Vater Arthur Midgley in der Leitung. Arthur, denken Sie, dass eine solche Veränderung gut für die Gesellschaft ist?«

Oha. Was für eine gewichtige Frage.

Stephan Nolan verstummt, und es verstreicht eine qualvoll lange Zeitspanne Radioschweigen, in der in meinem Kopf jeder Einzelne, der mich noch nie hat leiden können, »Na los, sag schon was!« höhnt.

»Ich …«, scheint mir ein ganz guter Start. »Ich …«, wiederhole ich. Seit wann stottere ich? »Ich weiß nicht«, bringe ich endlich heraus, und aus unerfindlichen Gründen klingt das »weiß nicht« tuntig. »Die Gesellschaft steht nun mal an diesem Punkt.«

»Und wie kommt das?«, fragt Nolan.

»Weiß ich nicht«, antworte ich erneut. Am liebsten würde ich hinzufügen: Hör mal, wenn du mit jemandem sprechen willst, der eine Meinung hat, hole ich meinen Dad. »Aber normalerweise«, fahre ich fort, »verdient die Frau in solchen Fällen mehr als der Mann und will in ihren Job zurück.«

»Ihre Aussagen bei *Daybreak* fand ich interessant«, meint Nolan. »Denken Sie, wir sind inzwischen an einem Punkt angelangt, an dem Frauen eine Karriere und ein Baby wollen und vom Mann verlangen, diesen Wunsch möglich zu machen?«

Wie bitte??? Glaubt er vielleicht, dass ich einer Frauenhasser-Bewegung wütender Männer angehöre?

»Ich habe neulich Einblick in eine Statistik erhalten«, wende ich ein. »In England werden leitende Positionen nur von vierzehn Prozent der Frauen besetzt. Dagegen stehen sechs Millionen Kinderbetreuerinnen.«

»Nun, Frauen leiten keine Firmen, und sie lenken den Staat nicht, aber ihr Zuhause scheinen sie dennoch zu regieren. Und seit Ihrem Interview bei *Daybreak* hat sich eine neue Facebook-Gruppe zusammengefunden: *Die Trophäenmänner schlagen zurück!* Betrachten Sie sich als Anführer dieser Gruppe?«

Ich sehe einen Haufen zorniger, verbitterter Väter vor mir. »Ich gehöre zu keiner Gruppe«, antworte ich.

»Oh. Und warum nicht?«

»Weil ich nicht mehr kämpfen will. Außerdem halte ich Kinderbetreuung für enorm wichtig.«

»Ach, wirklich?«

»Ja, wirklich. Absolut.«

»Und was genau ist das Wichtigste?«

»Man muss sich Zeit nehmen«, antworte ich mit einer Vehemenz, die mich selbst überrascht. »Aufmerksamkeit ist die Währung der Liebe. Man muss den Kindern zuhören, sich über sie freuen, ihnen sagen, dass sie großartig sind. Und das kann man nicht, wenn man in einem möblierten Zimmer sitzt und per E-Mail ums Sorgerecht kämpft.«

»Ihrer Meinung nach ist dies also das Geheimnis guter Erziehung?«, hakt Nolan nach. »Lob?«

»Unbedingt. Es ist sogar das Geheimnis der Liebe, meine ich. Picke dir etwas raus, das dein Kind gut macht, und es wird dir dankbar sein. Erwarte nichts, und sei selbst dankbar für alles.«

»Ein guter Rat«, sagt Nolan.

»Danke.«

»Nun, dann wollen wir jetzt wissen, was Sie, liebe Hörer, davon halten. Arthur, können Sie dranbleiben, um sich die Reaktionen anzuhören?«

»Nein, leider kann ich das nicht«, antworte ich.

»Oh ... wieso nicht?«

»Ich habe einen Termin in der Schule meiner Kinder. Ich möchte sie nicht versetzen.«

»Das ehrt Sie«, sagt Nolan.

Gerade will ich das Telefon ausschalten, als wieder eine Stimme ertönt.

»Hallo, ich bin Sarah, die Produzentin«, sagt die Stimme freundlich. »Das war toll. Sie haben eine großartige Radiopräsenz. Ich wollte unbedingt mit Ihnen sprechen.«

»Aha? Worüber?«

»Darüber, dass ich Ihre Kolumne liebe. Und natürlich Ihren berühmten *Daybreak*-Auftritt.«

»Danke.«

»Wir planen hier bei *Radio 5 live* eine neue Sendung, die *Familienzeit* heißen und täglich um elf Uhr ausgestrahlt werden soll. Ich glaube, Sie wären der ideale Moderator dafür. Es ist schwer, Männer zu finden, die sich ausdrücken können und gleichzeitig Ahnung von Familienangelegenheiten haben. Würden Sie darüber nachdenken?«

»Oh.« Sie bietet mir einen Job an. Plötzlich habe ich das köstliche Gefühl, zu schweben.

»Es geht nur um jeweils eine Stunde an den Werktagen, das heißt, Sie werden kein Vermögen verdienen, das sage ich wohl besser gleich dazu. Ungefähr zweihundert Pfund pro Sendung.«

»Wow.« Plötzlich wird mir klar, was hier passiert. Auf einmal bin ich am Drücker, man will mich, ich bin gefragt. »Das hört sich gut an«, erwidere ich. »Aber ich kann jetzt wirklich nicht weitersprechen. Ich muss los.« Ich raffe meine Sachen zusammen und gehe.

Em

Ich habe eine E-Mail von Shelton bekommen. Sie will heute Nachmittag ein Meeting einberufen, um die Ausgaben der nächsten Woche zu planen. Ich soll Alternativen parat haben. Hm … sieht aus, als müsste ich immer noch die ganze Arbeit machen, trotz Gastredakteurin (Greta) und Chefredakteurin (Shelton). Aber ich habe tatsächlich eine Idee, und die setze ich sofort in die Tat um. Ich maile Tiggy von der amerikanischen *Vogue* und frage sie, ob sie einen Job für mich hätte.

Arthur

Als ich bei der Haustür bin, wartet Malcolm schon. Und er hat meine Eltern bereits voll für sich eingenommen. Er ist eben einfach liebenswert. Meine Mum kommt mit einem Glas Holunderlikör in der Hand die Treppe herunter. Mein Dad steht an der Tür und erzählt Malcolm von einer Radtour nach Limerick in seiner Jugend. Malcolm wirkt entzückt.

»Big Guy«, sagt er, als er mich sieht. »Mein Gott, dein Vater ist vollkommen irre. Aber brillant!«

Jetzt ist auch meine Mum bei Malcolm angekommen und hält ihm das Glas hin. »Tut mir sooo leid«, sagt sie. »Zitrone war aus. Geht auch Holunder?«

»Cynthia«, antwortet Malcolm. »Holunder wäre großartig!« Meine Mum strahlt vor Erleichterung. Um seine Begeisterung für Holunder unter Beweis zu stellen, legt Malcolm den Kopf in den Nacken und kippt den Inhalt des Glases in einem Zug hinunter. »Köstlich«, sagt er, während er meiner Mum das Glas reicht. Meine Mutter ist glücklich.

Ich schiebe mich an meinen Eltern vorbei. Dank Malcolms magischer Präsenz hat sich die frostige Stimmung vom Frühstück in Wohlgefallen aufgelöst.

»Malcolm hat uns alles erklärt, während du telefoniert hast«, sagt meine Mutter. »Viel Glück mit deinem Auftritt.«

Ich drücke sie. Diesmal küsst sie mich weder auf den Mund noch tätschelt sie mir den Hintern. Die Umarmung verläuft ohne Zwischenfall.

»Tut mir leid, dass ich nicht länger bleiben kann«, sage ich.

»Das nächste Mal«, erwidert sie. »Aber schön, dass du hier gewesen bist.«

»Und mach dir keine Sorgen«, fügt mein Vater hinzu. »In jeder guten Ehe sollte man hin und wieder rausgeworfen werden.«

»Ach ja?«, fragt Mum.

»Na, du hast mich doch rausgeworfen«, antwortet er.

»Ja. Wegen der Trinkerei.«

»Wegen der Trinkerei und der Guildford-Sache.«

»Oh, jetzt fang bloß nicht wieder damit an!«, ruft Mum.

Mit funkelnden Augen wendet sich Dad an mich: »Und ich habe außerdem gelernt, dass man besser nicht mehr über den Disput spricht, wenn man wieder zu Hause aufgenommen wird.«

»Dann ist die Ehe also wie Poker?«, frage ich. »Am besten, man hält die Klappe?«

»Nein«, meint Dad. »Mit der Ehe verhält es sich eher wie mit der Schlacht von Verdun: Beide Seiten haben sich verschanzt, und es wird unnötig viel Blut vergossen. Aber«, hier nimmt seine Stimme einen spöttisch-tragenden Tonfall an, »es gibt auch *Gelegenheiten*, mein Junge, Gelegenheiten für außergewöhnlichen Mut und Opferbereitschaft. Also bleib und kämpfe. Das Leben kann hart sein, aber was ist die Alternative? Klar – das ist nur meine Meinung. Aber eins weiß ich: Wenn eure Kinder aus Cynthias Leben verschwinden würden, könnte man ihr genauso gut einen Arm abschneiden. Dennoch musst du tun, was das Beste für dich ist.«

»Ich kann jederzeit kommen und euch helfen«, sagt Mum. »Ich kann euch was zu essen mitbringen. Du weißt ja, ich kaufe das Fleisch immer bei dem kleinen Mann auf dem Markt.«

»Mum, danke.«

»Ach, übrigens …« Verlegen reicht mir Dad ein in eine Plastiktüte eingewickeltes Buch. »Das ist für dich.«

»Was Gutes?«

»Aber ja«, antwortet er zuversichtlich. »*Spanish Game*, Hardcover, erste Auflage, signiert. Außen hat es ein paar Gebrauchsspuren, aber innen ist alles tipptopp.«

Ich bin gerührt. Meine Eltern sind total bekloppt, aber Mum hat mir gerade angeboten, bei mir vorbeizukommen und Fleisch von ihrem kleinen Mann mitzubringen. Und mein Vater hat mir ein gebrauchtes Buch geschenkt. Ich ziehe es aus der Tüte und fühle mich, als entblößte ich mein Herz. Außen hat es ein paar Gebrauchsspuren, aber innen ist alles tipptopp.

»Dad«, sage ich. »Danke.«

»Big Guy«, unterbricht mich Malcolm. »Wir müssen düsen.« Gehorsam trotten Mrs. Thompson und ich hinter ihm her.

Em

Nanu? Eine E-Mail von Dan.

> Hi, Babe,
> tut mir echt leid, aber ich habe gerade gesehen, dass ich die Präsentation von Aston Martin heute Abend im Grosvenor Hotel vergessen habe, und ich muss dahin, weil ich nächste Woche darüber berichten soll. Sorry, echt. Ich kann heute Nachmittag nicht mit dir nach Wiltshire. Wie wär's, wenn du ohne mich fährst und versuchst, dich so schnell wie möglich abzuseilen?
> D x

Ich fühle mich wie betäubt. Nicht, dass ich besonders überrascht wäre. Dan, der im letzten Moment absagt, Dan, der sich groß und breit entschuldigt, Dan, der sich mit seinem Lieblingssatz – »Seil dich ab und komm« – aus der Affäre zieht … Aber zum ersten Mal weiß ich mit absoluter Gewissheit, dass er nein sagen wird. Es ist so demütigend, ich möchte sterben.

Arthur

Malcolm sitzt in seinem Van und grinst mich an. »Wie man hört, bist du neulich von Löwen gejagt worden.«

»Stimmt.«

»Mann«, sagt er. »Das hätte ich gerne gesehen.«

Ich muss lächeln.

Einen Moment lang blickt mich Malcolm ernst an. »Ist alles okay?«

»Beim Gedanken, dass ich gleich in der Schule meiner Kinder auftreten muss, mach ich mir in die Hose.«

»Weißt du noch, was ich gesagt habe, als ich zu deinem Life-Coach wurde? Sag zu allem ja.«

»Malcolm, du bist nicht mein Life-Coach.«

»Doch«, sagt er. »Bin ich.«

»Okay, du bist mein Life-Coach.«

Er lächelt sein Stan-Laurel-Lächeln.

»Aber ich kann trotzdem nicht auftreten.«

»Aber wieso? Hast du so was nicht schon öfter gemacht?«

»Doch, am Dienstag erst.«

»Und lief es gut?«

»Ja, schon.« Das ist nicht gelogen. Bei den Kindern kam mein Auftritt gut an.

»Was ist dann los?«

»Das ewige Universalproblem …«

»Und das wäre?«

»Unter Druck hören wir unsere Eltern in unseren Köpfen, die sagen, dass wir zu nichts taugen.«

»Aha.« Malcolm bedenkt mich mit einem erstaunlich sarkastischen Blick. »So siehst du das?«

»Ja. Als ich eben ein Radiointerview gegeben habe, war es, als würde jeder, der mich je gehasst hat, brüllen: ›Jetzt red doch endlich, du kleiner Scheißer.‹ Wie kann man so was abstellen?«

Malcolm sieht mich an und lächelt erfreut. »Ich glaube, genau darum geht es heute in *Learn Love in a Week*.«

»Das löst mein Problem aber nicht«, protestiere ich. »Dank dieses Kurses weiß ich jetzt, dass ich verfickt wütend bin, weil meine Eltern mich zu einem orientierungslosen Menschen gemacht haben, der sich unverstanden und wertlos fühlt. Und jetzt gerade fährst du mich zu einer verfickten Schule, wo ich sechzig Minuten lang vor dreihundert Kindern improvisieren soll, und ich mach mir in die Hose!«

»Big Guy«, sagt Malcolm. »Entspann dich. Polly hat mich gebeten, dich abzuholen, also habe ich ihr den Gefallen getan. Ich verrat dir jetzt einen Trick, der dir ein besseres Gefühl gibt. Und wenn es nicht klappt, musst du nicht auftreten.«

»Und was ist das für ein Trick?«

»Nun«, erwidert Malcolm gut gelaunt, »im Prinzip geht es um das Geheimnis des Lebens.«

»Ah ja. Und kannst du es mir verraten, dein Geheimnis des Lebens?«

»Kann ich«, sagt Malcolm. »Aber nicht hier im Van.«

Ich lächele zurückhaltend. Ich mag ihn wirklich gern, aber das heißt nicht, dass ich nicht misstrauisch wäre.

»Malcolm«, sage ich, »hat Gott was mit deinem Geheimnis zu tun?«

»Kann schon sein.«

Malcolm kifft und ist ein bisschen merkwürdig, aber er gehört unbestreitbar zu den glücklichsten Menschen der Welt. Ich würde sein Geheimnis wirklich gerne kennen.

»Ich bin aber nicht religiös«, antworte ich.

»Warum nicht?«

»Na ja … wegen all dem Blutvergießen in Seinem Namen. Und nichts ist bewiesen. Und wenn man sich als Christ bezeichnet, wird einem das immer vorgehalten. ›Der nennt sich *Christ*‹, heißt es dann, ›zahlt aber trotzdem nie für seine Chips.‹«

»Hör mal«, meint Malcolm. »Ich verlange nicht von dir, dass du einen Kreuzzug gegen das Osmanische Reich führst. Du sollst dir nur einen Moment lang vorstellen, dass Er hier ist.«

»Aber, Malcolm«, wende ich ein. »Ich brauche bloß Liebe, keine verdammte Religion.«

»Okay«, sagt Malcolm. »Aber du kannst keine Liebe geben, wenn du sie nicht selbst fühlst. Du fühlst dich ungeliebt, weil deine Eltern dich nicht liebevoll erzogen haben. Und genau darin liegt das Wesen von Religion: Du stellst dir einen Elternteil vor, der dich liebt. Das ist übrigens interessant …«, fährt er fort. Das Thema hat es ihm eindeutig angetan. »Die meisten Religionen wurden von elternlosen Leuten begründet. Buddhas Mutter ist bei seiner Geburt gestorben. Mohammed war ein Waise. Moses hat man im Körbchen ausgesetzt. Und Jesus hat seine Eltern wie ein zorniges Stiefkind verleugnet. Man erinnere sich nur an den Ausspruch: ›Du bist nicht mal mein Vater!‹«

»Du willst also, dass ich vor meinem Auftritt an Religion denke?«

»Ja«, antwortet er mit seinem Stan-Laurel-Grinsen. »Und wenn das nicht klappt, musst du nicht auftreten.«

Das entspannt mich ein wenig. »Okay«, sage ich. »Gib Gummi!«

»Ich bring dich da schon pünktlich hin«, sagt Malcolm. »Sieh zu, dass du zur Ruhe kommst.«

Em

Ich sitze an meinem Tisch und starre auf Arthurs Text. Eigentlich will ich ihn redigieren. Normalerweise findet man immer einen Satz, der ein bisschen in der Luft hängt und ohne den das ganze Ding auseinanderfällt, aber Arthurs Artikel ist ekelhaft professionell. Ich habe ihn schon zweimal gelesen, sehe aber nicht, wo ich einhaken soll. Der Tod eines jeden Redakteurs. Meine Karriere wird versanden. Und Dan werde ich auch nicht heiraten. Verdammt! Warum kann er nicht verliebter sein? Wegen diesem dämlichen Mistkerl werde ich einsam sterben. Am liebsten jetzt gleich. Ehrlich. Klar, es ist immer furchtbar tragisch, wenn Leute mit Mitte dreißig sterben, aber ein früher Tod füllt die Kirchen. Und so wäre es mir am liebsten, auch wenn's oberflächlich ist. Ich will keine dieser alten Damen sein, zu deren Begräbnis in irgendeinem feuchten Krematorium in Enfield nur ein langweiliger Neffe und ein paar Nachbarn auftauchen. Ich will eine proppenvolle Beerdigung, gut angezogene Leute, und ich will, dass sie alle heulen, als würden sie noch einmal ihren ersten Liebeskummer durchleben. So oberflächlich ist das eigentlich doch nicht. Wenn man schon auf dieser Erde lebt, kann man auch Eindruck machen. Dan, du Arschloch. Wegen dir will ich sterben.

Arthur

Ich komme tatsächlich ein bisschen runter, was allerdings hauptsächlich daran liegt, dass Mrs. Thompson auf meinen Schoß liegt. Ich kraule ihr den Hals und erschnuppere den appetitlichen Cracker-Geruch auf ihrem Kopf. Aber dann kann ich nicht anders. Es platzt aus mir heraus: »Ich glaube einfach nicht an Gott, Malcolm. Dein Trick kann nicht funktionieren.«

»Ich habe nicht gesagt, dass du an Gott glauben sollst«, erwidert er und zündet sich einen Joint an. »Ich habe gesagt, du sollst dir *vorstellen*, an Gott zu glauben. Tu so, als ob Gott existiert.«

»Ein eingebildeter Gott wird mir kaum helfen.«

»Doch, doch, wird er«, antwortet Malcolm. »Die Vorstellung funktioniert, glaub mir. Tust du das?«

»Nein, tu ich nicht.«

»Überleg doch mal«, sagt er. »Wenn du ans Essen denkst, kriegst du Hunger. Wenn du an eine nackte Lady denkst, kriegst du Lust. Es muss nicht real sein, um etwas zu bewirken. Wichtig ist einfach nur, dass es kein Richtig oder Falsch gibt. Es existiert nur, was du glauben möchtest, was du dir vorstellen willst. Du stellst dir gerade vor, dass die Welt voller Leute ist, die dir das Gefühl geben, unverstanden, ungeliebt und konfus zu sein. Ich bitte dich aber jetzt, dir zehn Minuten lang vorzustellen, dass du verstanden und geliebt wirst und genau weißt, wohin du willst. Wenn du das tust, verschiebt sich dein Blick auf die Welt, deine Erwartungen ändern sich, und du wirst ruhig und zuversichtlich, was dein ganzes Leben beeinflusst … angefangen mit deinem Auftritt. Glaub mir, es funktioniert. Und wenn nicht, musst du nicht auftreten, vergiss das nicht. Okay?«

Ich blicke tief in Malcolms bekiffte Augen. Und nicke. »Okay.«

Plötzlich fühle ich mich viel zuversichtlicher. Erstens hat er versprochen, mir das Geheimnis des Lebens zu verraten, und zweitens verfehlt der Rauch des selbstangebauten Marihuanas, das er in beachtlichen Mengen im Auto verqualmt, seine Wirkung nicht. Wenn wir erst die Schule erreichen, grinse ich wahrscheinlich wie Jack Nicholson in *Shining*.

Malcolm wechselt das Thema: »Weißt du was? Ich war noch nie so verliebt wie jetzt.«

»Ernsthaft?«, frage ich. »In wen denn?«

»Na, in Em«, antwortet er, als sei das die größte Selbstverständlichkeit der Welt.

»Warum hast du nichts davon gesagt?«

»Weil ich versuche, nicht so oft daran zu denken.«

»Wieso nicht?«

»Weil es wie ein schöner Traum ist«, sagt er. »Und wenn ich mich zu stark darauf konzentriere, wache ich auf.«

Verdattert starre ich ihn an. Er ist ja wirklich völlig verknallt. In Em!!!

Mir wird bewusst, dass die Sache tatsächlich funktionieren könnte. Er mag kein Anwesen in Wiltshire haben oder besonders viel Bargeld. Aber er hat einen Van. Und außerdem kennt er – zumindest angeblich – das Geheimnis des Lebens.

Leider hat er keinen Van, der fliegen kann, aber genau das brauchten wir jetzt. Wir sind nur noch eine Meile von der Schule entfernt, müssen lediglich einmal um den Park herum, aber wir stecken im Stau.

Ich schaue auf die Uhr. Zehn Uhr neun. Das schaffen wir nicht.

»Scheiße.«

Ich sehe es vor mir: Die ganze Schule sitzt in der Aula und wartet, aber ich komme nicht, und Polly wird sagen, ich hätte die Kinder im Stich gelassen und darf sie nicht mehr besuchen. Jahre später wird Robin seinem Therapeuten schluchzend von dem einschneidenden Vorfall erzählen. »Und so verschwand er aus meinem Leben und hat mich nie tanzen sehen.«

Malcolm stellt den Transporter auf einem Parkplatz ab. Wir steigen aus.

»Nahezu perfekt«, sagt er. »Und jetzt Beeilung!«

»Aber du wolltest mir doch noch das Geheimnis des Lebens verraten?«

»Richtig«, sagt Malcolm. »Du solltest dich beeilen. Das gehört unbedingt dazu. Du sprintest einmal quer durch den Wald, suchst dir ein ruhiges Fleckchen und bleibst unter einem Baum stehen.«

»Und dann?«

»Dein Blut wird rauschen, das Serotonin sprudeln, und du wirst dich voller Energie und großartig fühlen. Wenn du Liebe spüren willst, mach das unbedingt jeden Tag. Die Liebe ist ein Reifen, der Luft verliert, mein Freund, und du musst ihn aufpumpen. Dazu braucht es Disziplin. Sportliche Betätigung. Maßvolle Ernährung. Aber am wichtigsten ist, dass du mindestens acht Stunden jede Nacht schläfst und tagsüber ungefähr eine Stunde gar nichts tust.«

»Gut.« Aber ich will das Geheimnis des Lebens hören, kein Grundlagenseminar in gesunder Lebensführung. »Und wenn ich unter dem Baum angekommen bin, was mache ich dann?«

»Du bleibst zehn Minuten stehen und stellst dir vor, dass du selbst ein Baum bist.«

»Gut«, sage ich. »Und dann?«

»Das ist es«, sagt Malcolm.

»Das ist es?!« Jetzt bin ich enttäuscht.

»Hey«, sagt Malcolm. »Probier's doch erst mal aus.«

»Aber …«

»Du bist noch nicht mal losgelaufen.«

»Stimmt.«

»Ich sag dir was: Ich komme mit.«

»Nicht nötig. Wahrscheinlich bin ich sowieso viel schneller als du.«

»Vergiss es«, antwortet er grinsend. »Ich bin ein verdammt guter Läufer. Du hast keine Chance.«

Ich schnaube und jogge an ihm vorbei in den Wald hinein, und das nicht gerade langsam. Mrs. Thompson rennt mir nach. Malcolm auch. Nach knapp dreißig Metern hat er mich eingeholt, und wir traben Seite an Seite.

»Du kannst nicht gewinnen«, sagt er. »Ich laufe jeden Tag.«

Ja, schon kapiert, aber du rauchst auch jeden Tag ziemlich viel Gras. Und besonders schnell sind wir auch nicht.

Polly

Wo bleibt Arthur? Um zehn hat er mir eine SMS geschickt, dass er noch eine Meile entfernt ist. Jetzt ist es zehn Uhr elf.

Es sind ziemlich viele Mütter gekommen. Eine nach der anderen geht an mir vorbei, macht eine Bemerkung à la ›Das wird bestimmt toll‹ und bedenkt mich mit einem begeisterten und zugleich zweifelnden Blick.

Tilly Sweeting taucht neben mir auf. »Und du bist sicher, dass er kommt?«

»Er kommt.« Wo zum Geier ist er? Und ist er überhaupt in der Verfassung, hier aufzutreten?

Arthur

Bei dem lockeren Tempo, in dem wir traben, brauchen wir fünf Minuten durch das Wäldchen, hinter dem die Schule meiner Kinder liegt. Etwa hundert Meter vor dem Tor befindet sich eine dichte Ansammlung von Bäumen. »Dort hinein«, sagt Malcolm. »Da finden wir ein ruhiges Plätzchen.«

Ich weiß nicht, ob wir immer noch gegeneinander laufen, aber vorsichtshalber ziehe ich das Tempo noch einmal an. Als ich einen geeigneten Baum finde, stelle ich mich darunter. Malcolm gesellt sich zu mir.

»Okay«, sagt er. »Es ist sechzehn Minuten nach. Das heißt, du kannst zehn Minuten hier stehen und kommst trotzdem noch pünktlich.«

Irgendwie ist mir sehr zynisch zumute. »Ich will das nicht. Ich werde nicht auftreten.«

»Alles wird gut«, sagt Malcolm. »Zehn Minuten.«

Ich schaue auf die Uhr.

»Malcolm. Ich glaube nicht, dass das Geheimnis des Lebens darin besteht, jeden Tag für zehn Minuten so zu tun, als sei man ein Baum.«

Malcolm lächelt. »Weil du die Augen nicht zugemacht hast.«

Ich schließe die Augen.

»Während du tief einatmest, konzentrierst du dich auf deine Wurzeln, die tief in die Erde reichen. Sie schickt dir Energie, die dich wie Wasser reinwäscht.«

Mag sein, dass ich ein bisschen stoned bin, weil ich zu viel Grasdunst inhaliert habe, aber vor meinem inneren Auge entsteht tatsächlich ein Bild. Ich sehe Wasser durch meinen Körper branden wie Meereswellen, die an einer felsigen Küste bersten.

»Du bist ein Baum«, sagt Malcolm. »Du stehst schon seit Ewigkeiten hier, bist riesig, träge und fruchtbar und stark und liebevoll. Kannst du das fühlen? Und nun stell dir deinen Körper als Stamm vor. Über deinem Kopf wachsen Zweige und Blätter. Fühl es! Und jetzt … atme langsam durch deine Blätter ein und fühle dich zeitlos, inspiriert und geliebt. Du atmest Luft, du atmest Liebe, und es ist, als ob jeder, der je Zuneigung zu dir empfunden hat, sagt: ›Du machst das schon!‹ Bleib zehn Minuten, und alles wird gut.«

Ich schlage die Augen auf. »Gehst du?«

»Ich muss ein paar Rohre verlegen«, erklärt mein Guru.

»Aber dann bist du ja nicht da, wenn die zehn Minuten vorbei sind. Woher willst du wissen, ob ich für den Auftritt bereit bin?«

»Wenn du es schaffst, zehn Minuten nur an deine Atmung zu denken, siehst du Gott. Du kannst dir aber auch innerlich sagen: ›Wer gibt, dem wird gegeben. Wer vergibt, dem wird vergeben. Ich sage ja zu allem.‹ Mach das zehn Minuten lang, und du wirst einen großartigen Auftritt hinlegen.«

»Na gut«, antworte ich zögerlich.

»Und ich habe noch einen Tipp für dich.«

»Ja?«

»Versuch, die Kids vom Thema Kacke fernzuhalten. Wenn sie damit erst einmal anfangen, kann sie nichts aufhalten.« Malcolm drückt mich kurz an sich. »Guter Mann. Ich schicke dir in zehn Minuten eine SMS, dann weißt du, dass es so weit ist.«

»Malcolm, muss ich die Show echt durchziehen?«

»Denk daran, was du über die Stimmen in deinem Kopf gesagt hast, die dich runterziehen. Und jetzt geh, stell dich vor die Kinder und sag ihnen, dass sie großartig sind!« Damit grinst er und geht. Und ward nicht mehr gesehen.

Em

Meine Familie hat in Sachen Begräbnisse eine ärgerliche Einstellung. Wenn meine Mutter einen Trauerzug sieht, sagt sie: »Herrgott noch mal, der Mensch da drin ist tot! Muss man deshalb den ganzen Verkehr aufhalten?« Und für gewöhnlich schickt sie noch hinterher: »Findest du nicht, dass Gedenkfeiern viel besser sind als Beerdigungen? Welchen Sinn hat es, zu trauern? Es ist doch viel gesünder, sich ein paar Monate später zu treffen und das Leben zu feiern.«

Also, um das ein für alle Mal klarzustellen: Wenn ich sterbe – was ich in Bälde zu tun gedenke –, will ich keine Gedenkfeier, sondern ein Begräbnis. Ich will, dass meine Leiche elend langsam zum Gottesdienst geschleppt wird. Ich will in einem Sarg auf einem Wagen, der von riesigen Schildkröten gezogen wird, zur Kirche geschafft werden. Ich will einen drei Meilen langen Stau erzeugen. Ich will, dass die Schildkröten unterwegs vor ein paar Geschäften anhalten, um an Grashalmen zu knabbern. Und in der Kirche will ich traurige Musik, ich will, dass Michael Gambon Lord Byron zitiert – »So werden wir nicht mehr schweifen!« –, und alle sollen sich ihre blöden Augen ausheulen. Wenn ich schon keine Liebe kriege, dann wenigstens das.

Arthur

Hey, ich *will* ja, dass Malcolms bekloppte Meditation funktioniert. Wenn ich sonst jemanden sagen höre: »Ich war im Garten, und als ich die Augen aufschlug, habe ich Gott gesehen!«, denke ich immer: Okay, du bist irre, aber ich beneide dich. Wenn ich im Garten bin, sehe ich nur den Rasenmäher.

Aber vielleicht hat Malcolm ja recht. Vielleicht erscheint mir Gott, wenn ich nur lange genug hier stehe. Es wäre verdammt noch mal der geeignete Zeitpunkt.

Ich schließe die Augen.

»Lieber gesegneter Gott«, sage ich. (*Gesegneter* Gott?) »Bitte hilf mir, dass der Auftritt vor meinen Kindern gut wird. Hilf mir, meine Frau zurückzugewinnen. Und solltest du wirklich da sein, gib mir doch bitte ein Zeichen.«

Langsam atme ich ein und aus. Stelle mir vor, dass ich geliebt werde. Und schlage die Augen auf.

Ich sehe ein Zeichen. Ein Schild. Darauf steht: *Kein Hundeklo!*

Ich mache die Augen wieder zu.

Gibt es überhaupt einen Gott? Gibt es *irgendwas* da oben im Himmel? Ich will es wirklich wissen und schicke meine Gedanken hinauf. Stelle mir die kalte Weite des Weltraums vor. Meteoriten und eisige Winde.

Dann schlage ich die Augen wieder auf.

Ich sehe, wie die Sonne durch die Blätter scheint. Ich sehe eine Raupe von einem Faden baumeln. Ich sehe meinen Hund, der geduldig zu meinen Füßen wartet.

Plötzlich lächle ich.

Okay, vielleicht gibt es keinen Gott. Aber es ist immer noch erstaunlich, dass es überhaupt etwas gibt. Das ist das Wunder. Es gibt eine ganze Welt. Eine Welt mit Blättern und Raupen und Hunden und Kindern und Schildern und Malcolm und Polly, wo eigentlich nichts sein dürfte. Erwarte nichts, sei dankbar für alles.

Wieder schließe ich die Augen und lasse mich von einer Woge der Dankbarkeit überwältigen.

Malcolms SMS erreicht mich: *Der Trick beim Improvisieren*, lese ich, *ist, zu allem ja zu sagen. Lass dich darauf ein. Auch das ist das Geheimnis des Lebens.*

Ich lache und mache mich auf den Weg zur Schule. Ich bin zwar noch ein wenig traurig, dass mir Gott nicht im Stadtwald erschienen ist, aber im Augenblick fühle ich mich leicht. Ich verfalle in einen Sprint, Mrs. Thompson im Schlepptau.

Polly

Warum habe ich mich bloß auf Arthur verlassen? Es ist zehn Uhr achtundzwanzig, und er ist noch nicht da. Er wird nicht kommen. In der Aula wartet eine komplette Schule voller Kinder auf eine Stunde improvisierter Geschichten. Und von Arthur keine Spur.

Ich stehe vor dem Gebäude und blicke mich verzweifelt nach ihm um. *Bitte, tauch doch auf.* Zehn Uhr neunundzwanzig.

Ich höre jemanden hinter mir. Es ist Caroline, eine Mutter aus der Zweiten.

»Hi, Polly«, sagt sie. »Kommt Arthur zum Geschichtenerzählen?«

»Ähm … ja«, erwidere ich und lächele dümmlich. »Wenn er denn mal auftaucht.«

»Na so was«, antwortet Caroline. »Wo ich doch gehört habe, dass er … bei euch ausgezogen ist.«

»Nein, nein, nein. Er wird schon kommen. Geh nur rein.«

Wie schrecklich. Alle wissen von unserer Trennung und tun geradezu, als würde ich mir in Bezug auf seine Rückkehr etwas vormachen. Ich blicke über den Schulhof zur Aula hinüber, aus der gerade Tilly Sweeting kommt. Ihre Miene ist besorgt. Oje.

»Hi, Süße«, ertönt eine Stimme.

Ich drehe mich um. Arthur und Mrs. Thompson schlendern auf mich zu. Was ist los mit ihm? Er wirkt so unnatürlich ruhig.

»Hi«, antworte ich.

Tilly Sweeting stürmt auf uns zu. »Oh, großartig! Du hast es noch geschafft! Lass uns gleich anfangen.«

Arthur lächelt, und wir folgen Tilly Sweeting durch den Flur zur Aula.

Während er vor mir herläuft, mustere ich ihn verblüfft. Er scheint entspannt und sogar zuversichtlich. Wir erreichen den Hintereingang der Aula, wo ungefähr zwanzig Kinder auf uns warten. Durch die Glastür sehe ich dreihundert weitere Kinder, darunter zehn Erstklässler in selbstgenähten Hummelkostümen, plus ungefähr vierzig Erwachsene, die sich ganz hinten an der Wand versammelt haben. Wir treten ein.

»Wer seid ihr?«, fragt Arthur die Hummeln freundlich.

»Die Tanzgruppe aus der ersten Klasse«, antworten die Kinder aufgeregt.

Aus der Zweiten sind auch ein paar Tänzer da. Sie tragen Blechdosen an Tesastreifen um den Hals. »Und WIR«, informiert man uns, »sind die Coolbusters!«

Ich bemerke ein drittes »Tanzteam«, das nur aus einem einzigen Mitglied besteht.

»Hi, Mum«, sagt Robin. Seine Augen sind dick mit schwarzem Kajal umrahmt. Er trägt einen schwarzen Rock und eine schwarze, zottige Perücke.

Oh, Herr im Himmel. Wie habe ich das zulassen können? Kann ich das noch stoppen, bevor ihn jemand sieht?

»Robin!«, rufe ich. »Wann hast du dich so angezogen?«

»Gerade eben«, sagt er. »Das Kostüm war in der Schule deponiert. Ich habe die ganze Woche daran gearbeitet.«

»Aber was … wen willst du denn darstellen?«

»Chiquitita«, antwortet er fröhlich.

»Wer ist Chiquitita?«
»Ein kleines spanisches Mädchen.«
Oh, shit.
Arthur lächelt. Kapiert er nicht, wie gefährlich das hier ist?
»Bist du allein?«, fragt er.
»Die anderen kommen noch dazu, du wirst sehen«, erwidert Robin stolz.
»Ich bin total gespannt«, sagt Arthur. »Zu welcher Musik tanzt du?«
»Zu *Chiquitita* von ABBA«, antwortet Robin. »Eins deiner Lieblingslieder.«

Arthur

Ich mustere meinen Sohn. Er will vor der ganzen Schule zur Musik von ABBA tanzen. Ich habe meinem Kind Dinge beigebracht, die ihm schaden werden. Und er hat keine Ahnung, wie man an seinem breiten, glücklichen Lächeln sehen kann.
Ich strahle zurück: »Ein tolles Lied, Robin. Und du wirst großartig tanzen.«
»Ich tanze nicht nur«, erwidert er. »Ich singe auch.«
Oh, Herr im Himmel, bitte hilf.
»Mrs. Betterton sagt, dass man sich vor einem Auftritt unbedingt locker machen muss«, erklärt er und macht einen Ausfallschritt. »Außerdem brauche ich einen Schluck Wasser.«
Und damit verschwindet Chiquitita in den Klos. Immerhin geht er in die Jungs-Toilette. Polly packt mich am Arm.
»Arthur!«, sagt sie gepresst. »Robin will vor der ganzen Schule als Transvestit auftreten. Das müssen wir verhindern.«
»Warum?«, frage ich.
»Weil er aussieht wie eine lateinamerikanische Nutte«, flüstert sie. »Wir müssen ihn davon abbringen.«
»Aber das können wir nicht«, antworte ich. »Wir können ihn nur

in seinem Vorhaben bestärken, damit er stark und selbstbewusst wird.«

»Das ist gesellschaftlicher Selbstmord!«, ruft sie. »Sein Ende!«

Ich muss zugeben, dass ich Pollys Standpunkt nachvollziehen kann. Das Risiko ist hoch. Aber ich habe den Stolz in Chiquititas Miene gesehen.

»Du bist zu harmoniebedürftig«, sage ich. »Es liegt nicht in deiner Hand. Entspann dich und lass es geschehen.«

Polly

In diesem Moment kommt Robin vom Klo zurück und strahlt uns glücklich an.

»Also, Mum«, verkündet er. »Du bist die Einzige von uns drei älteren Familienmitgliedern – gemeint sind du, ich und Dad –, die heute nicht auftritt.«

»Ja«, sage ich. »Eigentlich wirklich schade.«

»Oh, du kannst noch einen Part übernehmen, wenn du willst«, sagt Tilly Sweeting.

Tu das nicht, Sweeting. Halt mich da raus.

Aber Robin ist nicht zu bremsen. »Genau, Mum, du könntest mich ankündigen!«

»Was?!«, kreische ich.

»Na ja, du weißt schon. Wie in *Friday Night is Music Night*«, sagt er. (Woher kennt mein Sohn dieses Radioprogramm?) »Da gibt es immer einen, der sagt: ›Dieser Titel entstand im Jahr soundso, als blablabla.‹ Das kannst du doch auch.«

Kann sein. Aber ich will nicht.

»Tut mir leid, Robin«, erwidere ich. »Ich weiß ja noch nicht mal, wer *Chiquitita* wann geschrieben hat.«

»Björn Ulvaeus«, antworten Robin und Arthur gleichzeitig. »Und zwar im Jahr 1979«, fügt Arthur hinzu.

Aha.

Arthur grinst mich an. »Polly, Liebes«, sagt er. »Du findest es doch immer so wichtig, Schulaktivitäten zu unterstützen.«
Aber ich habe keine Ahnung, wie man sich auf der Bühne benimmt. Und was zum Geier soll ich sagen?

Arthur

Keine Ahnung, woran es liegt. Vielleicht an Malcolms magischem Ritual? Jedenfalls liebe ich es, hier in der Schule zu sein.
Ich sehe der ersten Klasse zu, wie sie einen Song mit dem Titel *Buzzin Around* aufführt. Als Nächstes folgen die Coolbusters, die sich des aufregenden Themas »Wiederverwertung« angenommen haben.
Schließlich ist es so weit. Tilly Sweeting, die Moderatorin, sagt ins Mikro: »Und nun wird Mrs. Midgley unseren nächsten Gast ankündigen.«
Polly taumelt ins Rampenlicht. Nervös. Sie weiß nicht, wohin mit ihren Händen. Sie steckt sie in ihre Taschen. Und zieht sie wieder hervor.
»Hallo«, sagt sie. »Als Nächstes tanzt die vierte Klasse zu *Chiquitita*. Das Lied wurde 1979 von Björn Ulvaeus von ABBA komponiert. Es ist …« Sie pausiert kurz. »… ein etwas seltsames Lied, aber … wunderbar.«
Du lieber Himmel, worauf will sie hinaus?
»Außerdem ist es das Lieblingslied von Robins Vater.« Sie wirft mir einen raschen Blick zu. »Er ist auch etwas seltsam, aber wunderbar.« Oh, Polly. Das ist jetzt nicht der richtige Zeitpunkt für öffentliche Zuneigungsbekundungen. Ich könnte heulen. »Seine Darbietung folgt in Kürze. Aber nun, meine Damen und Herren, begrüßen Sie bitte Robin Midgley als … *Chiquitita!*«
Damit huscht Polly hastig an den Bühnenrand und lässt sich auf einen Plastikstuhl plumpsen.
Ein erwachsenes Publikum hätte jetzt vermutlich geklatscht, aber

die Menge besteht hauptsächlich aus Grundschulkindern, denen man nicht gesagt hat, dass sie klatschen sollen. Also tun sie es auch nicht. Stattdessen herrscht angespannte Stille.

Dann …

Robin erhebt sich. Als der große Choreograph, der er nun mal ist, beginnt er, seine Truppe meisterlich und selbstbewusst zu dirigieren.

Er nickt der vierten Klasse zu, die geschlossen aufspringt. Die Gruppe teilt sich in zwei Hälften und rennt – ja, rennt, sie ist wahrlich gut gedrillt! – zu jeweils einer Bühnenseite, um dort niederzuknien. Ein letztes Nicken, dann setzt die Musik ein. Die ersten klimpernden Gitarrenklänge von *Chiquitita* sind zu hören – das Signal für den Star der Tanzbesetzung.

Da ist unser Sohn, Robin Midgley. Er sprintet hinter dem Vorhang hervor, bleibt in der Mitte der Bühne stehen, wirft sich zu Boden und birgt sein schluchzendes Haupt in seinem gebeugten Arm.

Der erste Chor erhebt sich und fleht Chiquitita an, sich zu erklären. Für einen kurzen Augenblick zeigt sie dem Publikum ihre traurigen spanischen Augen, fällt dann aber wieder, einem sterbenden Schwan gleich, zu Boden.

Entschlossen, sie wachzurütteln, setzt der zweite Chor ein und bittet sie, endlich alles einzugestehen. Wieder richtet sich Chiquitita auf. Sie ist ja willens, den nächsten Tag zu meistern, doch der Kummer lastet gar zu schwer, also sinkt sie erneut darnieder.

Es folgt der Refrain.

Die Musik verwandelt sich in ein fröhliches Rumtata. Chiquitita erhebt sich und marschiert beinewerfend über die Bühne, während die Chöre triumphierend schmettern, dass Herzschmerz auch wieder vergeht. Sie ersuchen das Mädchen, in einen neuen Sonnenaufgang zu tanzen, und Chiquitita lässt sich nicht zweimal bitten. Als der Rumtata-Refrain zum zweiten Mal einsetzt, kommen beide Chöre mit High-Kicks auf die Bühne. Elektrisiert von ihrer Unterstützung, liefert Chiquitita dem Publikum ein wahres Feuerwerk an Hüpfern, Beinschwüngen und Figuren.

Polly

Okay, ich geb's ja zu. Arthur hat recht. James hat recht. Ich hasse Auseinandersetzungen, bin harmoniesüchtig.

Und jetzt gerade bin ich angespannt. Sehr angespannt. Um nicht zu sagen: Ich bin nahezu erstarrt, während Robin da vor mir herumwirbelt.

Und dennoch: Ein vorsichtiger Blick in die Runde offenbart, dass sich die Kinder der St. Mary's School offenbar hervorragend unterhalten.

Zögerlich beginne ich zu hoffen, dass Robin seinen Auftritt vielleicht doch unbeschadet überstehen könnte.

Arthur

Noch nie in meinem ganzen Leben war ich so stolz. Ich kann meinen Blick nicht von meinem Sohn abwenden. Seine Darbietung ist linkisch, ja eigentlich sogar eine glatte Fehlinterpretation des Themas, aber dennoch originell, energiegeladen und – ja, das glaube ich wirklich – professionell.

Gut, in jeder anderen Schule könnte ein Kind für eine derartige Tanzeinlage gemeuchelt werden. Und um die Wahrheit zu sagen, sitzen auch in diesem Publikum einige, denen man deutlich anmerkt, dass ihnen das Beingeschwinge zu tuntig ist. Aber diese Kids kennen *X-Faktor.* Sie kennen *Let's Dance.* Sie merken, dass sich Robin hier und da etwas merkwürdig bewegt, aber sie merken auch, dass er sich richtig ins Zeug legt, und das finden sie gut. Als die letzten Takte verklingen und Robin einen Luftsprung macht – er springt legendär, er springt spektakulär! –, wird er von den vier stärksten Viertklässlern aufgefangen und ein Stückchen höher gehoben. Mit dem letzten Ton erstarrt Robin in einer Arabesque.

Die gesamte Schule springt kreischend auf. Mein Sohn hat eine Wahnsinnsshow hingelegt.

Der linke Chor verbeugt sich. Klatschen. Der rechte Chor verbeugt sich. Jubeln. Robin wird vorsichtig auf der Bühne abgesetzt. Als er selbstbewusst nach vorne schreitet, um sich mit vollendeter Professionalität zu verbeugen, schlägt ihm johlende Begeisterung entgegen.

Mein kleiner schwuler Sohn lässt sich feiern. Er badet im Applaus, und das muss er auch. Denn er hat ihn verdient. Er schleudert seine Perücke in die Menge und verbeugt sich unter dem Jubel und dem Stampfen Hunderter Fußpaare. Als der Applaus zu einem Höhepunkt anschwillt, hält er sein Ärmchen hoch. Selbst das macht er graziös. Es sieht aus wie Grace Kelly, die aus einem Cabrio winkt.

»Und nun …«, beginnt er, wobei er die Spannung durch die Modulation seiner Stimme und kunstvoll eingesetzte Pausen meisterhaft steigert, »begrüßt mit mir den Mann, der für uns eine Geschichte erfinden wird. Er ist mein Dad, er ist brillant, aber auch ein kleiner Narr. Mr. … Arthur Midgley!«

Mein Gott, Robin, denke ich am Bühnenrand, das war eine phantastische Ankündigung! Ich liebe dich. Ich liebe und vergöttere dich und werde dich immer und ewig bei allem, was du tust, unterstützen.

Dann überfällt mich wieder die Anspannung. Bisher hat mich das ganze Drama um mein Nachhausekommen, um das Wiedersehen mit Polly und Robins spektakuläre Show so in Atem gehalten, dass mir der wesentliche Punkt völlig entfallen war: Ich muss hier und jetzt etwas auf die Beine stellen. Ich habe einen Auftritt zu absolvieren, genauer gesagt den ersten, seit man mich an der Thomas-Cranmer-Schule in Mitcham vor die Tür gesetzt hat.

Und um dem Warm-up von gerade eben gerecht zu werden, sollte ich meinen Einsatz gewaltig erhöhen.

Ich hole Luft und stelle mir vor, dass ich ganz ruhig bin, zutiefst geliebt werde, meine Narben verheilt sind und ich genau weiß, was zu tun ist. Ich trete auf die Bühne und überblicke die Menschenmenge, die mein Sohn so fachmännisch angeheizt hat. Ich sehe Hunderte von grinsenden Gesichtern und liebe jedes einzelne davon.

Polly

Arthur hüpft wie ein zu groß geratenes Känguru auf die Bühne. Ein Riesenkänguru mit rosafarbenem Schal und Filzhut. Die Kids sind sofort voll bei der Sache.

Wie macht er das? Er muss nur kommen, und alle sind aufgeregt.

»Hallo!«, ruft er in die Menge. »Los geht's! Die Jungs rufen jetzt bitte ›Hey, Arthur‹, als wärt ihr Buzz Lightyear aus der *Toy Story*. Also: ›*Hey, Arthur!*‹«

Er hält das Mikro in die Menge.

»*Hey, Arthur!*«, brüllen ihm hundertfünfzig Buzz Lightyears entgegen.

»Und jetzt die Mädchen«, fährt er fort. »Ihr seid eine Truppe flippiger Hexen. Von euch will ich hören: *Hallo, hahahaha!*«

»*Hallo, hahahaha*«, rufen hundertfünfzig kichernde Hexen.

»Und jetzt denken wir uns zusammen eine Geschichte aus«, sagt er. »Ihr müsst mir unbedingt dabei helfen. Wenn ihr eine Idee habt, hebt die Hand. Und denkt dran: Alles geht. Okay, also … das hier ist die Geschichte von einem kleinen Mann.« Er gestikuliert mit den Händen. »Er ist ungefähr so groß.«

Ein Junge aus der ersten Klasse meldet sich.

»Ja?«, fragt Arthur.

»Ist der aus Kacka?«

Oje.

Arthur

Ich blicke dem Jungen ins Gesicht, der mich stolz angrinst. Er weiß, dass er a) gerade ungestraft in aller Öffentlichkeit ›Kacka‹ gesagt hat und b) die ganze Schule zum Lachen gebracht hat. Will ich ihn wirklich entmutigen?

»Ja, der kleine Mann ist aus Kacka«, bestätige ich zum Entzücken der Menge und des kleinen Erstklässlers im Besonderen. Er ist überaus zufrieden mit seinem Beitrag. Ich werfe Tilly Sweeting einen verstohlenen Blick zu, die mit einem Mal selbst ziemlich hexenhaft aussieht. Plötzlich bin ich erpicht darauf, dem armen Mann eine Identität zu geben, die sich nicht nur auf seine fäkale Zusammensetzung beschränkt. »Aber wie«, frage ich die Menge, »heißt denn nun der gute Mann?«

Zehn Hände schießen in die Luft. Ich nehme Imogen Levy – ein schüchternes, leicht streberhaftes Mädchen aus der Fünften. Damit gehe ich auf Nummer sicher. »Ja?«

»Heißt er vielleicht Mr. John Henry Po?«

Polly

Ich muss gestehen – die ganze Aula brüllt schon wieder vor Lachen. Verstohlen blicke ich zu Tilly Sweeting hinüber, die ziemlich unentspannt wirkt.

Arthur

Imogen Levy mustert mich mit funkelnden Augen. Will ich dieses Funkeln löschen? »Imogen«, sage ich, »genau so heißt er.«

Erneutes Gelächter.

Wenn es nach den Kindern geht, ist dies der beste Geschichtenanfang, den sie je gehört haben. Jeder will mitmachen. Einer der Kindergartenjungs ist so aufgeregt, dass er aufspringt und die Hand hochreißt. Er weiß zwar nicht, was ich fragen will, aber die Antwort kennt er schon.

»Der kleine Mann geht jeden Morgen spazieren«, erzähle ich weiter und blicke dem Jungen in die Augen. »Dabei singt er ein Lied.« Das Ärmchen des Jungen streckt sich noch weiter. Er weiß, dass er vor Publikum ein Lied improvisieren kann. Soll ich ihn davon abhalten? »Wie geht das Lied?«, frage ich ihn.

Während er singt, wedelt der Junge mit den Händen: »Ich bin Mister Po und lebe auf dem Klo. Und habe Angst vor Bürsten!«

Die Menge liebt das Spiel. Gejohle aus der sechsten Klasse. Okay.

»Großartig«, lobe ich. »Aber in Geschichten geschehen ja die übelsten Dinge. Also muss jetzt etwas Schlimmes passieren.« Genau deshalb sollte man schlimme Dinge immer willkommen heißen – ohne schlimme Dinge keine Story! »Was passiert unserem Mister John Henry Po?«

Zwanzig Hände ragen in die Luft. Ich zeige auf einen Sechstklässler. »Ja?«

»Er wird durchs Klo gespült und verirrt sich.«

»Sehr gut.« Ich bin froh, dass die Geschichte voranschreitet. Es ist Zeit, von Mr. John Henrys Abenteuern im Abwassersystem zu hören, von den Ratten, denen er begegnet, von seinen Missionen. »Was hat er für einen Traum?«, frage ich. »Jeder muss einen Traum haben.«

Der erste Junge ist wieder auf den Füßen. »Er will«, schreit der Junge, »wieder zurück in den Hintern, aus dem er gekommen ist.«

Im brüllenden Gelächter, das folgt, starre ich den Jungen erstaunt an. Das ist brillant! Ein koprophiler Schöpfungsmythos. Ich höre den Widerhall des Existentialismus. Wir sollten die Geschichte »Warten auf dem Klo« nennen.

Vorsichtig luge ich zu Tilly Sweeting hinüber. Sie wirkt verkniffen, wütend und hexenartig. Ein Hauch von Angst umweht mich. Die kann mich mal, denke ich plötzlich. Ich konzentriere mich lieber auf die hundertfünfzig kleinen Hexen, die mich gerade richtig gut leiden können, und die hundertfünfzig Buzz Lightyears. Sie amüsieren sich prächtig. In ihren Augen ist wahrscheinlich gerade ein Wunder geschehen: Da steht ein erwachsener Mann auf ihrer Schulbühne und redet über Kacke. Besser geht's nicht. Ich weiß, dass ich weitermachen muss, und verdammt noch mal, das werde ich auch. Ich werde nicht aufhören, ehe Tilly Sweeting nicht auf einem Besen angeritten kommt. Und selbst dann werde ich noch gegen sie angehen. Mit Buzz Lightyear. Mit den Hexen. Und mit meiner überbordenden ungezähmten Freude.

Polly

Puh … Der Auftritt ist gut gelaufen. Der Anfang war etwas heikel, aber Arthur hat die Klippen geschickt umschifft und die Geschichte auf sicheres Terrain gelenkt – auf Vampire, blutsaugende Spinnen und Popel verschießende Gewehre.

Nach der Show holen wir Mrs. Thompson ab, die Arthur draußen angeleint hat. (Sie ist ganz aufgeregt, die Kinder wiederzusehen.) Dann gehen wir nach Hause. Robin plappert aufgeregt über seinen Auftritt. Malory schiebt Ivy auf ihrem Roller. Die Sonne scheint durch die Kronen der Kastanien, und es herrscht eine fröhlich-entspannte »Die Schule ist aus«-Atmosphäre. Arthur ist wieder zu Hause. Er plaudert mit Bridget Harding, einer Mutter aus der Fünften.

Ich habe mich noch nicht so recht daran gewöhnt, dass die Familie wieder vereint ist. Ist sie das überhaupt? So viel ist in den vergangenen Tagen passiert, dass ich mich noch nicht so recht auf der sicheren Seite fühle. Als wir in unseren Vorgarten treten, halte ich Arthur zurück und drücke seine Hand. »Liebling, deine Show war toll«, sage ich.

»Na ja«, antwortet er. »Es geht eigentlich nur darum, ja zu sagen. Dann kann man jeden mitreißen.«

»Ich muss zugeben, dass ich ziemlich nervös war.«

»Ich auch«, erwidert er. »Ist doch immer gut, sich daran zu erinnern, nicht wahr?«

»Woran?«

»Dass man schrecklich nervös sein kann, die Anspannung sich aber hinterher auflöst wie Zucker im Tee.«

Er hat recht. Die Nervosität ist weg. Etwas anderes ist an ihre Stelle getreten. Gepeinigt sehe ich ihm in die Augen. Wenn ich ihm jetzt sage, dass ich ihn liebe, bedeutet das dann mein Begräbnis? »Ich bin froh, dass du wieder da bist«, sage ich. »Nur eins noch: Könntest du endlich die Obstschale aufräumen?«

Arthur lächelt. »Yep. Mach ich.«

Ich öffne die Tür. Malory schleudert ihre Jacke, ihre Tasche und ihre Lunchbox auf den Boden. Robin geht ins Wohnzimmer und veranstaltet etwas, das er »leichtes Warm-down« nennt. Ivy findet ihre Grüffelo-Figur im Flur und läuft Arthur hinterher.

Ich hebe Taschen und Bücher auf und hänge alles an einen Haken neben Arthurs Bürotür. In diesem Moment entdecke ich das Blatt Papier auf dem Boden. Als ich einen Blick darauf werfe, gefriert mir das Blut in den Adern.

Arthur

Ich bin kaum durch die Tür getreten, als Ivy schon mit der Grüffelo-Figur auf mich zukommt. »Dad, Grüffelo will mit dir reden.« Das bedeutet, ich soll ihn sprechen lassen. Ich gehorche.

Ich liebe dieses Spielzeug. Es hat verrückte, orangefarbene Augen und eine Wampe. Ich verleihe ihm eine grollende Stimme, so dass er sich ein bisschen wie das Krümelmonster aus der Sesamstraße anhört. Wenn ich ihn in der Hand halte, scheint er zum Leben zu erwachen und springt liebend gerne auf Mrs. Thompsons Rücken, um auf ihr durch den Garten zu reiten. (Mrs. Thompson ist das geduldigste Mitglied unserer Familie.

Und hündisch loyal. Nachts schläft sie manchmal mit dem Grüffelo.)

»Dad!«, sagt Ivy und zeigt auf einen Busch neben der Eingangstür. »Da ist eine Schnecke.«

Noch eine von Grüffelos Vorlieben: Schnecken. Er glaubt, es seien Eier zum Ausbrüten.

Ich setze mich auf das Mäuerchen und den Grüffelo auf das Schneckenhaus. »Ooooh«, gurrt der Grüffelo. »Mein Ei.«

Ivy lacht. Ein Augenblick reinen Glücks. Ich denke: Die Familie ist ein Theater, wo man jede Rolle spielen kann. Mit einem Mal weiß ich, was ich falsch gemacht habe: Ich wollte, dass Polly meine Frau ist, meine Spielgefährtin, meine Aufpasserin, meine … alles. Aber sie ist meine Frau. Ivy ist meine Spielkameradin. Mrs. Thompson wacht über mich. Ich habe alles!

Polly kommt zu uns heraus. Sie ist blass.

»Ivy«, sagt sie. »Ich muss mit Dad reden.«

»Aber ich rede schon mit Dad«, sagt Ivy.

»Wenn du magst, kannst du den Fernseher anmachen und *CBeebies* sehen.«

Verflucht und zugenäht. Jetzt bin ich wirklich besorgt. Was kann so dramatisch sein, dass sie Ivy von sich aus erlaubt, fernzusehen?

Ich blicke sie erwartungsvoll an. Mrs. Thompson tappt heran und tut es mir gleich. Polly setzt sich auf die Treppe. »Wir müssen reden.«

Ach herrje. Übersetzt bedeutet das: Wir müssen deine Fehler besprechen. Darauf habe ich aber keine Lust. Konzentrieren wir uns doch zur Abwechslung mal auf ein paar Dinge, die ich gut mache.

»Hast du mitbekommen, was Bridget Harding von mir wollte?«, frage ich.

»Nein.«

»Wie es aussieht, leitet sie eine Agentur für Schul-Events und will mich in ihre Kartei aufnehmen.«

Überrascht blickt Polly auf. »Fand sie deinen Auftritt gut?«

»Oh ja, und ob. Sie meinte, ich könnte einer ihrer Haupt-Performer werden, die ungefähr zweimal am Tag auftreten. Sie arrangiert kleine Touren, so dass die Leute ungefähr zehnmal pro Woche gefordert sind, und das zwei oder drei Wochen am Stück.«

»Und gibt es Geld dafür?«

»Natürlich. Um die dreihundert Pfund pro Besuch, also gut dreitausend in der Woche, falls man die volle Zeit gebucht wird. Bei drei Wochen im Trimester ergibt das siebenundzwanzigtausend im Jahr.«

»Großartig«, sagt Polly. Ihre Stimme klingt merkwürdig hohl. Was ist denn nur los?

»Und was ich dir noch gar nicht erzählt habe«, fahre ich fort. »Ich war vorhin bei *Radio 5 live.*«

»Ernsthaft?«

»Die Produzentin wollte wissen, ob ich Interesse an einer Moderation hätte. Sie hat von einem Tausender pro Woche gesprochen.«

Polly schaut mich ausdruckslos an. Warum antwortet sie nicht?

»Außerdem bietet mir *Lifestyle* einen Jahresvertrag an. Und Sally Winklehorn meint, sie könnte mein Buch verkaufen. Alles in allem sieht es plötzlich danach aus, als könnte ich an die hunderttausend im Jahr verdienen.«

»Bestimmt wirst du das«, sagt sie. »Gut gemacht. Anscheinend ist der Knoten endlich geplatzt.«

Ich hole tief Luft. Dies ist ein wichtiger Moment. Seit Jahren hält sie mir vor, dass ich nicht genug verdiene. Jetzt, wo sich das zu ändern scheint, muss ich etwas loswerden.

»Polly«, beginne ich, so freundlich ich kann. »Es ist leicht, jemandem zu vertrauen, wenn alles gut läuft. Hättest du ein bisschen Vertrauen bewiesen, als das nicht der Fall war, hätten sich die Dinge vielleicht etwas schneller entwickelt. Freiberuflich zu arbeiten ist hart, weil man mit niemandem reden kann, wenn man sich mal einsam und nutzlos fühlt.«

Sie blickt zu Boden.

»Was ist los?«, frage ich. Zu meinem Entsetzen sehe ich, dass sie weint. »Was ist?«

»Arthur«, sagt sie mit zittriger Stimme.

»Was?«

Polly

Ich blicke ihn an, und ich schwöre, jede Wut ist aus meinen Augen gewichen. Ich bin einfach nur traurig.

»Was hast du denn?«, fragt er.

»Die Obstschale«, sage ich. »Du packst alles Mögliche rein, um das ich mich kümmern soll. Und wenn ich dich bitte, das selbst zu übernehmen, ignorierst du mich.«

Ich glaube kaum, dass je ein Mann dieselbe Entschuldigung vorgebracht hat wie Arthur jetzt: »Na ja, tut mir leid, aber Grüffelo hat ein Ei gefunden«, meint er.

»Mag sein«, erwidere ich. »Aber ich habe dich schon mindestens zwanzig Mal darum gebeten. Und ich freue mich wirklich sehr, dass du wieder kreativ arbeiten kannst. Das würde ich auch gern. Aber ich bin zum Arbeitssklaven mutiert, weil ich all die langweiligen Dinge tun muss, auf die du keine Lust hast. Ich mache so viel, und trotzdem gibst du mir für alles, was in deinem Leben schiefläuft, die Schuld.«

»Ich gebe dir für gar nichts die Schuld!«

»Gerade eben hast du mir noch vorgeworfen, dir nicht genug Vertrauen entgegengebracht zu haben. Und du wirfst mir vor, dass du zu Hause bleiben und auf die Kinder aufpassen musst.«

»Das werfe ich dir doch gar nicht vor«, entgegnet er. »Ich bin dir sogar dankbar dafür. Da du das meiste Geld verdienst, kann ich bei ihnen bleiben und wann immer möglich arbeiten. Ich bin dir dankbar für alles, was du getan hast.«

»Arthur«, sage ich. »Bei YouTube gibt es einen Fernsehclip, in dem du mir – landesweit – vorwirfst, zu Hause bleiben zu müssen. Welchen Beweis brauchst du noch? Anscheinend wirfst du mir ja auch vor, dass wir überhaupt Kinder haben, so als hätte ich dich mit Robin irgendwie überrumpelt.«

»Na ja«, erwidert er. »Es ist nicht unbedingt so, dass wir das in aller Ausführlichkeit diskutiert hätten.«

Jetzt kann ich nicht mehr zurück.

»Vielleicht hast du recht«, sage ich, »vielleicht bremsen wir uns gegenseitig aus. Du willst Dinge tun, ich will Dinge tun. Ich möchte beispielsweise heute auf die Party von James Hammond. Ich möchte ein mittelalterliches Kloster sehen, das zu einem Ort umgebaut wurde, den Menschen aufsuchen, um glücklich zu sein.«

»Ach ja?«, fragt er. »Dann geh. Aber tu mir einen Gefallen und spring nicht mit Hammond in die Kiste.«

Ich werfe ihm einen schuldbewussten Blick zu.

»Weißt du, was dein Problem ist?«, fragt Arthur. »Du siehst alles immer nur negativ. Mich sowieso.«

»Diese Woche habe ich sehr viel Positives in dir gesehen.«

»Schön«, antwortet er, »aber mit dir gehst du genauso um. Ich meine … sieh dir doch nur mal den Garten an. Deine wunderschönen Pflanzen. Wie großartig du sie plaziert hast. Du bist eine tolle Designerin. Aber in der Tiefe deines Herzens glaubst du, James Hammond stellt dich nur ein, weil er dich vögeln will.«

Falsch. Ich *weiß*, dass er mich nur einstellt, weil er mich vögeln will. Aber immerhin könnte das meiner Karriere nutzen.

»Es geht nicht nur um Sex«, sage ich. »Ich mag James. Er hat Visionen, Energie, und er bietet mir einen neuen Anfang. Einen neuen Job. Ein neues Leben. Man bereut nur, was man nicht tut. Also sollte ich gehen, und du auch. Geh mit meiner Liebe und meinem Segen. Es ist mir wichtiger, dass du die Person wirst, die du sein kannst, als dass du mein Mann bleibst.«

Überrascht schaut er mich an. »Und wohin soll ich deiner Meinung nach gehen?«

»Weiß nicht«, antworte ich. »Wohin du willst. Zu Greta vielleicht. Du scheinst mir ja auch vorzuwerfen, dass ich dich von ihr fernhalte.«

»Das stimmt nicht!«

Ich reiche ihm das Blatt Papier.

Arthur

Rasch überfliege ich den Text und sehe sofort, dass ich ein Riesenproblem habe. Es geht los mit: *Manchmal denke ich, dass mein ganzes Leben in falschen Bahnen verlaufen ist, weil wir in jener Nacht nicht miteinander im Bett waren.* Es folgt ein fast schon pornographischer Abschnitt: *Wir hätten einander in die Münder keuchen und eine gleißende, gottgleiche Ekstase empfinden können.* Am Schluss steht die direkte Anklage: *Wenn ich mit Polly rede, geht es nur um Terminabsprachen.*

Mir ist flau im Magen. Das bedarf wohl dringend einer Erklärung. Aber wie zum Geier lautet die?

»Wenn du ab und zu mal mit mir über Termine gesprochen hättest, wären wir jetzt wohl nicht an diesem Punkt.«

»Das weiß ich!«, erwidere ich.

»Und was sollen wir jetzt machen?«

»Nichts«, entgegne ich. »Das meine ich ja gerade. Nicht alles lässt sich lösen.«

»Ich weiß nicht, was ich sagen soll«, setzt sie erneut an. »Für mich klingt das so, als müsstest du dringend mit dieser Frau schlafen.«

»Hör mal … Ich habe das am Montag geschrieben. Seitdem habe ich mich verändert.«

»Wie schön. Und inwiefern?«

»Ich hab sie doch nur ein bisschen begehrt.«

»Soso, nur ein bisschen.«

»Och, komm schon, wir sind komplizierte Menschen in einer hektischen Welt, in der wir mit Werbung und sexuellen Inhalten bombardiert werden. Irgendwann verknallt man sich eben einfach mal. Du hast doch selbst gesagt, ich soll rausfinden, was ich fühle.«

»Aber ich habe nicht gesagt, dass du semipornographische Briefe an eine Verflossene schreiben sollst. Du scheinst diese Frau ja wirklich zu mögen.«

»Ja, tue ich. Sie ist toll. Sie ist mir die zweitliebste Frau auf der Welt. Du bist meine Nummer eins. Deswegen sind wir ja auch zusammen. Aber sie beherrscht meine Phantasien. Wir werden immer Phantasien haben, schließlich sind wir lebensbejahende Menschen mit einer regen Vorstellungskraft. Greta ist wundervoll, und die Momente, die wir zusammen verbracht haben, bedeuten mir viel. Aber wenn ich mit ihr zusammen wäre, hätte ich bald eine neue Phantasiefrau.«

»Aha? Und woher willst du das wissen?«

»Weil du, Polly Pankhurst, immer meine Traumfrau Nummer eins gewesen bist. Seit wir uns diese Woche getrennt haben, habe ich dich wieder begehrt.«

»Ach, das ist also der Trick, wenn man deine nachlassende Libido auffrischen will?«, fragt sie. »Ich muss dich hin und wieder rausschmeißen? Tja, leider habe ich keine Lust dazu. Und vielleicht hast du recht. Vielleicht sind wir nur aus dem banalen Bedürfnis zusammengeblieben, einen Kompromiss zu finden. Ich gehe, Arthur. Ich gehe nach Wiltshire, und ich gestalte James' Garten. Und wer weiß? Vielleicht ist das der Augenblick, der mein Leben verändert, also … danke.«

Das ist ja furchtbar. Bei jedem ihrer Worte habe ich das Gefühl, Glas zu essen. »Oh, Herrgott noch mal!«, rufe ich. »Ja, okay, James Hammond wird dich flachlegen. Aber dass sich deswegen dein Leben ändert, ist unwahrscheinlich.«

»Meiner Ansicht nach nicht«, antwortet sie. »Zwischen uns gibt es nämlich einen wesentlichen Unterschied, Arthur: Ich glaube an die Liebe.«

»Nein«, widerspreche ich. »*Ich* glaube an die Liebe.«

»Es ist mir egal, an was du glaubst, Porno-Mann«, antwortet sie. »Geh einfach. Unsere Anwälte werden klären, wann du die Kinder das nächste Mal sehen darfst.«

Verblüfft stehe ich auf. »Was? Ich dachte, du brauchst jemanden, der auf sie aufpasst?«

»Ich finde schon jemand anderen«, brüllt sie.

»Und wen?«

»Irgendeinen … keine Ahnung … ist auch egal. Geh jetzt!«

Genau das tue ich. Ich gehe.

Auf der Straße rufe ich Greta an. Schließlich hat Polly das geradezu angeordnet. Greta bestellt mich in ein Hotel in West London, wo sie in einem Meeting sitzt. Sie weiß, was ich will. Ich bin nervös. Und sehr erregt.

Em

Nachdem wir das Meeting mit Shelton dreimal verschoben haben, ist es endlich so weit. Wir sitzen im Konferenzraum neben den Büros von *Lifestyle.*

Sheltons persönliche Assistentin ist schon etliche Male rein- und rausgelaufen, um alles vorzubereiten. Keine Ahnung, was sie da für ihre Echsenchefin gemacht hat. Das Zimmer auf Körpertemperatur aufheizen wahrscheinlich. Dafür sorgen, dass genug frische Fliegen zur Verfügung stehen.

Greta ist nicht da. Wir sollen den Grobentwurf für die Montags-

ausgabe durchgehen, in der Greta Gastredakteurin ist, und sie ist nicht mal da!
Die Layouts liegen vor uns auf dem Tisch. Statt sich mit einem Hallo aufzuhalten, geht Shelton gleich dazu über, die Entwürfe zu begutachten. Ihre knochige Hand liegt an ihrem Gesicht, und sie sieht aus wie ein hochaufgeschossener, hagerer Flamingo, der auf einen Fisch herabblickt.
»Die sind nichts«, meint sie schließlich.
Woraufhin ich antworte: »Sagen Sie das Greta. Sie ist die Gastredakteurin.«
Woraufhin Shelton erwidert: »Wann kriegen Sie das endlich in Ihren Kopf? Die Gastredaktion ist nur eine Art Ehrenamt.«
»Aber Sie streichen meinen Handlungsspielraum und sorgen gleichzeitig dafür, dass ich trotzdem noch für alles verantwortlich bin, das schiefläuft. Halten Sie das für guten Führungsstil?«
Shelton mustert mich kalt. Anscheinend hat sie keine Lust, sich mit mir über ihren Führungsstil zu unterhalten.
»Was sollen wir Ihrer Meinung nach mit diesen Layouts machen?«, fragt sie mich stattdessen.
»Ich schlage vor, Sie stecken sie sich in den Arsch, Sie grausame, freudlose Schlampe.«
Shelton sagt keinen Ton. Und da ich nichts hinzuzufügen habe, gehe ich.

Arthur

Sobald ihr Meeting vorbei ist, verlassen Greta und ich das Notting Hill Hotel. Wir sprechen kaum ein Wort. Draußen ist es unglaublich heiß, ein Tag, an dem man hechelnd im Schatten sitzen bleiben möchte. Zum Glück wartet der grüne Bentley mit dem treuen Bernard auf uns. Wir steigen hinten ein. Greta lässt die Abtrennung hochfahren, damit wir unter uns sind, und schaltet die Klimaanlage auf volle Kraft.

Wir sitzen nebeneinander und blicken stur geradeaus. Mir ist es recht. Ich will nicht reden. Ich möchte meine Ohren zwischen ihre Schenkel legen und mich nicht mehr so orientierungslos fühlen.

»Worauf hast du Lust?«, fragt sie.

Ich antworte nicht. Plötzlich habe ich die alberne Angst, sie könnte mir ein kulturelles Must-see-Programm vorschlagen. Ein falsches Wort, und ich ende in einem Riesenrad und mutiere dank meiner Höhenangst zu einem jämmerlich wimmernden, leichenblassen Bündel.

»Worauf hast du Lust?«, wiederholt sie. Die Betonung liegt auf Lust. Klingt wie eine Herausforderung.

»Ich will mit dir nach Hause«, antworte ich ruhig, »ins Bett.«

Sie schaut mich nicht an, aber ich spüre, dass sie wachsamer wird.

»Aha«, erwidert sie. »Warum?«

Gott, was soll man darauf antworten? Will sie, dass ich ihr meine Liebe gestehe? Oder genau das Gegenteil?

»Weil wir schon fast miteinander geschlafen hätten und man nur das bereut, was man nicht tut. Meinst du nicht?«

»Ich glaube, das ist erzkapitalistischer Bullshit, der uns wie ein Virus eingepflanzt wurde, damit wir weiter ordentlich Geld ausgeben.«

Hallo? Sie ist viel zu reich, um über erzkapitalistischen Bullshit zu reden. Nebenbei macht es mich unglaublich scharf, wenn sie wie ein marxistischer Terrorist daherredet.

»Okay«, entgegne ich. »Ich will mit dir schlafen, weil ich denke, dass wir gemeinsam stark sind und Erstaunliches erreichen könnten. Abgesehen davon fällt mir nichts ein, was ich gerade lieber täte.«

Sie blickt mir in die Augen. »Okay, Soldat«, raunt sie leise. »Aber vorher müssen wir noch einen kleinen Abstecher machen.«

»Und wohin?«

Die Andeutung eines Lächelns erscheint auf ihrem Gesicht. »Zu James Hammonds neuem Hotel. Er veranstaltet dort eine Party.«

»Was?!«, sage ich. »Ich bin aber nicht eingeladen.«

»Ich schon«, sagt sie. »Und ich darf ja jemanden mitbringen. Ich habe ein Doppelzimmer.«

Oh, mein Gott. Seit Jahren habe ich von so etwas geträumt, und jetzt geschieht es wirklich.

»Aber Polly ist auch da, und ich glaube, dass sie mit ihrem Liebhaber in die Kiste will.«

Greta starrt mich an. Ihr Lächeln schwindet. »Und du willst dasselbe.«

»Stimmt.«

»Na also.« Ihr Blick wird herausfordernd. »Kommst du nun mit oder nicht?«

Ich betrachte ihr wunderschönes sommersprossiges Gesicht.

»Ja, ich komme mit.«

Sie drückt einen Knopf. »Bernard. Wir müssen nach Wiltshire.«

Einen Moment lang verharrt sie still, dann rückt sie näher an mich heran, geschmeidig wie ein Oktopus am Meeresgrund. Sie trägt eine weiße Leinenhose. Ihr Schenkel berührt meinen.

»Was denkst du gerade?«, fragt sie.

»Dass ich dich küssen will«, antworte ich.

»Hm«, sagt sie, ohne sich zu rühren, »weißt du, was ich immer sage?«

»Nein. Was?«

»Genieß das Begehren.« Sie kommt nicht näher.

»Greta …«

»Ja?«

»Was ist das Geheimnis des Glücks?«

Sie dreht sich zu mir. Ihre rechte Brust berührt meinen Arm.

»Sich zu verbinden«, sagt sie. »Menschen umschwirren dich wie

Bienen eine Blume. Du musst sie von deinen Pollen kosten und dann ziehen lassen.«

Schläfrig sieht sie mir in die Augen. Du kannst kommen, heißt das. Aber danach musst du wieder gehen. Selten habe ich etwas so sexy gefunden. Und so traurig. Außerdem ist es eine verdammt überhebliche Art zu sagen: Okay, ich vögel dich einmal, aber erwarte keine Wiederholung.

»Du bist ein schöner Mann«, flüstert sie.

Plötzlich ist alles wieder wie in jenem Hotel damals vor zwölf Jahren … Es dauert mindestens eine Minute, bis sich unsere Köpfe begegnen. Eine weitere, bis sich unsere Nasen berühren. Unsere Lippen. Bis wir uns küssen. Es ist wundervoll. Nur dass es sich diesmal anders anfühlt. Gedanken wirbeln durch meinen Kopf. Darf ich das tun? Ist es das, was Polly wollte? Und was macht sie gerade?

Polly

Gott, bin ich froh, dass Em bei mir ist. Sie hält mich vom Grübeln ab. Im Zug stellen wir fest, dass man hier einen erstaunlich guten Weißwein bekommt. Wir stoßen auf ihre erfolgreiche Flucht vor der bösen Hexe Shelton an. Beim zweiten Glas trinken wir auf unsere Freundschaft, die einzige Konstante in dieser Welt wankelmütiger Männer. Und weil's so lecker schmeckt, bestellen wir noch einmal Nachschub.

In Salisbury steigen wir aus.

Um sechs Uhr sitzen wir in einem Taxi, das uns nach Bodsham Abbey bringt. Ich suche die Umgebung nach dem Inshaw-Hang ab. Zu meiner Rechten sehe ich einen Hügel, der mit hässlichen Bungalows gesprenkelt ist, und außerdem ein großes, nicht besonders vertrauenerweckendes Pub. Ein Schild steht davor, das potenziellen Gästen »Sonntagsbraten mit allem Drum und Dran« verspricht. Ich mag Drum und Dran, aber das Schild da

hat was von einem Appetithemmer. Zu meiner Linken taucht Bodsham Abbey auf.
Wow.
Ein prächtiger Torbogen, flankiert von vier Sicherheitsleuten in schwarzen Anzügen, durchbricht eine lange Mauer. Dahinter erhebt sich ein riesiges mittelalterliches Bauwerk aus Kalkstein mit einer Unmenge an Fenstern und einem Turm. Am liebsten würde ich jede einzelne Mauer berühren. Wäre Bodsham Abbey eine Person, ich würde sie mit ins Bett nehmen und mehrere Wochen nicht mehr aufstehen. Und wenn ich mich dann irgendwann wieder erheben würde, würde ich wohl ein bisschen komisch gehen.

Em

Donnerwetter. Wir schreiten durch einen prächtigen Bogengang. Das Personal steht in weißen Jacketts in Doppelreihen auf dem Rasen. Hinter ihnen erstreckt sich eine bestimmt hundert Meter breite Grünfläche. Hinten, an der gegenüberliegenden Mauer, sehe ich einen Swimmingpool, drum herum Tischchen und Stühle. Gut zweihundert Menschen haben sich davor versammelt – die Schönen und Reichen der britischen Gesellschaft. Wir mischen uns unters Volk.
Sofort werde ich von einem Koch aufgehalten, der mal für unsere Rezeptsparte geschrieben hat. Ich behalte Polly im Auge, die langsam auf James Hammond zugeht und von ihm taxiert wird wie ein fetter Fasan von einem hungrigen Wolf. In ihrem rückenfreien, schwarzen Kleid sieht sie allerdings auch sensationell aus, das muss man sagen. Als er sie küsst, legt er seine Hand auf ihren unteren Rücken und lässt sie dort.
Seine Gier und seine Lüsternheit erinnern mich an den Dan von früher, und plötzlich bin ich traurig und nicht mehr zu Smalltalk aufgelegt. Heimlich schleiche ich mich davon und mache mich auf die Suche nach meinem Zimmer.

Arthur

Wir betreten Gretas Hotelzimmer. Ein Traum. Das Bett ist frisch und strahlend weiß bezogen, die Kissen sehen weich und aufgeplustert aus. Die Wände sind aus mittelalterlichem Kalkstein, und man blickt durch bleigefasste Fenster hinaus auf grüne Hügel.

»Wow«, sage ich.

»Ja«, erwidert Greta. »Ein schönes Zimmer. Ich würde vorschlagen, dass wir es nicht so schnell wieder verlassen.«

Ich lasse meine Tasche fallen. Sie drückt mich gegen die Wand und gibt mir einen überaus unanständigen Kuss.

»Warum machst du dich nicht ein bisschen frisch?«, fragt sie schließlich. »Ich muss noch ein, zwei E-Mails schreiben.«

Ich gehe ins Bad, wo mich sofort Zweifel überkommen. Ich bin in Sachen Sex so was von aus der Übung. Ist es zum Beispiel normal, vorher noch schnell ein paar Mails zu verschicken? Und wie lange dauert so was? Ich tippe auf ungefähr fünf Minuten. Soll ich in der Zeit duschen? Oder kommt das übermäßig siegessicher rüber? Oder spießig-reinlich?

Ich dusche.

Unter der Dusche stellen sich weitere Probleme: Womit soll ich mich waschen? Wie sauber muss ich sein?

Ich wasche mir die Haare. Ich wasche mir alles. Ich bin sauberer als je ein Mann zuvor.

Als ich aus der Dusche komme, wische ich mit der Hand über den Spiegel und betrachte meinen Körper, als sähe ich ihn zum ersten Mal. Wenn ich direkt im Licht stehe und meinen Bauch fest anspanne, habe ich ein Sixpack. Meine Figur ist ganz anständig, aber hält sie einer öffentlichen Zurschaustellung stand? Genau das ist das Problem beim Sex: Ein Fremder packt dich aus, als wärst du ein Geschenk. Aber was, wenn das Geschenk nicht den Erwartungen entspricht? Oder dir das Gegengeschenk nicht gefällt? Theoretisch könnte Gretas ganzer Körper von rötlichem Pelz überzogen sein, was weiß ich? Kann man dann einfach abbrechen und sagen: »Hör mal, war wirklich nett mit dir, aber ich sollte jetzt gehen?«

Ich muss unbedingt aus diesem Bad raus. Aber was soll ich anziehen? An der Tür hängt ein weißer Bademantel. Den? Nein, will ich nicht. Damit sehe ich aus wie ein holländischer Pornodarsteller.

Ich streife mir Hose und Hemd über. Die Socken spare ich mir.

Greta steht neben dem Bett. Sie trinkt ein Glas Wasser und mustert mich eingehend. Das Schweigen ist unangenehm. Schließlich erbarmt sie sich: »Ich habe gerade eine E-Mail von Sarah Shelton bekommen. Wie es aussieht, hat Em gekündigt.«

»Ernsthaft?«

»Ja. Shelton will in der kommenden Woche nichts von ihr im Magazin haben. Auch deine Kolumne nicht.«

»Oh«, sage ich und versuche, einen beiläufigen Tonfall anzuschlagen. Zwar wollte ich die Kolumne am Montag noch gar nicht, aber sie jetzt schon wieder los zu sein, passt mir auch nicht. Wirklich unterirdisch finde ich allerdings die Tatsache, dass wir uns ausgerechnet jetzt darüber unterhalten.

»Na ja, wahrscheinlich hat sie ohnehin nach einer Ausrede gesucht, um dich loszuwerden.«

»Warum das denn?«, frage ich, denke aber: Können wir's jetzt endlich gut sein lassen?

»Weil du den Lesern im Grunde rätst, ihr Leben zu vereinfachen. So nach dem Motto: ›Wenn ihr nicht verreist und nichts kauft, blüht eure Liebe wieder auf.‹«

»Und was ist daran so falsch?« Ich weiß, dass ich mich langsam etwas pampig anhöre.

»Nichts«, antwortet sie. »Aber die Anzeigenkunden macht es nicht gerade glücklich.«

»Darf ein Schriftsteller nichts gegen Werber sagen?«

»Doch, wenn du Bill Hicks oder Charlie Brooker heißt und die Auflage steigerst, statt die ganze Chose den Bach runtergehen zu lassen, weil Kunden ausbleiben. Du bist aber weder Bill Hicks noch Charlie Brooker.«

»Danke, das weiß ich.«

»Noch nicht jedenfalls.«

»Hm.«

Mir kommt es vor, als hätte man eine Mauer vor mir aufgebaut. Greta hat nicht nur gesagt, dass ich gescheitert bin, sondern auch, dass ich nie Erfolg haben werde.

»Aber mach dir keine Sorgen«, fährt sie fort. »*Daybreak* will dich immer noch. Sofern du versprichst, den Moderator nicht anzuschnauzen. Wir bringen dich ganz groß raus.«

»Danke«, antworte ich, obwohl ich mir keinerlei Sorgen darüber mache, ob ich nun groß rauskomme oder nicht. Aber können wir verfickt noch mal endlich aufhören, über die Arbeit zu sprechen? Das ist doch alles total irrelevant!

Greta wendet sich ab und zieht die Vorhänge zu, was den Raum allerdings nicht vollständig verdunkelt – es ist einfach zu früh, und ich sehe noch genug. Zum Beispiel, wie Greta langsam auf mich zukommt. Wir küssen uns.

Der Kuss ist innig und sanft und beruhigt mich wie eine Salbe. Sie ist eine geübte Liebhaberin. Sie streift mein Hemd ab und küsst meine Schultern. Dann faltet sie das Hemd und legt es über einen Stuhl.

Ich weiß nicht recht, wie ich das verstehen soll. Heißt das: Ich behandle alles, was mit dir zu tun hat, respektvoll, auch dein Hemd? Oder eher: Ich hasse Unordnung? So oder so, für einen Moment ist meine Konzentration dahin, und ich denke an Polly. Wo mag sie jetzt sein? Vielleicht nebenan? Soll ich ihr sagen, dass ich hier bin? Oder soll ich mich lieber die ganze Nacht hier versteckt halten?

Greta küsst mich erneut. Sie schmeckt nach Knoblauch. Greta ist hier, bei mir! Und küsst mich. Zehn Jahre lang war sie die Heldin meiner Phantasien, und jetzt wird sie mir langsam vertraut.

Ich höre auf zu denken, weil Greta ehrerbietig vor mir auf die Knie geht. Ihre Hände gleiten über meinen Rücken, und ihre Küsse wandern zu meinem Bauch hinunter. Sie schickt sich an, meinen Gürtel zu lösen.

Mir ist nicht ganz wohl bei … diesem Körperteil. Er hat eine anständige Größe. Was das angeht, muss ich mich nicht schämen. Aber mich stört, dass das Ding so schrecklich unattraktiv ist. Es sieht so … nach Organ aus. Wie einer dieser großen Pilze, die man manchmal an Baumstämmen im Wald wachsen sieht.

Langsam, ganz langsam, zieht Greta meinen Gürtel durch die Schlaufen meiner Jeans. Nein, so geht das nicht. Ich bin nicht bereit dazu!

Um ehrlich zu sein, hat mich unser Gespräch etwas aus der Bahn geworfen. Ich will nicht mit Greta schlafen, um regelmäßig für die Zeitung schreiben zu können. Auf keinen Fall. Ernsthaft. Aber ich dachte irgendwie, der Sex mit ihr würde alles verändern. Ich dachte, ich würde in ihre magische Vagina eindringen und in eine Welt gelangen, mit der ich mich sofort verbunden fühle, die mich inspiriert und wo mir die Möglichkeiten nur so zugetragen werden wie Ballons im Wind. Jetzt begreife ich, dass sich nichts ändern wird. Ich bin noch immer ich. Ich bin immer noch orientierungslos, immer noch machtlos. Ich bekomme Aufträge, verliere sie wieder und habe auf beides keinerlei Einfluss. Ich bin dabei, Greta Kays Liebhaber zu werden. Aber ich bin nach wie vor derselbe Mann. Sechsunddreißig Jahre alt, Vater von drei Kindern. Verheiratet mit Polly Midgley.

»Greta.« Ich blicke zu ihr hinunter. Den Anblick werde ich für den Rest meines Lebens nicht vergessen. Ihr wunderschönes Gesicht vor dem Hosenschlitz meiner Jeans.

»Ja?«

Ich streiche ihr eine Haarsträhne hinters Ohr. »Ich bin nervös.«

Greta küsst den Stoff meiner Hose. »Brauchst du nicht«, sagt sie. »Es ist nur Sex.« Sie beginnt, sie aufzuknöpfen.

Ich schließe die Augen. Ich bin wieder in meiner Wohnung in New Malden, wo Polly mich zum ersten Mal entkleidete. Ich erinnere mich noch so deutlich … dieser Moment, als sie mich an sich zog und ich nur noch in sie eindringen wollte. Es war nicht bloß der Sex. Es ist nie bloß der Sex. Ich wollte nicht nur, dass sie mich an meiner intimsten Stelle berührt. Ich wollte alles von ihr. Ihre Hoffnungen. Ihre Ängste. Ihre Vergangenheit. Ihre Zukunft. Ihre Babys. Ich wollte sie – meine große Liebe, Polly Pankhurst.

»Greta«, sage ich.

»Was ist?«

»Ich kann nicht.«

Sie blickt zu mir auf.

»Warum nicht?«

»Weil ich verheiratet bin«, antworte ich. »Und weil ich gerade festgestellt habe, dass ich die letzten zehn Jahre damit verbracht habe, mich nach dir zu sehnen und Polly die Schuld an Dingen zu geben, für die sie nichts kann.«

»Lass es gut sein«, sagt sie und erhebt sich. »Bei ›verheiratet‹ habe ich abgeschaltet.«

Polly

Wie bringt man sich dazu, etwas zu genießen? »Lebe den Moment«, pflegt Arthur zu sagen. (Aber was sollte ich sonst leben? Das Jahr 1922?) Die ganze Woche habe ich mir vorgestellt, was auf dieser Party wohl passieren wird. Aber jetzt, wo ich endlich hier bin, gelingt es mir nicht, mit den anderen warm zu werden. Ich lerne Hugo kennen, James' Sohn. Vielleicht entwickelt er irgendwann noch das Selbstbewusstsein seines Vaters, im Moment

ist er jedenfalls noch ein typischer Teenie. Er nuschelt, versteckt die Hände in seinen Ärmeln und bewegt sich so langsam, dass ich mich an altersschwache Wespen erinnert fühle, wie sie manchmal im Winter auf einer Scheibe Brot hocken. Außerdem wirkt er ziemlich geschniegelt. Er sagt, er will zum Film. Oh, klasse, denke ich, genau, was die Welt braucht – noch ein affiges Bübchen, das sich zu fein zum Arbeiten ist.
Annabel kommt hinzu – James' Tochter, ebenfalls im Teenie-Alter. Sie schwirrt wie eine Hornisse durch die Gegend und sieht in ihren Gucci-Klamotten einfach ekelhaft gut aus. Sie stellt sich zu ihrem Bruder und sagt: »Ich verstehe wirklich nicht, warum Dad nicht wollte, dass Gervaise kommt! Hier laufen bestimmt zweihundert Leute rum, und ich kenne niemanden!«
Ich stelle mich vor. »Ich habe dich am Sonntag auf der Party meiner Mutter kennengelernt«, füge ich hinzu und halte ihr die Hand hin. Einen Moment lang starrt sie meine Finger an, als wären sie ein weiteres ärgerliches Problem, mit dem sie klarkommen muss, und verschwindet dann in der Menge. Blöde Kuh.
Ich bin bestürzt über so viel Unhöflichkeit. Wenn Arthur hier wäre, würde ich ihm sagen, dass ich nach Hause will.
Wo zum Teufel treibt er sich rum? Auch wenn ich ihn praktisch rausgeschmissen habe, hat es mich doch wütend gemacht, wie eilig er davongetrabt ist, um seine Greta zu suchen. Ist er jetzt bei ihr?
Nein, ich will jetzt nicht an ihn denken. Die Kinder kommen mir in den Sinn. Arthurs Mum ist bei ihnen. Sie hat mir eine SMS geschickt, dass alles okay ist, aber irgendwie reicht mir das gerade nicht. Am liebsten würde ich sie anrufen.
Plötzlich werde ich sauer … Nun komm schon, sage ich mir. Du hast es endlich hergeschafft. Also hör auf, hier rumzustehen und irgendwas über Kinderbetreuung in dein Handy zu tippen, als wärst du eine unterdrückte, vorstädtische Vogelscheuche. Mach

das Handy aus, besorg dir einen Drink und tauch ein in den Zauber.

Ich schlendere zu einem Getränketisch vor einer prächtigen Eibenhecke, an dem zwei Frauen stehen. Von hinten sehen sie wie Teenager aus – blondes langes Haar, dünne Beine –, aber als sie sich zu mir umdrehen, merke ich, dass sie mindestens sechzig sein müssen. Teile von ihnen zumindest. Selten so viele Schönheitsoperationen auf einem Fleck gesehen.

»Hi, ich bin Polly«, sage ich.

Sie blicken mich an. Wahrscheinlich haben sie heute Morgen frische Botoxinjektionen bekommen, denn ihr Ausdruck ist sanft, leicht erstaunt und seltsam bezaubernd.

»Ich bin Frizi«, sagt Frizi.

»Und ich Yoren«, sagt Yoren.

Es gelingt mir nicht, ihren Akzent zu plazieren. Deutsch gemischt mit Amerikanisch und Holländisch? Mir fällt ein, dass ich die Namen schon mal gehört habe.

»James hat mir von Ihnen erzählt. Sie sind für die Innenausstattung zuständig, richtig?«

»Nun ja«, antwortet Yoren. »Ich mache die Stoffe und Textilien. Frizi alles andere.«

Frizi lächelt stolz, zumindest so weit sie dazu fähig ist. Es ist reizend, wie geschmeichelt sie sich fühlt, aber ich hoffe, sie hat mehr gestalterisches Talent als ihr Schönheitschirurg. Der hat jedenfalls nichts mehr von ihren ursprünglichen Gesichtszügen übrig gelassen.

»Wie ich höre, gibt es noch eine große Wiese, die gestaltet werden muss.«

»Oh, ja!«, antwortet Frizi. »Sie sollten mit James reden. Er wollte Ihnen alles zeigen. James!«

Er steht ein paar Schritte von uns entfernt und hört jemandem zu, der offenbar eine lange Geschichte erzählt. Er nickt höflich, dreht sich aber halb zu mir um. In seinem Anzug und der Krawatte sieht er sehr schick aus, obwohl eigentlich nicht sein Äußeres so besticht, sondern seine Energie. Er wirkt selbstsicher. Wieder mustert er mich mit einem Zwinkern in den Augen, trinkt seinen Champagner und stellt das Glas auf ein Tablett. Dann entschuldigt er sich bei seinem Gesprächspartner und kommt wie ein Schlachtschiff auf hoher See auf mich zu. Wieder legt er seine Hand auf meinen Rücken.

»James«, sage ich. »Amüsierst du dich gut?«

»Und wie«, antwortet er. »Diese Woche habe ich im Internet eine Umfrage gelesen. Angeblich sind Friseure und Masseure am zufriedensten. Scheint, als würden sich die Menschen gerne gegenseitig glücklich machen.«

»Und wer ist am unzufriedensten?«

»Architekten«, erklärt er. »Die armen Burschen ackern sieben Jahre lang in der Hoffnung, tolle Gebäude in Abu Dhabi zu designen, und am Ende entwerfen sie bloß ein paar Anbauten in Ashford.«

Ein Kellner geht an uns vorbei. James schnappt sich ein Glas und leert es in einem Zug wie ein durstiger Hund. »Komm«, sagt er mit seiner tiefen, ruhigen Stimme. »Ich führe dich ein bisschen rum.«

»Gerne«, erwidere ich.

Als er seine Hand wieder auf meinen Rücken legt, sind seine Finger kalt vom Glas.

Arthur

Greta verschwindet in der Partymenge. Und ich habe Em gesehen. Ihr Zimmer ist ein paar Türen weiter. Gleich wird sie ein Bad nehmen. Sie hat mir gesagt, dass Polly auch da ist, und ich gehe gleich runter, um sie zu suchen. Ich muss mit ihr reden, bevor etwas zwischen ihr und James passiert. Ich muss ihr sagen, dass wir vielleicht einen schlimmen Fehler machen und ich ihr für vieles die Schuld gegeben habe, es aber nie wieder tun will. Ob sie mir zuhört? Ich werde den weltbesten Liebesschwur abliefern müssen, seit Will Shakespeare seine Dark Lady angefleht hat, ihn endlich zu vögeln. Nur leider habe ich nicht das Gefühl, bereit dafür zu sein. Ich brauche mehr Selbstvertrauen. Und Inspiration. Zum Glück hat mir Malcolm ein bisschen Gras gegeben.

Ich trete vors Hotel und halte nach einem ruhigen Ort Ausschau, wo ich in Ruhe rauchen kann.

In diesem Moment entdecke ich Dan. Er steigt aus einem Taxi und stolpert im Kies herum. Sogar von hier aus kann ich sehen, dass er hackedicht ist. Er fischt etwas Geld aus seiner Tasche, reicht es dem Taxifahrer und schwankt in Richtung Hotel. »Vielen Dank noch«, ruft er über die Schulter.

»Das ist aber nicht der ganze Betrag!«, brüllt der Taxifahrer hinter ihm.

Dan winkt mir fröhlich zu.

»Das ist noch nicht der ganze Betrag!«, wiederholt der Taxifahrer.

Dan dreht sich um und blickt ihn verwirrt an. Dann wendet er sich wieder an mich: »Hey, Kumpel, kannst du mir 'n Zehner leihen?«

Ich kann. Nachdem ich den Fahrer ausgezahlt habe, gehe ich zu Dan. Er wühlt in seinen Taschen, zieht eine zerdrückte Schachtel Zigaretten hervor und hält sie sich vors Gesicht. Ich gebe ihm Feuer.

»Naaaaaa?«, fragt er.

Wow. Ziemlich betrunken.

Konzentriert runzelt er die Stirn. »Wo sind 'n alle?«

»Hinten im Garten«, erkläre ich. »Aber Em ist oben im Bad.«

»Ehrlich?« Er scheint hocherfreut. »Ich muss mit ihr reden.«

»Weißt du denn auch, was du sagen willst?«

»Klar«, erwidert er gut gelaunt. »Ich frage sie, ob sie mich heiraten will.«

Du lieber Himmel. Damit hätte ich nicht gerechnet. Dan versucht, eine Zigarette aus der Packung zu pfriemeln. Die erste, die er herauszieht, ist zerbröselt, also lässt er sie auf den Boden fallen.

»Wo warst du die ganze Zeit?«, frage ich.

»Auf 'ner Launch-Party von Aston Martin.«

»Und?«

»Tolles Auto.«

»Nein, ich meine die Party.«

»Cool. Der Champagner war umsonst, und es gab diese ... wie nennt man diese gefüllten Dinger noch?«

»Vol-au-Vents?«

»Vol-au-Vents«, wiederholt er. Die Aussprache fällt ihm sichtlich schwer, aber er wagt es trotzdem noch ein zweites Mal. »Vol-au-Vents. Serviert von einer osteuropäischen Cateringcrew mit sauscharfen Mädels, die wie Bondgirls angezogen waren.« Er grinst. »Eine hat mir ihre Nummer gegeben.«

»Okay«, erwidere ich. »Und warum hast du die Nummer angenommen?«

Er scheint zu begreifen, dass er einen Fehler gemacht hat. »Na ja, falls ich mal ... ein Catering brauche. Hör zu, Kumpel, ich hab das Mädel bloß so aus ... aus Gewohnheit gefragt, verstehst du?«

»Eigentlich nicht«, entgegne ich.

»Em weiß das, ehrlich«, sagt er. »Früher war es der ... der triumphale Moment, wenn man den Mädchen die Höschen ausgezogen hat. Der Moment, wenn sie ihre Hüften anheben und man denkt: Yiiehaa, alles geht, jetzt komme ich! Aber irgendwann habe ich mir klargemacht, dass die Nummer ja eigentlich bedeutet, dass es passieren wird. Also ... reicht es jetzt damit.«

»Wie viele Nummern kriegst du denn so?«

»Nur ... ein bis zwei pro Woche.«

Ich starre Dan an. Mir schwirrt der Kopf. Bei jedem seiner Worte denke ich: Neeeeein, Em sollte dich auf gar keinen Fall heiraten! Du bist eine menschliche Kellerassel. Andererseits: Welches Recht habe ich, mich einzumischen? Und vielleicht muss ich Em auch gar nicht auf den richtigen Weg bringen. Allerdings könnte ich sie vorwarnen.

Dan hat es geschafft, eine Zigarette aus der Packung zu fischen, ohne sie in der Mitte entzweizubrechen. Dummerweise hält er sie verkehrt herum, während er versucht, sie sich in den Mund zu stecken.

»Hier«, sage ich und drücke ihm mein Feuerzeug in die Hand. »Das kannst du haben. Ich sage Em, dass du da bist.«

»Kumpel«, erwidert er, »tu das nicht! Auf keinen Fall!«

Hör zu, würde ich am liebsten antworten, ich habe mich geändert. Ich lasse mir nichts mehr sagen. Am wenigsten von einem Besoffenen wie dir. Aber dann tue ich es doch nicht. Ich gehe wieder zurück ins Hotel und sprinte die Treppe hinauf. Ich will mit Em reden, bevor Dan es tut. Und bevor sie im Bad verschwindet.

Polly

James führt mich zu einer Holztür in der Kalksteinmauer.

»Und was verbirgt sich dahinter?«, frage ich.

Er hebt eine Augenbraue, um mich neugierig zu machen, und schließt sie dann auf.

»Das hier war früher der Kreuzgang«, erklärt er, während wir durch die Tür gehen.

»Wow«, sage ich. Der überdachte Gang, der den Innenhof einrahmt, ist schmal und nur dreißig Meter lang, aber außergewöhnlich schön, obwohl der Stein langsam bröckelt. Am Rand des In-

nenhofs steht ein Apfelbaum, der offenbar ungeplant dort gewachsen ist. James schließt die Tür. Wir sind allein.
»Das Hauptgebäude war früher das Haus des Abts«, sagt er.
»Ziemlich groß für einen Abt.«
»Tja, wahrscheinlich brauchte er Platz, um sich mit seinen Kumpels und ein paar Dutzend Messdienern zu amüsieren. Wenn er spazieren gehen wollte, ist er hierhergekommen.«
»Wozu sind Kreuzgänge eigentlich da?«, frage ich.
»Zum Gebet, denke ich. Und zur Reflexion.« James' Augen funkeln. »Wir haben den Komplex aber zu einem anderen Zweck ausgebaut.« In diesem Moment entdecke ich die in die Mauern eingelassenen Türen. »Hier gibt es so gut wie jedes Wellness- und Beauty-Angebot, das man sich nur wünschen kann: Massage, Pediküre, Schlammpackungen.«
James versucht, eine der Türen zu öffnen, doch sie ist verschlossen. Derweil stolziere ich wie ein verärgerter Pfau weiter und bedenke ihn mit einem säuerlichen Blick.
»Was ist?«, fragt er.
»Also, ich will ja nicht spießig sein«, antworte ich, »aber meiner Meinung nach verdient dieser Ort etwas mehr Respekt.«
»Findest du nicht, dass Wellness eine moderne Art der Besinnung ist?«, fragt James. »Letzten Endes geht es doch nur darum, in sich zu ruhen, gelassen zu werden.«
»Bis auf dass man in einem traditionellen Kloster mit Gott kommuniziert und sich hier von einer Philippina mit Luffa die Füße schmirgeln lässt.«
James lächelt bewundernd. »Macht es dir Spaß, so unhöflich zu sein?«
»Ja«, antworte ich, während ich in seine braunen Augen blicke, »ich glaube schon.« Wir gehen nebeneinanderher. Ich betrachte den Apfelbaum. Seine Früchte sind noch klein, unreif, und sie befinden sich in einem Stadium, in dem ein Vogel oder eine kräf-

tige Brise das in ihnen verborgene Versprechen zerstören kann. Obwohl ich mich von James abgewandt habe, ist mir seine Gegenwart mehr als bewusst. Es ist, als würde er mich ansaugen. Noch nie ist mir ein Mann mit einem derart unverhüllten, mächtigen Appetit begegnet.

»Polly«, sagt er. »Seit wir uns am Sonntag begegnet sind, habe ich jede einzelne Minute an dich gedacht.«

Ich werfe ihm einen raschen Blick zu. Wie macht er das nur? Mein Herz schlägt mit einem Schlag härter und schneller. Gleichzeitig bin ich auf der Hut. Ich weiß nicht, ob ich schon so weit bin.

»Um ehrlich zu sein«, fährt er fort, »denke ich an dich, seit du vierundzwanzig warst.«

»Wie bitte?«, frage ich. »Das ist doch schon zehn Jahre her.«

»Okay«, erwidert er grinsend. »Vielleicht habe ich nicht ständig an dich gedacht. Aber wenn ich gerade Single war, standst du weit oben auf der Liste.«

»Aha?«

»Oh, ja.« Wieder ein spitzbübisches Grinsen. Wie ein Schuljunge. Das Ganze scheint ihm Spaß zu machen.

»In meiner Phantasie zitiere ich dich zu mir wie ein berühmter Filmproduzent. ›Sie da im Hockey-Outfit, Polly Pankhurst, kommen Sie bitte herein … Und wenn Sie das jetzt bitte ausziehen könnten … Okay, stellen Sie sich dort neben Julie Seagrove …‹«

Aha. »Und wer ist Julie Seagrove, wenn ich fragen darf?«

»Meine erste Freundin.«

»Was war mit ihr?«.

»Wir haben wild rumgemacht, sie hat mich ihre Muschi befummeln lassen und mich dann abgeschossen.«

Um ehrlich zu sein – das waren zu viele Informationen. Was bitte soll ich darauf antworten? »Ah«, sage ich schließlich. »Du Armer.«

»Nun ja«, erwidert er lässig. »Ich hab's ihr heimgezahlt. Hat ein paar Jahre gedauert, aber immerhin.«

»Und wie?«

»Ich hab ihre Schwester flachgelegt«, antwortet er frech grinsend. »Und ihre Mutter.«

»Wie bitte?«, rufe ich. Das schockiert mich jetzt wirklich. »Hör mal, also … offen gestanden … klingt das nicht besonders gut.«

»Kommt auf den Standpunkt an. Man könnte auch sagen: Ihre Mum hat sich von ihrem Dad getrennt, und ich war ein guter Gelegenheitsfick, um ihr Selbstvertrauen aufzupäppeln. Jahre später hatte ich dann eine Affäre mit Lucy Seagrove. Und davon hat sie profitiert.«

»Hat sie?«

»Ich habe ihr einen Mercedes Cabrio geschenkt.«

»Hast du?«

»Und Filzläuse«, sagt er. »Wenn ich mich recht erinnere.«

Er scheint das lustig zu finden.

»James«, sage ich. »Der war auch nicht gut.«

»Tut mir leid.« Er sieht mich aufrichtig an. »Genau deswegen brauche ich dich. Du kannst mich vor mir selbst retten.«

Wir sind den Kreuzgang entlanggegangen und kommen an eine Tür. Er packt den Griff und wendet sich zu mir um. Ich warte ab. Ich möchte wirklich durch diese Tür gehen, aber plötzlich fühle ich mich zu alt für diese semischlüpfrige Flirterei. Ich will einfach nur diese blöde Wiese sehen. Die ganze Woche habe ich schon überlegt, wie sie wohl aussehen könnte.

»Und – wie findest du den Kreuzgang?«, fragt James.

»Ich mag den Apfelbaum.«

»Tatsächlich?«

»Schau ihn dir doch an.« Ich drehe mich zu dem Baum um. »Ich liebe Apfelbäume. Vor allem natürlich, wenn sie blühen. Aber auch ihre Symbolkraft ist aufregend.«

»Ihre Symbolkraft?«

»Na ja … im Garten Eden. Der Apfelbaum war der erste Baum. Seine Frucht ist so köstlich, dass man seine Unschuld dafür opfert. Das gefällt mir. Aber vor allem mag ich die Rinde. Und das blaugrüne Moos auf dem Stamm, das aussieht, als komme es direkt aus dem Meer.«

»Oh«, sagt James. »Ich wünschte, du hättest das vorher schon mal gesagt.« Endlich öffnet er die hölzerne Tür. »Das ist die Wiese, von der ich dir erzählt habe. Früher stand hier ein ganzer Apfelbaumgarten.«

Wir treten durch die Tür. Rechts von uns liegt ein Parkplatz, eine riesige asphaltierte Fläche, gesäumt von ein paar schwindsüchtigen Kiefern, die nur wenig Schatten spenden.

Zur unserer Linken hat sich früher offensichtlich der Obstgarten befunden. Die Fläche hat die Größe eines Fußballfelds und wird von einer tiefen Traktorspur eingerahmt, die orangefarbenen Lehm freigelegt hat. Reihenweise Baumstümpfe ragen aus der Erde, die Bäume selbst liegen auf einem großen Stapel am rechten Rand des Feldes.

Ich habe Gärten ja immer schon geliebt, es aber noch nie so stark empfunden wie jetzt. Der Obstgarten wurde komplett zerstört, massakriert wie ein Dorf in Kriegszeiten. Seine Häuser wurden abgefackelt, die Frauen vergewaltigt. Meine Knie drohen nachzugeben.

»James«, sage ich schwach. »Wieso um alles in der Welt hast du die Bäume abgeholzt?«

»Um Platz für deine Magnolien zu schaffen«, antwortet er und grinst mich an.

»Es sind nicht meine Magnolien«, protestiere ich. »Ich hasse Magnolien.«

»Am Montag habe ich dich gefragt, ob du sie magst. Da hast du ja gesagt.«

»Aber das war doch reine Theorie!«, rufe ich. Jetzt bin ich wirklich sauer.

»Ich arbeite nun mal schnell und instinktgesteuert«, antwortet er.

»Ich muss mir eine Location anschauen können, bevor ich sie verändere. Man muss ein Gefühl für den Ort kriegen und dafür, was möglich ist und was nicht.«

»Der Obstgarten hätte ohnehin weg gemusst«, sagt James. »Es ist der einzige Landeplatz für einen Hubschrauber.«

»Einen Hubschrauber?«

»Dieses Land steckt im Dauerstau. Bald wird jeder, der Geld hat, aufs Fliegen zurückgreifen. Hat ja keinen Sinn, ein Luxus-Öko-Ressort einzurichten, wenn keiner hinkommt.«

»James«, sage ich, »du bist ein Banause.«

»Ja«, erwidert er. »Aber einer mit Geld und Geschmack.«

»Das mit dem Geschmack bezweifle ich.«

Er trägt eine verschmitzte Miene zur Schau wie ein kleiner Junge, der von seinem Lehrer abgekanzelt wurde.

»Du bist richtig sexy, wenn du sauer wirst«, meint er.

»Verpiss dich.«

Ich stelle mich vor ihn hin, als wollte ich ihn ohrfeigen. Arthur würde sich jetzt schleunigst verziehen wie ein Kater, der einen Hund gesichtet hat. Aber James hat keine Angst vor mir. Er nimmt meine Hand.

»Polly. Wieso arbeitest du nicht für mich? Ich habe sechs Grundstücke, die gerade erschlossen werden, und zwanzig weitere auf der Liste. Ich brauche dich so früh wie möglich an meiner Seite. Du kannst mich vor Fehlern bewahren.«

Ich blicke ihn erstaunt an. »Du bietest mir eine Stelle an?«

»Ja. Wieso nicht?«

Er hält immer noch meine Hand. Ich betrachte sein dunkles Gesicht. Das Problem ist: Ich finde ihn schon wieder attraktiv. Ich sehe das Hammond-Zwinkern in seinen Augen. Und in seiner Miene spiegelt sich ein so unverhülltes Verlangen, wie ich es schon lange bei niemandem mehr gesehen habe. Er neigt den Kopf und öffnet die Lippen.

Herr im Himmel.

Gleich wird er mich küssen. Hier, neben ermordeten Bäumen, in der Nähe eines paradiesischen Kreuzgangs, den er in einen Schönheitssalon umwandeln will.

Kann ich ihn küssen?

Das hier ist James Hammond, mein »nicht eingeschlagener Pfad«, und er sieht verdammt gut aus. Er steht direkt vor mir, er ist nicht mein Mann … *dieser betrügerische, tittenleckende Saftarsch. Wo ist Arthur? Wo ist er hin?* Ich begreife, dass ich James nicht küssen kann. Nicht küssen darf. Nicht jetzt. Nicht hier. Aber manchmal denkt man eben nicht nur mit dem Kopf.

Also leiste ich nicht gerade Widerstand, als James mich an sich zieht und seine Lippen auf meine drückt.

Was für ein Wahnsinnskuss. Oder eigentlich mehr ein Überfall. Er presst sich an mich und stößt mir seine Zunge in den Mund. Ich komme mir vor wie ein Haus, das von einem Tsunami erfasst wird: Etwas Schmutziges, aber unwiderstehlich Kraftvolles droht mich davonzuspülen. Tore und Türen bersten, und ich weiß, dass ich die Kontrolle behalten muss, aber ein paar Sekunden lang … ein paar Sekunden lang entspanne ich mich und lasse ihn über mich herfallen. Ein paar Sekunden wird mein Körper von einem wilden Verlangen durchflutet, das so intensiv ist, dass es einfach nicht falsch sein kann. Seine Hände wandern zu meinen Brüsten.

»Nein«, sage ich und stoße ihn von mir.

»Was ist denn los?«

»Ich … ich will das nicht.«

»Oh«, sagt James, dem es nicht gelingt, einen Anflug von Gereiztheit in seiner Stimme zu unterdrücken. »Aber …«

»Aber was?«

»Ich habe ziemlich viel Geld für diesen Abend ausgegeben. Ich möchte, dass du dich amüsierst.«

Es klingt eher, als wollte er sagen: Ich habe viel Geld ausgegeben, also lass mich ran. Darum geht es ihm also? Plötzlich bin ich verstört. Und verwirrt. Das hier hätte der Moment sein sollen, den ich mir so oft in meinen Träumen ausgemalt habe – ein Hang mit grünem Gras, der Duft nach Jasmin, eine Amsel und der Mann, der mich liebt. Aber wenn dies hier nicht der Ort aus meinen Träumen ist, welcher ist es dann?

James rückt wieder näher an mich heran. Zum Glück ist für Ablenkung gesorgt. Jemand kommt durch die Tür in den Kreuzgang. Es ist James' Sohn, der einen Joint in der Hand hält, hinter ihm folgt Annabel, die menschliche Hornisse.

Sie blickt erst ihren Vater an, dann mich. Sie begreift sofort, was hier läuft, und ist nicht überrascht. Eher wütend.

James scheint das nicht zu kümmern. »Hey, ihr zwei«, sagt er fröhlich, während er sich den Joint schnappt. »Den nehme ich. Polly, wir sollten zurück auf die Party.«

Damit verschwindet er mit seinem Sohn rückwärts durch die Kreuzgangtür und lässt mich bei Annabel stehen.

Sie packt meinen Arm, eine Geste, die in der Familie zu liegen scheint. »Versuchen Sie, meinen Vater zu vögeln?«, zischt sie wütend.

»Ich weiß nicht«, antworte ich. »Aber ich glaube nicht, dass er viel Widerstand leisten würde.«

Em

Ich befinde mich in einer interessanten Situation. Ich trage nichts als ein großes Handtuch, und meine Haut ist noch feucht. An meiner Tür steht ein großer, attraktiver Mann … das gefällt mir.

»Hey du«, sage ich.

»Dan ist hier«, sagt Arthur.

»Oh«, antworte ich. So was.

»Und er ist ziemlich blau«, fährt Arthur fort.

»Oh«, wiederhole ich. »Komm schnell rein.«

»Aber …«

»Es ist ziemlich zugig da im Flur«, sage ich und ziehe ihn in mein Zimmer. Leider rutscht mir dabei das Handtuch herunter. Hastig wickle ich es wieder um meinen Körper.

Dass Dan betrunken ist, wirft mich etwas aus der Bahn. Plötzlich bin ich ziemlich sauer. Warum will mir denn niemand einen Antrag machen? Was in Gottes Namen stimmt nicht mit mir?

»Ich dachte, ich warne dich besser vor«, erklärt Arthur. »Er will dich heiraten.«

»Echt?!«

Ich weiß noch nicht, wie ich mich nach dieser Information fühlen soll, als ich Dan auch schon im Treppenhaus höre. »Em!«, ruft er.

Arthur und ich sehen einander an.

»Fuck«, flüstert er.

»Wieso?«

»Dan hat mich zweimal gebeten, dir nichts zu sagen«, flüstert Arthur. »Was mache ich jetzt?«

»Versteck dich … im Badezimmer«, flüstere ich zurück.

Er setzt sich in Bewegung, bleibt aber noch einmal stehen. »Was willst du ihm antworten?«

»Keine Ahnung.«

Arthur

Ich stehe schon wieder in einem Bad und frage mich, was ich hier eigentlich mache. Was soll ich Dan sagen, wenn er mich entdeckt? Dass ich mich waschen wollte? Soll ich ein Bad nehmen?

Em

Dan betritt mein Zimmer. »Hey, Babe«, sagt er. In seinem grauen, ungebügelten Anzug, den er auch manchmal zur Arbeit anzieht, ist er nur mäßig attraktiv, dafür aber ziemlich betrunken.

»Hallo, Dan«, gebe ich zurück.

Er kommt auf mich zu. Und küsst mich.

»Du siehst toll aus«, sagt er.

»Danke.«

Er versucht, seine Hände unter das Handtuch zu schieben. Ich weiche zurück.

»Nein«, sage ich. »Jetzt nicht … Wir müssen reden.«

»Worüber?«

»Du bist mir noch eine Antwort schuldig.«

Stumm blickt er mich an und geht auf die Knie. »Em, würdest du mir die Ehre erweisen«, lallt er, »mein Mann zu werden?«

»Was?«

»Ich meine! Em …« Wieder eine Pause. »Würdest du … mir die Ehre erweisen, meine Frau zu werden?«

Ich ziehe ihn hoch.

»Ja«, antworte ich.

Arthur taucht im Türrahmen des Badezimmers auf. Seine Lippen formen ein hektisches: »Echt? Bist du sicher?«

Ich mache eine ungeduldige Handbewegung, um ihn zu verscheuchen.

Dan dreht sich um. »Was war das denn?«

»Nichts.«

Er lächelt.

»Wirklich?«, fragt er. »Du willst meine Frau werden?«

»Ja«, antworte ich erneut.

Wieder erscheint Arthur im Türrahmen. Ein stummes *Warum?* entweicht seinen Lippen.

Jetzt reicht es mir. »Arthur, Herrgott noch mal«, brülle ich, »was willst du?«
Auch Dan dreht sich um. »Genau? Was willst du eigentlich?«
»Wusstest du«, sagt Arthur, »dass er eben noch die Telefonnummer einer anderen Frau bekommen hat?«
Dan: »Wieso erzählst du ihr das?«
Ich: »Warum hast du die Nummer einer anderen Frau bekommen?«
»Na ja, weil … So mache ich das halt … Ich frage nach Nummern.«
»Du fragst nach Nummern?«
»Ja«, erwidert er flehend. »Aber mehr mache ich nicht. Ich … Ach, Mann, da passiert doch gar nichts! Em … das muss aufhören. Ich will, dass das alles aufhört.«
»Was alles?«
»Du weißt schon … das Trinken, das Koksen, die Partys, die Clubs … Um zwei Uhr morgens an Tanken stehen und Mikrowellenfertigfood essen. Ich will das nicht mehr. Ich will dich.«
»Du brauchst mich als Alternative zu nächtlichen Besuchen an der Tankstelle, wo du Mikrowellenfertigfood isst?«
Er lächelt. »Ja.«
»Das ist nicht unbedingt so, als würdest du mich mit einer frischen Sommerbrise vergleichen, nicht wahr?«
»Das tut mir leid. Em, für dich werde ich mich ändern. Ich werde mich richtig ins Zeug legen und versuchen …«
Ich betrachte ihn eingehend. Eigentlich sieht er doch ganz gut aus. Seine Augen haben den flehenden Ausdruck eines Labradorwelpen, den man an einer Raststätte ausgesetzt hat.
»Nein«, sage ich schließlich.
»Was nein?«, fragt Dan.
»Ich habe meine Meinung geändert.«
»Aber warum denn?«

»Ich will nicht heiraten, weil *du* eine Veränderung brauchst«, erkläre ich ihm. »Ich brauche Hingabe. Ergebenheit. Ich will jemanden, der für mich aus einem Flugzeug springt.«

Arthur

Dan starrt sie mit offenem Mund an. Dann wendet er sich an mich: »Bis du dich eingemischt hast, wollte sie mich noch heiraten, du Arschloch.«

»Nenn mich nicht Arschloch«, erwidere ich.

»Du bist ein saublöder …« Er kommt auf mich zu und schubst mich.

»Lass das«, antworte ich ruhig. »Ich habe keine Lust, mich mit dir zu prügeln, Dan.«

»Ach, klar«, sagt er und schubst mich wieder. »Hast du Angst?«

»Ich bin doppelt so groß wie du«, sage ich, »und kann Karate.«

»Kann ich auch«, gibt er zurück und haut mir einmal kräftig mit der Faust gegen die Schulter.

Scheiße. Ich weiche zurück, während ich innerlich die Situation analysiere.

Okay, er benimmt sich daneben. Aber schließlich hat er gerade einen Korb bekommen. Ihm jetzt noch die Nase blutig zu schlagen, wäre nicht die feine Art. Auch nicht, wenn es mich wirklich, wirklich reizt.

Zum Glück klopft es an der Tür. Em geht und öffnet sie, wobei ihr das Handtuch erneut vom Körper rutscht.

Ich spähe um den Türrahmen herum und sehe einen hochroten Rezeptionisten. »Das Dinner wird in zwei Minuten serviert«, sagt er. »Wir würden uns freuen, wenn Sie runterkämen.«

Polly

Das Abendessen findet am Pool statt. Zweihundert Gäste sitzen an zwanzig Tischen. Mein Platz sagt viel darüber aus, wo ich ran-

wir sind. Aber auf der anderen Seite scheint es ziemlich tief runterzugehen.
Ich werfe einen Blick auf den Parkplatz. Ein paar Wachleute mit Taschenlampen haben sich dort zusammengefunden.
»Polly«, sage ich. »Wir müssen springen. Jetzt!«
»Ich trau mich nicht«, antwortet sie. »Es ist zu tief.«
»Dann lass dich einfach vorsichtig runter«, sage ich. »Und spring den Rest.«
»Aber was, wenn ich mir ein Bein breche …?«
Wieder spähe ich Richtung Parkplatz. Die ersten Wachleute kommen in unsere Richtung.
»Jetzt mach schon!«, rufe ich.
Ängstlich schaut sie zu mir auf. »Das ist zu tief.«
Ich lege mich bäuchlings auf die Mauer und halte mich mit dem linken Arm fest. »Wenn du meine Hand nimmst, kann ich dich ein paar Zentimeter weiter runterlassen.«
Sie löst ihre Hand von der Mauer und greift nach meiner.
Sofort wird mir klar, dass das ein blödsinniger Plan war. Ich bin nicht stark genug. Polly hängt wie Blei an mir, was verfickt weh tut. Wahrscheinlich kugelt es mir gleich das eine oder andere Gelenk aus. Außerdem sind meine Hände schwitzig. Ich kann sie nicht mehr lange halten.
»Polly, du musst loslassen.«
»Ich habe aber Angst!«
»Trotzdem«, flüstere ich wütend. »Lass los! Lass endlich los!«
Sie wird mir noch den Arm abreißen. Abgesehen davon beginnt die Mauer zu bröckeln. Nein … Oh nein! Schon stürze ich mit Polly Richtung Boden. Ich falle viel, viel zu lange.

Polly

Ich lande weich und wohlbehalten. Waren wohl doch nur ein paar Zentimeter bis zum Boden, und unten erwartet mich weiches Gras.

Arthur hat weniger Glück. Es gibt ein hässliches, dumpfes Geräusch, als er aufschlägt.

Mit einem Satz bin ich bei ihm und gehe in die Hocke. Reglos liegt er im Mondlicht.

Ich lege ihm eine Hand an die Wange. »Arthur«, flüstere ich. »Alles okay mit dir?«

Er rührt sich nicht. Plötzlich merke ich, dass sein Hinterkopf heftig blutet.

Es ist wirklich seltsam. Die ganze Woche war ich ständig wegen irgendeinem Blödsinn in Panik. Doch jetzt, wo etwas wirklich Schlimmes passiert, bleibe ich vollkommen ruhig. Gedanken wirbeln durch meinen Kopf, und ich versuche, die Situation zu analysieren.

Er hat eine Wunde am Kopf. Die muss fest verbunden werden. Ich ziehe eine Bluse aus meiner Tasche. Gott sei Dank habe ich das dumme Ding mitgenommen! Dann hole ich mein Handy hervor und wähle 999.

Ich denke: Bitte, lieber Gott, bitte, bitte, bitte. Wenn du ihn rettest, tue ich alles – aber auch wirklich alles! –, was du willst.

Em

Eins muss man Polly lassen – das war ’ne Show. Sie und Arthur haben ein paar wichtige Spieler vom Platz genommen. James hat man zuletzt irgendwo an der Rezeption gesehen, wo er einen Tritt in die Eier kassiert hat. Seitdem ist er nicht mehr aufgetaucht. Dan übrigens auch nicht. Ich bin ganz froh darüber. So muss ich wenigstens nicht noch mal mit ihm reden.

Der Rest der Anwesenden diskutiert den Vorfall von gerade eben.

»Wer war der Bursche, der James getreten hat?«, fragt unser ehemaliger *Lifestyle*-Koch.
»Arthur Midgley«, antworte ich.
»Und warum hat er das getan?«
»Aus ganz verschiedenen Gründen«, erwidere ich.
»Und die wären?«
Ich erzähle die ganze Geschichte. Immer mehr Leute scharen sich um mich, und bald lauscht mir ein beachtliches Publikum.
»Moment mal!«, ruft eine PR-Frau dazwischen, die mal Martine McCutcheon vertreten hat, »ist Arthur Midgley nicht der Kolumnist von *Learn Love in a Week?*«
»Richtig«, bestätige ich.
»Und wie passen seine Theorien zu dieser Schlägerei?«
»Na ja, ich denke, er ist für den Menschen eingetreten, den er liebt.«

Polly
Natürlich weiß ich noch, was ich in meinen Erste-Hilfe-Kursen gelernt habe. Ich weiß, dass man bei Verdacht auf eine Rückenverletzung eins auf keinen Fall tun darf: das Opfer bewegen. Aber ich habe Arthur fallen sehen. Ich glaube, das Gras hat seinen Sturz abgefedert. Die Kopfwunde macht mir mehr Sorgen. Wahrscheinlich hat er sich den Schädel an einem Stein aufgeschlagen.
Ich habe gerade die 999 gewählt, als ich ein Taxi vorbeikommen sehe. Ich winke es heran.
Der Taxifahrer ist nicht begeistert von der Aussicht, einen blutenden Mann in seinen Wagen zu legen. Doch ich überzeuge ihn, indem ich schreie: »Bitte helfen Sie mir, oder er wird verdammt noch mal krepieren!«
Nachdem wir Arthur in den Wagen gehievt haben, jagt der Fahrer zum Salisbury General Hospital. Mit vereinten Kräften

schleppen wir meinen bewusstlosen, blutenden Mann in die Eingangshalle. Gott sei Dank erregt das sofort die Aufmerksamkeit des Krankenhauspersonals.
Wenige Augenblicke später fallen grünbekittelte Menschen wie ein Schwarm Möwen über Arthur her. Er wird auf eine fahrbare Trage gehoben und schnell durch einen hell erleuchteten Korridor gekarrt. Auf dem Weg fragt mich ein Arzt mittleren Alters, was passiert ist. Ich versuche, ihm alles zu erklären. In einem Affenzahn kommt Arthur in die Notaufnahme und von dort aus gleich weiter auf die Intensivstation. Mich weist man an, draußen zu warten
Ich setze mich auf einen roten Plastikstuhl. Vor der Schwingtür wacht eine Krankenschwester. Links von mir sitzt ein alter Mann. Keiner von uns sagt einen Ton.
Ich sitze einfach nur da und flehe stumm: Bitte, lieber Gott, lass ihn nicht sterben.
Ich weiß nicht, was ich sonst tun soll. Ich hole mein Handy hervor und spiele damit herum. Dann passiert etwas sehr Merkwürdiges …
Ich klicke meine Fotos an und entdecke eins, das haargenau nach meiner Vision aussieht. Ich sehe einen grünen Hang mit Apfelbäumen, der in ein warmes, goldenes Licht getaucht ist. Ich bin verwirrt. Wie kann ich ein Bild von etwas haben, das nur in meinem Kopf existiert? Ich brauche einen Moment, um zu begreifen, dass das mein Garten ist. Es ist das Foto, das ich James gezeigt habe. Etwas niederschmetternd Offensichtliches dämmert mir: Ich war auf der Suche nach etwas, das ich längst hatte. Und jetzt werde ich es wohl verlieren. Ich bin so eine dumme Kuh!
»Sie müssen das Handy abstellen«, sagt die Krankenschwester.
Ich blicke mich um. »Entschuldigung«, antworte ich und lasse es wieder in meine Tasche gleiten.
Ich sitze einfach nur da und frage mich, was zum Geier die da

drin eigentlich machen. Wie viel Blut Arthur wohl verloren hat. Was ich den Kindern sagen soll. Und wie in aller Welt ich damit fertigwerden soll, wenn er stirbt.
Vor lauter Anspannung kann ich kaum atmen. Weitere zehn Minuten reiße ich mich zusammen, dann halte ich es nicht mehr aus. Ich ignoriere die Krankenschwester und stecke den Kopf durch die Schwingtüren. In dem Raum dahinter befinden sich ungefähr acht Leute, die Arthurs Hinterkopf betrachten. Eine Assistentin entdeckt mich und wedelt hektisch mit der Hand. »Sie DÜRFEN nicht hier sein!«
Also lasse ich die Türen wieder zufallen und setze mich erneut auf den roten Plastikstuhl.
Kurz darauf kommt eine Schwester hereingerauscht. Sie ist grau im Gesicht, ignoriert mich und verschwindet durch zwei weitere Schwingtüren. Einen Moment später taucht sie mit einem älteren Arzt und einem Ständer mit Sauerstoffbehältern wieder auf. In diesem Moment weiß ich mit geradezu mystischer Gewissheit: Arthur wird sterben.
Es heißt ja immer, kurz vor dem Tod würde man sein Leben an sich vorbeiziehen sehen. Doch jetzt ist es Arthur, der stirbt, und ich sehe sein Leben in Bildern vor mir ablaufen. Es ist grässlich. Ich schließe die Augen.
Ich sehe ihn oben auf der Mauer, wie er mich anschreit: »Lass los! Lass endlich los!«
Ich sehe ihn vor der Kirche auf mich warten und glücklich lächeln, weil wir gleich heiraten werden.
Ich sehe, wie er meine Hand hält, als ich Robin zur Welt bringe.
Ich sehe ihn hinter der Schulbühne stehen und stolz grinsen, als Robin tanzt.
Ich sehe ihn im Sonnenschein an der Bibliothek vorbeiradeln.
Und dann sehe ich, was aus ihm werden könnte, wenn er es nur schaffen würde, den Sturz zu überleben.

Ich sehe, wie er die Kinder in die Schule bringt. Sich um sie kümmert. Ihnen Hackfleischsauce kocht. Auf ihren Hochzeiten Reden hält. Ich sehe ihn total peinlich und sehr glücklich auf Silvesterpartys tanzen. Ich sehe ihn als alten Mann im Garten sitzen und Witze reißen.

All diese Arthur-Versionen würde ich zutiefst lieben und alles tun, um bei ihm sein zu dürfen.

Aber dann überkommt mich wieder die Gewissheit, dass er es nicht schaffen wird, und ich breche in Tränen aus. Kummer explodiert tief in meinem Bauch, Tränen rinnen mir über die Wangen, und ich schreie und schluchze innerlich. Ein sonderbares Gefühl breitet sich in mir aus. Ich spüre, wie Arthurs Seele seinen Körper verlässt. Ich spüre seine Gegenwart hier bei mir, er will sich verabschieden. Ich will ihm über den Kopf streichen. Ich will, dass er bei mir bleibt. Im Geiste sage ich: »Arthur, du großer, chaotischer Blödmann, ich liebe dich! Ich liebe dich so sehr! Du darfst mich nicht verlassen! Bitte bleib bei mir! Bitte.« Aber ich weiß, es reicht nicht.

Plötzlich steht ein Arzt vor mir. An seinem grünen Kittel klebt Blut. »Sind Sie die Ehefrau?«

Ich nicke. »Ja.«

»Es tut mir leid«, sagt er.

Arthur

Es ist seltsam, aber mir ist bewusst, was an diesem Abend mit mir passiert. Ich bekomme mit, dass man mich auf eine Liege hievt und durch Krankenhausflure schiebt.

Ich merke, dass man mich umdreht, um meinen Kopf zu untersuchen. Ich kann es spüren. Die Lage ist ernst, so viel ist klar. Aber … es kümmert mich irgendwie nicht.

Innerlich bin ich ganz ruhig. Das alles ist nur ein Wimpernschlag im ewigen Fluss der Zeit, und ich kann mich ganz leicht davon entfernen.

Die seltsame Erinnerung steigt in mir auf, wie ich als Kind gebadet wurde. Mein Hinterkopf liegt in der Hand meiner Mutter, meine Beine strampeln, und wir sind beide vollkommen glücklich. Genauso fühle ich mich jetzt. Ganz ruhig.
Wieder werde ich mir bewusst, dass ich mich in einem Krankenhaus befinde und auf dem Bauch liege. Ich schwebe aufwärts und blicke auf das Team hinunter, das alles gibt, um mich zu retten. Ich empfinde große Zuneigung für sie, trotzdem lasse ich sie immer weiter hinter mir.
Ich schwebe hinaus. Polly sitzt auf einem roten Stuhl und sieht so wunderschön und traurig aus. Ich lasse mich zu ihr herabsinken und will sie küssen, doch sie scheint zu wissen, dass ich gehe. Sie greift sich ins Haar und sagt: »Arthur, du Blödmann, ich liebe dich! Ich liebe dich!«
Aber ich kann nicht bleiben. Ich drifte davon.
Ich habe das Gefühl, am Grunde eines Tempels mit dunkelbraunem Wasser zu liegen. Es ist warm. Um mich herum schleimige Teichpflanzen und davonhuschende Tierchen. Ich lasse sie zurück. Ich schwimme hinauf, hinauf an die Oberfläche, und ich weiß, dass ich gleich auftauchen, ins Freie gelangen und das Licht erblicken werde. Gleich, nur einen Moment noch, dann sehe ich das ewige Licht …
Plötzlich trifft mich die Gewissheit, dass ich kein ewiges Leben brauche. Ich brauche mein Zuhause. Ich brauche Robin und Malory und Ivy. Und Polly. Ich habe keine Angst zu sterben, aber sie würden mir so fehlen!
Irgendetwas scheint mich zurückzuziehen. Es ist, als würde ich rückwärtsschweben. Ich fliege über Polly auf dem roten Stuhl hinweg. Bin wieder auf der Intensivstation. Höre das Piepen der Maschinen. Spüre den Verband, der fest auf meinen Schädel drückt.
Was dann folgt, ist verdammt beschissen – denn mein Schädel tut

höllenmäßig weh, ich bin zurück in meinem Körper und wache auf.

Polly

»Es tut mir leid«, sagt der Arzt, »dass ich nicht früher mit Ihnen sprechen konnte. Und dass Sie hier warten mussten. Aber für ein Weilchen haben wir uns tatsächlich richtige Sorgen gemacht.«
»Ach so?«, erwidere ich zaghaft. »Er ist also … okay?«
»Nun«, meint der Arzt. »Er hat eine Schädelfraktur, aber wir sind zuversichtlich, dass er bald wiederhergestellt ist.«
»Aha.« Ich glaube nicht, dass ich geatmet habe, seit der Doktor aufgetaucht ist. »Er … er lebt also?«
»Absolut«, antwortet er. »Er hat gerade laut gerülpst. Sie können jetzt zu ihm.«
Ich trete durch die Schwingtüren. Arthurs Kopf ist bandagiert, und er sitzt aufrecht im Bett. Er scheint auf mich gewartet zu haben. Ich kann nicht glauben, dass er lebt.
Behutsam lasse ich mich auf der Bettkante nieder und schaue ihn einfach nur an. Es ist mir egal, ob Schwestern und Ärzte um uns herumstehen. Ich lege meine Hand an seine Wange und sehe ihm tief in die Augen.
»Arthur«, flüstere ich. »Es tut mir so leid, dass ich sauer auf dich war. Es tut mir leid, dass ich dir nicht genügend Respekt entgegengebracht habe. Ich glaube, ich hatte manchmal einfach Angst und habe mich von dem, was wirklich zählt, ablenken lassen. Aber ich liebe dich.«
»Es tut mir so leid, dass ich *dir* nicht genügend Respekt entgegengebracht habe«, antwortet er. »Du hast mir alles gegeben, Polly, alles.«
»Ich liebe dich«, sage ich.
»Ich liebe dich«, kontert er.
»Ich liebe dich so sehr«, flüstere ich. »Ich liebe absolut alles an

dir. Ich liebe dein Gesicht. Deinen großen Körper. Dein Chaos. Deine Schuhe. Deine Riesenhosen. Dass du so verrückt nach Arsenal bist. Du bist mein Mann, ich liebe dich, und ich werde dich immer lieben.«

Arthur

»Ich weiß«, sage ich. »Und ich liebe dich.«

Polly

Sie bringen Arthur auf eine normale Station. Er scheint wirklich okay zu sein. Er darf sogar auf dem Rücken liegen. Er ist außer Gefahr. Trotzdem wollen sie ihn über Nacht hierbehalten. Was ich absolut großartig finde.

Auf der neuen Station liegen noch ein paar andere Leute, die aber kein Wort sagen. Abgesehen davon könnte ich sie problemlos ausblenden. Wenn ich's mir recht überlege, werde ich sie sogar ausschließen und die Vorhänge um Arthurs Bett zuziehen.

Ich darf bei ihm bleiben. Aber natürlich nicht zu ihm ins Bett kriechen. Trotzdem denke ich nach einer Weile, dass ich doch nicht blöd bin und die Nacht auf einem Stuhl verbringe.

Vorsichtig klettere ich in sein Krankenhausbett. Er liegt mir zugewandt auf der Seite. Ich schlinge den Arm um ihn, berühre seinen starken Rücken und schnuppere an seinem Hals, der nach Arthur, Antiseptika und Verbandsmaterial riecht, was ich offen gestanden ziemlich erregend finde.

Es ist ein großes Glücksgefühl, hier mit ihm zu liegen und ihn im Arm zu halten. Wenn wir eines Tages vielleicht hässlich, alt und krank sind, haben wir immer noch das hier: den Trost, miteinander im Bett zu liegen und uns einfach nur zu berühren. Das ist viel. So viel mehr als genug.

Obwohl: Nach einer Weile ist es mir doch nicht mehr genug. Schließlich ging es gerade noch um Leben und Tod. So was hat

auf uns Mädels eine stark erotisierende Wirkung. Ich bin mir jeder Zelle seines Körpers neben mir bewusst.
Ich hebe sein grünliches Krankenhaushemd an, um seine kleine Plauze zu küssen. Ich küsse den schmalen Streifen Haar, der an seinem Nabel ansetzt und sich von dort nach unten zieht. Ich habe große Sehnsucht danach, dem Streifen zu folgen und das zu tun, wonach er sich so sehnt. Ich küsse die empfindliche Stelle oberhalb seines Oberschenkels. Seine große Hand packt mich an der Schulter.
Er ist so kraftvoll und männlich und beharrlich. Er zieht mich zu sich herauf, und wir versichern uns unsere tiefe, außergewöhnliche Liebe und Leidenschaft mit einem Kuss. Dann fängt er an, an meinen Klamotten herumzuzupfen.

Arthur
Ich ziehe ihr das Kleid über den Kopf und schiebe ihr Höschen herunter. Als ich eine Schwester höre, halte ich inne.

Polly
Die Schwester ist mir so was von egal.
»Alles okay?«, flüstere ich.
»Ja«, sagt er.
»Hast du Lust, die ganze Nacht mit mir Liebe zu machen?«
»Ich möchte *immer* die ganze Nacht mit dir Liebe machen«, entgegnet er. »Leider hat es sich noch nie ergeben.«
»Einmal ist immer das erste Mal«, flüstere ich. »Und wenn wir's einmal getan haben, könntest du's dann noch mal tun?«
»Bestimmt«, antwortet er. »Wenn ich vorher acht Stunden Schlaf und ein Schüsselchen Cornflakes bekomme.«
»Na gut«, sage ich. »Das lässt sich machen. Aber jetzt lass uns das erste Mal angehen.«

Arthur

Ich würde ja gerne behaupten, dass wir epischen Hochglanzsex haben, während wir uns ununterbrochen unsere Liebe schwören und viele, viele Male kommen. Obwohl die Frau nach dem ersten Höhepunkt meiner Erfahrung nach nicht gleich »Ja! Mehr!« ruft, sondern: »Sorry, aber fass mich da bitte nicht mehr an …« Es ist kein kunstvolles Liebesspiel. Kein anmutiges. Wir haben keine Duftkerzen, und vor dem Fenster steht kein sanft fiedelndes Streicherquartett. Man hört nur Gepiepe und das Schnarchen zweier Männer. Aber wenigstens ein paar Minuten lang schmiegen wir uns aneinander und tauchen ab in eine Welt aus Haaren, hektischem Atem und köstlicher Intimität.

Em

Der Abend in Bodsham war schlimm genug. Doch die folgenden zwölf Stunden sind die traumatischsten meines Lebens.

Samstag

Learn Love in a Week – der Online-Kurs, der Ihr Leben verändert.

Siebter Tag: Heutzutage spricht jeder in Superlativen – »Es war so großartig!« – »Das hat mein Leben verändert!« Der Nachteil ist, dass solche Aussagen überzogene Erwartungen wecken und vieles unecht wirken lassen. Man kann nicht ununterbrochen Liebe empfinden. Man kann ja auch nicht jeden Tag glücklich sein. Das Glück verweilt nur für ein paar Augenblicke, aber wenn Sie glücklich sind, machen Sie es sich bewusst und seien Sie dankbar. Die meisten Partnerschaften kranken daran, dass der eine Partner nur ein paar Aufgaben übernimmt, während der andere aber Löwenanteil trägt und wütend wird. Man empfindet keine Liebe, wenn man ständig aufrechnet. Lassen Sie das, geben Sie Ihre Liebe einfach so. Geben Sie sie blind, und Sie werden überrascht sein, wie viel Sie zurückbekommen. Aber *erwarten* Sie nichts. Erwarten Sie vor allem nicht, im anderen einen Seelenpartner zu finden, der Ihr Leben für immer verändert und erfüllt. Betrachten Sie ihn oder sie als Mitbewohner, mit dem Sie gelegentlich ins Bett dürfen. Und wenn Letzteres der Fall ist, seien Sie dankbar. Seien Sie für alles dankbar!

Challenge des Tages: Notieren Sie drei Momente, in denen Sie glücklich waren oder Liebe empfunden haben. Vielleicht möchten Sie auch Fotos dazulegen.

Hausaufgabe des Tages: Machen Sie diese Übung jeden Tag, für den Rest Ihres Lebens. Bald werden Sie Momente des Glücks bewusster erleben und mehr davon haben. Vielleicht richten Sie sich eine Datei auf Ihrem Notebook ein und füllen jeden Tag eine Seite. Und wenn Sie sehr, sehr alt sind, wird Ihnen diese Datei am meisten wert sein – neben Ihrer Liebe natürlich, die wie ein großer, alter Baum Jahr um Jahr gewachsen ist.

Em

Auf Hammonds Party stand ich also auf einmal allein herum. Na gut. Okay. Zumindest konnte ich die neugierige Menschenmenge mit ein paar Insiderinformationen versorgen und ihnen erklären, warum Arthur Hammond in die Eier getreten hat. Aber nach ein, zwei Stunden hat sich die Neuigkeit abgenutzt, und die Menge verstreut.

Polly ist nicht wieder aufgetaucht. Dan ist verschwunden, wahrscheinlich für immer. Greta war noch ein Weilchen hier, aber irgendwann hat auch sie sich verdünnisiert.

Es ist zwei Uhr morgens. Und ich bin allein. Schlimmer noch: Ich bin allein, ich bin betrunken, und ich habe ein Telefon.

Ich versuche, Polly zu erreichen.

Ihr Handy ist aus.

Ich versuche es bei Arthur.

Keine Reaktion.

Also rufe ich Malcolm an. Zum Glück geht er ran.

»Em!«, ruft er. »Wie schön, deine Stimme zu hören! Was gibt's?«

Ich erstatte ihm umfassenden Bericht, erzähle von Arthurs Tritt und dass er mit Polly zusammen verschwunden ist. Ich sage, dass ich Dan einen Korb gegeben und gesagt habe, dass ich jemanden will, der sich für mich aus dem Flugzeug schmeißt. Hätte ich nur geahnt, welch fatale Folgen meine Worte haben würden …

Polly

Am Morgen fahren Arthur und ich mit dem Zug nach Hause zurück. Ich liebe Zugfahrten, und diese hier ist schlichtweg spektakulär. Wir sehen grüne Hügel und die wunderschöne Landschaft an uns vorbeifliegen. Wir blicken auf Kanäle. Und die ganze Zeit über halten wir Händchen wie zwei junge Liebende, die nicht fassen können, einander gefunden zu haben.

Arthur

Im Zug erreichen mich gute Neuigkeiten. Als ich mein Handy einschalte, stelle ich fest, dass ich drei Nachrichten bekommen habe. Alle drei stammen von Sally Winklehorn von RSJ.

Die erste lautet: *Ich habe bislang DREI Angebote für das Buch. Das höchste beläuft sich auf …* Hier endet die SMS.

Ich halte Polly das Handy hin. »Oh, mein Gott«, sagt sie. »Was glaubst du, wie viel man dir anbietet?«

Ich denke nach. Mein Glücksstern steigt wie ein Ballon an einem heißen Sommertag. »Das Höchstgebot ist bestimmt ganz ordentlich«, antworte ich. »Vielleicht sechsstellig?«

»Sechsstellig?«, fragt Polly.

»Mehr als hunderttausend.«

»Komm, lass uns mal gucken«, sagt Polly, die Vorfreude noch nie lange ausgekostet hat.

Ich klicke auf die nächste SMS: *Sorry, wurde abgewürgt*, steht da. *Höchstgebot fünftausend.*

Wir lachen.

Die dritte Nachricht: *Ich versuche, einen Two-Book-Deal rauszuschlagen. Große Frage … planst du einen Nachfolger?*

Leise lache ich in mich hinein. Ich liebe die Vorstellung, Polly zu sagen, dass ich eine Fortsetzung von *Auf der Suche nach der verlorenen Magie* schreiben soll. Noch lieber würde ich eine arthurische Trilogie verfassen. Aber irgendwie erscheint mir dieses ganze Historische-Romanzen-Zeug plötzlich ziemlich schal und durchsichtig. Jeder begreift aus dem Stand die Magie eines vollbusigen Fräuleins, das klatschnass einem Fluss entsteigt. Dagegen ist es viel schwerer, Magie in einer Maid zu entdecken, die am Waschbecken steht und Geschirr spült. Doch eigentlich weiß ich schon, wie das geht. Das könnte *meine* Aufgabe, *meine* Mission sein: Ich schreibe nicht mehr über Ritter. Ich werde einfach selbst einer. Sir Arthur, der Ritter der Vorstadt.

Em

Es ist neun Uhr dreißig, als mich der erste Anruf erreicht. Der Augenblick ist nicht besonders günstig. Ich befinde mich im Speisesaal von Bodsham Abbey (der sich, ganz schön respektlos übrigens, in der ehemaligen Kapelle befindet) und esse Obstsalat. Mir gegenüber sitzt Lydia Boulter vom *Telegraph* (dem Magazin, für das ich am liebsten arbeiten würde). Ich habe ihr gerade gesagt, dass ich seit kurzem wieder auf dem Markt bin, und warte nur darauf, dass sie den Köder schluckt.

In diesem Moment ruft Malcolm an.

Gegen meinen Willen bekomme ich Herzklopfen, als sein Name auf dem Display erscheint.

»Ich kann im Moment nicht gut reden«, sage ich, während ich mich ein Stück vom Tisch entferne. »Ich muss arbeiten.«

»Das steht bestimmt mal auf deinem Grabstein«, antwortet er. »Hier ruht Em. Sie hätte leben können, aber sie musste arbeiten … Hör mal, dein Handy kann doch auch Videos machen, oder?«

»Ähm … ja.«

»Okay, dann musst du die Videofunktion umkehren, damit du sehen kannst, wo ich bin.«

»Wieso?«, frage ich. »Wo bist du denn?«

»Am Swindon Aerodrome.«

»Und wieso?«

»Weil ich mich für dich aus einem Flugzeug schmeiße.«

Oh, fuck. Die Neuigkeit verschlägt mir den Atem, und ich habe das Gefühl, ohnmächtig zu werden.

»Ähm …«, sage ich. »Oh, Mann. Also, ähm …« Ich schlucke. »Das war eher im übertragenen Sinn gemeint.«

»Ist mir schon klar«, antwortet er. »Aber ich glaube, der Kerl mit der Beziehungsphobie hat dich nicht genug wertgeschätzt, und du hast es jetzt einfach verdient, dass sich jemand für dich aus einem Flugzeug wirft.«

»Ähm … danke«, kiekse ich. So langsam werde ich dann doch ein bisschen panisch. »Aber hör mal …« Wie soll ich es ausdrücken? »Wir zwei haben eine Nacht miteinander verbracht, und das war wirklich schön. Aber ich … ich bin mir nicht sicher, ob ich schon bereit bin, einen Antrag anzunehmen.«

»Das weiß ich doch«, erwidert Malcolm. »Ich behaupte ja auch nicht, der einzige Mann zu sein, der sich für dich aus dem Flugzeug wirft. Wir könnten das online stellen, dann schließen sich bestimmt Tausende Männer an – vielleicht wird eine ganze Bewegung daraus. Stell dir nur all die Kerle vor, die mit einem ›Em! Ich liebe dich!‹ aus dem Flieger hüpfen wie Pinguine von einem Eisberg. Ich weiß, dass ich nicht der Einzige sein werde. Aber ich will der Erste sein. Weil ich dich nämlich verdammt liebe. Du bist schön, du bist lustig, du bist sexy, du bist zauberhaft, du bist interessant, du bist leidenschaftlich. Ich würde ein ganzes Jahr meines Lebens dafür geben, noch eine Nacht mit dir verbringen zu dürfen.«

Ich sage nichts. Ein Kellner bedenkt mich mit einem missbilligenden Blick.

»Hör zu«, sagt Malcolm. »Magst du dein Videoprogramm so einstellen, dass du mir zuschauen kannst?«

»Ja«, erwidere ich. Dann reißt die Verbindung ab.

Arthur

Als wir zu Hause ankommen, ereignet sich etwas Bedeutsames. Während ich in meinen Taschen nach dem Haustürschlüssel wühle, deutet Polly auf einen schwarzen Müllsack neben der Tür. »Kannst du den mal eben in die Tonne werfen?«

Ich muss zugeben, dass ich innerlich etwas widerspenstig reagiere. Natürlich macht es mir keine Mühe, den Müll wegzuschmeißen. Aber ich würde mir wie ein Weichei vorkommen. Mir wird klar, dass liebevolle Männer ein nicht zu unterschätzendes Problem haben: Sie haben keine anständigen Vorbilder. Cowboys bringen den Müll nicht raus. Im Thriller tauchen Mülleimer nur dann auf, wenn ein Auto in sie reinkracht. Und Detectives haben keine Frauen, damit eine derartige Situation gar nicht erst entstehen kann.

Ritter allerdings haben immer eine Maid an ihrer Seite. Und Ritter nehmen die Sache mit dem Dienst an der Lady sehr ernst.

»Könntest du das wohl eben machen?«, wiederholt Polly.

Ich reagiere, wie es jeder Ritter an meiner Stelle täte – mit der Geschwindigkeit eines Degenfechters. Rasch, geräuschlos und voller Anmut schmeiße ich den Müll in die Tonne und gehe gleich darauf zu Polly zurück, die inzwischen ihren Schlüssel gefunden hat.

Em

Das ist wirklich eine verdammt unglückliche Lage. Eine Stunde lang versuche ich ununterbrochen, Malcolm anzurufen, aber ohne Erfolg.

Als er sich endlich meldet, sitze ich bereits im Zug und bin auf dem Weg zu Polly und Arthur, die nicht weit von Malcolm weg wohnen. Plötzlich taucht sein Name auf dem Display auf, und das Videofon-Icon summt. Ich nehme das Handy mit in den Gang. Als ich das Icon drücke, erscheint sofort sein Gesicht auf dem Bildschirm.

Ich entdecke einen kleinen Schnitt an seinem Hals, wo er sich rasiert hat. Er trägt einen glänzenden Fallschirmspringer-Overall und einen Helm.

»Em!«, ruft er und versucht, sich über das Dröhnen der Maschine hinweg Gehör zu verschaffen. »Ich bin im Flugzeug!«

»Zeig mir das Flugzeug«, sage ich.

Malcolm schwenkt die Kamera. Hm. Sieht nicht wie eine richtige Maschine aus.

»Das ist es«, sagt er. »Jetzt zeig ich dir den Mann, an den ich geschnallt werde. Er heißt Bryan Daniel.«

Malcolm schwenkt auf den Mann neben sich, der einen kahlen Kopf hat und braungebrannte Haut. Auch er trägt einen Overall, aber er könnte genauso gut in einem Pub an der Bar abhängen und unter der Theke DVD-Raubkopien verkaufen. So einem würde ich nicht über den Weg trauen.

»Hallo«, sagt Bryan Daniel.

»Hallo«, krächze ich. »Irgendwie macht mich die Sache nervös.«

Malcolm hält sich das Handy vors Gesicht.

»Dich macht das nervös?«, fragt er. »Ich mach mir gleich in die Hose! Ich bin kurz davor, bei zehntausend Fuß aus einem Flugzeug zu springen.«

Ich stelle mir vor, wie es wohl ist, aus einer derartigen Höhe herunterzustürzen, und plötzlich wird mir schlecht.

»Alles okay bei dir?«, brüllt Malcolm.

»Ja, nur ... der Gedanke, von so hoch oben zu fallen ... Das macht mich irgendwie fertig. Mir wird ja schon schwindelig, wenn ich nur aus dem Fenster gucke.«

»Und mir, wenn ich auf einem Stuhl stehe.«

»Was?! Aber ... aber du willst gleich aus einem Flugzeug springen!«

»Weiß ich!«, brüllt er. »Aber ich glaube, dass einem das Leben zurückgibt, was man investiert hat!«

»Ja, schon, aber ...« Ich weiß nicht, wie ich es am besten formulieren soll. »Was, wenn du stirbst?«

Malcolm grinst. »Dann musst du Polly sagen, dass sie wunderschön ist. Und Arthur, dass er die Bootsparade leiten soll. Und du sollst wissen, dass ich glücklich gestorben bin, weil ich es für dich getan habe.«

Ja, genau. Das wäre mal wieder typisch, wenn ich den einzigen Mann, der zu wahrer Hingabe fähig ist, ausgerechnet im Moment seines Todes kennenlerne.

»Außerdem«, fährt Malcolm fort, »möchte ich dir den *Learn*

Love in a Week-Kurs ans Herz legen. Der übrigens, dank deiner Publicity, gerade die Hunderttausender-Marke geknackt hat. Das freut mich sehr.«

»Was?« Jetzt bin ich wirklich verwirrt. »Das Ding ist auf deinem Mist gewachsen?«

»Ja, klar«, sagt er. »Das musst du doch gewusst haben.«

»Aber ... wenn du in so wenigen Wochen hunderttausend Abonnenten bekommen hast, dann ... dann könntest du ein Vermögen damit machen.«

»Ich hab nichts damit verdient«, erwidert er fröhlich.

»Ja, aber du könntest!«, sage ich. »Du könntest Anzeigen schalten. Und stinkreich werden.«

»Mag sein«, sagt Malcolm. »Aber mein Kahn ist schon bezahlt.«

»Okay, aber es gibt doch noch andere Dinge, die wertvoller sind als ein Kahn.«

»Was denn bitte?«, fragt Malcolm. »Außerdem liegt das Geheimnis des Lebens in der Dankbarkeit, und man ist leichter dankbar, wenn man arm ist.«

Hinter ihm meldet sich jemand zu Wort.

»Das war Bryan«, erklärt Malcolm. »Er sagt, wir müssen uns jetzt die Ausrüstung anlegen.«

»Moment!«, brülle ich. Malcolm ist ein Spinner, das steht fest, aber ein sehr, sehr lieber. Und möglicherweise auch ein sehr, sehr reicher. Ich will ihn jetzt nicht verlieren. »Gib mir Bryan noch mal«, rufe ich.

Malcolm dreht das Telefon um.

»Bryan!«, schreie ich. »Wie sicher ist das Ganze?«

»Na ja, Malcolm wird mir vor den Bauch geschnallt«, erklärt Bryan. »Und auf meinem Rücken befindet sich ein Fallschirm. Die Gefahr, dass er sich nicht öffnet, liegt bei eins zu einer Million.«

»Und wenn er es trotzdem nicht tut?«

»Dann haben wir zwei Minuten Zeit, bevor wir mit Höchstgeschwindigkeit am Boden aufprallen. Jede Menge Zeit, um …«, er klopft auf einen anderen Rucksack auf seinem Rücken, »… den zweiten Fallschirm zu öffnen.«
»Und wenn der auch nicht aufgeht?«, will ich wissen.
»Dann sind wir am Arsch«, entgegnet Bryan. »Obwohl auch dann noch eine geringe Chance besteht, dass uns Speedo hier rettet.«
»Wer ist Speedo?«
Ein dritter Typ erscheint auf meinem Handydisplay, er ist dürr, hat einen irren Blick, wirr abstehende Haare und eine Brille.
»Speedo springt mit uns, um uns zu filmen.«
Die Verbindung bricht erneut ab.

Polly
Zu Hause brauchen wir eine Weile, bis wir die Kinder finden. Im unteren Stockwerk sind sie nicht, und oben in ihren Zimmern auch nicht.
Wir entdecken sie schließlich im Garten, wo sie mit Cynthia im Schuppen herumlungern. Und mit meiner Mum! Sie wirken alle sehr zufrieden und scheinen zu picknicken.
»Also«, sagt Cynthia gerade, »wenn-ihr-in-den-Ferien-kommt-fahren-wir-alle-nach-Alton-Towers.«
»Und was gibt es da für Karussells?«, fragt Malory.
Cynthia sieht uns näher kommen. »Hallo!«, brüllt sie. »Wir-frühstücken-hier-draußen!-Es-gibt-Schinkensandwiches-entschuldigt-wir-haben-natürlich-auch-etwas-anderes-gegessen-es-gab-Pfannkuchen-es-gab-Joghurt …«
Malory und Robin drehen sich zu uns um. »Hi«, sagt Robin und wendet sich gleich wieder von uns ab. »Gran«, wiederholt Malory, »was für Karussells gibt es da?«
Die Kinder würdigen uns keines Blickes. Das ist ungewöhnlich.

Die Angst, dass Arthur und ich als Eltern total versagt haben, plagt mich in letzter Zeit immer heftiger. In den vergangenen vierundzwanzig Stunden waren wir so unzuverlässig, wie man nur sein kann. Arthur hatte eine Nahtoderfahrung, trägt einen dicken Verband um den Schädel, und in gewissem Sinne haben wir beide Ehebruch begangen.
Aber den Kids scheint es prächtig zu gehen.
Nicht dass wir in puncto Kindererziehung künftig so weitermachen wollen, aber es erleichtert mich zu sehen, dass sie zurechtkommen, selbst wenn alles andere komplett schiefläuft.

Em
Ich versuche fieberhaft, Malcolm wieder ans Telefon zu bekommen. Dann, nach ein paar Minuten, ist er plötzlich wieder da – sein Gesicht erscheint auf meinem Bildschirm. Mittlerweile hat man ihn an Bryan Daniel gegurtet.
»Wir sind zehntausend Fuß hoch«, verkündet er.
Mir wird schummerig. Malcolm hält die Kamera ans Fenster. Ich sehe einen Flickenteppich aus grünen Feldern, der unter einem dünnen Wolkenschleier verschwindet.
»So Leute!«, sagt der bebrillte Freak, Speedo. Malcolm richtet die Kamera auf ihn. »Zeit, von hier zu verschwinden.«
Speedo schiebt die Tür des Flugzeugs auf. Es macht »klonk«, ein beunruhigender metallischer Laut, und dann ist kaum noch etwas zu hören, weil der Wind so ohrenbetäubend laut heult.
Malcolm hält sein Handy ins Freie. Ich starre zehntausend Fuß in die Tiefe.
Wieder erscheint Malcolms Gesicht auf dem Bildschirm. »Ich übergebe das Handy an Speedo. Von jetzt an filmt er.«
Bryan übernimmt das Kommando. »Okay, Malcolm. Wir müssen uns noch einmal vergewissern, dass alle Schnallen halten und wir gut fixiert sind.« Er wirkt zwar immer noch wie ein halbseidener

Typ aus irgendeiner Bar, aber zumindest umgibt ihn jetzt eine Aura der Autorität. Als er sämtliche Gurte und die Ausrüstung abtastet, spürt man, dass er das schon zig Mal gemacht hat. Malcolm und er bewegen sich schlurfend und breitbeinig wie zwei Frösche auf das hässliche, riesige Loch in der Bordwand zu. Sie kommen nur langsam voran. Malcolm grinst ausnahmsweise mal nicht. Er ist ziemlich blass.

Ich kriege schon vom Zusehen Angst.

»Fertig?«, fragt Bryan.

Malcolm nickt stumm. Plötzlich dreht er sich noch einmal um. »Em!«, brüllt er in die Handykamera. »Ich liebe dich!«

Gemeinsam schlurfen die beiden auf die klaffende Öffnung zu. Als Speedo die Kamera in den Wind hält, verstehe ich kein Wort mehr. Malcolms Lippen formen ein weiteres »Ich liebe dich«.

Er und Bryan scheinen zu stolpern – und plumpsen aus der Maschine!

Speedo schreit »Banzaiiiiiii!«, was alles andere als professionell klingt, und springt hinterher.

Im ersten Moment kommt es mir vor, als hätte er die Kontrolle verloren. Nichts als das Rauschen des Windes ist zu hören. Irgendwann scheint sich Speedo an seine Aufgabe zu erinnern und richtet die Handykamera auf das Flugzeug, das sich in einem Affenzahn zu entfernen scheint.

Das Bild wackelt heftig. Weiß Speedo vor lauter Aufregung nicht mehr, was zu tun ist? Plötzlich stabilisiert sich die Aufnahme. Malcolm und Bryan, zwei winzige Gestalten, rasen durch die Wolkenschicht.

Das Bild kehrt zu Speedo zurück, der sich ebenfalls im freien Fall befindet. Er schafft es, den Daumen nach oben zu recken, wie es die Irren dieser Welt so gerne tun.

Dann hat auch er die Wolken hinter sich gelassen und scheint

sich den anderen beiden irgendwie zu nähern. Wie kann man jemanden in der Luft einholen?
Malcolm und Bryan stürzen abwärts. Ihre Kleider flattern wild im Wind, ihre Gesichter sind seltsam verzerrt. Malcolm hat höllische Angst, ringt sich aber ein Grinsen ab, was etwas schräg aussieht, da er eine Schutzbrille trägt und seine Wangen im Fahrtwind flappern.
Es folgt ein Close-up auf Bryan, der ebenfalls wie ein Irrer die Daumen nach oben reckt. Er streckt die Hand aus, so dass Speedo sie sehen kann, und beginnt mit den Fingern einen Countdown abzuzählen. Drei, zwei, eins. Beide ziehen gleichzeitig die Reißleine. Bryans Fallschirm scheint sich einen Sekundenbruchteil früher zu öffnen, denn plötzlich werden er und Malcolm aus dem Bild nach oben gerissen. Das Heulen des Windes verstummt, als hätte man eine massive Tür zugedrückt. Jetzt hat sich wohl auch Speedos Schirm geöffnet, denn ich höre deutlich, wie er »verfickte Riesenkacke!« brüllt, was noch unprofessioneller klingt als vorher.
Ich habe keine Ahnung, was los ist, höre aber, wie Speedo gleich darauf ruft: »Keine Sorge, keine Sorge, ich bin hier!«
Er lässt die Kamera fallen. Sie trudelt abwärts, ich sehe Boden und Himmel, Boden und Himmel …
Einen winzigen Augenblick lang sehe ich zwei Fallschirme und dahinter einen Wolkenschleier. Das alles passiert so schnell, dass ich nicht erkennen kann, ob Menschen daranhängen oder ob irgendetwas passiert ist.
Zehn Sekunden später schlägt das Handy auf dem Feld auf. Der Bildschirm wird schwarz.

Arthur

Wir sitzen alle gemeinsam in der Küche, nur Polly und ihre Mutter feiern im Garten eine Art Wiedervereinigung. Durchs Fenster habe ich einen Blick auf die ein oder andere Umarmung erhascht.

»Dad?«, fragt Malory. »Warum hast du eigentlich einen Verband am Kopf?«

»Danke, dass du fragst, Malory. Lass es mich so sagen …«

Mrs. Thompsons Bellen signalisiert uns, dass jemand vor der Tür steht und eingelassen werden möchte. Robin öffnet.

Eine tränenüberströmte Em stürzt in die Küche. »Oh, Gott!!!«, ruft sie. »Malcolm hat sich gerade für mich aus dem Flugzeug geworfen, und ich glaube, er ist tot!«

Auf einmal ist mein Sturz von der Mauer nicht mehr besonders spannend. Ich habe mein Publikum verloren.

»Was?!«, rufen die anderen entsetzt. Polly und ihre Mum kommen aus dem Garten. »Was ist passiert?«

Em erzählt uns die ganze Geschichte. Als sie fertig ist, meldet sich Malory zu Wort. »Moment mal, das kapier ich nicht. Liebt Malcolm dich?«

»Ja«, sagt Em. »Offenbar schon.«

»Liebst du ihn auch?«, will Robin wissen.

»Ich weiß nicht«, antwortet Em. »Aber es ist ihm durchaus gelungen, meine Aufmerksamkeit zu erregen.«

Schweigen. Wieder bricht Em in Tränen aus.

»Ich bin sicher, dass er tot ist!«, schluchzt sie. »Man konnte hören, wie sie aus dem Flugzeug gesprungen sind, und dann muss irgendwas furchtbar schiefgegangen sein. Da waren Schreie. Okay, ich habe gesehen, dass Speedo das Telefon verloren hat, aber warum hat sich Malcolm nicht längst gemeldet? Ich versuche schon die ganze Zeit, die Fallschirmschule zu erreichen, aber sie hat zu. Ich habe das Krankenhaus angerufen, die Polizei und sogar Malcolms Tante, die in der Nähe von Mill Hill wohnt. Sie sagt, sie hätte keinen Krankenwagen gehört oder gesehen.«

Em steht weinend im Wohnzimmer. Polly nimmt sie in den Arm.

»Wo kann er denn sein?«, wimmert sie.
»Moment mal! Welcher Tag ist heute?«, fragt Malory.
»Samstag«, antwortet Cynthia.
»Heute hat Malcolm doch zum *Springfield Park Community Fun Day* eingeladen! Er ist der Organisator der Bootsparade! Hört ihr Erwachsenen eigentlich nie zu?«
»Aber verstehst du denn nicht?«, heult Em. »Wenn er tot ist, kann er da nicht hin!«
»Was ist tot?«, fragt Ivy.
»Wenn man aus einem Flugzeug fällt«, erklärt Malory, »und ganz, ganz lange durch die Luft fliegt, dann zermatscht man am Boden.«
»Wir wissen ja gar nicht, was passiert ist«, meint Polly beschwichtigend.
»Genau genommen wissen wir gar nichts«, füge ich hinzu.
»Aber wie finden wir es raus?«, fragt Em.
»Das läuft doch alles nur auf eins hinaus«, sagt Detektiv Robin, der sich anhört, als hätte er soeben einen Fall gelöst. »Wir müssen zum *Springfield Community Fun Day!*«
»Selbstverständlich«, sagt Polly. Irgendwie scheint es ihr zu missfallen, dass der Junior-Detektiv die Führung an sich reißt.
»Ich kann nicht«, erwidert Pollys Mum. »Cynthia und ich wollten zusammen Mittag essen und über Hochzeiten sprechen.«
»Aber der Rest von uns muss hin«, sagt Polly.
»Und wie?«, fragt Malory.
»Ich würde sagen, wir nehmen die Räder«, schlägt Robin vor.
Polly hasst Radfahren.
»Würde ich auch sagen«, stimmt Malory zu.
»Und ich auch«, meldet sich Ivy zu Wort, die noch nicht mal Rad fahren kann. Doch der kleine arabische Frühling ihrer Geschwister, die sich gegen Pollys Herrschaft auflehnen, reißt sie mit.
»Aber Daddy hat eine Kopfverletzung!« Jetzt schlägt Polly zurück.

»Macht nichts. Ich kann trotzdem Rad fahren«, werfe ich ein.
»Ich will aber nicht«, sagt Polly.
Malory bekommt einen ihrer Wutausbrüche. »Mum!«, faucht sie. »Du kannst nicht ständig *alles* bestimmen! Wir machen jetzt das, was *wir* wollen!«

Polly
Ich betrachte Malory, die sich mir wie ein kleiner Che Guevara entgegenstellt. Normalerweise würde ich ihre Exekution anordnen, aber da mir in letzter Zeit ständig jeder sagt, ich solle mich locker machen und relaxt sein, lasse ich ihr ihren Willen. Außerdem liebe ich meine Familie wirklich ungeheuer.
Arthur schnappt sich also sein Fahrrad und schnallt Ivy in ihrem Kindersitz fest. Malory nimmt ihr Fahrrad. Und Robin seins.

Em
Polly und ich fahren mit dem Auto.

Arthur
Die Stimmung ist seltsam. Alle sind fröhlich, aber insgeheim bin ich den Tränen nah. Erst gestern hatte ich eine Nahtoderfahrung. Ja, okay, ich habe überlebt. Aber irgendwie kommt es mir vor, als sei unsere Glückssträhne bald vorbei. Hoffentlich irre ich mich. Hoffentlich fahren wir jetzt alle zum *Springfield Park Community Fun Day* und treffen Malcolm.
Ich habe so eine Ahnung, dass er tot ist.
Wahrscheinlich wird diese Veranstaltung so eine Art Hommage an ihn. Die Erkenntnis, dass *Learn Love in a Week* von ihm war, macht mich immer noch ganz schwindlig. Hätte ich mir das nicht denken können? Und wieso habe ich Malcolm nicht mit dem Respekt behandelt, den er verdient hätte?
Mir wird klar, dass mein merkwürdiger, verrückter Freund meine

Art zu denken und zu fühlen grundlegend verändert hat. Und auch sein letzter Ratschlag ist mir noch deutlich im Gedächtnis: »Man kann nicht jeden Tag glücklich sein. Das Glück verweilt nur für ein paar Augenblicke, aber wenn Sie glücklich sind, machen Sie es sich bewusst und seien Sie dankbar.« Und tatsächlich – auf dem Fest geschieht genau das.

Polly

Wir suchen nach Malcolm und machen uns große Sorgen. Wirklich. Nur in einigen wenigen Momenten amüsieren wir uns. Ich mag solche Feste generell, aber hier wird einem wirklich alles geboten, was das Herz begehrt.
Kinderschminken.
Eine Hüpfburg.
Kaffee, Kuchen und Cider.
Da ist der obligatorische Bekloppte, dem man eigentlich kein Mikro hätte geben dürfen.
Stapelweise Bücher, die für je zwanzig Cent verkauft werden.
Ein Esel.
Ein dampfbetriebenes Karussell, in dem die Leute aufgeregt kreischen, als würden sie auf direktem Weg in den Himmel und über den Kanal fliegen.
Doch das Allerschönste ist, dass Malcolm kommt.

Em

Das erste Boot, das wir bei der Bootsparade zu Gesicht kriegen, ist ein flacher Schleppkahn, in dem man ein Podest aufgestellt hat, das offenbar für kleinere Aufführungen genutzt werden soll. Jetzt gerade steht eine Truppe Schlagzeuger darauf und heizt den Zuschauern so richtig ein.
Okay, wie sich später herausstellt, handelt es sich bei den meisten Drummern um Sträflinge auf Bewährung. Das Ganze nennt sich

»Trommelworkshop« und ist Teil eines Bewährungsprogramms. Aber im Moment begehen sie ja kein Verbrechen, sondern veranstalten einen großartigen Radau, der uns alle in seinen Bann schlägt.
Hinter dem Schleppkahn folgen vier Kanus. Und dahinter, am Bug eines neuen, ziemlich hübschen Kahns, sehe ich … Malcolm.

Arthur
Malcolm strahlt mit diesem außergewöhnlichen und ein wenig einfältigen Stolz in die Welt. Er sieht aus wie ein Bauer, der den Preis für den dicksten Kürbis gewonnen hat.

Em
Plötzlich bin ich sauer. »Malcolm! Wo zum Teufel warst du?!«
Mein Wutausbruch lässt ihn völlig kalt. »Na, auf dem Kahn. Ich hab doch gesagt, dass ich ihn heute hole.«
Er scheint sich keiner Schuld bewusst zu sein.
»Malcolm«, setze ich neu an. »Das letzte Mal, als wir uns gesprochen haben, bist du auf die Erde zugerast und warst kurz davor zu krepieren. Dein Handy hat Bilder gesendet, bis es auf dem Boden zerborsten ist.«
»Erstaunlich«, antwortet er.
»Aber … aber was zum Geier ist denn passiert?« Herrgott, jetzt stammle ich auch noch!
»Ach«, erwidert Malcolm entspannt. »Der erste Fallschirm hat sich nicht richtig geöffnet.«
»Was?!«, brülle ich.
»Die Bänder hatten sich verknotet, und wir mussten ihn erst aus dem Weg schaffen, bevor wir den zweiten öffnen konnten.«
»Was?!«, kreische ich erneut. Ich habe das Gefühl, als würde meine ganze Welt auf den Kopf gestellt. »Und was ist dann passiert?«

»Nichts«, erwidert er achselzuckend. »Speedo hat uns geholfen, und dann war alles gut.«
Sein Boot gleitet langsam am Ufer entlang. Ihm scheint nicht klar zu sein, wie sehr es einen aus der Fassung bringen kann, wenn einem jemand eine Liebeserklärung macht und derjenige dann ein paar tausend Fuß oberhalb der Erde verloren geht.
»Aber … warum hast du denn nicht nach deinem Handy gesucht? Wieso hast du es einfach auf dem Feld liegen gelassen?«
»Na ja, nach dem Sprung hatte ich irgendwie keine Lust, nach einem Telefon zu suchen. Als ich am Boden aufgekommen bin, habe ich erst mal Gott gedankt, dann literweise Cider getrunken und schließlich das Boot für die Jungfernfahrt abgeholt.«
Malcolm blickt mich liebevoll an.
»Ich freue mich, dass du hier bist. Wenn ich jetzt anhalte, kommst du dann an Bord?«
»Aber dann verlierst du den Anschluss an die anderen.«
»Das ist doch kein Rennen«, antwortet Malcolm, »sondern eine Parade. Und ich finde, ihr solltet dabei sein.«

Polly

Malcolm legt am Ufer an. Wir steigen in seinen nagelneuen Kahn und schweben über den Kanal. Glücklich betrachte ich meine Lieben: den stolzen Robin, der das Ruder übernehmen darf. Ivy und Malory, die in ein Gespräch mit ihrem Vater versunken sind. Alle lächeln. Ich mustere meinen liebenswerten, attraktiven Mann und spüre die Gewissheit, dass ich ihn liebe. Meine Augen fliegen über das Fest, die vielen Boote auf dem Wasser, und ich denke, wie recht Malcolm doch hat. Das hier ist kein Rennen, sondern eine Parade. Ein Privileg. Und es ist eine riesige, zu Tränen rührende Freude, dass wir hier sein dürfen.

Es Ist Nicht Anders Möglich

Als Ganz <u>Ineinander</u> Zu Gehen!

Danksagung

Ich glaube tatsächlich, dass man in einer Woche lieben lernen kann. Wenn die Bedingungen stimmen, wahrscheinlich sogar in einem Augenblick. Ein Buch darüber zu schreiben dauert allerdings beträchtlich länger. Ich war bei drei Agenten, während ich daran gearbeitet habe, vier, wenn man Simon Trewin mitzählt. Er hat mir eineinhalb Stunden seiner Zeit geschenkt und mir außerdem zwei großartige Ratschläge mit auf den Weg gegeben. Dafür danke ich ihm.

Danke auch an Tiff Loehnis und Will Francis.

Ein ganz besonderer Dank gebührt Lizzy Kremer von David Higham, die viel Leidenschaft für mein Buch aufgebracht und es klug kommentiert hat. Du bist eine Naturgewalt, Lizzy, und ich danke dir.

Juliet Annan war diejenige, die mich mit Lizzy bekannt gemacht hat, daher: danke, Dame Annan.

Lizzy wiederum hat mich mit meiner geliebten Lektorin Gillian Holmes zusammengebracht, die viel zu diesem Projekt beigetragen hat, zum Beispiel ein Mittagessen und köstlich indiskreten Klatsch. Doch vor allem hat sie dem Projekt eine ordentliche Portion Spaß beigefügt, der in die endgültige Version eingeflossen ist. Danke, Gillian!

Ich danke allen bei Arrow, vor allem Laurence, Najma und Selina.

Es ist unglaublich, wie viele Menschen mir bei meiner Arbeit geholfen haben. Piers und Becky haben mir ihre Wohnung geliehen – danke euch, meine Lieben!

Außerdem stehe ich in der Schuld meiner Erstleserinnen, den Ladys des *Film Club*. Ella, Hannah, Jo, ich küsse eure wohlgeformten Füße und danke euren Kindern Gerige, Dexter, Merle, Artie, Theo, Raffi und Saul, mit denen ich einen unglaublich lus-